六条藤家歌学書の生成と伝流

梅田径［著］……UMEDA Kei

勉誠出版

はじめに

本書は、院政期に活躍した歌人・歌学者である藤原清輔の著作を中心に、その伝来や書写の過程で起きる様々な現象に着目し、またその歌論・歌学における諸問題を視野に入れながら、その文化史的な位置づけを考察するものである。

しかし、清輔が大成した六条藤家歌学知の全域的な把握、あるいは歌人伝や歌壇史の整理といった事柄を期待して読まれる方には、期待外れな、あるいは違和感を覚える構成になっているかもしれない。本書で展開される議論や問題意識は、歴史的な事柄や、歌学書の伝本や来歴といった文献学的な事象を扱っていたとしても、作者の伝記的考証や諸伝本の書誌・系統分類を直接的には扱ってはいない。もちろん、必要な場合には、実証的な考証を心がけたつもりである。ただ、本書が何を問題として、どのような方法でそれを解決しようとしたのかについて説明が必要であろう。

本書が問題とするのは作品や伝本そのものだけではなく、それらの変容が引き起こす諸現象にある。私たちが目にする〈文学作品〉は、本の形を取るにせよ、電子書籍やオーディオブックのようなデジタルデータの形をとるにせよ、ラジオドラマのテープやCDの形をとるにせよ、あるいはまだ見ぬより新しいデバイスによる表現をとるにせよ、読む／聞く、書く／語るという行為抜きには、それらの表現は生成も受容もされない。生産、流通から享受（あるいは保存や保管）に至るまでの、一連の長大なプロセス無しに、文学は存在しえない。このような作品だけではなくプロセスを重視する観点は、作品の内容の解釈、あるいは作品の物質的な側面（書物）を重視する見方からすれば、いたずらに問題を複雑にするだけの瑣末な議論だと思われるかもしれない。

けれども、こうした書くことと読むことの間にあった媒介要因の諸力、従来〈文学〉の周辺として捉えられてきた諸要素が、その内容や本の体裁や来歴に大きな影響を与えていることへの配慮抜きには、文学論などもはや不可能であろう。古典文学の世界に限定しても、文庫ごとに整えられた書物の表紙、体裁を整えて書写している定家本の諸本、(1) あるいはかつての持ち主を示す蔵書印、表紙の素材なども、本の移動や伝流の痕跡として存在しており、これらは書誌学的に重要な研究対象となっている。

近年、アルベルト・マングウェルの読書に関する世界文化史的な研究や、(2) あるいはこれは研究書ではないが、テキストを読む「デバイス」について論じたウンベルト・エーコとジャン＝クロード・カリエールの対談のように、(3) 二〇〇〇年代以降の激変する情報環境の中で「文学テキスト」と「読者」の間にある様々な諸力の関係性が問いなおされている。こうした潮流は文学に留まらない。作者と読者（聴衆・視聴者等）との間にある様々なメディアやデバイス、そして文化の伝流が作品それ自体に大きな影響を与えていることは、文学研究のみならず、様々な文化研究の立場から無視できない現象として注目されている。

音楽ではクリストファー・スモールの「ミュージッキング（musicking）」概念のように、音楽を一つの行為として捉え、演奏者と聴衆だけではなくホールのスタッフまでも「音楽行為」に携わるものとして捉える視点(4)が共有されるようになったし、演劇学では、スタッフから観衆にいたるまで、ある時刻に同じ場所での出来事を共有するという「同意」の群として演劇を理解するクリスティアン・ビエ、クリストフ・トリオーの視座(5)も、演劇の作品性やテクストへのみ着目してきたことへの反省を迫るものだろう。私もまたこう考えてみたい。文学は行為の連続体である。著作の生成、他者による編集、書写者たちの改編、所蔵者たちの蔵書印……。古典籍の生成と伝流とはこれらの「文学行為」のリストであり、行為そのものである。現代の多元化する文化環境の中で、書物の歴史的な変容がどのように、また何によって生起しているのかの解明は、古典文学研究に最も期待されている領域である。

本書はこうした前提に立って、伝本研究や諸本研究の成果を頼りに、古典籍の生成・流通・受容の過程で起こる諸現象を解明し、その諸相を明らかにしようとするものである。諸本の変容や書写面の変化は無作為に起こる物ではなく、先行する様々なテクストの影響を受けたり、あるいは先行する親本や別の伝本の影響を受けながら変化する。その有様を捉えようとする試みである。

しかしながら、そう見たとき、本書には矛盾する二つの観点が併存しているように思われるかもしれない。

一つは著述がどのような意図によって生み出されたのかを明らかにしようとする視点。もう一つは、それらの著述が書写者たちの創意工夫によってどのような変容を蒙り、変化したのかという観点である。

この二つは本書の各論文において不可分に、あるいは混同して表出してるように読めるかもしれない。前者は著作の成立当時の形態や状況を再現しようとする試みであり、伝統的な書誌文献学や作家論に連なる方法である。後者は作品の受容や再生産にまつわる諸現象の解明を目的とするように思われるだろう。

むろんこの両者は相互排他的な立場ではないが、本の成立を重視するか、受容を重視するかのどっちつかずな態度に受け取られてしまうかもしれない。しかし、本書が目指すのは「原態」を求める態度とも、作品の「受容」を重視する態度とも少しく異なる観点である。

諸本の変容は、共時的な社会の様相や書写者の都合だけによって引き起こされるものではなく、それぞれの著述が持っている様々な性質に添った形で、特定の方向へと変容している。

その方向性を決定づける要素は一つではない。本書でそれを応用可能な文化理論として提示することはない。しかし、もっとも単純な図式として考えた場合、「作者の意図」や「著述の性質」はこうした書写面の変容のあり方を、ある程度規定する要素であると考えることは不当なことではないだろう。物語・随筆・歌集・撰集といった古典文学における〈ジャンル〉が、それぞれにある程度定まったテキストの書写形式を持つことはよく知られている。〈ジャンル〉ごとの書式は、作風や内容、書写態度や各時代の読者の読まれ方により、ある一定の規範を継承している。それは特に和歌の書式において顕著である。(6)

最初に著者が書いた書物がどのような規範を意識して書かれていたのかに注目することは「作者の意図」がどう受け継がれていったのかを解明することであると同時に、「意図」が孤立的なものではなく、前時代、あるいは同時代における作品群の影響をどのように受けて形成されたのかを理解することに通じる。これはもちろん、著者の意図を至上のものとして、その書物の原態や作者の精神に迫ることを目的とするものではない。作者の意図と著述の性質を、後代の諸伝本の書式や内容における変容を引き起こす変数的な要素として捉え直す試みである。書写者たちによる書物の変容がどのように引き起こされるのかを理解するために、「作者」を「原本」と「原態」の創始者という起点として、そこから諸本全体の変容を見渡していくツールとして捉える。

このような観点から院政期の歌学書を対象に議論を展開していくことで、従来の文学研究では十分に論じられなかった伝本間の関係性を再検討することができる。

院政期には、様々な目的にあわせた大量の歌学書が書かれ、貴顕への奏上や説の対立をめぐって歌学者たちが激しい論戦を戦わせることになった。そうした状況下で制作された院政期の歌学書群のうち、本書で中心的にとりあげる六条藤家の家員、特に藤原清輔と顕昭の著作は、鎌倉期写本を含む多数の伝本に恵まれている。清輔の著作に関する研究は、西下経一[7]、久曾神昇[8]、川上新一郎[9]等の先学によって主に文献研究の立場から論じられてきた。川上がつとに指摘するように、清輔は自著の部分を論文集のようにブロックごとに整理しており、しばしば他の著述に転用している。しかし、そうした転用が認められるにもかかわらず、同じ性質をもった別の著述を再生産することはほとんどなかった。

例えば『袋草紙』下巻の末尾が発見されたことにより、その大半は『和歌一字抄』下巻末尾の「証歌」部を転用していることが明らかになった[10]。しかし、内容上の構成は大きく異なり『袋草紙』は上下巻合わせても『和歌一字抄』と同様の性質をもった著述だと読むことはできない。あくまでも記述の重出は転用の範囲を免れないのである。これは『奥義抄』の「所名」と『和歌初学抄』の「万葉集所名」など、他の事例でも同じである。清輔の著述においては、ある部分が転用（ないし共用）がなされていても、それぞれに異なるコンセプトによって編集されており、その利用方法や、対読者意識は異なっている。

このコンセプトの相違は、内容面のみならず、目次や標目の立て方といった構造面の相違を形成する。

そこに清輔著作の特徴がある。だが、同時に清輔の著作は伝本間でかなりの相違が見られる。それらは著者自身による改訂の場合もあれば、書写者による恣意的な変更の場合もある。前者については川上が清輔本『古今集』を事例に詳細に検討しているが、(11)後者についてはまだ十分な検討がなされているとは言いがたい。

清輔がどのような形で著書を構想し、制作したのか。それを書写者がどのように変容させたのか。この二点は密接に結びついており、前者や後者に焦点をしぼって論じる場合でも双方をみることが必要となる。

また、本書の扱う範囲の歌学書を考える上で、院政期の歌学書を取り巻く文化環境を捉える必要がある。顕昭や清輔によって編まれた六条藤家の諸歌学書、そして勅撰集の証本や、多数の和歌資料の書写といった歌道家としての営為は、院政期特有の政治・文化的状況を背景とする和歌のあり方を強く反映している。歌道家としてのアイデンティティを自覚し、貴顕に対して和歌の師として振舞う清輔や顕昭の社会的な振舞と、それに伴う様々な読者を想定した歌学書の制作は表裏一体の関係にある。そうした院政期特有の、摂関期とは異なる和歌と連歌の位相についても論じている。

だが、先に述べたように本書は清輔・顕昭らの実像を明らかにすることを目的としてはいない。末流伝本まで含めた歌学書を見ることで、誤解を招く表現かもしれないが、書写もまた著述の執筆と同じように創造的な文学行為であることを示したい。

この問題意識は動態文化論的な視点から古典籍を捉え直す本書前半の試みに結実している。動態文化論とは、従来の書物や絵画といった静的（と見なされていたもの）に対して、映画やパフォーミングアーツといった従来の人文学的な枠組みからはみ出る「運動」を捉え直す試みだ、とひとまずまとめておきたい。古典籍もまた書物ではあるが、それは静的なものとしてだけではなく、動的に変容している部分に着目することで、書物をその生成だけではなく伝流や変容を含めた一具の「動態」として捉える視座を提示したい。原態の復元のみを目指す書誌学や、善本の認定のみを最大の課題とする文献学的研究を否定するのではなく、それらとは異なる古典籍の、ひいては古典文化のとらえ方がありうることを提示するものである。このような発想は外山滋比古が提起した「異本」概念や、[12]書物と人との関わりを論じる書物論・読者論[13]とも接するものである。

本書は四部構成をとり、諸本論、六条藤家の歌人・歌書論、院政期文化論、そして「索引」についての論からなる。一見これらは様々な主題の論考が関連なく並んでいるように見えるかもしれないが、上記のような問題意識に貫かれ、様々な角度から諸本の生成から受容・その再生産までを、その時代的な背景を押さえながら論じたものである。第四部は院政期に関わる論ではないが、「読者」と作品との関わり方の展開を論じたもので、その問題意識は一貫したものである。

「第一部　動態としての諸本論」は、歌学書の変容について概論・各論的に論じた四本の論考で構成される。ここでいう「動態」という言葉は先に説明したとおり、生成から受容までを一貫したプロセスとして捉えることを示している。従って、もっとも概論的である「第一章　通読する歌学書、検索する歌学書」を巻頭とした。「検索性」というキーワードを用いて、書写面の変容に合理的な要素を認め、従来「後人のさかしら」として退けられてきた書写者の意図と、それらの意図を誘発する諸本利用の諸相を論じている。「第二章　大東急記念文庫本『奥義抄』上巻の情報構造――歌学書の割付を中心に

――」、「第三章　『奥義抄』諸本の書写形態――散文的項目を中心に――」、「第四章　『和歌初学抄』の書面遷移――項目配置と享受――」の三章は、この問題意識のもとで『奥義抄』と『和歌初学抄』を分析したものである。

「第二部　院政期における歌学の展開」では、特に清輔の著述に特徴的な性質を論じた。「第一章『和歌初学抄』の構想――修辞項目を中心に――」では、従来、詠作手引き書と言われてきた『和歌初学抄』をあらためて利用の観点から問い直し、喩来物の項目を検討することで実作に焦点を当てた清輔歌学の再考をせまった。「第二章　『和歌初学抄』所名注記の検討――歌枕と修辞技法――」では、『和歌初学抄』の歌枕書的な部分である所名の注記を分析することで、清輔が詠作を教えるために歌語の連辞に関心を寄せていることを示し、歌枕を適切に利用するための方法を清輔がどのように提示しているかを論じた。「第三章　歌学としての誹諧歌」では、誹諧歌の展開と歴史を概観し、それが各種の分類説を引き受けながら増加していく様相を論じた。「第四章　藤原清輔著述の作者名表記――無名と読人しらずの使い分けを中心に――」、「第五章　『和歌一字抄の注記』をめぐって――内閣文庫本を中心に――」では、『和歌一字抄』の諸本と、そこに見られる注記の特質について触れた。

「第三部　院政期の諸文化と歌学」では、清輔の兄である顕方と、弟である重家について論じた。顕方は同母、重家は異母兄弟であるが、諸書を閲する限り重家とは仲も悪くなかったらしい。顕方との関係は不明な点も多いのであるが、『続詞花集』に一〇首が取られ、歌人としての厚遇が見て取れる。「第一章　藤原顕方――六条家歌人の一側面――」は顕方の伝記をまとめ、清輔と同じく父祖から和歌の薫陶を受けていたが、それはまだ歌学としては未分化なものであった可能性を指摘した。「第二章　『重家集』考――守覚法親王との関わりを中心に――」では、重家の家集である『重家集』の注記及び献上先の問題を考えた。次に、院政期に花開く諸文化がどのような形で和歌に流入しているのかについての論考を収めた。「第三章　『今鏡』における源有仁家の描き方――鎖連歌記事とその情報源――」では、院政期の短連歌と鎖連歌の連続性に着目し、最初に鎖連歌が行われた有仁家の様子を記した『今鏡』について論じた。「第四章　和歌の師弟関係の成立――平安末期における芸能と和歌の地位――」では、それまでに見られなかった和歌の師弟関係が十二世紀に成立していく背景をまとめた。

「第四部　古典文化を検索する」では、様々な歌書や文学作品がカノン化（聖典化）し、用例や事例を調べるために工夫されるようになった時代の「抄出」及び「検索」のあり方を知ることができる著述についての論を収めた。「第一章　清原宣賢『詞源略注』『詞源要略』から見る顕昭『後撰集注』の逸文」では、室町時代の学者であった清原宣賢の和歌に関する二書、『詞源略注』と『詞源要略』から、散逸した顕昭『後撰集註』の断片を集積した。ここから宣賢の利用は抄出であることが判明した。「第二章　宮内庁書陵部蔵『類標』をめぐって――近世における索引の登場とその思想――」では、宮内庁書陵部に所蔵される大部の辞書・巻丁索引類叢書である『類標』を網羅的な調査のもとで紹介し、奥書・序跋の部分的な翻刻と、全体を概観した組織図を附録として付けた。

なお、いくつか用語について述べておきたい。六条藤家はたんに六条家ともよばれる。同時代において「六条家」という呼称で顕季の流が呼ばれることはないのだが、顕季の邸が六条にあって、それを受け継いだ顕輔の、和歌を家職とする流をそのように呼ぶ。ただし、かつては俊頼らを「六条源家」と呼ぶことがあり、それと区別して本書では「六条藤家」の表記を採用した。また「院政期」という表現が本書には頻出する。院政期という時代区分は様々な問題があり、その範囲も始発から終わりまで様々に説が分かれる。ただし、本書で「院政期」という場合、便宜的におおよそ堀河院時代から後白河院時代あたりを指すことが多い。それは本書で取り扱う人物や作品がその時代のものに集中するからで、本来的には「平安末期」といった表現の方が時代区分としては適切であろう。しかし歌学書の文化的配置は、「摂関期」と比べて「院政期」で明らかに大きな変化を被る。それは院政という、卑位の者でも貴顕に芸能によって接近し恩賞を得ることができるようになった政治形態と切り離せない。和歌の世界では、この院を文化の中心とするごく短い一〇〇年ほどの期間に、それまでとは全く異なる歌学知が花開き、新しい表現が開拓される新古今時代を用意するのである。それは、西暦で「十二世紀」前後とも呼びうる時代の一コマである。

注

（1）『下官集』書始草子事では、仮名物では漢字の摺本を模して見開きの左側から書き始める事を記している。

（2）アルベルト・マングウェル著、原田範行訳『読書の歴史――あるいは読者の歴史　新装版』（柏書房、二〇一三↓原著一九九七）。

（3）ウンベルト・エーコ、ジャン＝クロード・カリエール著、工藤妙子訳『もうすぐ絶滅するという紙の書物について』（阪急コミニュケーションズ、二〇一〇↓原著二〇〇九）。

（4）クリストファー・スモール著、野澤豊一、西島千尋訳『ミュージッキング　音楽は〈行為〉である』（水声社、二〇一一↓原著一九九八）。

(5) クリスティアン・ビエ、クリストフ・トリオー著、佐伯隆幸日本語版監修『演劇学の教科書』(国書刊行会、二〇〇九↓原著二〇〇六)。
(6) 例えば和歌の書式。歌集では詞書は和歌より字下げになり、物語などの散文では字が上がる。田村悦子「散文(物語、草子類)中における和歌の書式について」(『美術研究』三一七、東京国立文化財研究所、一九八一・七)。
(7) 西下経一『古今集の伝本の研究』(明治書院、一九五四)。
(8) 久曾神昇『古今和歌集成立論　研究篇』(風間書房、一九六一)。『日本歌学大系』には「奥義抄」「袋草紙」「和歌初学抄」「和歌一字抄」などの清輔歌学書の本文・解題が収められている。
(9) 川上新一郎『六条藤家歌学の研究』(汲古書院、一九九九)。
(10) 川上注9前掲書。
(11) 川上注9前掲書。
(12) 外山滋比古『異本論』(みすず書房、一九七八)。後に同『外山滋比古著作集　3・異本と古典』(みすず書房、二〇〇三)に収録される。外山は「異本」を言語的な受容のバリエーションの変化にも使っており、いわゆる書誌学で使われる「流布本」に対する「異本」という概念とは異なる文学理論として利用している。
(13) たとえば、ロジェ・シャルチエ著、長谷川輝夫訳『書物の秩序』(筑摩書房、一九九六)で示されたような書物の形態が内容的な改編を誘導するといった議論を念頭に置いている。

目次

第四部　古典文化を検索する

【利用本文・附記】

利用本文は次の通り。ただし別の本を利用する場合にはその都度、その旨を記した。

通行している叢書類の書誌は割愛とした。

和歌・連歌　＊古典ライブラリー「和歌&俳諧ライブラリー」（日本文学Ｗｅｂ図書館、二〇一三〜）内『新編国歌大観』および『私家集大成』によった。歌番号もこれに準じる。

『下官集』　＊国語学大系。

『俊頼髄脳』定家本　＊冷泉家時雨亭文庫編『冷泉家時雨亭叢書　俊頼髄脳』（朝日新聞社、二〇〇八）。顕昭本　＊俊頼髄脳研究会編『顕昭本俊頼髄脳　第一稿』（俊頼髄脳研究会、一九九六）。

『枕草紙』能因本　＊柿谷雄三、山本和明編『能因本枕草子　富岡家旧蔵』（和泉書院、一九九八）。松尾聰編『枕草子　能因本　学習院大学蔵』上下巻（笠間書院、二〇〇五）。

『袋草紙』　＊岩波新日本古典文学大系。

『本朝文粋』　＊岩波新日本古典文学大系。

『和歌童蒙抄』　＊古辞書叢刊。

『和歌色葉』　＊黒田彰子編『校本和歌色葉』（科学研究費基盤研究Ｃ　研究成果報告書　課題番号15K02230、二〇一七）甲本を中心に乙類をあわせみる。

『和歌初学抄』伝為氏筆本　＊『天理大学善本叢書　平安時代歌論集』（天理大学出版部、一九七七）。同伝為家筆本　＊『冷泉家時雨亭叢書　和歌初学抄　口伝和歌釈抄』（朝日新聞社、二〇〇五）。同肥前島原松平文庫本　＊木村晟編『和歌初学抄　翻字本文・用語索引　附載影印本文』（大空社、一九九七）。

『大鏡』　＊岩波日本古典文学大系。

『愚昧記』　＊増補史料大成。

『中右記』　＊増補史料大成。

『梁塵秘抄口伝集』　＊講談社学術文庫。

『奥義抄』　＊『磯馴帖　松風篇』（和泉書院、二〇〇二）、下巻余は『日本歌学大系』。

清輔本『古今集』　＊『尊経閣叢刊 古今和歌集　清輔本』。

『無名抄』　＊『歌論歌学集成　無名抄』（三弥井書店、一九九二）。

『八雲御抄』　＊八雲御抄研究会編『八雲御抄　伝伏見院本』（和泉書院、二〇〇五）。

『六巻抄』　＊中世古今集注釈書解題。

『聞書全集』　＊日本歌学大系。

『光源氏物語抄』　＊源氏物語古註釈叢刊。

『東野州聞書』　＊日本歌学大系。

『毘沙門堂本古今集注』　＊小山順子「毘沙門堂本古今集注翻刻」（人間文化研究機構国文学研究資料館編『中世古今和歌集注釈の世界　毘沙門堂本古今集注をひもとく』勉誠出版、二〇一八）。

『弘安十年古今集注』　＊中世古今集注釈書解題。

『蓮心院殿説古今集註』　＊中世古今集注釈書解題。

『色葉和難集』　＊日本歌学体系。

『史記』　＊中華書局本。

『後水尾院講釈聞書』　＊高梨素子編『後水尾院講釈聞書』（笠間書院、二〇〇九）。

『鈷訓和謌集聞書』　＊鈷訓和謌集聞書研究会編『鈷訓和謌集聞書』（笠間書院、二〇〇八）。

『江注朗詠』　＊和漢朗詠集古注釈集成。

『歌枕名寄』　＊樋口百合子『『歌枕名寄』伝本の研究、研究編・資料編』（和泉書院、二〇一三）所収の冷泉家時雨亭叢書の翻刻。

『和歌現在書目録』　＊続群書類従。

『蹴鞠口伝集』　＊桑山浩然『平成三年度科学研究費補助金研究成果報告書　蹴鞠技術変遷の研究』（一九九二）。

『勅撰作者部類』　＊山岸徳平編『八代集抄全註』（有精堂出版、一九六〇）。

『古来風体抄』　＊歌論歌学集成。

『今鏡』　＊榊原邦彦他『今鏡　本文と総索引』（笠間書院、一九八四）。

『古今著聞集』　＊岩波日本文学大系。

『明月記』　＊『冷泉家時雨亭叢書別巻二　翻刻明月記』（朝日新聞社、二〇一二～）。

『古学小伝』　＊芳賀登他編『日本人物情報大系　四三巻』（皓星社、一九九七）。

『慶長以来国学家略伝』　＊芳賀登他編『日本人物情報大系　四三巻』（皓星社、一九九七）。

『了俊一子伝』　＊日本歌学大系。

『渓雲問答』　＊日本歌学大系。

『夜の鶴』　＊日本歌学大系。

顕昭『古今集注』　＊日本歌学大系。

顕昭『古今集序注』　＊日本歌学大系。

『詞花集注』　＊日本歌学大系。

『拾遺抄注』　＊日本歌学大系。

『六百番陳状』　＊岩波新日本古典文学大系。

『源氏物語』　＊岩波新日本古典文学全集。

『散木集注』　＊日本歌学大系。

『顕注密勘抄』　＊日本歌学大系。


また、必要に応じて、漢文には私に返り点、句読点を付した。歌集の注記や、文字の位置が意味をもつような漢文日記の送り仮名をはじめ、割注、細字は原則的には引用文の書式に忠実に示したが、〈　〉で括った場合もある。引用の影印、紙焼き写真等を翻刻した場合には、原則として句読点を付した。濁点は原本にあるものである。

他、画像は影印出版されているもの、私に撮影したもの、国文学研究資料館より提供された紙焼き写真、各所蔵機関より提供された紙焼き写真、デジタル画像を利用した。画像は原本とサイズ、縦横比等が原本と異なる場合がある。

第一部

動態としての諸本論

第一章　通読する歌学書、検索する歌学書

一　はじめに

本章では『俊頼髄脳』と鴨長明『無名抄』の諸伝本の比較検討から、類似した書写の様相をもつ作品同士の書写面変容の相似性について考察し、そこから諸本、特に末流伝本において新しい性質が顕現していくことを指摘する。

本章で対象とする歌学書に限らないが、末流伝本には、古写本からは大きくかけ離れた変容が起きている場合がある。本文異同の発生もさることながら、その書式の変容に注意したい。書式変容には、当該著述の特性の発露という側面もある。歌集で言えば、同じ『古今集』であっても、元永本、清輔本、俊成本、定家本ではそれぞれ書式が異なるように、美術品か、研究用か、証本かといった書写の目的や写本のデザインによって、その書写面や書式の体裁は大きく異なる。これらの変容は原態への遡及を至上とする視点から見れば、書写者による余計な工夫にすぎないとも言えようが、同質の現象が異なる著述で発生する場合には、書式の変容に特定の傾向が認められる証左と考えてよいはずである。書写面か書式が変更された場合、それは書写者にとって、親本の書式よ

りも適切な形だと考えられたはずである。

このような末流伝本に見られる一見不合理に見える改変も、書写者の意図と作品解釈の反映なのだと考えれば、本文上に大きな価値がない末流伝本でも、書写面の変容に注意することで古写本にはない情報増加や、古写本とは異なる性質が見いだせる。

二　『俊頼髄脳』と『無名抄』の書写面の変容

以上のような観点から、源俊頼『俊頼髄脳』と鴨長明『無名抄』との諸伝本を比較検討してみたい。『俊頼髄脳』は早い段階で流布し、「無名抄」、「俊頼の髄脳」などとも呼ばれていた。『俊秘抄』、『唯独自見抄』などの外題をもつ伝本もあり、書名が固定化されていなかったようである。[1] しかしあえて長明が自筆の歌論に『無名抄』と付けた時、「俊頼の髄脳」への言及があることや、両者の形態的な類似から見ても、長明は俊頼の『無名抄』を意識していたと推測される。後白河院も『梁塵秘抄口伝集』で『俊頼髄脳』を「まねびて」作ると述べており、その影響は非常に強かった。

両書とも諸本論、文献学的研究は厚い。しかし、本章で重視したいのは善本の認定ではなく、諸伝本の書写面と書式である。いずれも書写の過程で後人の改編が加えられており、その様相は複雑で、具体的に親本から子本への変容を追うことも難しい。したがって、このような改変された本文については従来十分な検討はなされてこなかった。

『俊頼髄脳』の諸本論としては久曾神昇[2]及び赤瀬知子[3]の網羅的な調査がある。また今井優[4]、鈴木徳男[5]、伊倉史人らもそれぞれの立場からの立論がある。(6)中でも基本的な伝本分類案を提示した久曾神は比較的有力な伝本である甲乙諸本の他に、末流伝本を丙丁戊己類に分類している。甲を定家本、乙を顕昭本とし、丙を顕昭本から一部脱落が見える逸脱本、丁戊己をさらにそこから改変された本（変改本）とした。赤瀬の論では定家本及び顕昭本の対立があり、さらにそこから抄出本や逸脱本が派生したとされる。従来の議論は定家本と顕昭本の優位を争うものが主流であったが、近時、冷泉家時雨亭文庫蔵定家本『俊頼髄脳』が影印刊行され、(7)古写本が出現した定家本が優勢と考えられている。しかし、顕昭本が古態を残す可能性が払拭されたわけではない。現存伝本における本文の優劣はひとまず措くとして、ここでは久曾神のいう変改本系統に注目したい。

改変された本文をもつ諸本は、『日本歌学大系』の解題のように「後人のさかしら」と処理され、改変のあり方は等閑視されてきた。しかし、『俊頼髄脳』と『無名抄』両書の変容が似通う傾向にあることは早くから知られていた。

変改本とされる系統の諸本では目次と番号で標目を立てており、古写本よりもより整理された形式になっている。こうした標目による整理が行われている伝本を、久曾神は後人によるものとして本文批判への参加資格なしとした。

俊頼の製作でない事は明確であるが、連歌の位置を変更してから作られたものであり、連歌の終わりの証歌を三箇条に分けて目次を付けてゐるのを始め、内容を無視したものが多く、組織の全く分らない人が単なる歌の検索の為に作つた事が明瞭であつて、如何に愚なりとはいへ編著者などがなしたものではない。目次は俊頼でなければ能き《（ママ）》ないように述べてゐるが、常識のある人が見れば、如何にしても俊頼以外の何人かが作つたと知られるのであり、その例は長明無名抄にもある。(8)（傍点：梅田）

久曾神の指摘は、甲乙系統では四箇所に分割掲載されている連歌を、変改本系統では末尾近くに一括して移動しており、さらに目次にはその箇所に「連歌」と付している上に、内容は非常に不合理で俊頼による編集ではないことは明白であるとする。この指摘は首肯されるべきものであるが、注意すべきは長明『無名抄』にも同様の現象が起きていることを指摘している点である。(9)

たしかに、原態から大きく離れていることが想定される本文から、原態の様相を知ることは難しい。しかし作品が流布していく中で、それらにどのような改変の傾向があるのかという問いをたてるならば、こうした本が持つ価値は計り知れないものになる。

三　『俊頼髄脳』の検索性

『俊頼髄脳』には本文の脱落が大きい伝本もあり、冷泉家時雨亭文庫蔵『俊秘抄』(10)のような抄出本も少なからず現存するが、ここでは前節の問題意識にもとづいて、変改本の形態が原態に対して、どのような機能を付与されているのかを論じていきたい。

そのために、まず書写年代が古く、古態を残すと考えられる冷泉家時雨亭文庫蔵の定家本や、顕昭本の形から、久曾神のいう変改本のような体裁に変わっていく利点について考察する。変改本系統の肥前島原松平文庫本『俊頼口伝集』では、目次に項目名と番号を付し、項目に該当する箇所の文頭に数字を書き込む体裁になっている。鈴木は、変改本の内にも、項目数が百三十二条の本、百三十四条本、百五十七条本、百六十条本が存するとする。(11)久曾神の分類ではこれらが変改本系統（丁本・戊本・己本）にまとめられており、赤瀬は略本Ⅰ類とよぶ。(12)

変改本系統の成立は、鈴木が百三十四条本↓百三十二条本（目次と本文の整理）↓百六十条本（本文の混態と増補）↓百五十七条本（百六十条本で本文との対応がない条を整理）という順番を想定している。[13] 従うべきであろう。
変改本系統の目次では、話題の内容・登場人物・和歌の初句・被注語等が立項される。目次の立て方は特定の基準は持たないようで、恣意的で不統一ながら、目次と項目番号との対応によって、話題の検索が可能な形に整えられているのが特徴である。定家本の書式では、松平文庫本『俊頼口伝集』のような「検索」は難しい書式になっている。

しかし、『俊頼髄脳』の内容を見ると検索性の付与に対する需要は非常に高かったと考えられる。なぜならば、『俊頼髄脳』は、特に前半部分では、一定の構成意識を持っていたからである。

それが伺えるのが、冒頭に見える「序の意識」である。『俊頼髄脳』の巻頭には『後拾遺集』序との関連がみられることが知られている。『『俊頼髄脳』全注釈』[14] では七箇所が挙げられているが、集中して見える五箇所を『後拾遺集』の序と共に次に掲げる。

『俊頼髄脳』

春夏秋冬につけて①花をもてあそひ、郭公をまち、紅葉をゝしみ、雪をおもしろにも《顕昭本：おもしろしと》思ひ、君をいはひ、（中略）そも〱うたにあまたのすかたをわかち、やつの病をしるし、②九のしなをあらはして、いときなき《顕昭本：いとけなき》物をゝしへ、をろかなる心をさとらしむる物あり《顕昭本：ありし》、しかはあれと、ならひつたへされはさとる事かたく、うかへて《顕昭本：うかへ》まなはされはおほゆる事すくなし、③むもれ木のむもれて、人にしられさるふしとをたつね、たきのなかれになかれて、④すきぬることのはをあつめてみれは、はまのまさこよりもおほく、雨のあしよりもしけし、⑤霞をへたて〻、春の山にむかひ、きりにむせひて、秋の〻へにのそめるかことき也、山かつのいやしきことはなれと、たつねされは朝のつゆときえうせぬ、玉のうてなのたへなるみことなれと、きこえされは《顕昭本：き〻しらされは》風のまへのちりとなりぬるにや。

『後拾遺集』序

①花をもてあそび鳥をあはればずといふことなし。
②ここのしなのやまとうたを撰びて、人にさとし、
③埋もれ木の隠れぬれど、
④浜のまさごの数しらぬまで、家々の言の葉多く積りにけり。
⑤山川の流れを見て、水上ゆかしく、霧のうちに梢をのぞみていづれのうゑ木と知らざるが如し。

このように、書き出しからある部分までが「序」として構成されていることは、後代にも意識された。時代は下るが『扶桑拾葉集』に「無名抄序」が収められ「かくれたる信あれはあらはれたる感あるものをや」までが「序」として認識されている。この序が本論に入るための導入となっている点に『俊頼髄脳』の構成の一端がうかがい知れる。続く話題はこのように書かれる。

哥のすかた《顕昭本傍注：イ是ヨリ別段》、やまひを《顕昭本：病》さるへきこと、あまたのすいなうにみえたれとも、き〻とをく心かすかにして、つたへきかさらん人はさとるへからされは、まちかき事のかきりをこまかにしるし申へし。
はしめにはは《反》ん《哥》かのすかた。

（中略）

次に旋頭哥といふものあり。

冒頭に「歌の姿」と「歌病を避けること」を記すと宣言され、「次に○○といふものあり」として「旋頭歌」「根本歌」「折句歌」「沓冠折句」「廻文の歌」「短歌」「短歌」「誹諧歌」「連歌」「隠題」の歌体論が記されている。顕昭本では、「哥のすがた」に傍書で「イ是ヨリ別段」とあって、序から歌体論への転換を「段」として認識していることも注意される。このような「次に」という詞で分節される一連の歌体は「まぢかきことの限り」を記したもので、「次に」といったフレーズは話題を分節する機能をもっている。『和歌初学抄』における「又」のように、接続詞をつかってトピックを配置する歌学書があり、[15]こうした詞を配することで、項目見出しの代わりとし、話題の区切りを作る事は珍しいことではない。

さらに、歌病についての記述が続いて、その後「おほよそ歌は……」と別の話題に移動する（『新編日本古典文学全集』では「〔四〕歌人の範囲」として区切りを設ける）。このような点から『俊頼髄脳』前半の歌体・歌病の記事は「まぢかき事の限り」という一つの知識パッケージを意識して構想されているとみられる。

これ以降、『俊頼髄脳』は記事内容が散漫になる傾向があり、難義語への注釈、物異名など、様々なトピックが連想的に続いていくのであるが、全体を通じて明確な構成を意識して書かれたとは考えにくく、話題の配列に規則性も見当たらず特定記事の検出が難しい。このような「検索のしにくさ」は、次のような二つの要因によっても引き起こされている。

一つ目は、一つの箇所で述べられるべき話題が複数の箇所で触れられるという「話題の分散化」である。一例をあげれば、先ほどみた通り前半部では避病についての記事があり、そこでは「文字の病」（同心病や岸樹病）が示されている。ところが、後半部分になって後悔病についての記事がまた記されているのである。

哥の八のやまひの中に、こうくわいのやまひといふやまひ《顕昭本：もの》あり、哥をすみやかによみいたして、人にもかたり、かきてもいたして、《顕昭本：「人にも～いたして」までナシ》のちによき《顕昭本：のちよきことは》ふしをおもひよりて、かくいはてなとおもひて、くひねたかるをいふなり、されはなを哥をよまむには、いそくましきかよきなり《顕昭本：いそくましきなり》、いまたむかしよりとくよめるにかしこき事なし《顕昭本：よきことなし》、

この説明であれば、前半部の歌病の箇所で記してもよかっただろう。『俊頼髄脳』の論理から言えば後悔病は「文字の病」ではないので、歌病には当たらないということなのだろうか。また、似物についても同様の記事が見える。前に「歌には似物といふ事あり」と語られる一方で、「あまの河あさせしら波たどりつつわたりはてねばあけぞしにける」（三四六）についての注解記事でも似物詠の記事が見える。

二つ目は、以前の箇所を指示するような「前部参照」の記述が見えることである。

かせの名はあまたありけなり、おほかたの名は、ゝしにある《顕昭本：はしめにある》物ゝい名《顕昭本：物の異名》にしるせり。（傍点：梅田）

このように「前の話題」を参照し「端にある」話題を再び提示する記述がみえるのである。こうした指示はこれ以外にはほとんどなく例外的な処置にも見えるかもしれない。しかし、歌や話題の番号や、部立名ではなく「奥」と「端」という情報の位置を示す標識のあり方が、書物の構造的な書式と密接に結びついている点が重要なのである。歌学書に限らず、以前に提示したトピックを後方で指し示すことは珍しくないが、定家本等古写本の形では以前の話題を検出する術がない。二三〇丁を越える定家本では、和歌のみを頼りに以前の話題を検索して該当する記事を見つけだすのは容易ではないと思われる。

こうした標目の無い本で前部の箇所を指示する記述があることは、読者が以前の記事を含めて「よく読み込んでいる」ことを前提として作られていることを示す。つまり、定家本『俊頼髄脳』は書き出しから最後まで一貫して読むべき体裁となっているものの「話題の分散」や「前部参照」があり、一書内での記述の相互参照が困難な著述なのである。これは顕昭本の完本でも変わらない。つまり、『俊頼髄脳』は検索しながら読むには不合理な構造であるにも関わらず、検索を指示する記述がある書物なのである。『俊頼髄脳』は「自在な構成」をもっているとされるように[16]、一書内での話題のつながりは必ずしも線条的に（例えば話題の連想や、前後の話題の繋がりで）把握できるとは考えにくい。

では、目次を有する諸本は、こうした古写本の形から、どのように構造を改変し、検索に便があるように再構成しているのだろう。

松平文庫本『俊頼口伝集』は、変改本のうち最大の目次数をもつ百六十条本の一本である。この百六十条本は、対応する本文を三ヶ条を欠く混態増補本であり、本文の欠脱も存する。やはり目次の立項に際しては統一的な基準はないようで、内容の要約、登場人物、和歌の初句や被注語などの様々な位相がある。

目次と本文との対応については、目次の箇所に項目名を直接書き込むものは見えず、行頭に目次の番号を書き込む。定家本との本文異同は甚だしく、物異名部分を後ろに移すもの（静嘉堂文庫蔵岡本保孝手稿本『俊頼口伝集』）や変改本の特徴である連歌部を末尾に移動させるなどの現象が確認される。

変改本では目次と標目が付されたことで、一見して本文の検索が容易になっただけではなく、各項目の闕脱箇所が明確になるという利点もあった。それは松平文庫本にある朱の書き入れからも把握できる。松平文庫本には大きな闕脱が数箇所があるが、対応する本文が存しない「三十六不言物名而其意可見躰」、「三十七寄所名歌」、

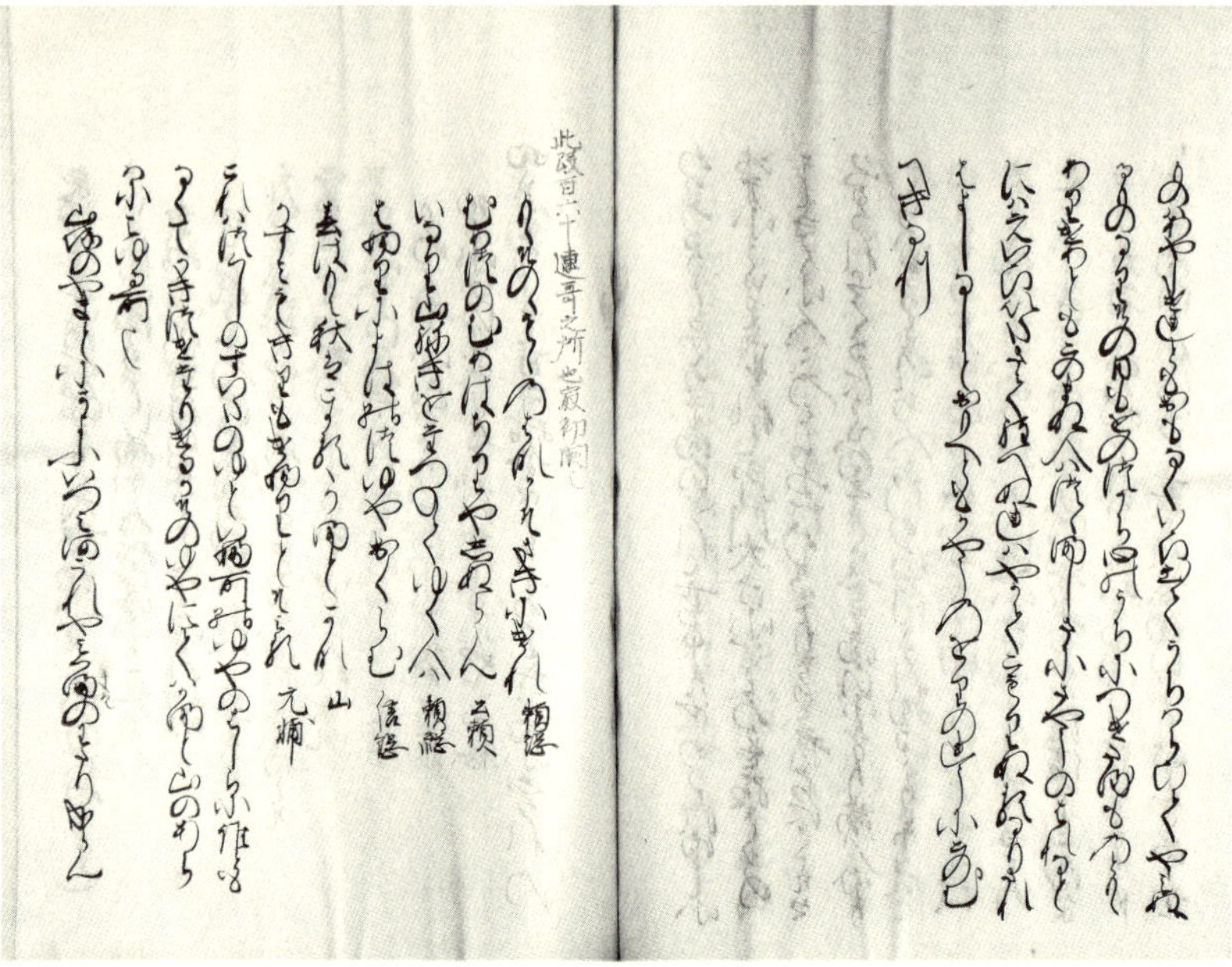

図1　肥前島原松平文庫本『俊頼口伝集』

「三十八物異名」の三ヶ条を含め、朱書で闕脱部分が書き込まれている。図1では末尾に移動された連歌部に、朱で「此改百六十連歌之所也最初闕歟」と首書が付されている。項目の有無による闕脱部分の推定が書写者によって書き込まれることは珍しくないが、目次や標目のない諸本ではその分量まで推定することは極めて難しい。こうした後人による「脱落部分の復元」は目次と標目を示す構造の本によってはじめて可能になるだろう。

　目次や項目による再構成と変改本系統が大幅な本文異同を持つことは関連付けて考えてもよいように思われる。

　乾安代は『俊頼髄脳』が連歌について記す箇所が四箇所に分かれて存することを指摘し、なかでも集中的に連歌が集められる「連歌集成」箇所の重要さを指摘する。[17]もし定家本等の構成を立項・目次化するならば、目次においても連歌部を四つ（以上）作ることになるのではないか。その不合理さを嫌い、連歌の箇所をまとめて後方に移している。本文に対する検索・利便性といっただけではなく目次の錯雑を嫌って本文を移動させたのだろう。

さらに、それぞれ百三十四条本から百三十二条本へ、百六十条本から百五十七条本へといった目次と本文との対応に関わる整理が行われていることも、本文と目次の対応に高い需要があったことを示している。たしかに、変改本系統の本文は百三十四条本の段階から、それ以前の本（久曾神のいう丙本）の闕脱を有していたらしく、本文的に見るべき点は少ない。

しかしながら、これらの変改本は話題の検出をより簡便にするための書式が模索され、目次を持たない古態の諸本がもつ不合理さを解消しようとしていたことで、古写本の定家本や顕昭本のように検索のしにくい本とは異なった性質を持たせているのである。

四　『無名抄』の書式改編

目次と標目を付す伝本と、それらが全くない伝本が存するという点では、鴨長明『無名抄』も類似の現象を示している。本文上にも大幅な改変が施される『俊頼髄脳』諸本と異なり、『無名抄』では諸本で記事内容が大幅に異なることはなく、諸本の差異は目次や標目などの本文以外の形態的な点が大きい。

写本は『国書総目録』で四〇本、版本の伝存例はさらに多く、非常に多くの伝本が現存する。これらの諸本のうち、本文上には大きな相違は見受けられない場合であっても、標目の書式は諸本で大きく異なることが従来指摘されてきた。(18)

本書（天理本・梅田）は七六の項目に分け、それぞれが見出し標目されて記述されているが、伝本によってその項目名に差異があり、項目数も出入がある。また、①全く見出し項目がなく本文中に朱鉤して各段を示すもの（書陵部蔵鷹司本明應和謌抄、江戸中期写）、②おなじく各段が改行して書かれているもの（静嘉堂文庫蔵脇坂八雲軒旧蔵松井文庫本無名抄、江戸中期写）、③各段のはじめに行間書入れの形で細字で標目するもの（東京大学総合図書館蔵阿波国文庫本無名抄、江戸中期写）、④本書のように本文中に一行をとって標目するが見出しは朱書でなされるもの（梅沢記念館蔵、鎌倉期写本）、⑤本書と同じく別行で本文と同筆で墨書するもの（天理図書館蔵呉氏旧蔵無名抄、鎌倉末期写）、⑥本文中の別行標目と目録の両者を持つもの（寛政二年・文化九年・無刊記版本無名抄）等の形態的な差異をもっている。このことは、恐らく伝写間の段階的な展開を示すものであろうと思われる。[19]長明『無名抄』は本文上の異同などは比較的少なく、書式や項目名・巻数等を含めた「形態上の違い」がその大きな差異であると考えられてきた。この中で注意したいのは項目表記のあり方で、右の引用においても紹介された伝本だけでも、六類あることが指摘されている。

このうち、梅沢本、天理本、呉旧蔵本が鎌倉期の古写本である。梅沢本は項目を朱書で示している。成立後比較的早い段階から項目を付すことが行われてきたようである。梅沢本をみる限りでは、本文の空行の間に、各項目が朱鉤ないし朱書きで記されることが多い。この空行まで含めて書写されることを意識していたように見え、梅沢本で項目が付されたわけではなく、以前から項目が存していた可能性は高い。天理本は項目名が多く（六一項）、梅沢本（四八項）よりも項目見出しが整理され、事書の体裁になっている。天理本は二字ほど空格をおいた位置に、本文と同行に項目見出しを書くのだが、詞書にあたる語（「後徳大寺左府ノ御哥ニ」や「頼政卿哥ニ」といった文）も二字分程の空格をおいて記している。これらの字下げ箇所も和歌の書式に合わせた話題の切れ目であると意識していた可能性はあると思われる。

ところが、梅沢本他の章段分けは本文の構成に対して立項が不合理な箇所がある。一例をあげると、『歌論歌学集成』で「俊恵定歌体事」、「名所を取る様」、「取古歌」（梅沢本では「新古今」とする）の項目を立てられている部分がある。「俊恵定歌体事」は長文の章段で、途中「歌には故実の体といふことあり。良き風情を思ひ得ぬ時、心の巧みにてつくりたつべいやふを習ふなり」として、以降「一には」と歌体を列記・説明する。ところが、次のように二項目分がその途中に立項されるようになってしまう。項目名を〔　〕で示す。

歌には故実の体といふことあり。

一には、させる事なけれど、たゞ詞つづきにほひ深くいひながしつれば、よろしくきこゆ。

一には、古歌の詞のわりなきを取りてをかしくいひなせる、又をかし。

一には、秀句ならねど、たゞ詞づかひおもしろく続けつれば、又見どころあり。

〔取名所取様〕

一には、名所を取るに故実あり。

〔取古歌・新古今〕

一には、古歌を取る事又やうあり。

右の五つの「一には」の箇所は「故実の体」の一群と読んだ方が合理的であろう。天理本では「には」は字母も同じものを使い、書写者は明らかに一連の記述と見なしているものと考えられる。斎藤理子は弘安七年奥書の見える書陵部蔵松岡本が梅沢本他に比べて章段設定に合理性があることを指摘しているが[20]、この箇所の問題は松岡本も同様である。だが、宮内庁書陵部蔵『明應和謌抄』[21]等の項目表記のない諸本では一連の記述として読むことができる。従来は右のような例を含め梅沢本や天理本の章段分けをそのまま利用してきた傾向があるが、他の写本ではこうした点で古写本とは異なる処理がなされていることに注意したい。

河野美術館蔵『無名抄』[22]一本の書式は、本文中に章段名は書かれず、項目の位置に朱点と朱合点を付して項目を記す、先の解題の引用でいえば項目処理は①の亜種の形である。該本がユニークなのは、こうした鉤点や合点に複数の種類が存する点である。さらに、二箇所の「一つ書き」と、朱鉤のみ、あるいは朱点のみの項目表記も混在しているなど、項目表記のあり方に複数の位相が存している。

たとえば、梅沢本で「俊恵定歌体事」とある章段には、朱点及び朱合点を付すが、「木工頭の歌に」の箇所にも合点を付し、さらに「歌には故実の体といふことあり」の箇所にも合点を付している。「名所を取る様」と「取古歌」の箇所には合点等はなく、「歌の故実」の一群として標目を付したものであろう。

他例では、先のものとは別の、同じく河野美術館蔵『無名抄』一本[23]（図2）には、「題目」と記される目次があり、そこでは各話題を「第〇〇」と記し、「第七十一床寝の事」までの七十一の段が立項される。その中には複数の項目が同一の段に「付」として挿入されたと見え「イ別段也」として異本校合がなされた記述が見える。それらが見える段と、異本注記を（　）で括り合点を╲で示し挙げると以下の通りである。

同鵙巣事（イ前別也）　第一四用本説心持之事（イ以歌風説注事）
第廿一あさも川明神事（イニうら嶋明神事）　第卅一腰句手文字事（イ前ト一段也）
第四十二上句寄秀哥事（イ胸腰可案事）
第四十三段兼資頼政哥詞不足事（イ此内二段也）╲付円玄阿闍梨哥事（イ前段也）
第四十四哥つくろへは忽敷感事（イニナシ私）　付静縁こけ哥之事（イニ別段之）

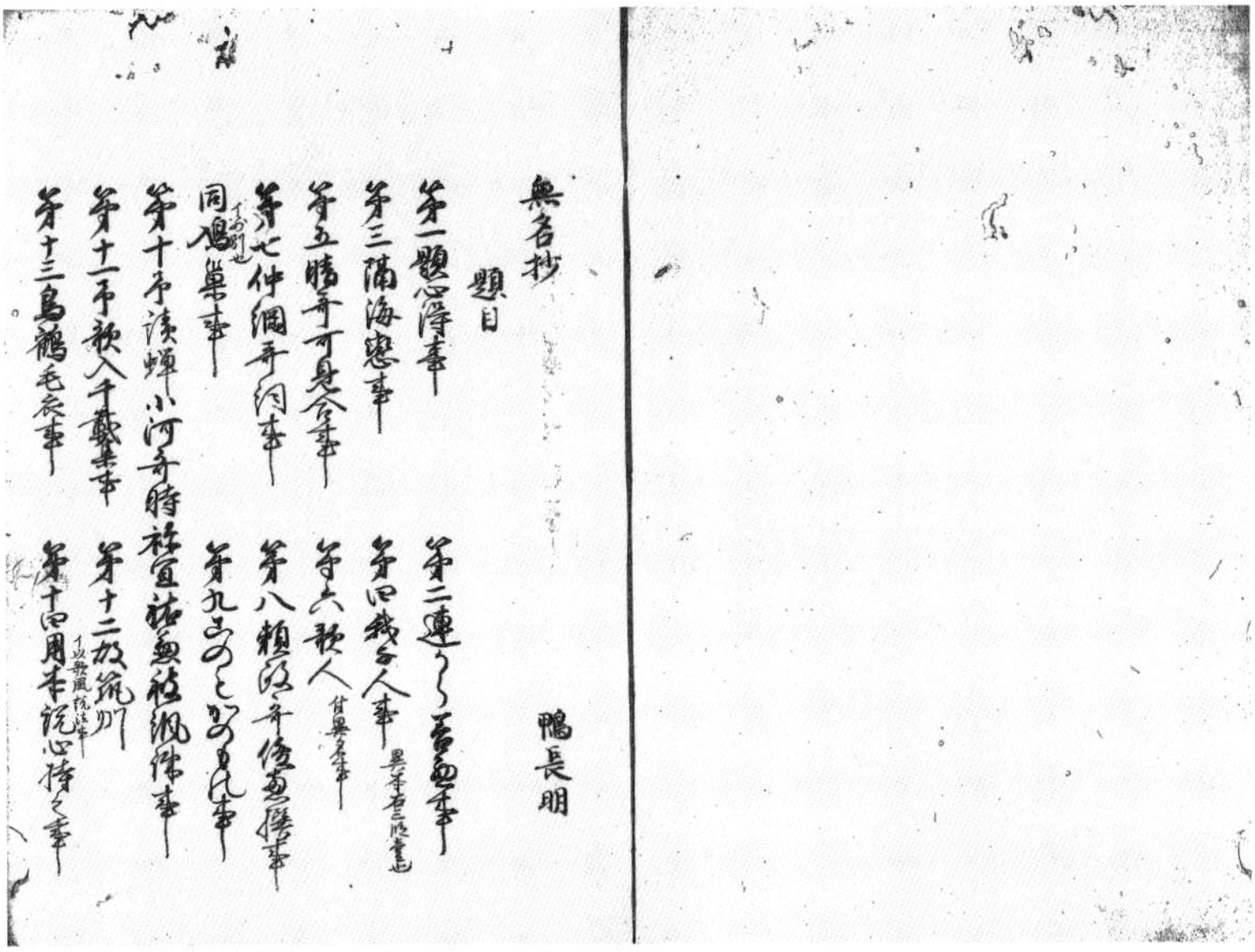
図2—1　河野美術館蔵『無名抄』

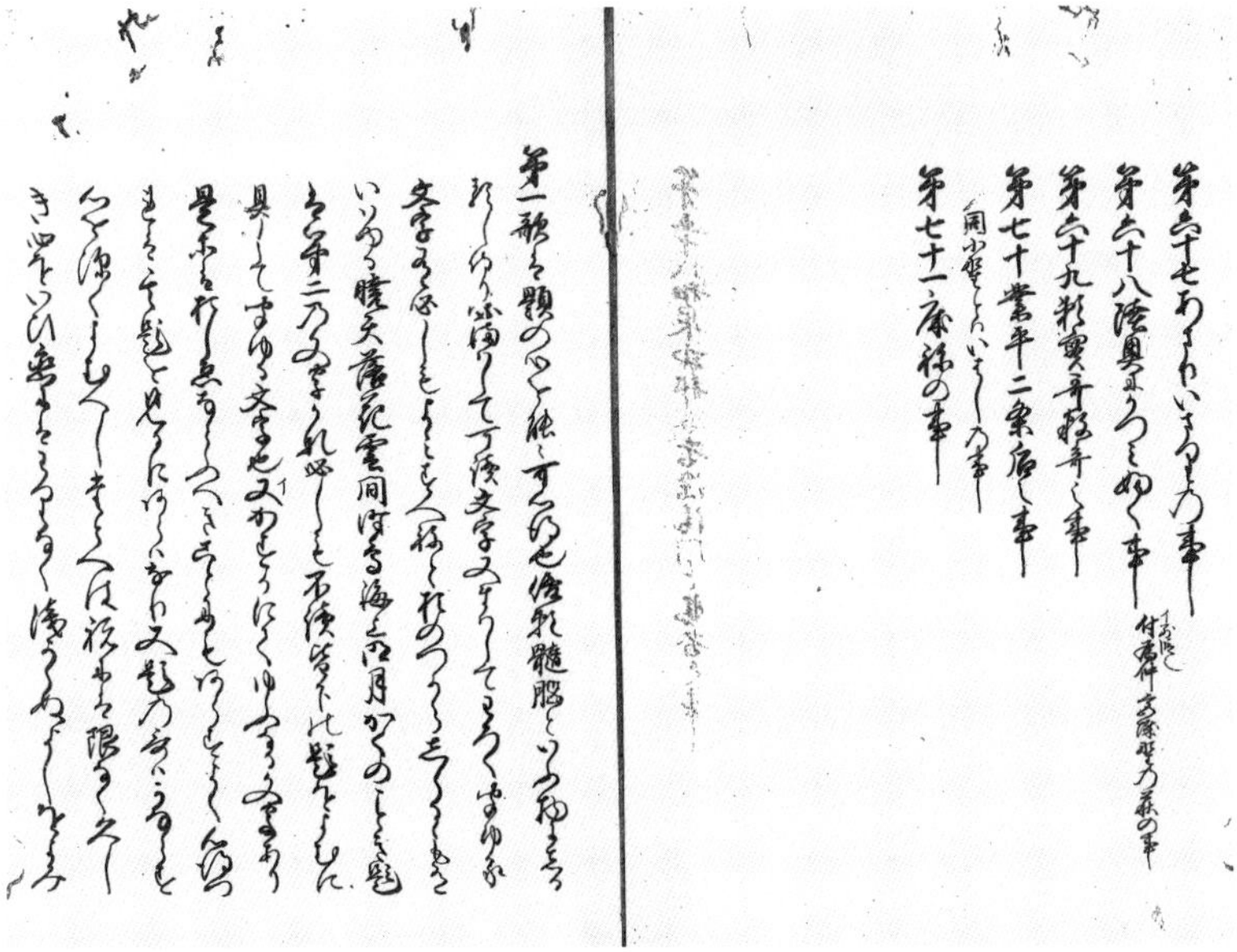
図2—2　同上

第四十七哥人不可得証事（イニ別段也）　付十二歳女子判哥事（イ別段）　同依処余自然哥読事（イ別段也）　同範兼家会優事（イ別段也）
第五十四道因歌志深事　付大輔小侍従事（イニ別段也）
第六十近代哥躰事　付代々哥躰事　同幽玄事　同哥躰俊恵定ル事（イ別段也）　同僻言詞於立石事（イ別條也）　同貫之千鳥哥事　同哥今朝聞能様ニ可読事（イ別段）
第六十三名所読様之事　付定家朝臣難する歌之事（イニ別段也）
第六十五かな序書様事　付清輔朝臣仮名能書事（イニ別段也）
第六十八陸奥にかつみふく事　付為仲宮城野の萩の事（イニ別段也）

これら「付」以下の、異本では別段という注記は一四箇所に見える。ほかにも、「第四我与人事異本右三段壱也」と、冒頭の段構成そのものが異なる異本と校合したことが記される。本書では目次の連番が本文の行頭に漢数字で示される点から、『俊頼口伝集』と類似した書式となっていることにも注意してよいだろう。この二本の書写は近世中後期にかかると見られる。

いま二本を見たに過ぎないが、『無名抄』の項目表記に関する書写者たちの模索は近世期に至っても統一した見解はなく、章段分けに項目の出入りが確認され、書式の模索が行われていたのである。

しかし、朱点・朱書といった比較的単純な標目だけではなく、先にみた河野美術館本二本の如く連番が付された諸本が生まれ、項目の分立や表記に関して多様な模索が試みられてたことはやはり注意してよいと思われる。版本類とは異なる形でも様々な立項の仕方が試みられていたのである。また、梅沢本・天理本・呉旧蔵本といった古写本の標目に本文との対応が悪い箇所が見えることからも、『無名抄』の検索に対する需要は極めて早い段と、実に様々な検索標目が模索されていたことがうかがい知れる。『無名抄』であるが、近世期の写本まで含めてみる階から存していたらしい。梅沢本などの古写本が注目される

五　歌学書の書式からわかること

『俊頼髄脳』や『無名抄』の例では、古写本では通読を想定していたものの、その後検索性を高めるために項目や目次が付与されるという現象が、両書の諸本で見られることを確認してきた。しかし、その項目や目次のあり方は諸本を通じて一貫するものではなく、伝本ごとに様々な書式が採用されている。同時に、内容を示す章段や目次の項目条数は安定せず、増補や抄出、整理がなされるなど、書式と標目が不安定であることも共通する現象とみてよい。結局、目次や項目には本文ほど強い拘束力はなく、より便利な書式や項目名が模索されてきたのである。

通読に適した書式と検索利便性の高い書式を併存させる例は他にも見られる。

例えば、能因本『枕草子』の古写本（富岡家旧蔵本、三條西家旧蔵本。図3・4）では、随想的な章段では地の文が改行もなされずに続くのに対して、類聚的章段などでは「みねは」「はらは」「いちは」「ふちは」のように標目を、字下げ改行させた上で、各項目を一字分の空格を設ける歌枕書のような書式となる。他の章段では改行が行われるものの、はっきり標目を立てるわけではない。[24]同書の歌枕書的な性格を強調した書式であるとも言えようか。書写の際の書式の変更は、その本のどのような性質に着目するかという書写者の観点によって異なるのである。

また、書写面の体裁は各本の性質を示すだけではなく、著述のジャンルを決める一つの要素とも考えられてき

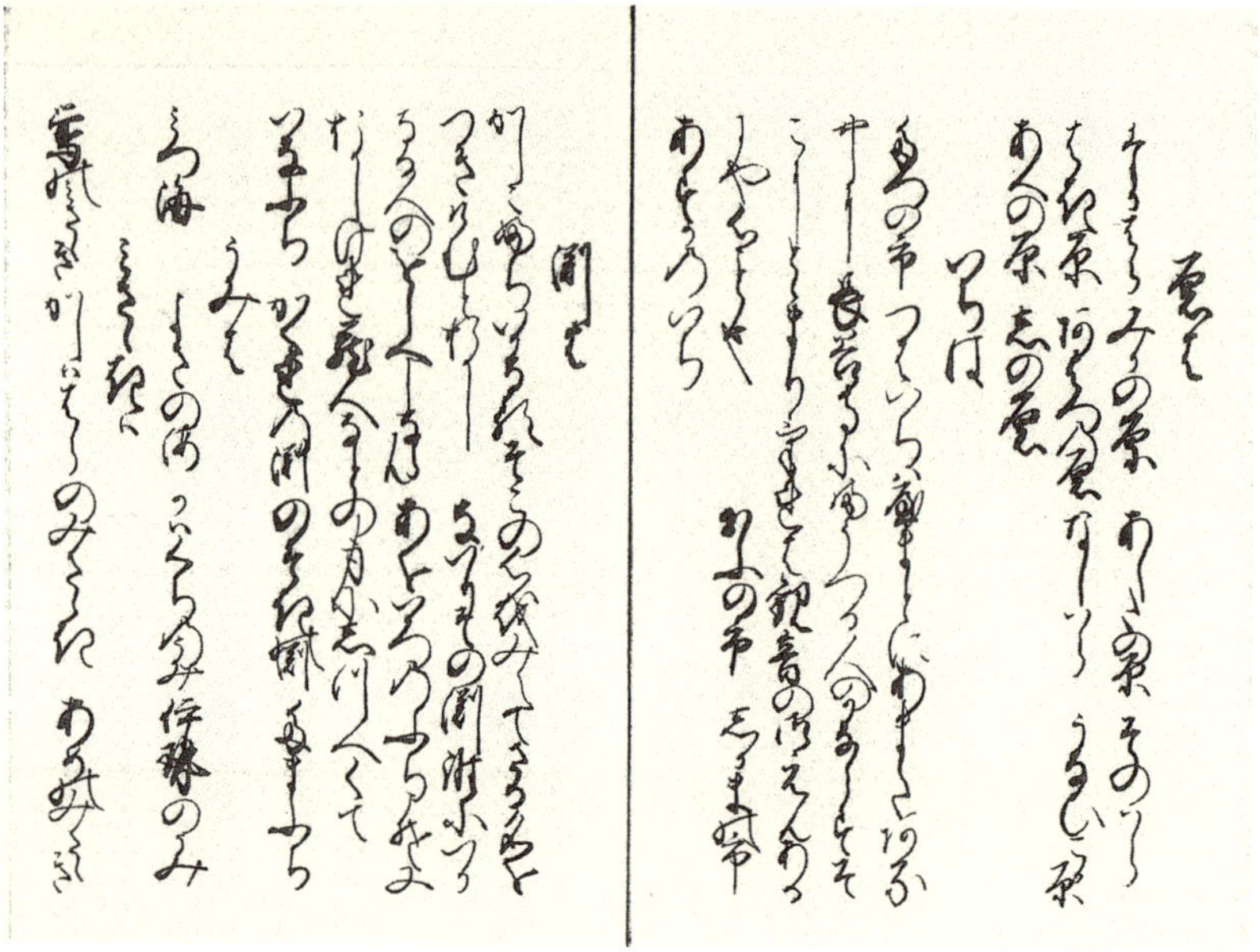

図3　富岡家旧蔵能因本『枕草子』

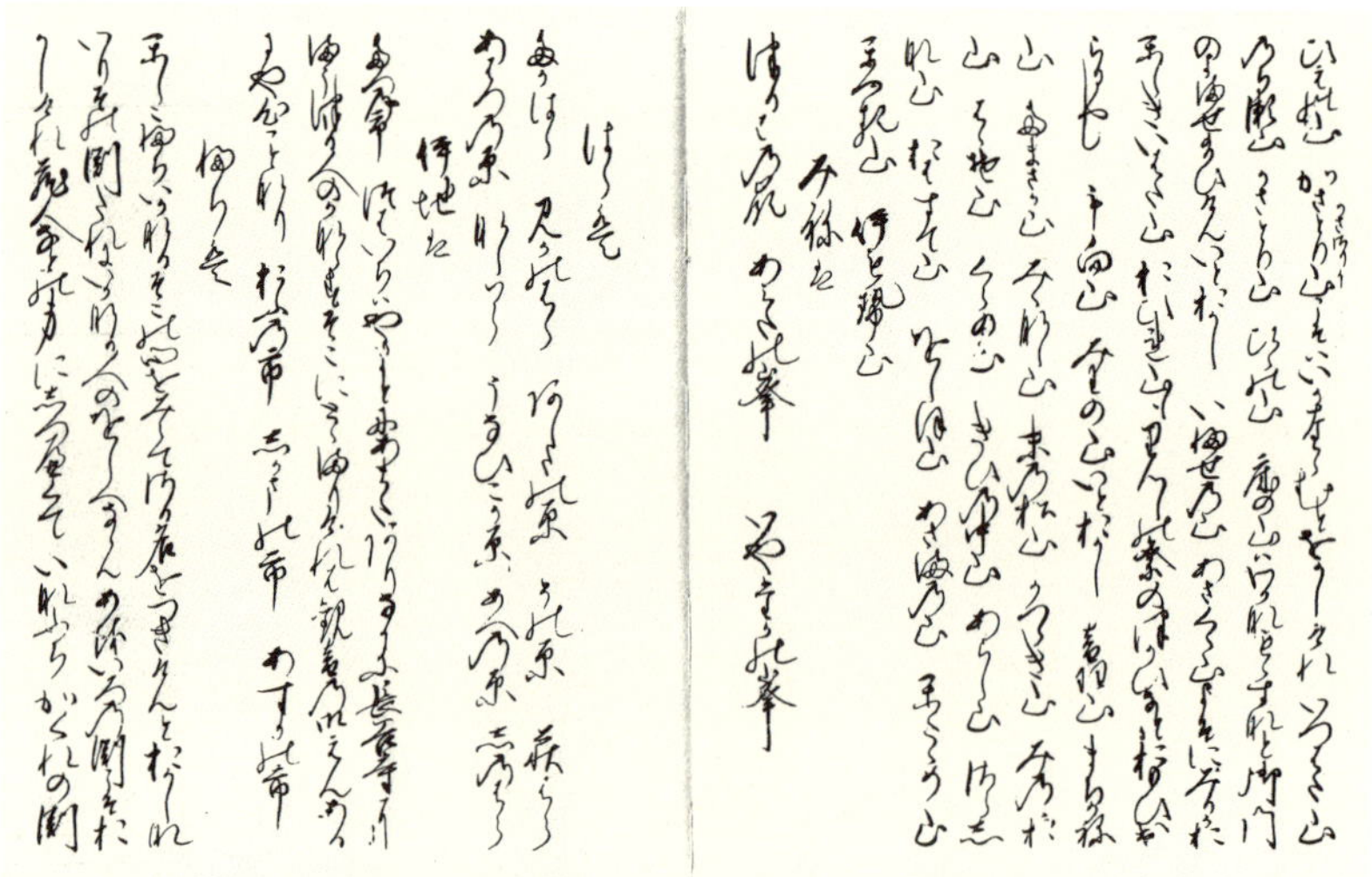

図4　三條西家旧蔵能因本『枕草子』

た。古典籍における和歌の書様は多様である。田村悦子は散文における和歌の書式を五類に分けて紹介しており、それらが漢籍や仏典などの影響を受けながら、ジャンルごとに書式が異なることを指摘している。(25)和歌の場合には、歌集では詞書を字下げ、和歌を字上げ（凸型）して表記する一方、同じ歌集でも詞書が字上げ、和歌が字下げ（凹型）される場合には、散文（歌日記や物語）などに近い性質の書物として読まれていたと考えられる。両方の書式で書かれた『建礼門院右京大夫集』の例もあり、同じ内容であっても歌集として読まれる場合も散文として読まれる場合もあった。また、装丁や料紙といった物理的な側面も書物の性格をある程度規定する。(26)同様の現象は歌集や日記だけではない。加藤昌嘉は『源氏物語』諸本で和歌の書式が複数存することを紹介している。(27)和歌の書式は同一の内容の本においても多様性が生じうる。本文中の和歌の書式のみからジャンルを――そもそも「ジャンル」概念それ自体が享受者による恣意的な分類に過ぎないが――決めることはできないのである。

歌学書の場合も同様である。木下華子は、『無名抄』でも和歌二行書きで字下げが行われる本もあれば、和歌を他の行に対して字上げする本もあることを指摘している。(28)ただ、歌学書の場合は、和歌の書式には物語や歌集とは異なる機能が与えられている。

『俊頼髄脳』や『無名抄』のような、通読する歌学書での和歌は著述内の目印になる。例えば、『俊頼髄脳』が為家本『土左日記』のように、わずかに和歌の下一字に空格を設けるような書き方を採用していたとしたら、被注歌と証歌の弁別が困難となり、歌学書としての視認性は大幅に低下するだろう。『俊頼髄脳』の後半や『奥義抄』のように被注歌が多い書では、和歌それ自体が検索上の目印である。

また和歌の書式は、一書の中でも複数存することがある。『奥義抄』の写本でも多くは和歌二行書が多いが、慶應義塾図書館本（旧志賀須香文庫蔵、『日本歌学大系』底本）では和歌は一行書ながら、本文は和歌行頭から五字ほども下げて書かれる。しかし、被注歌ではない本文中に書かれる証歌は被注語から三字ほど下げられ、逆に地の文に対しては一字ほど上げて書かれているのである。被注歌と証歌で文頭の高さが異なる現象は大東急記念文庫本などにも見られるが、それを強く強調した書式といえよう。

顕昭『袖中抄』の冷泉家時雨亭文庫蔵本及び高松宮家旧蔵本では天二地一の界線が引かれ、自説と他説とを明示するように空格を調整している。南北朝期や江戸期に継がれた部分ではこの書式が守られていないが、複雑かつ合理的な体裁であり、著者自身の手によると考えられている。(29)

このように歌学書は著者や書写者が内容に合わせつつ、それぞれ異なった書式を採用するため、複雑なものが多い。書式の設定は著者自身による場合もあれば、書写者による操作の場合もあり、原態が保持され続けることは少なく書式は不定に流動しつづけるのである。こうした諸写本の現象から、物語や仮名日記のように冒頭から結尾へと一方向的にのみ読まれる本に比べて、歌学書では書式のもつ意味が重く、本文中に和歌や項目を始めとする複雑な要素を持ち、書写者が書写に際して諸要素を操作すること（空格の設定や書式の制定など）についての重要性がうかがえる。書式の意味を読み解くことは、その本文の性格を該本の書写者がどのように理解したかを把握する上で重要なのである。

六　おわりに

原態から遠く離れた末流伝本は本文上の問題も多く、久曾神が「後人のさかしら」「改竄」としてそれらを退けたのも頷けない話ではない。しかし、書式の改変が、著述の性質の変容に大きな影響を与えていることは正しく把握・評価されるべきである。そもそも『日本歌学大系』自体、底本の書式や体裁、文字などを大幅に変更していることが知られている。[30]印刷物においては技術的な制約によって写本のような多様で複雑な字配りは再現しにくく、底本に比較して安定した（より理想に近い）紙面になるように操作しているため、活字の印刷物に頼るだけでは「写本」の持つ多様な情報を見逃してしまう。

写本の体裁や書写のあり方に注意する研究はまだ多いとはいえないが、各写本それぞれのもつ世界を読みとることには大きな意味があるだろう。今野真二が写本の書式に注意し、誤写を含めた享受の位相に目を向けることを提言している。[31]これは物語研究において加藤昌嘉が写本ごとに異なる物語世界を読み取ろうとする研究[32]とも共有されうる問題意識だと思われる。内容面だけではなく、各書式や体裁、書写の様相について考察することの意味は小さくない。

歌学書の書式は作品ごとに大きく異なり、また一書の異本の中にも複数の書式が存するなど、書写が重ねられていく過程で合理性が追求される傾向があった。書式が一定しにくいため、目的に応じて変容しやすい部分を多くもっていたとも言えるだろう。書式に注目することで、その書物の性質を本文の良し悪しとは別の位相から、則ち「享受者がどのように読んできたのか」、「どのような性質が注目される本であったのか」を理解することができるだろう。

書写行為は単純な複製ではない、創造的な行為でもある。だが、そのことを実感するのは難しいかもしれない。素朴な歴史実証主義的な書誌・文献学的立場に立って諸本を眺めた場合、低い評価を与えざるを得ない本があることに誰しも気づかずにはいられないだろう。書写年代の新しさ、書写態度の粗雑さ、あるいは本文の恣意的な改変……。原典を目指す書誌学的・文献学的な蓄積は多く、また重要である。しかし、その一方で、作者の「原態」や諸本の「祖系」に一歩でも近づくことを目指すばかりでは、[33] 現存する多くの写本「群」を無視してしまう。諸本を群体として捉えて、その内部の差異を時系列的・古態論的な観点だけではなく、合目的的な変容を示す動態として捉えることで見えてくる世界もあるはずだ。

本章では『俊頼髄脳』と『無名抄』を中心に、比較的顧みられることの少ない末流伝本も含めた諸本全体に目を向け、その項目や目次等の変容を蒙りやすい要素を分析してきた。著述における著者自身の思想内容だけではなく、「享受者による操作」を含めた、諸本の広がりのなかで写本を検討することで、従来扱われることの少なかった古典籍を、現代において見直すべき価値のある重要な文化財として再評価する視座を提示しうるのではないかと考えられる。

注

（1）藤原俊成『古来風体抄』では「俊頼朝臣口伝」と見えるが、顕昭『袖中抄』では「無名抄」と記される。『八雲御抄』学書には「俊頼無名抄」とある。

（2）久曾神昇「俊秘抄に就いて」（『国語と国文学』一六―三、東京大学国語国文学会、一九三九・三）、同『日本歌学大系　第一巻』「俊頼髄脳　解題」（風間書房、一九五七）。

（3）赤瀬知子『院政期以後の歌学書と歌枕　享受史的視点から』（清文堂出版、二〇〇六）。

（4）今井優「俊秘抄序説」（『追手門学院大学文学部紀要』一一、追手門学院大学、一九七七・一二）、同「『俊秘抄』伝来諸本の原型推考」（『語文』四八、大阪大学国語国文学会、一九八七・二）。

（5）鈴木徳男『俊頼髄脳の研究』（思文閣出版、二〇〇六）。

（6）伊倉史人「『俊頼髄脳』の題詠論について」（『三田國文』二四、慶應義塾大学国文学研究室、一九九六・一二）、同「『俊頼髄脳』の題詠論の両義性」（『三田國文』二八、慶應義塾大学国文学研究室、一九九八・九）。

（7）冷泉家時雨亭文庫編『冷泉家時雨亭叢書　俊頼髄脳』（朝日新聞社、二〇〇八）。
（8）久曾神注2前掲論文。
（9）久曾神昇「長明無名抄に就いて」（『立命館文学』四―一二、立命館出版部、一九三七・一二）。
（10）冷泉家注7前掲書。
（11）鈴木注5前掲書。
（12）赤瀬注3前掲書。
（13）鈴木注5前掲書。
（14）福田亮雄他「『俊頼髄脳』全注釈」一～十九（『教育・研究』九～一九、中央大学附属高等学校、一九九五・一二～二〇一四・三）未完。
（15）佐藤明浩「『和歌初学抄』物名「稲」の窓から」（平安文学論究会編『講座平安文学論究　第十五輯』風間書房、二〇〇一）。『和歌初学抄』の各項目が「又」から始まることと、序文にあたる箇所が「又」で区切れることを指摘している。
（16）鈴木注5前掲書。
（17）乾安代「『俊頼髄脳』の連歌」（名古屋大学国語国文学会、後藤重郎教授停年退官記念論集刊行世話人会編『国語国文学論集　後藤重郎教授停年退官記念』名古屋大学出版会、一九八四）。「連歌集成」は乾の命名による。
（18）久曾神注2前掲論文。木下華子『鴨長明研究　表現の基層へ』「『無名抄』伝本考」（勉誠出版、二〇一五）。
（19）天理図書館善本叢書和書之部編集委員会編『天理大学善本叢書　平安鎌倉歌書集』「無名抄　解題」（天理大学出版部、一九七八）。
（20）斎藤理子「『無名抄』の章段――松岡本『無明抄』を中心に」（『いわき明星文学・語学』七、いわき明星大学日本文学会、二〇〇一・八）。松岡本は弘安七年（一二八四）の、書写奥書を持つ伝本。ただし、誤写を多く含み不審箇所も少なくない。
（21）宮内庁書陵部蔵『明應和謌抄』（函架番号：266・44）。
（22）今治市河野美術館蔵『無名抄』（函架番号：332・640）。国文学研究資料館所蔵のマイクロフィッシュで閲覧。
（23）今治市河野美術館蔵『無名抄』（函架番号：332・634）。国文学研究資料館所蔵のマイクロフィッシュで閲覧。

(24)　林和比古『枕草子の研究　増補版』(右文書院、一九七九)は、「清少の原著では、類集段の提示部を常に改行したとは言へないのではあるまいか。清少は類集段提示部をある時は改行書に、ある時は追込書に、気まゝに書いたのではないかと推測される。それが伝写の手によつて漸次改行書に変へられた。而してその原著の追込書の形式が三条西本に24%という頻度となつて残ったと考へたいのである」(二二四頁)と述べている。三條西家旧蔵本、富岡家旧蔵本ともに原態からは離れた形であるのであるが、このような変容を起こす読まれ方として、類集段の辞書的・歌枕書的利用が考えられよう。

(25)　田村悦子「散文(物語、草子類)中における和歌の書式について」(『美術研究』三一七、国立文化財機構東京文化財研究所、一九八一・七)。

(26)　ハルオ・シラネ他編『世界へひらく和歌　言語・共同体・ジェンダー *Waka Opening Up to the World : Language, Community, and Gender*』(勉誠出版、二〇一二)「第五部　物質文化とメディア」所収の諸論文を参照。

(27)　加藤昌嘉『揺れ動く『源氏物語』』(勉誠出版、二〇一一)。

(28)　木下注18前掲書。

(29)　冷泉家時雨亭文庫編『冷泉家時雨亭叢書　袖中抄』(朝日新聞社、二〇〇三)。国立歴史民俗博物館館蔵史料編集会編『貴重典籍叢書　国立歴史民俗博物館蔵　文学篇』一二巻〜一四巻(臨川書店、一九九九)。それぞれの解題参照。

(30)　佐々木孝浩「元禄八年板『和歌庭訓』本文の素性――『日本歌学大系』の底本を考える」(『藝文研究』一〇一―一、慶應義塾大学藝文学会、二〇一一・一二)。

(31)　今野真二『日本語の考古学』(岩波書店、二〇一四)参照。

(32)　加藤注27前掲書。同『『源氏物語』前後左右』(勉誠出版、二〇一四)。

(33)　橋本不美男『原典をめざして――古典文学のための書誌』(笠間書院、一九七四)等。

第二章　大東急記念文庫本『奥義抄』上巻の情報構造

――歌学書の割付を中心に――

一　はじめに

従来の歌学書研究は、収録される記事内容を主な対象としてきた。歌学書の記事は出典が明記されていなくとも、先行歌学書の引用である場合が少なからずあり、記事内容の分析だけでは、その性質を十分に解明することができない。本章では大東急記念文庫蔵『奥義抄』（以下、本章では大東急本と称する）の書写面と文字配置から、内容の検討とは異なるアプローチで歌学書の性格について考察したい。(1)

藤原清輔『奥義抄』は上中下の三巻と下巻余からなる歌学書である。中巻、下巻は、勅撰集歌や難義語の注釈である。下巻余は問答形式で他の部分と異なるとはいえ、やはり難儀語の注釈を中心としている。これらの書写面は規則的で複雑なものではない。これに対して、上巻は多種の項目を掲げ、その字配りは複雑で、各階層の見出しが整理されており、項目ごとに書式が異なっている。

上巻は歌学書類の記事を項目ごとに異なる書式にすることで整理・分類し構造化されている。すなわち、複雑な書式を持ちながら、規格化された情報の構造を有しているのである。

本章では文字配置から『奥義抄』を分析し、一書の中で多様な内容がどのように編成されているのかに着目したい。『奥義抄』に関する先行研究は多いが、このような書写面の観点からの考察はなされてこなかった。[2] 一般に、書誌学・文献学的研究においては、文字配置（字配り）はそれ自体だけでは、さほど重視される要素ではなかったといえる。

本章で取り上げる大東急本は、川上新一郎による『奥義抄』諸本分類において異本系統とされるⅡ類中、代表的な善本と認められる伝本である。[3] 下巻余を欠き、中冊に一部欠脱があるものの、他本にない「忠岑十体」を有する。当該本の上巻の構造を解釈するに当たって、グリッド（割り付け格子）による構造化という観点から考察していきたい。

グリッドとは、基準線に応じて文字や図といった諸要素を配置するレイアウト技法のことである。[4] この基準線は必ずしも明示的に示されるとは限らないが、このような複数の基準線による文字や画像・記号の配置をグリッドレイアウト（Gread rayout）という。大東急本は、そうしたグリッドレイアウトに忠実な伝本である。グリッドによる文字配置の構造化は、歌学書の書写においてどのような効果をあげているのか。大東急本はそのような考察をするのにまことに好適な資料であろう。

論述に先立って大東急本の書誌を影印の解題によって略述しておく。縦二六・〇糎、横二一・八糎の袋綴本三冊、内題「奥義抄序」（上式、中釈、下）、一面一二行、和歌一首一行書きで、全冊が平（杉原）賢盛の筆と認められる。詳細は井上宗雄、原田芳起の紹介に詳しい。[5]「寛正三暦初秋中八日　平賢盛」と奥書にあり、書写年が寛正三年（一四六二）と知られる。奥書については川上の詳細な分析がある。[6]

二　項目と構造

まず『奥義抄』の構造に関する二つの見解をみてみたい。久曾神昇は次のように述べている。

その内容は見出があって明瞭である。（中略）わが国の歌学を集大成したものとして最も大切なものである。殊に上巻は当時の歌学の大勢を知るために貴重な資料を提供するものである。(7)

一方、川上新一郎は『奥義抄』の構造を雑然としたものと捉えている。

清輔の著作は『奥義抄』『袋草紙』『和歌初学抄』のいずれも著者自身の改稿や増訂の痕跡が認められ、複雑な異本関係もそれに起因する所が大きいと考えられる。また、それぞれの構成を見ると整然としておらず、部分部分の脱稿後、一書に編集した形態をとっている。（中略）清輔は資料を集めてまとめると、それに度々手直しを加えて保存して置き、一書を成す際、組み合わせて用いたり、同じ材料を使い回したりする傾向がある。従って清輔の著作は全体に整然とした構成をとらず、あたかも、別々の機会に書いた論文を一書にまとめた論文集のごとき性格を有することになる。（中略）従って、清輔の著作が整然としていないのは、歌学の体系化を模索した試行錯誤の跡をそのまま示しているのであり、かえって体系を捉えようとする指向を見せていることになる。(8)

両者の『奥義抄』の見方は対比的である。久曾神が見出しによって構造が明瞭であるとし、そこから「歌学の集大成」との評価を与えるのに対し、川上は清輔の著述全体から『奥義抄』を評価し、著述に共通する雑然とした構成を「歌学の体系化の模索」と捉えている。清輔自身が『奥義抄』で歌学知の体系化を目指していたかはともかく、本書の立場からは久曾神が指摘する見出しの要素に注意するべきであると考える。『奥義抄』では諸本の性格を規定する要素として、見出しによって示される構造が明確である。

書写面の構造を読み解くためには、見出し（標目）と本文（地の文）を文字配置による関係性で捉えることが必要である。見出しとは、構成要素を括り対応する本文を包括する機能があるものであり、大見出し、中見出し、小見出しのように階層化された関係を持つ。しかし、標目それぞれの関係性は常に包括関係とは限らない。見出し要素と本文要素との関係は包括、見出し要素と見出し要素との関係は並列、あるいは和歌要素は特立といった具合に、それぞれの要素ごとに、意味内容とは別に相互の関係性が異なるのである。

文字配置は、テクストが記述される書写面の上での相対的な位置関係において具現される、書写面上に配置される文字の位置である。

写本の上では、それぞれの要素は文字の配置によって決定される。この関係性は諸本で異なるが、文字要素の配置は、歌集であれば、詞書・和歌・左注・傍注・脚注・頭注のように、それぞれの要素に弁別される。このなかで書き入れ等ではない正規の要素を規定するのが、書き出し位置の高さの違いである。和歌の書式によって、韻文と散文を分別するのも同様の理解による。書き出し位置の違いは、諸要素の集合がどのような意味をもつのかを規定しており、それはジャンルや性質の違いとして理解されることもある。

以下、本章では、書写面上に現れる文章内容の、標目群ごとの構成を、本文の意味内容とは区別して、「情報構造」と呼ぶことにしたい。こうした情報構造の解析は、書物がもつ検索性や読みやすさといった性質を読み解くことにほかならない。文字配置による要素の関係性は、目的とする話題への到達のしやすさ、つまり検索性を各項目の階層化によって規定している。そして書写面に配置された文字は、必ず何らかの要素として認識されてしまう。文字ではない汚れや虫損ではないかぎり、書写面に配される記号（文字）が何かの意味を持っていると読者が認識することは当然のことである。要素と意味は不即不離の関係にあるのである。当該本に即して、この情報構造を具体的に読み解いていきたい。

三　上巻の文字配置

大東急本の主要な項目の構造を、上巻において検討していく。中下巻は勅撰集や万葉集の歌語注釈でその情報構造は単純である。

上巻は、和歌六義、和謌六躰、和歌三種躰、和歌八品、畳句哥、連句哥、隠題、誹諧哥、譬喩哥、相聞哥、挽哥、無所着哥、廻文哥、和歌四病、和歌七病、和歌八病、避病事、詞病事、秀哥躰、和歌九品、和歌十種躰、道済十躰、盗古歌證哥、物異名、古謌詞、所名の各項目で構成されており、一つ書きの体裁で記されている。以下、【　】で括る項目ごとに漢数字で上冊の丁数（表をオ、裏をウとする）を示し、見出しごとの括りを便宜的に表示する（同じ数字は同じ階層である）。また要素とみなしうるものは「　」で括る。なお、一部細注や付訓、返り点等は省略した。

【和歌六義】（五ウ〜七オ）

一和歌六義　①

一風　二賦　三比　四興　五雅　六頌　②

一曰風　古今にはそへ哥とあり哥云　③

難波津にさくやこの花冬こもり今は春へと開やこの花　④

毛詩云上以風化下々以風刺上注云風化風　⑤
刺皆謂譬喩不斥言也
今案するに同書云風は諷也そふとよむなりそふと云は　⑥
題をあらはにいはすして義をさとらする也故に風を
そへ哥といふ此哥は大鷦鷯天皇弟の御~~井~~子たかひ
に位をゆつりて三年まて位につき給はぬといふ
かり思ふにつゐに正月につき給へる時新羅の
王仁か奉りたる哥なり梅にみかとをそへ奉れり」（五ウ）
この花とは梅の花也高津の宮にて位につき給へ
れはなにはへにさくやこの花とはよめり或書云　⑦
梅は衆木之前花発故号木花

「和歌六義」の見出しは「一風」「二賦」「三比」「四興」「五雅」「六頌」の項目に分けられ、「二曰賦」以下の書式は③以下の字の高さが各項と等しく揃えられている。①大見出し、②小目次、③六義各々の説明と古今歌序での分類、④例歌、⑤漢籍の引用、⑥今案という構成になっており、「一風」「六頌」では⑦のように「或書」「或物」からの引用も付随している。⑥は原則として改行されているようであるが、「四興」の「今案」では追い込みで書かれており、「之今案に興をは毛詩にたとへと読りとたふといふは」と「正義云」から続いている。また「六頌」の「或物云」は前行から改行されており、⑥⑦の改行規則は厳密なものではない。つまり、「和歌六義」では①、③、④、⑤が固定された文字配置になっている。

【和謌六躰】（七オ〜九ウ）
一和謌六躰 ①
一長歌　二短歌　三旋頭歌　四混本哥　五折句哥　六沓冠折句」（七オ） ②
一長歌　二五三七　合卅一字也 ③
八雲たついつもやへかきつまこめにやへかきつくるその八重垣を ④
此哥今書入本式には文殊の御哥をかけり ⑤
二短哥　五七五七　多少心にまかせたり ③
人丸か高市親王に奉る短哥　万二但哥詞多略之 ⑥
かけまくも　かしこけれとも　いはまくも　ゆゆしけれ共 ⑦
あすかの　まかみか原に　久かたの　あまつみかとを
かしこくも　さため給いて　かみさふと　いはかくれます
ま木のたつ　ふは山こえて　か◯《り》ふやま　とゝまりましゝ
あめのした　さかへん時は　我もとも
五七五々躰 ⑧
望病者着於女洟之無常哥」（七ウ） ⑥
はしめあれば　さためてをはり　あることは　うつせみの世の ⑦
ことはりと　おもへとも　あまそきの　その岸かけと
たのめしは　さゐたつま　まよふ草葉に　おとろへて

（中略）

あまくもの　行すきかねて　さまよひぬ　あなうの世
あはれ我身を　かけろふの　夢かうつゝか　なそもつれなき
乱句躰　無本式今書入之　⑨
うくひすの　かひこの中に　ほとゝきす　ひとりむまれて（後略）

「和詞六躰」には統一した書式が見出しにくいが、①大見出し、②小目次が「和歌六義」と共通する。③は長歌、短歌の立項部で、歌躰、句構成、字数の書式となっている。④⑦は和歌の書式だが、字頭は二字下げられて同一の構成要素となっており、⑦は句と字頭を読みやすく揃えている。⑧「五七五五躰」は③の字数と同じ高さにあり、同じ階層にあることを示しているが、⑨乱句躰は字頭を少し高い位置から書いている。下の細注のために余白をあけたものか。「長歌」「短歌」とそれ以外とで異なる書式を採用している。

【和歌三種躰】（九ウ〜一四ウ）

一和歌三種躰　①
一者求韻　二者査躰　三者雅躰　②
求韻哥別者二種」（九ウ）　③
一者長歌　第二句終字為一韻第四句終字為二韻如此伝之　④
一者短歌　第三終字為初韻第五句終字為終韻
韻字有二種　⑤
一麁韻　ヤマ　タマ　シマ　ハマ　等類也

一細韻　シ　リ　ニ　チ　等類也
査躰別有七種　③
一雑会資人久米廣足哥曰　⑥
かすか山みねこく舟のやくしてらあはちのしまのからすきのへら　⑦
牛馬犬鼠等ノ一処ニ如相会無有雅意故云雑
会
二猿尾　道合卿哥曰　⑥
はたほこゆ《に》そひてのほれるなはのことそひてのほれるはたほこの」（一〇オ）　⑦
終七字五字あるなり故云猿尾　⑧
（中略）
雅躰別有十種
一聚蝶　毎句之上同事を云也　⑥
浄御原天皇御製曰」（一一オ）
みよし野をよしとよくみてよしといひしよしのよくみよよきとよくみよ　⑦
毎句に吉ありて凶なしたとへは花蝶の一処に　⑧
あつまれるかことし故云聚蝶（以下略）

「和歌三種躰」も①大見出し、②小目次は先の二項目と同じ高さに書かれる。「求韻」には二種の歌があり、同じ階層に韻字の種別が二つ設定されている。③が三種躰の種別を示し、④長哥、短歌、鹿韻、細韻が設定され、

⑤韻字に一字ほど下げられて見出しが付けられている。さらに「査躰」に七種、「雅躰」に十種が設定されている。「査躰」は③七種躰、⑥歌躰の種類と出典、⑦例歌、⑧左注と一字ずつ下げられている。

「雅躰」は種別の下に説明を置き、改行を施して詞書を記している。この説明文の付与を除けば、基本的な体裁は「査躰」と同じである。説明文の字高は一定しておらず、引用箇所の先、「三隻本」では字高を揃えて二行書きである。

ただし「十新意躰」においては、半字ほど下げて「相対」と「無対」が下位の小項目として設定されている。

十新意躰　是体非古事非直語或有相対或」（一三ウ）

無相対故云新意

相対　⑨

孫王鹽焼哥曰

塩みては入ぬる磯の草なれや見らくすくなく恋らくのおほき

古きに遠さかり直に離たる故に云新意みらく

すくなく恋らくおほきは是相対是体与古直

相似して少亦離別せり可消息也　此哥

万葉集には譬喩哥とかけり

無対　⑨

秋萩はさきて散らしかすか野になくなる鹿の声をかなしみ

藤原里官卿奉贈新田部王哥曰

みなそこへしつく白玉なかゆへに心つくしてわか思はなくに」（一三オ）
　第一二句非是直語三四句是為直語三等句
　一二句之情をあらはす故為新意余亦准知
　　　已上浜成卿式　　　　　　　　　　⑩

この箇所、やや文字配置が乱れているが、⑨の「相対」「無対」が説明の文より一字半ほど慎重に上げられている。「相対」はそれより下げられて「塩みては」歌の左注と同じ高さにある。しかし、「孫王鹽焼哥曰」も半字ほど高く書かれており、「無対」と同じ要素であるという意識がみえる。この高さで書かれている要素は他にはない。⑩の出典注記は「和歌六躰」の箇所より二字分ほど低く、出典を書く文字配置の位置は必ずしも定まってはいない。

【和歌八品】（一四ウ～一六オ）

一和歌八品
一詠物者　　　　　　　　　　　①
　先初二名色をあらはさすして対を設よ詠　②
　春山之時先冬の山をあらはすへし
　冬すきておもひ春山　　如此可云　③
　　　　　　（中略）
四恨人者
　終其心を不破して閑に花を綴て漸心を
のへよ

伊勢の海にもしほやくなるうらみして　如此可云　④

「和歌八品」には先の項目のように小目次がない。①に品名、②は説明、③は和歌の上の句で、行を改めずに「如此可云」とある。構造は単純だが、「如此可云」の位置が小項目ごとにやや不定で「一詠者」「二贈物」「三述志」までは同位置。「四恨人」「五惜別」では少し下で揃えられているが一定はしていない。④の「伊勢の海」歌が他の和歌よりも書写面下部まで書かれているが故の措置であろう。「如此可云」の位置を揃えて書写されている伝本もあるが、「六謝過」以下では「如此可云」の位置はそれぞれ異なる。

【畳句哥】【連句哥】【隠題】【誹諧哥】【譬喩哥】【相聞哥】【挽哥】【無所着哥】【廻文哥】（一六オ〜一七オ）

一畳句哥　①

同事を重て読なり　②

心こそこゝろをはかる心なれこゝろのあたは心なりけり　③

一連句哥　①

春の野夏の野秋の野冬の野　如此つゝくる也

已上出喜撰式　④

一隠題　①

是古き式に不載事也但古今集幷拾遺集に　②

物名の部といふは是にや為題物の名を哥

おもてにをきて他の心をのふる也古今に云

きちかうの花を」（一六オ）

秋ちかう野はなりにけり白露のをける草葉も色かはりゆく　③
かなに書にくき物をは本字に付てかく読むへし　②
又同物名をそへよみてなかはかくれぬ哥も
あり拾遺云かのかはのむかはき
彼川のむかはき過てふかゝらはわたらてたゝに帰るはかりそ　③
一誹諧哥　①
滑稽也委趣は下巻にあり　②
一誓喩哥　①
如字六義の風比興等哥躰也委趣在下巻　②
一相聞哥　①
恋哥也　②
一挽歌　①
哀傷也」（二六ウ）　②
一戯咲哥　①
如字　②
波羅門の作れる小田をはむからすまなふたはれてはたほこにおり　③
一無心所着哥　①
雑会哥躰也　無所存也　②

わきもこかひたいにおふるすく六のこといの牛のくらのうへのかさ　③
一廻文哥　①
さかさまによむに同哥也　詠草花古哥云　②
むらくさにくさのなはもしそなはらはなそしも花のさくにさくらん　③

一六～一七丁には十の項目が集中する。歌病や歌躰の項目のように複雑な構造がない部分である。①項目に従属する形で②説明と③和歌が付属する。④出典注記は他の部分と比較しても非常に低い位置に書かれていることは注意しておきたい。「如字」や「雑会哥体也」といった一文だけの説明や、それに例歌が掲げられるだけの項目もある。

【和歌八病】（一九ウ～二〇オ）

一和歌八病　①
一同心　一哥中同事を用也　或云倭藂聯病　②
水たかきたか田のまちにまかすとて水なきいゐにほと〳〵にゐぬ　③
若故重読無咎　④
左衛門督源氏哥云　⑤
うたはうてひかはひかなんこよひさへあなことはりやねてはかへらし　③
雖文字同義異無妨也　④
中原氏初雁哥云　⑤
秋なれとわさ田に苅ま所なみかり金よそに鳴わたるかも　③

苅与鴈義異也」（一八ウ）　⑤

雖文字実義同尤不宜　④

古在木嶋哥云　⑤

あひみるめなきこの嶋にけふよりてあまともみえぬよするなみ哉　③

なきこしまよするなみ共無義也如此類可避也　④

二乱思　詞不優して常にそへ読る也　或云倭形迹病　②

古郊野遊読哥曰　⑤

ゆく水のなかたのつともしらなくにをのか里ゝなこそふりけれ　③

「和歌八病」は「同心」「乱思」「欄蝶」「渚鴻」「花橘」「老楓」「中飽」「後悔」の下位項目によって構成されるが、その構造は一様である。①項目、②病名の下部に説明と、和名が記される。③例歌、④左注となっている。例歌の詞書⑤は、歌集の体裁をもつ「盗古歌証歌」の作者名と同高で記されている。⑤の位置は一定しており、作者名の要素は歌集の体裁を意識している。次に出典注記を見てみよう。

八後悔　混本之詠音韻不諧　或云倭解燈病」（一九ウ）

喜撰式云心のとかに思をめくらさすして又

きよみて後悔するなり

岩かうへにねさす松の木とのみこそ思ふ心ある物を

已上出喜撰式幷孫姫式　⑥

出典注記は⑥のように下部に配置されている。「已上出喜撰式幷孫姫式」の出典注記は項目ごとに異なる位置に配置されている。この書式は、前の【和歌四病】【和歌七病】ともほぼ共通する。

【避病事】【詞病事】【秀歌躰】（二〇ォ～二一ォ）

一避病事古式之趣如此但近代不用之哥は廿一字　①
病は同心病はかり也同心の病と云は一哥中に再
同事を用也但句を隔て用を為病気云々隔句と
云に二義あり一は歌の初の五七五句をは本といふ終
七々の句をは末と云本句にいへる事を末句にのふ

（中略）

出来たる事なるへし随而四條大納言新撰髄脳
のこときは
　み山には霰ふるらし外山なるまさ木のかつら色付にけり　②
是を病としるす山と山也しかれは本の三句の中
に同事あるも病ときこゆ又云

（中略）

一詞病事　但古き髄脳にはみえす近代出来事歟　①
たとへはけれらんなと云類也誠に耳に立てきこえ
さるへき事也
あふまてとせめて命のおしけれは恋こそ人の祈なりけれ　②

是等又よき哥也たゝいかなる事もよくつゝけつれ
はあしくもきこえすされは天徳哥合には同事

（中略）

一秀歌躰　新髄脳云凡哥は心深く清けにて　①
たゝしき所あるをすくれたるといふへし事おほく
そへてやうみ《本マヽ》たるはいとわろき也一すちにすくらか
によむへしすかた心あひてよむ事かたくは
まつ心をとるへしすかたといふはうちきゝ清け

「避病事」「詞病事」「秀歌躰」の三項目では書式がほぼ共通している。①標目から追い込みで本文が記述され、②和歌が二字下げの散文の形式で書かれている。【和哥九品】は省略する。

【和歌十種躰】（二五オ～二八ウ）

一和歌十種躰　忠岑撰　①
古哥躰　②
小笠原みつのみまきにあるゝ馬もとれはそなつく此我袖とれ　③
わかの浦に塩みちくれはかたをなみあしへをさしてたつ鳴わたる　③
風ふけは奥のしら波たつた山夜はにや君かひとり行らん　③
郭公なくやさ月のみしか夜もひとりしぬれは明しかねつも　③
かすか野のわかなつみにや白たへの袖ふりはへて人のゆく覧　③

古哥雖多其躰或詞質理以難採或義幽 ④
密以易迷然猶以一両之眼及欲備其准的通下」（二五オ）
流九躰不可必別此躰耳

「和歌十種躰」は、古哥躰、神妙躰、直躰、余情躰、写思躰、高情躰、器量躰、比興躰、花艶躰、両方致思躰で構成される。情報構造としては「和歌九品」に④左注（説明）が接続した形となっている。この項目の奥には「検《本云》或本、此一段秀歌躰第十九之次、道済十躰第廿一之前、在ㇾ之」とあり、以前の本には「秀歌躰」の次、「道済十躰」の前にあったことがわかる。大東急本では次に「道済十躰」が続いており、この記述から「和歌十種躰」の位置が移動したことがわかる。この点については井上宗雄の報告に詳しい[9]。大東急本では親本の段階からこの位置であったであろうと思われる。

【盗古歌證哥】（三〇オ～三六ウ）

是等にて可意得也古哥の心をはよむましき ①
事なれとよく読つれはみな用らる名をえ
たらむ人はあなかちの名哥にあらすはよみたに
ましてははかるましきなれと又なからを
とりてよめる哥もありそれは猶心得ぬ事也
（一行空白）
一盗古哥證哥　余証哥在一字抄仍不注之 ②
篁卿 ③

花の色は雪にましりてみえすとも香をたに匂へ人の知へく　④
良峯宗貞　③
花の色は霞にこめてみせすともかをたにぬすめ春の山かせ」（三〇オ）　④
人丸　③
万葉　むすふての石間をせはみおく山の岩かきし水あかすもあるかな　④
貫之　③
古今　むすふ手のしつくにゝこる山の井のあかても人にわかれぬるかな　④
無名　③
万　思ひつゝぬれはやかもとぬは玉の一夜もおちす夢にしみゆる　④

「盗古哥證哥」では、②項目、③作者名、④和歌が配される。和歌上部には集付が付されるが、諸本で合致しない。歌の肩に注記がある歌が二首、途中で「以下哥取半」が詞書の高さに記される。①は「是等にて可意得也」までが先の「歌躰」項目の末文で、「古歌の心を」以下が「盗古歌證哥」の説明であろう。序文は、②の項目名の後にある諸本もあるため、やや不安定な要素である。『日本古典文学大系　歌論集・能楽論集』[10]の校異によると、静嘉堂文庫本『和歌九品』の末尾に同文があるとされる。

【物異名】（三六ウ～三七ウ）

一物異名　①
天《あまの原》　日《あかねさす》　月《久かた》　雨《しつくしつ》　②
風《しのをふかき》　霧《いさらなみ》　山《あしけ》　峯《つくはね》

地《あらかね》　野《いもきの》　河《はやたつ》　高岸《あまそき》

（中略）

正月　むつき　たかきいやしきゆききたるかゆへむつひ月と云をあやまれり　③

二月　きさらき　さむくてさらにきぬをきれはきぬさらきといふをあやまれり

「物異名」は①項目の下に、②「天、日、月、雨、風、霧、山、峯、地、野、河、高岸、海、塩海、水海、巌、道、庭水、京、平城京、内裏、春、夏、朝、時、暁、晩、草、壁草、花、菓、薦、鶯、鶴、鹿、猿、蚕、蛙、蜘蛛、神、帝、東宮、中宮、大臣、中少将、衛門、兵衛、男、女、婦、下人、賤男、盗人、別、夢、つらき事、書、筆、簾、和琴、人形、樹雪落、氷上雪、酒」の異名を示す。語に対して細字でその異名を示すが、これらの字配りは一行四項目で揃えられている。月日の異名は一月から一二月まですべて「月名、異名、説明」の順で書かれており、説明は細字双行、末尾はすべて「いふをあやまれり」で統一される。物異名については『和歌初学抄』の「由緒詞」との関連が指摘されている。(11) 書式まで一致する強い関連ではない。

【古詞詞】（三七ウ～三九オ）

一古詞詞

いやとしのは　弥年也　　とよむ　響也　　とゝろ　動也

しはなく　数鳴也　　はたれ　斑也　　あまはり　雨晴也

しみゝ　繁也　　あさけ且開　朝食は別義也　　ゆふかたまく　夕片設也

（中略）

已上見万葉集

をのかし丶　をのか名也　こまなめて　馬並也　さよ中　小夜半也
まくりて　袖まつる也　してうつ　静に打也　たくふ　加也具也

「古謌詞」は「物異名」と書式上は似た構成になっているが、一行二列で「物異名」よりも余白が大きい。「古謌詞」では、項目名が仮名で文字数が多くなるための処置であろうか。列の注記位置も厳密なものではない。「うらおもふ」の項目では「や丶おもふなり　うらかなし　うらめつらし　うらさひし　うらとく　同なり」と第二列の箇所に入り込むほど説明が長く、「雪消の水」でも同じく説明が二列目に貫入している。

【所名】（三九オ～四四ウ）

一所名　出万葉普通名所不注之　①
鷺坂山シラトリノ　神山　多千山　見毛呂《ミモロ》山　②
古勢山　乎寸弓《ヲスチ》山　鳥羽山シラトリノ　志良つき山
（中略）
峯　付嵩　③
あおねか峯　いまきの峯　ゆつきかたかけ　こしのたかね
よしのたけ　いこまたけ　たかねとも

「所名」では、名所歌枕が並ぶ。内訳は「山、峯付嵩、岳、社、野、原、海付迫門、江付沼、湊、津、裏、濱、潟付磯、奈太、嶋、崎、河付河淀　河原、池、井、橋、里付村、雑」の各項目以下にそれぞれの名所が注される。これは一行四列で整えられており、「物異名」とほぼ同型の文字配置である。細字で注が付けられるものもあるが、特に長文になるものはないようである。

四　グリッドと検索性

以上、各項目の文字配置を中心に大東急本を通観した。その結果、当該本の書写論理についていくつかの指摘が可能となった。

第一に、項目を示す見出し位置には、原則として本文は書かれない。

第二に、見出しが書き始められる位置は、内容に関わらず一定している。また、各大見出し、中見出しの書き出し位置は変わらず、それぞれの要素は項目ごとに文字の位置を調整する意識が上巻を通じて参看できるのである。「和歌八病」では、作者名の高さに「用韻哥云」と書かれ、改行して和歌が記される。これは作者名注記ではないのだが、この文字配置の高さは「盗古哥証哥」の作者名と同じ位置である。「作者名の位置が定められている」のではなく、作者名が書かれる位置に「項目ごとの文字要素を配している」のである。複数の要素であっても、それらが配される位置はある程度定まっている。単純にいえば大東急本の諸要素は、基本的に文字の位置で区切ることができる。先にこうした高さの配置関係をグリッドと呼んだが、それを相対的な位置関係で計れば、以下のようなグリッドレイアウトのモデルが抽出できよう。

①第一階層―項目・出典注記（盗古哥）

②第二階層―中見出し、小目次、本文1、詞書

③第三階層―和歌

④第四階層―詞書1、本文2、左注類

⑤作者名・説明

⑤古歌詞1　⑦古歌詞2　⑧古歌詞3
⑥所名1　⑩所名2　⑪所名3　④所名4

これは大東急本の書写面を抽象化したモデルであり、ここに表示した以外にも例外的な要素も存している。また見出し等の直下に説明が付される場合には、文字数の都合もあって規則的な書式を維持するのが困難である。それでも、文字配置の位置を揃えようとする意識は一貫している。

ここから、情報構造と本書の書写論理との関係が見えてこよう。まず大東急本は、書写に際してグリッド（格子）を設定し、高さにより文字の要素と情報の階層を整理している。それ故に「盗古哥証哥」の作者と「和歌八病」の詞書が同じ高さで記述されるという情報構造上の齟齬が生じてもいるのだが、それだけグリッドに忠実な書写態度なのであるとも言えるだろう。諸要素の位置については所々迷いが見えるのであるが、前後の項目の要素と文字配置の高さを変更することでそれらを処理している。こうした文字要素の分類とグリッドの設定が、多様な内容を整理する、複雑な書写面を成立させているのである。

これと関連することであるが、以上のような各項目の構成要素が近似し、書写面が相似する項目が前後で隣接する傾向がある。それらは項目の配列群を形成している。【和歌六義】【和歌六躰】【和歌三種躰】は書かれる内容が異なるものの、冒頭に小目次を記し、詞書、小見出しの高さを揃えている。【畳句哥】から【廻文哥】までは、短い説明と例歌が掲載されるだけの単純な構造である。【和歌四病】【和歌七病】【和歌八病】は歌病の類聚箇所で、見出し、例歌、詞書、左注、ごく短い説明文からなる。次の【畳句哥】から【廻文哥】まで一六丁から一七丁に集中していることに注目したい。全二四項目のうち、この二丁に十項目が集中して掲載されており、短い内容の項目である。こうした配列は諸本でほぼ同じであるものの、【和歌十種躰】の項目箇所が書写を重ねるうちに何度か動いたように、項目の近似性や配列意識は書写者にも意識されていた。大東急本では、ある一つの文字配置の型に先行歌式を当てはめているのではなく、各項目ごとに文章上の体裁が異なるものを整理しながら文要素の位置を調整している。

次の【避病事】【詞病事】【秀歌躰】では、他の部分では見出しとなる位置に地の文の高さを引き上げている。ここでは和歌を歌頭二字下げの体裁として散文の形式にしている。【和歌九品】から【道済十躰】までは、歌躰論が列挙される。【盗古哥證哥】では、詞書と和歌による歌集の体裁の箇所で、作者名、和歌の構造を備えている。【物異名】以下は語句の列挙と細注による文字配置がある。歌語辞典の箇所であるが、このような歌語辞典の要素をもつ箇所は一連のまとまりとして読むことができよう。

このように、大東急本は、近似する構造の項目を同型の書式で記すことと、それを書写面上に落とし込むグリッドの整理という二つの書写論理によって視認性の高い本を形成している。念のために強調しておけば、こうしたグリッド化された情報構造が、清輔自身の操作によるものだと述べているわけではない。ただ、このようなグリッド化が、書写を重ねるうちに選択的に選ばれていく過程を大東急本は示しているのである。

こうした、文要素の分析と文字配置との関わりを「検索性」という観点から考えたい。つまり、大東急本は構造を分析して文字配置と情報の階層を整理することで、読みやすく、情報へのアクセスを最適化しているのである。これは、他の本文（たとえば宮内庁書陵部蔵御巫本）などに比べても、検索性が高い本となっているのである。大見出しの位置を規則的に記し、目次と照合させながら検索箇所を参照することもできるし、近似する項目の書式を集中して書くことで、様々な構造が入り交じる上巻の整理を試み、検索を容易にする工夫がみられる。『俊頼髄脳』の古写本のように、項目や話題によって分節される標目をもたない歌学書では、このような検索は難しい。上巻の和歌式は、それぞれ詞書や左注の書き出しの位置を調整することで、可能な限り検索性と視認性を高めている。そのために各項目は、それぞれに異なった書式をもち、それらを複数抱える複雑な構造をもつのである。

五　おわりに

大東急本の文字配置を分析し、書写面の問題を検討してきた。上巻はグリッドにより複雑で高度に規則化された書写面が構築されていた。こうした丁寧な書写が心がけられたのは、奥書にあるように杉原賢盛が「両証本」、すなわち二冊の『奥義抄』を入手して、それらを校合して新たに製作した、献上や伝授を目的としたものではなく、実際に歌学書として利用することを前提とした本だからだろう。これは楮紙、袋綴という装丁や比較的小型の書型からも言えることではないかと思う。室町期写本らしい字形や体裁をもっているが、持ち運びや利用の便における配慮は、連歌師の写にかかる歌学書の一側面として注意されてもよいのかもしれない。

先行する和歌式を集成し、それを一書として構築するために大東急本『奥義抄』上巻は、複雑だが整理された書式を構築している。程度の差こそあれ、書写面が複雑で多様なことは諸本変わらず、各写本ごとに文字配置が異なってはいるが、例えば全てを追い込みで記し一切の標目を付けない本といったものは管見に入らない。複雑な書式が要請されるのは、先行歌学の類聚編纂物であることと密接な関係がある。文字配置の問題は、平安後期歌学における当該書単独の問題ではなく、中世へ展開する学問一般における類聚編纂物の問題と接続している。

山崎誠は以下のように述べる。

中世に於ける諸種の述作を特徴付ける性格の一つに、先行の本文・本説・物語が脱領域的に諸文献に引用される（自在に節略・改変・弥縫・類聚される）ことを指摘できる。註釈〈鈔〉もまた、本文に明するものであると同時に、他の述作の為には解体される「本文」の集成という機能を持つ。極言すれば全ての分野の著作はこの時代、類書としての性格を帯びる。(12)

「類書としての性格」を有する歌学書も、このような中世学知の系譜に連なるものである。特に『奥義抄』上巻は先行歌式を一書に編集する歌学書の先蹤であり、まさしく類書としての性格を色濃く残している。このような本は「本文」、すなわち先行する学知を文字配置の整理によって編集し、ただの引用にとどまらない検索性の付与をしてみせた。こうした検索性を有する書物として『袋草紙』や『八雲御抄』のような大部の〈百科辞書〉的な歌学書が以降陸続と登場することに注意したい。一方で、『俊頼髄脳』や『古来風体抄』のような検索の低い通読するタイプの本も歌学書の典型として展開する。

書写の問題として言えば、歌学書には「単純な歌学書」と「複雑な歌学書」があるのである。『俊頼髄脳』は、物語や日記と同様、和歌を除く本文が通読されるべく標目をもたずに書かれる写本が多い。こうした写本は、複雑な構造をもたないため、諸本でそれぞれ情報構造が大きく異なるといったことは少なかろう。『奥義抄』は、逆に、当初からもっていたであろう複雑な書式を、より整理した形になるように、書写者たちによって多様な書式が連綿と試みられてきたのであった。それは、書写者が書写する写本の性格をどのように把握し、改編してきたのかの痕跡なのである。この書写による転変は類聚とその検索性をめぐる院政期歌学の方向性を示すものであり、それらが書写を重ねるうちに、煩雑な書式が正規化されていくことが写本の書式から見てとれるのである。

むろん、この観点は大東急本が清輔の原本を忠実に書写しているといった古態の保存性の高さを論証するものではなく、清輔がこうしたグリッドを積極的に活用して歌学書の製作を行ってきたことを意味するわけでもない。

「忠岑十体」を省略したのが清輔の所業なのか後人のさかしらなのかも判然とせず、現状では『奥義抄』の「原本」の形態はたどりようがない。むしろ大東急本は、賢盛が『奥義抄』に一定の権威を認めつつ、扱いやすいような形で書写面を作り上げた本といったほうがよいだろう。だからこそ、諸項目の位置が整理され本章で論じてきたような書写面を獲得できたのである。このような書写面の整理が、書写を重ねるうちに項目間の整理が収斂してきた歴史的な蓄積によるものか、あるいは賢盛によるものかは、また別の問題である。だが、書物の性質を勘案する必要はあるとはいえ、整理された書写面が書写を重ねるうちに獲得される形質かもしれないという予想は、大東急本のみならず、多種の伝本からもうかがえるだろう。それは、多種の先行歌学書を類聚しつつ、多様なトピックを一度に記す「歌学書」への近づき方を示す指標になる。

このような観点から歌学書を考えるならば、その写本がどのような文字配置をもち、それがどのような意識と目的によって構造化されているのかに注目することに一定の有効性が認められるだろう。また、漠然とであれ「丁寧な書写態度」という印象を残す本は、字高や標目・和歌の位置に気を配り、その内容上の情報構造に独自のとらえ方が存在している。こうした観点は、「書写軸がねじれずに丁寧に書写されている」といった印象の本が持つ意味を、ある程度であれ客観的な指標をもって理解するための一助となるであろう。

本文の異同が大きく、書式が改変されることも多い歌学書は、原本の文字配置が再現されている可能性は低い。そのかわりに、それぞれの本が目的に応じて変容していった可能性の側に目を向けることができる。

大東急本の文字配置の分析から、書物がもつ検索性と歌学書における情報構造のありかたが浮かび上がってきた。歌学書の伝本個々の文字配置には、その書物の特質を書写者がどのように把握したのかが表出される。文字配置という観点から、歌学書の性格を扱うことで、中古中世の学知をめぐる類聚と編纂、その利用についての様相を解明できるのである。

注

（1）井上宗雄責任編集『大東急記念文庫善本叢刊　中古・中世篇　第四巻　和歌1』（大東急記念文庫、二〇〇三）所収。「解題」は川上新一郎。伊藤正義監修『磯馴帖　松風篇』（和泉書院、二〇〇二）に翻刻と簡単な校訂が収められる。

（2）寺島修一「『奥義抄』と『俊頼髄脳』――清輔の著述態度について――」（『武庫川国文』五〇、武庫川女子大学国文学会、一九九七・一一）、同「清輔の歌学と『俊頼髄脳』――『袋草紙』を中心に――」（大阪市立大学文学部創立五十周年記念国語国文学論集編集委員会編『大阪市立大学文学部創立五十周年記念国語国文学論集』和泉書院、一九九九）、森山茂「『俊頼髄脳』と『奥義抄』との相違――共通する事項の検討を通して――」（『尾道短期大学研究紀要』四八―三、尾道短期大学、一九九九・一一）、同「歌論と説話――『奥義抄』と『袋草紙』とを対象に」（『尾道大学芸術文化学部紀要』一、尾道大学芸術文化学部、二〇〇二・三）、小川豊生「院政期の歌学と本説――『俊頼髄脳』を起点に――」（『日本文学』三六―二、日本文学協会、一九八七・二）、渡部泰明『中世和歌史論　様式と方法』第四章（岩波書店、二〇一七）。初出は「藤原清輔の「本歌取り」意識――『奥義抄』「盗古歌証歌」をめぐって」（『国語と国文学』七二―五、東京大学国語国文学会、一九九五・五）。

（3）川上新一郎『六条藤家歌学の研究』（汲古書院、一九九九）。

（4）より正確には、「縦罫および横罫を利用することで、画像、写真、段落などを制御する構造」とでもなるだろうか。こうした罫線は必ずしも明示的なものでも固定的なものでもないが、効率的で安定した文字配置が可能となる。タイポグラフィから生まれた主にグラフィックデザインで使われる概念で、近年ではコンピューター上での画面表示を制御する手法にも使われる。タイポグラフィについてのものであるが、ヨゼフ・ミューラー＝ブロックマン著、佐賀一郎監修、村瀬庸子訳『遊びある真剣、真剣な遊び、私の人生　解題　美学としてのグリッドシステム』（ビー・エヌ・エヌ新社、二〇一八）参照。

（5）井上宗雄「大東急記念文庫蔵杉原宗伊関係歌書」（「奥義抄」「法華廿八品歌」）をめぐって」（『かがみ』七、大東急記念文庫、一九六二・三）。原田芳起「大東急本奥義抄管見」（『かがみ』八、大東急記念文庫、一九六三・七）。
（6）川上注3前掲書。
（7）『日本歌学大系　第一巻』「奥義抄　解題」（風間書房、一九五六）。
（8）川上注3前掲書。
（9）井上注5前掲論文。
（10）久松潜一、西尾実校註『日本古典文学大系　歌論集　能楽論集』（岩波書店、一九六一）。
（11）岩淵匡「和歌初学抄〈由緒詞〉における語彙」（『早稲田大学教育学部学術研究　人文科学・社会科学篇』一五、早稲田大学教育会、一九六六・三）、川上注3前掲書。
（12）山崎誠『中世学問史の基底と展開』（和泉書院、一九九三）。

第三章　『奥義抄』諸本の書写形態
――散文的項目を中心に――

一　はじめに

本章では藤原清輔の著作である『奥義抄』の書写形態の多様性を、現存諸本の検討を通じて論じる。前章では写本の書写面から『奥義抄』を考察してきたが、それは大東急記念文庫本の書写面の特徴から議論の枠組みと観点を提示した試みではあったものの、諸伝本のうち一本を検討したに過ぎず、『奥義抄』現存伝本全体の性質を論じたものではなかった(1)。本章では取り扱う対象を拡げ、諸本の書写面にどのような現象が起き、それはどのような要因により生起したのかを、諸本の分析を通じて考える。

『奥義抄』の研究は、中下巻の勅撰集注釈に集中して行われており、上巻は上代歌学とのつながりを重視する立場を除いてさほど注意を払われて来なかった(2)。小沢正夫が引用歌学書を通じて上代の歌学書の様相を論じており、古代歌学研究の素材として扱った研究(3)が存する程度と言える。

『奥義抄』諸本をみてみると、ある特定の箇所に集中して諸本間の項目表記や書式の変容が認められる傾向がある。これは祖本の単純な脱落とみなされるか、著者による改訂と見なされており、系統分類の基準としても利用されてきた。言い換えれば諸本の本文及び書写面のありかたを通じて、「著者の意図」なのか「後人のさかしら」なのかを分別する基準としてきたのである。脱落や増補を書写者がどのように処理してきたのかを論じられることはほとんどなかった。しかし、それを諸本の書写面に起こる諸現象との関連から読み解くことで『奥義抄』に起きた様々な変容の様相を捉えることができるのである。

本章では、清輔の著述意図と享受過程における変容との連関を解きほぐし、享受の様態を本文の善悪とは異なる角度から照射したい。それは従来の研究が見落としてきた『奥義抄』上巻に対する諸本の書写意識を探ることにもなるだろう。

二　奥義抄の諸本

まず、『奥義抄』諸本を確認しておこう。井上宗雄が大東急記念文庫本を紹介した後『奥義抄』の研究は大きく進展した。(4) 本文に関しては久曾神昇による系統分類以降、(5) 川上新一郎が現存伝本全体を再検討し、『和歌色葉』等の他文献にみられる引用をも検討に加えており現在の研究水準を示すものである。(6) また、日比野浩信による古筆切の聚集も重要な成果である。(7) 以下、一部所蔵先が変わったものもあるので、川上の分類を私に改訂したものを示す。［　］は川上が取り上げていない本文である。

Ⅰ類本（流布本系）

（イ）志香須賀文庫蔵本（『日本歌学大系』底本［現慶應義塾図書館蔵］）、島原図書館肥前松平文庫蔵本（志香須賀文庫蔵本転写）、書陵部蔵御巫本、内閣文庫蔵本（巻中中途以下欠）、豊橋市中央図書館蔵本（巻中中途より巻

中巻末迄Ⅱ類本で補写）、京都女子大学吉澤文庫蔵本（存巻上）、［冷泉家時雨亭文庫蔵本（存下巻余）(8)］
（ロ）慶安五年版本、金刀比羅宮蔵本（版本転写）、国学院大学蔵本（版本転写）、［架蔵刊写本］。

Ⅱ類本（異本系）

大東急記念文庫蔵本（欠下巻余）

高松宮旧蔵本（存巻中、下巻余）

三手文庫蔵版本校合書入松永貞徳本

内閣文庫蔵抄出本（欠下巻余）

書陵部蔵零本（存巻中）

付

（イ）内閣文庫蔵「古今和歌灌頂部」（巻下に相当）、国文学研究資料館初雁文庫蔵「古今集灌頂部秘歌百十六首」（同上）

（ロ）国立歴史民俗博物館蔵中山家旧蔵本（存巻上、貴重典籍叢書影印）(9)

（ハ）尊経閣文庫蔵伝顕昭筆本（存下巻余）

系統未詳本

天理図書館蔵藤原定家本（存下巻余、天理図書館善本叢書影印）

川上によると、これらのうちⅠ類イ本とⅡ類本に古写本が存するとされ、大東急記念文庫本が、下巻余を欠くものの、本文の状態から最善本と認定される。しかし、当該本は、上巻に他本にない「忠岑十体」を有することから、上巻を扱う上ではやや特殊な本に属するといえる。

本章では、最善本とされる大東急本ではなく、基準として利用される『日本歌学大系』の本文を利用する。本文異同を扱う論ではなく、流布本文の利用が適切と判断したからである。なお、『日本歌学大系』は慶應義塾図書館本に版本及び他本で校合を加えたもので、すでに川上がその性質を検討している。『日本歌学大系』では底本にない表記が付与され、朱で付された通し番号を本文化しているなど、利用には注意が必要である。しかし本論文では煩雑を避けて底本との異同を示すことはしなかった。諸本との特に重要な異同についてはその都度示す。

三　上巻の構造と引用様式

上巻は、先行歌式の類聚と近代における作法を記した三項目によって構築される。その引用と類聚に対する態度を見ていこう。類聚した先行歌式の出典を具体的に示していることを確認する。和歌六義では、「古今には」と『古今和歌集』仮名序の出典を逐一示し、他の項目では多く「以上出〇〇」の形で出典を示す。次にその出典と項目の対応関係を示す。［　］は標目が出典となっているものである。通し番号は底本では朱書であるが、本章ではあわせて掲出する。

一和歌六義　古今には

二和歌六體

已上出喜撰式

三和歌三種體　已上出濱成卿式

四和歌八品　以上出喜撰式

五畳句歌　以上出喜撰式
六連句歌　以上出喜撰式
七隠題歌　已上出古今集
八誹諧歌　已上出古今集
九譬喩歌　已上出萬葉集
十相聞歌・晩歌　已上出萬葉集
十一戯咲歌　已上出萬葉集
十二無心所着歌　已上出萬葉集
十三廻文歌　已上出喜撰式
十四和歌四病　已上出喜撰式
十五和歌七病　已上出濱成式
十六和歌八病　已上出喜撰幷孫姫式
十七避病事　（ナシ）
十八詞病事　（ナシ）
十九秀歌體　　新撰髄脳云
二十和歌九品　［和歌九品］
二十一道済十體　［道済十體］
二十二盗古歌證歌　（各種歌集の集付）

このようになる。次の二十三物異名から二十五出萬葉集所名までは出典は明記されず、語彙歌例の集成となっている。

二十三物異名　天、日、月、雨、風……

二十四古歌詞　いやとしのは、とよむ、とどろ、あまはり、はたれ……

二十五出萬葉集所名　山／さぎさか、神山、みもろ山、たち山……

なお、大東急本のみ道済十體の次に、「忠岑十体」が入る。それ以外では、諸本の項目名に大きな差はない。配列もほぼ同じである。

上巻は、先行する歌学書から項目を整理分類して配列したとみてよい部分（歌体、歌病、歌品等）と、清輔自身が調査収集して整理した部位（盗古歌証歌、物異名、古歌詞等）がある。前者は、先行歌学書を項目や概念ごとに整理する箇所で、様々な体裁の先行歌学を解説し、概念ごとに分割した上で、項目別に構成を整理している。この構成については後に検討するが、出典表記が「ナシ」となっている十七避病事、十八詞病事の項目が他項目とは異なる構成をもつことが伺える。

四　先行歌学書の引用態度

出典を明記する引用態度は、他の清輔著作にも確認することができる。次は『袋草紙』下巻、証歌である。

一、証歌

病を犯す類の瑕瑾の歌

八病　喜撰式

一、同心病　一歌中に再び事を用うるなり。あるいは云ふ、和蔡聯病。〈左衛門督源紙(氏カ)歌に云ふ、うたばうてひかばひかなん今夜さへあなことわりやねではかへらじ。文字の注同じなれども義異りて妨げ無しと云々。イ本書入れなり。〉

亭子院歌合　左持　躬恒

さかざらん物とはなしにさくら花おも影にのみまだきみゆらん

「らん」と「覧」となり。右歌同じく瑕瑾有り。仍りて持となす。もし故に重ねて読むは咎なしと云々。

『袋草紙』下巻の「八病　喜撰式」と出典が記される歌病の説明である。これは次に掲載する『奥義抄』の記述とも一致する。しかし、『奥義抄』とは同じ「八病」でも、例歌が異なる点に注意したい。

十六　和歌八病　孫姫式云、一篇之内、再同詞云々。

一同心　一歌中再同事用也。或曰、和蔡聯病、

みづたかきたかだのまちにまかすとてみづなきいゐにほと〳〵にゐぬ

若故に重讀は無咎。左衛門督源氏歌云、

うたばうてひかばひかなむこよひさへあなことわりやねではかへらじ

文字雖ㇾ同義異無ㇾ妨也。中原氏初雁歌曰、

秋なれどわさ田にかりまところなみかりがねよそになきわたるかも

刈與雁義異也。文字雖ㇾ異義、同は尤不ㇾ宜。古在木嶋歌曰、

あひみるめなきこの嶋にけふよりてあまとも見えぬよするなみかな

なきこしま、よするなみかな、共無レ義也。如レ此類可レ避也。

『袋草紙』では用例を晴の歌合のものに変えており、『奥義抄』の例歌と説明が出典に比較的忠実な記述なのであろう。歌病に関する思想が変わったのではなく、『袋草紙』は歌合故実を中心とする本であることから、著者が用例をより適切なものに入れ替えたと考えられる。

『袋草紙』引用箇所の後、「偏身病」に「新撰髄脳これを忌む」との注記があり、「発句の始めと第四句の始めの字と同じ。已下の事式に載せず」などの注記があることから、「出典が何であるか、先行歌式にない概念なのか」に対して、清輔が細かく注意を払っていたことが理解される。現存の『新撰髄脳』には偏身病の項目はないが、清輔なりに『新撰髄脳』の記事を分類整理したのであろう。

一例を見ただけであるが、清輔の著作では、歌病などの概念（名前）を継承しても、必ずしも先行歌式の記述を忠実に引用するわけではなく、適宜増補や改訂が施されている。清輔の著述では、それぞれに先行歌式の引用態度が異なるのである。『和歌初学抄』では個別に引用出典は明記されず、『和歌一字抄』でも同じく出典注記は一様ではない。

歌学書において引用であることが明示される事は珍しいことではないが、ただ単に先行和歌式を引くのではなく、それを概念的に整備し例歌を増補したのは、歌合判における具体的な歌病の利用が念頭に置かれていたのであろう。歌病そのものは、歌人の基礎知識であったはずである。たとえば清輔が九条兼実のもとを訪れ、兼実に歌病について語った記事が『玉葉』安元三年（一一七七）正月一二日条に見える。『奥義抄』で「歌病はこの時代において同心病ばかりである」と宣言した後も、歌病は歌人たちの興味を引き続けており、上代歌式と院政期歌学書との間には深い継承関係が築かれ続けることになった。

五　書承と増補

文献引用の際、適切に節略したり、用例を入れ替えたりすることは歌学書に限らず一般的なことであるが、『奥義抄』が先行歌式をどのように利用しているかを具体的に見ることは、清輔の著述態度を知る上で重要であろう。

そこで上巻に現れる「今案」という表現に注目する。次に掲げるのは「和歌六義」を解説した箇所である。

　今案に、同書云、風は諷也。そふとよむなり。そふと云は題をあらはにいはずして、義をさとらする也。故に風をそへ歌と云ふ。

「同書」は『毛詩』である。『古今集』序の六義のうち、ここでは「風」を取り上げた。六義の他の項目にもすべて「今案」とあって、それぞれに清輔が「今案」を付している。その内容に立ち入る余裕は無いが、基本的には六義のそれぞれについて、清輔が出典と語義を考証したものである。他の箇所では十七避病事に左のような一節が見える。

　今案に如古随脳は、一歌の中に二度同事を用を同心病とするして、隔句おもむきみえず。

「今案」は『袖中抄』はじめ多くの歌学書に見られる自説を述べるアイコンであり珍しい語ではないものの、こうした詞から『奥義抄』では清輔の自説が付加されていることが確認できる。

また、他の歌学書にはあまり見えないが、証歌や例歌を入れかえることもある。二和歌六體にはこのような記述が見える。

　八雲立つ出雲やへ垣つまごめにやへがきつくるそのやへがきを

此歌今書入。本式には文殊の御歌を書けり。

（中略）

乱句體　無本式。今書二入之一。

うぐひすの　かひこのなかの　ほととぎす　ひとりうまれて
しやがちちににて　なかずしやが　ははにてなかず　卯のはなの
さけるのべより　とびかへり　きなきとよまし　たちばなの
花をばちらし　ひねもすに　なけばききよし　まひはせむ
とほくなゆきそ　わがやどの　花たちばなに　すみわたれとり

（中略）

はぎの花　をばなくずばな　なでしこの花　をみなへし　又ふぢばかま　あさがほの花

是は胸に七字をくはへたるなり。此歌無二本式一。今書二入之一。

この文殊歌と本式については鈴木徳男の研究がある。(10) 先に述べた例歌の入れ替えと同じ現象と見てよいだろう。

『奥義抄』上巻は、ただ先行歌式を類聚しただけではなく、先行歌式において問題となる概念を整備したものである。川上は「清輔は資料を集めてまとめると、それに度々手直しを加えて保存しておき、一書を成す際、組み合わせて用いたり、同じ材料を使い回ししたりする傾向がある」と指摘する。(11) このような傾向は、すでに指摘した箇所からも伺える。これらの増補改訂や個別事例の考証が『奥義抄』『袋草紙』には反映されているのである。では、なぜこのように自説の追加や用例の増補をする必要があったのであろうか。

六　「近代」の意識

こうした先行歌式における概念の抽出とその研究は『奥義抄』の著述目的の反映である。端的にそれが示されているのは、序の「中にも式のおもむきかすかにして、今の世に叶ひがたし」の一節で、先行歌式の記述が「今の世」に通用しなくなっているため当代に通用するように更新する必要があるという認識がある。このような問題意識は、清輔の考える「古式と近代との相克」として反復されるテーマとなる。例えば、七隠題歌には左のような認識が見える。

是古式に不レ載事也。但古今幷拾遺集に物名部と云はこれにや。近代の人是を称二隠題一也。件の歌は為レ題而物名を歌のおもてにおきて他の心をのぶる也。

物名から隠題への名称の変容については人見恭司の論がある。[12] ここでは「近代の人」は物名を隠題と呼称することを述べているが、次いで、避病事では次のような認識が見える。

古式之趣如レ此。但近所用は歌三十一字、病は同心病許也。同心の病と云は、一歌の中に再同事を用也。但隔レ句て用るを為レ病云々。

それまでの項目で種々の歌病を列挙したにも関わらず、近年では同心病だけが用いられていると指摘する。その同心病についても「是又今の世にいできたることなるべし」と、先行歌式には存在しないことが指摘されている。次の詞病事でも同じように「近代」の儀について述べている。『奥義抄』にあって「古」に対する「近代」が重要な時代意識であることは、西村加代子がつとに指摘するところである。[13]

又歌に詞病と云事あり。但、古随脳にはみえず。近代出来事か。たとえば、けれ・らむなど云類也。まことに耳にたちて聞ゆ。さるべき事也。

（中略）

あふまでとせめていのちのをしければこひこそ人のいのちなりけれ

是等又よき歌也。ただいかなることもよくつづけつればあしくも聞えず。されば天徳の歌合には同とがあれども、とがめたるもあり、とがめぬもあり。かやうの事は当時耳にたたむにしたがふべし。近代の人は此式を可用也。

詞病が近代に発生した概念であるとして、「かやうの事は当時耳にたたむにしたがふべし。近代の人は此式を可用也」と述べる。『浜成式』や『喜撰式』など上代・平安初期の歌式では、歌病のように表現の制限を示すことが多かったが、近代では制限が緩められている。このような「古き髄脳」と「近代」との対比が『奥義抄』のこの箇所に集中して見える。それは序に述べられた通り、今の世に叶う髄脳がないという意識によるのであろう。例歌の入れ替えや増補といった改訂も、根本的には「古き歌式」を改訂するという著述意図に支えられているのである。

七　散文的な書写面と構造

『奥義抄』は先行歌式の類聚にとどまらず、著述目的に合わせた増補改訂が施されている。また、以前の歌式で立てられていた概念が整理されて項目化され、標目や項目の配列などを整理していることはすでに指摘したが、注意すべきは標目や項目の整理は、諸本の書写面の変容と結びついていることである。『奥義抄』には、辞書のような部分や各歌体や歌病などの項目に関する箇所など、形態を異にする知識が様々に取り入れられている。本章では『奥義抄』上巻の項目を形態面から大きく六つの区分に分ける。

まず、Ⅰ部は二和歌六體から四和歌八品まで、Ⅱ部は五畳句歌から十三廻文歌までの箇所。Ⅲ部は十四和歌四病から十六和歌八病まで、Ⅳ部は十七避病事から十九秀歌體まで、Ⅴ部は二十和歌九品と二十一道済十體、Ⅵ部は二十二盗古歌證歌から二十五出萬葉集所名までとする。論理構成としては、和歌八病と和歌九品は近似した箇所にあってもよいように思われるが、出典の相違から離したものであろう。大東急記念文庫本の忠岑十体は一度奥に写され、それから現在の位置に移動したらしく、伝流の過程で多少の移動が生じ現在の形になったようである。(14)しかし、伝本状況から考えるに、上巻の項目の配列は大きくは動かないとみて、Ⅰ類本の項目配置をもとに考察を進めていきたい。

各項目はそれぞれ近似する性質をもつものでまとめられている。Ⅰ部は歌躰についての概略と自説、Ⅱ部が歌の形式についてごく短文と例歌で説明している。Ⅲ部は歌病についてで、説明と例歌である。次いでⅣ部は散文の形態となっており、諸本によっては和歌が地の文から一字ないし二字下げで書写される。「今案」や「近代」の意識が集中する箇所であることもすでに論じた。Ⅴ部は和歌の歌品の引用、そして末尾のⅥ部に物名や例歌集のような辞書的な項目が配される。

注意したいのは、Ⅳ部に下位項目がない散文的な記述、Ⅵ部は辞書のように例歌が類聚されていることである。このような辞書的な要素と散文的な記述が一書にまとめられた歌学書は同時代においては珍しい。『俊頼髄脳』には『古来風体抄』にも異名を列挙した箇所があるが、それらは散文的な記事に辞書的な部分が埋め込まれていると考えたほうがよく、項目別に立項されているわけではない。

こうした性質の異なる部分をもつ本書の性質は書写面の変容にも大きな影響を与えている。ここではⅣ部の諸本間の相違を見たい。項目の欠脱や表記の差異があり、避病事、詞病事、秀歌体の三項目は目次と対応する標目の有無が異なる。川上もその項目表記の体裁には注意を払っており、以下のように異同を記述している。

避病事
アリ―志版東中
ナシ―巫内京三抄
詞病事―志版東中
「事」ナシ―巫抄
三字ナシ―内京三
秀歌体―版東中
「体」ナシ―志
三字ナシ―巫内京三
「秀」ナシ―抄(15)

つまり、三項目の標目を持たない伝本も少なくないのである。この箇所は、標目の有無だけはなく地の文や和歌の書き方との関係、即ち書写面全体の設計を考慮すべきである。詞病事の箇所を掲出し、一覧しておく（図5〜9）。内閣文庫本は地の文が追い込みで書かれており、適宜空格が設けられている。慶應義塾図書館本は丁寧に改行され項目が明確に立てられている。大東急記念文庫本はそれぞれ箇条書きの体裁になっているが、改行は少ない。書陵部蔵御巫本は項目表記がなく、豊橋市立図書館本は項目開始の位置に朱で通し番号が付されている。

内閣文庫本

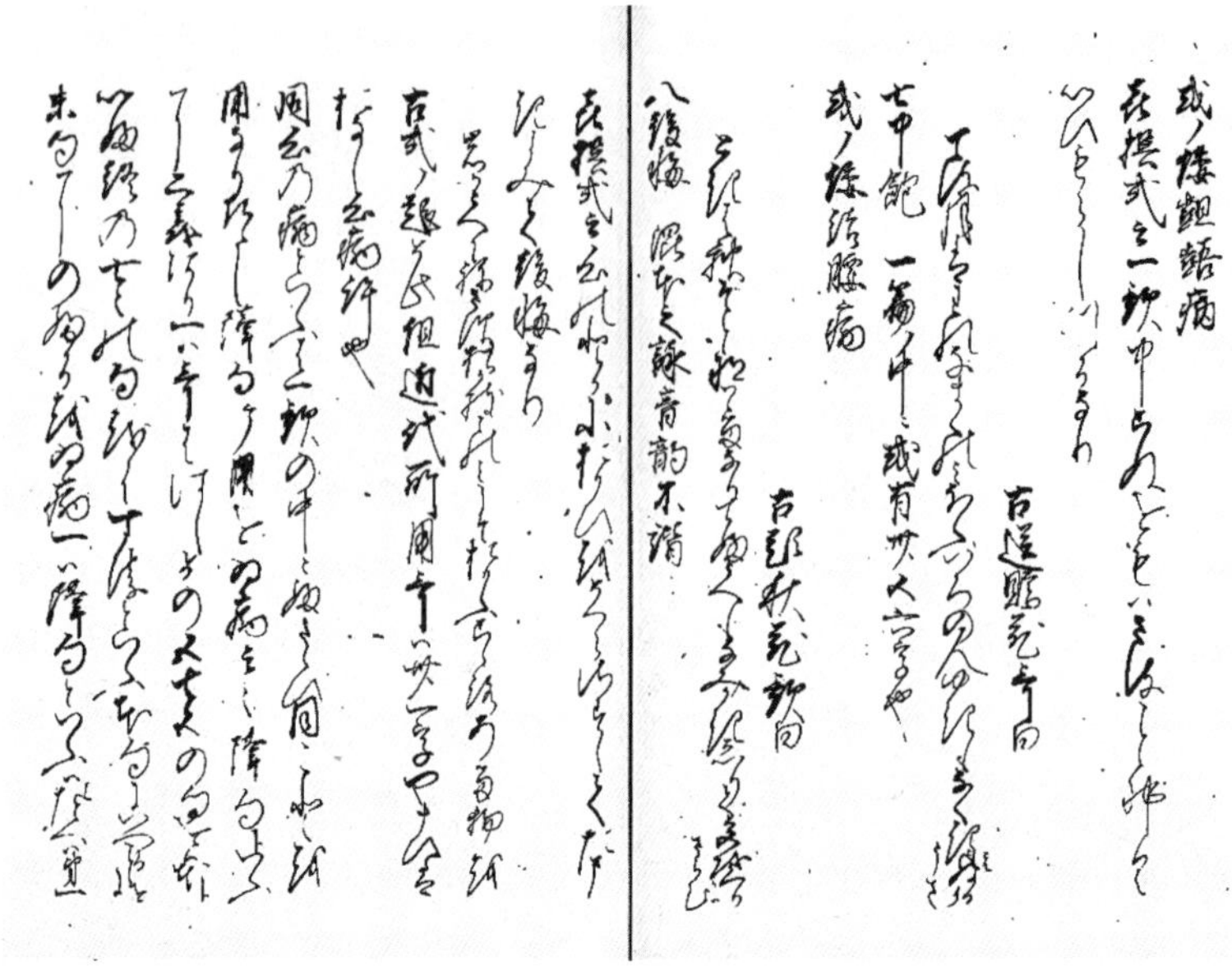

図5—1

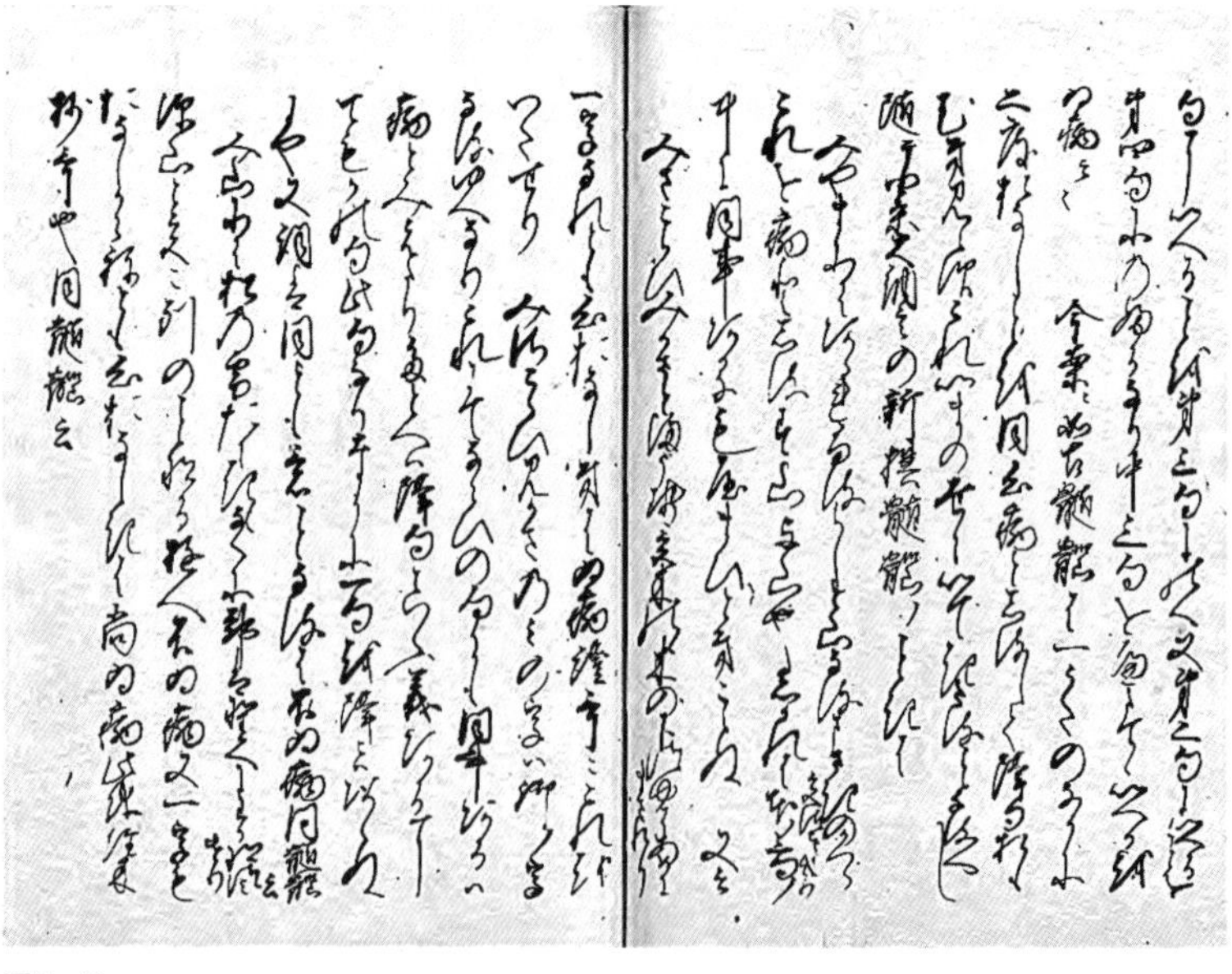

図5—2

慶應義塾図書館本

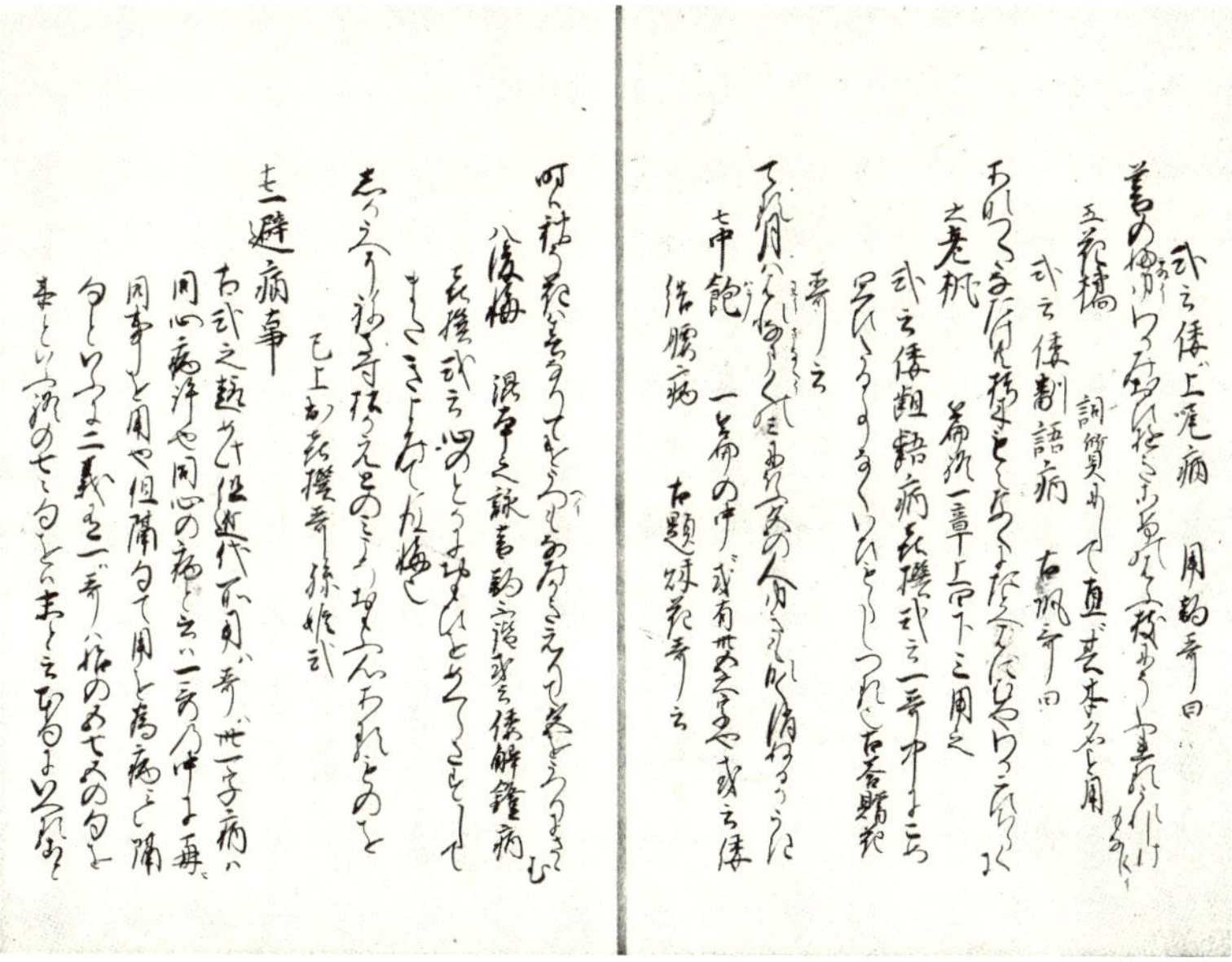

図6—1（一丁略）

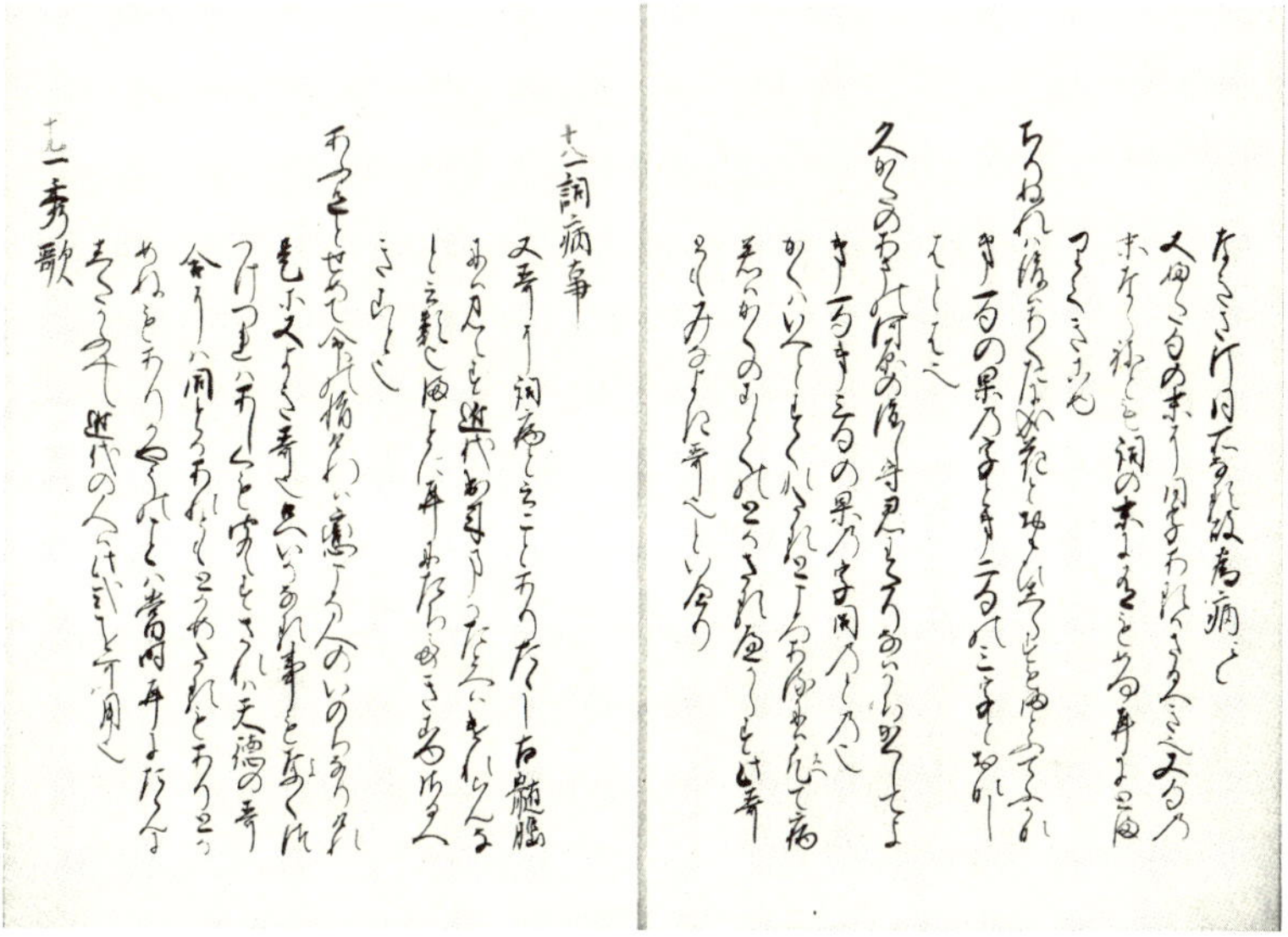

図6—2

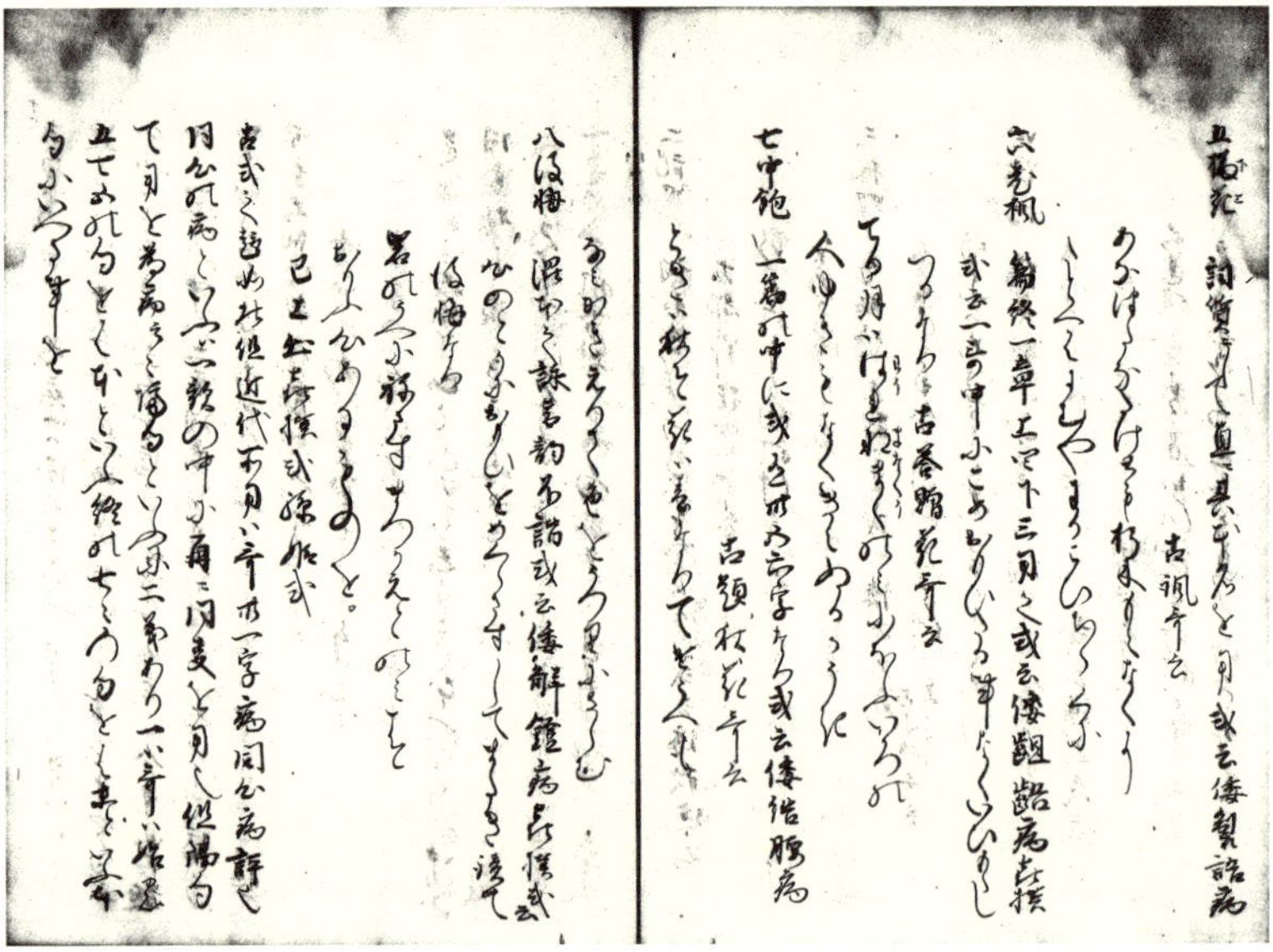

書陵部蔵御巫本

図7—1

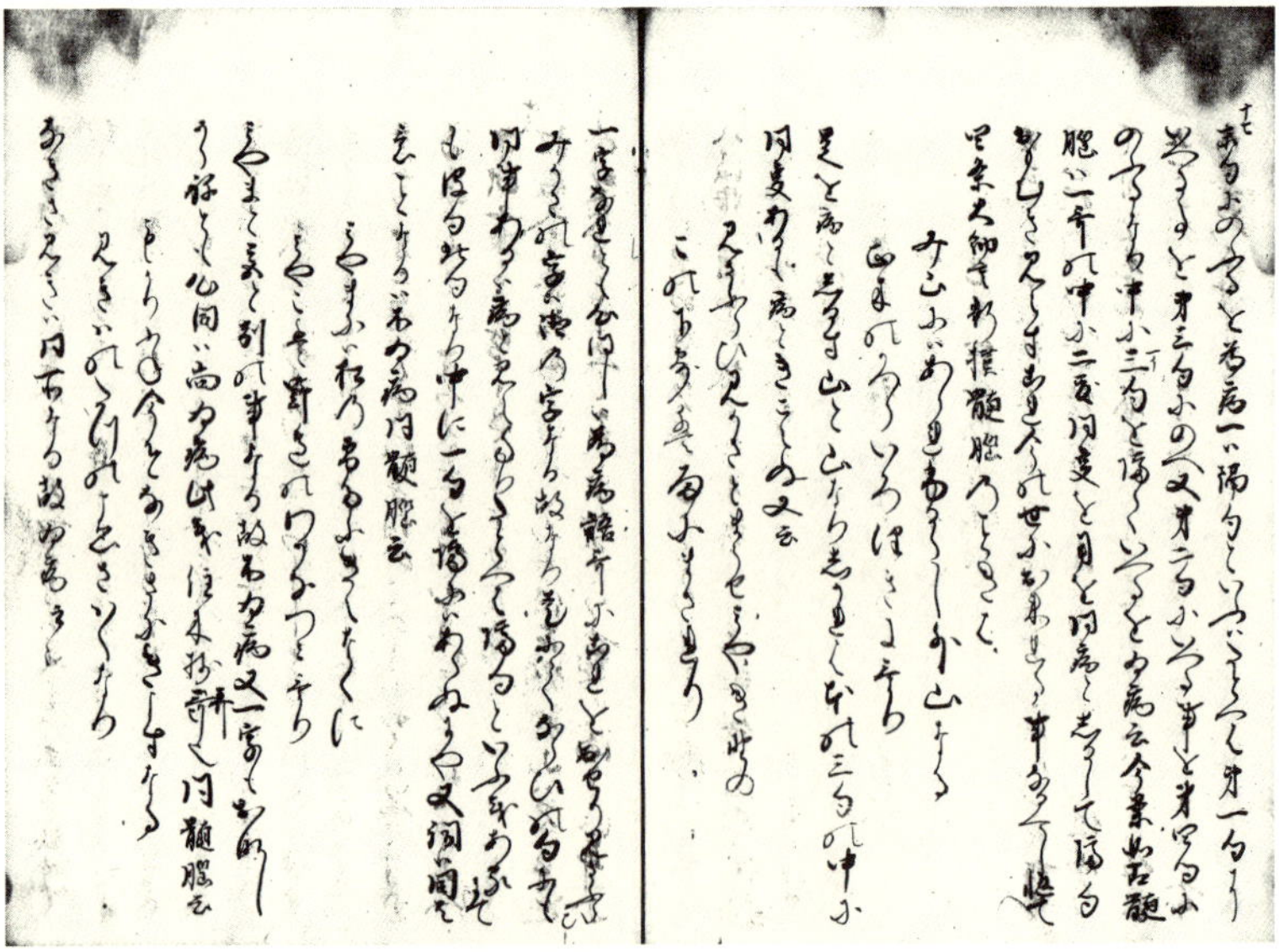

図7—2

豊橋市立図書館本

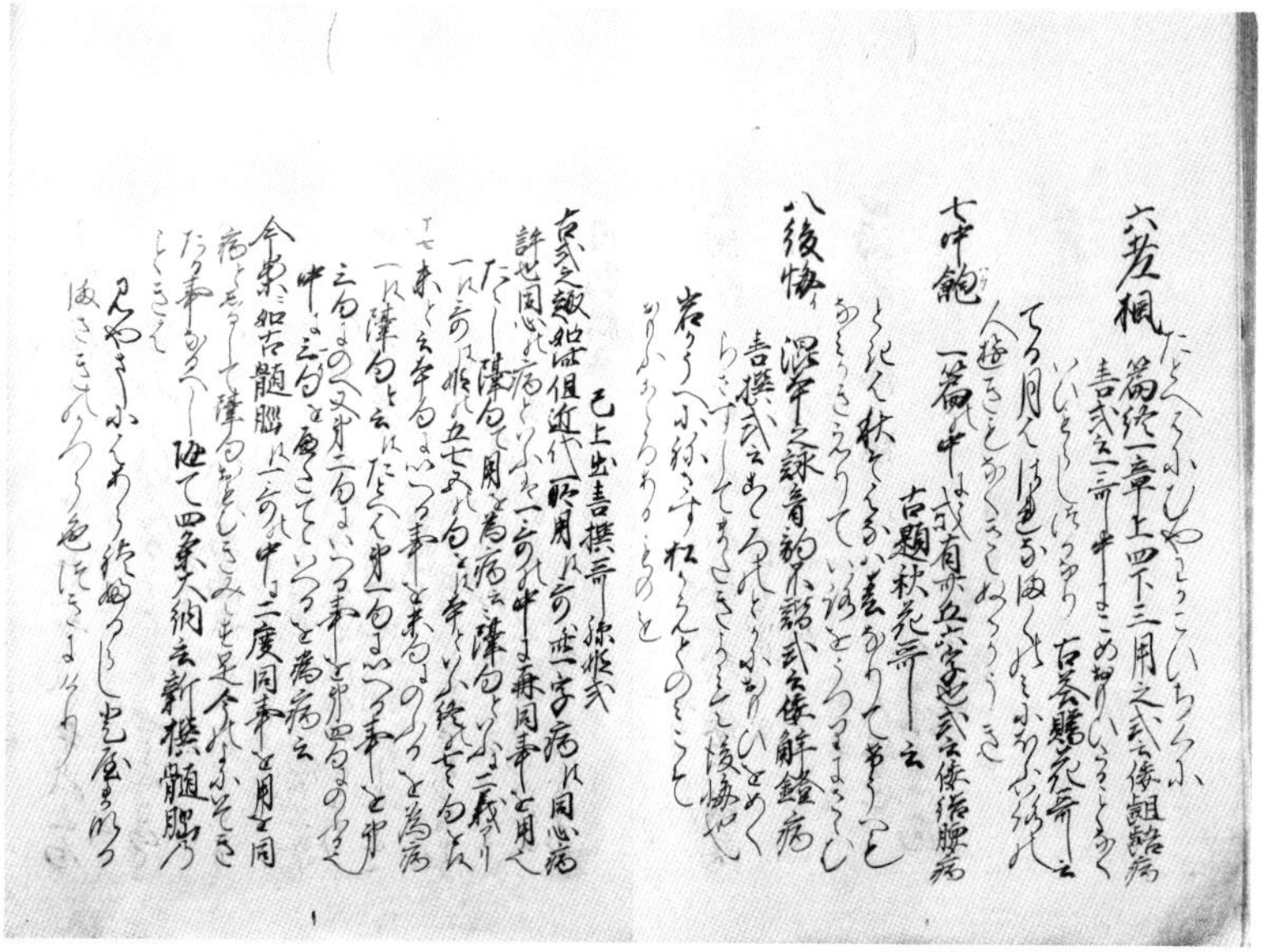

図8―1

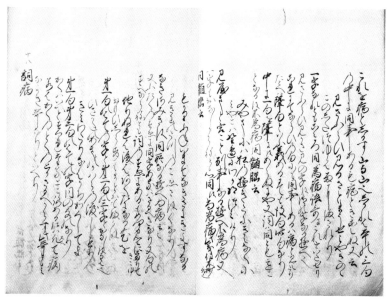

図8―2

大東急記念文庫本

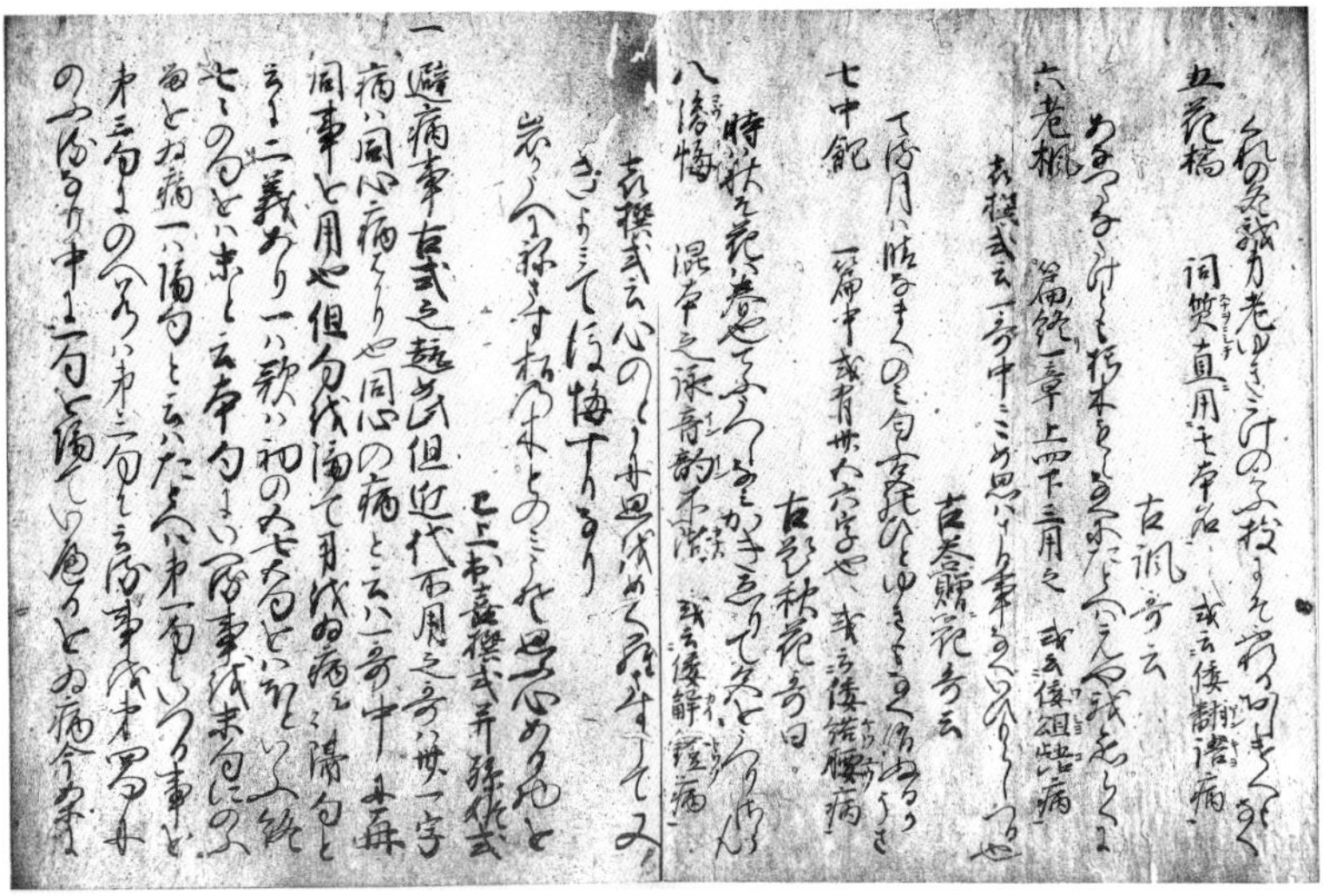

図9―1（一丁略）

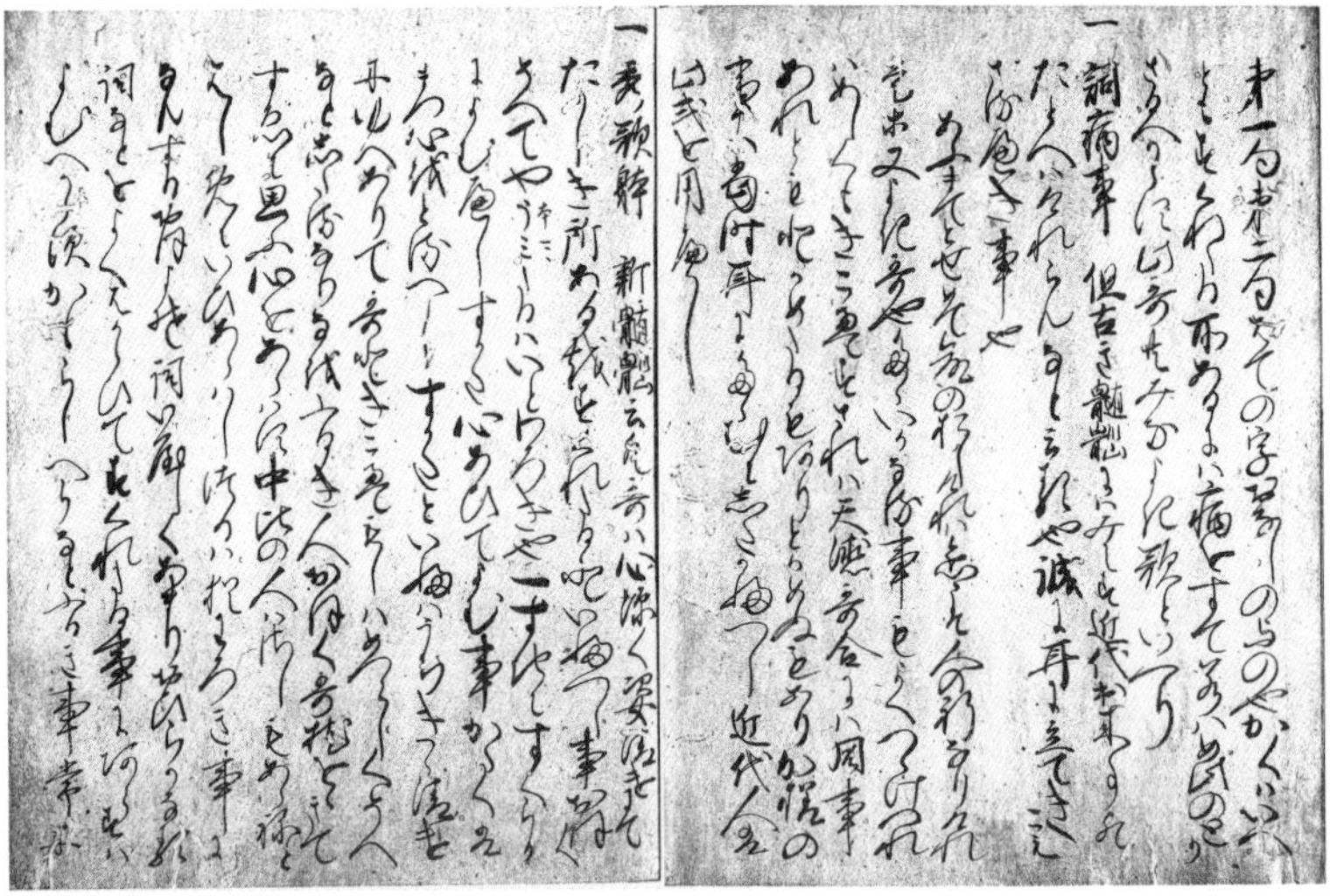

図9―2

また大東急記念文庫本と書陵部本では、地の文に対して和歌が二字ほど下げられている。これが書式上、散文を示すことは常識に属する事柄であろう。一方、盗古歌証歌などの箇所が歌集の体裁になっており、書式上の区別は厳密である。慶應義塾図書館本では全体を通じて和歌が、他の説明に対して高い位置から書かれており、その体裁がここでも踏襲されている。

このように書式からみるとⅣ部では話題が標目や見出しで分節されない。このような書式を「散文的」な書式と便宜的に述べておきたい。この書式で書かれているため、項目間の切れ目が曖昧になり、文章の開始と終了の位置がわかりにくい。それでも目次に項目がある以上、その位置をしめす朱点は付けなければならない、諸本によってこの通し番号が誤っていたり、項目位置を示すマーク（朱点等）の位置がずれるのは、目次と対応する項目の「切れ目」をどこかに設けなければならないという書写者の意識の現れと読める。豊橋市立図書館本の避病事は、地の文の位置が不定で、字下げが数箇所で行われ、他本と違い複数の階層があるような記述となっている。これも項目の開始位置に対する混乱を示す現象であろう。

Ⅳ部の三項目が散文的な記述になる理由を考察する。その手がかりとして、『新撰髄脳』の引用が大半を占める秀歌躰を検討する。まずは『奥義抄』所収の『新撰髄脳』の改変を検討しよう。

波線部は『奥義抄』に見えない記述、傍線部は異同がある記述である。細かい異同は、諸本で大きく異なるため、あくまで参考程度にしかならないかもしれないが、大規模な改変が記されている箇所がある。注意されるべきであろう。

『新撰髄脳』

うたのありさま三十一字惣而五句あり。上の三句をば本と云ひ、下の二句をば末といふ。一字二字あまりたれども、うちよむに例にたがはねば癖とせず。凡そ哥は心ふかく姿きよげに、心におかしき所あるを、すぐれたりといふべし。事おほく添へくさりてやと見ゆるが〔いと〕わろきなり。一すぢにすくよかになむよむべき。心姿相具する事かたくは、まづ心をとるべし。終に心ふかゝらずは、姿をいたわるべし。そのかたちといふは、うち〔聞き〕きよげにゆへありて、哥ときこえ、もしはめづらしく添へなどしたるなり。ともに得ずなりなば、いにしへの人おほく本に哥まくらを置きて、末におもふ心をあらわす。さるをなむ、中比よりはさしもあらねど、始めにおもふ事をいひあらはしたる、わるきことになんする。貫之、躬恆は中比の上手なり。今の人のこのむ、これがさまなるべし。(中略)凡そこはくいやしく、あまりをひらかなることばなどを、よくはからひしりて、すぐれたることあるにあらずは詠むべからず。「かも」「らし」などの古詞など別して、つねに詠むまじ。ふるく人の詠めることばをふしにしたるわろし。一ふしにてもめづらしきことばを、詠みいでんとおもふべし。

古哥を本文にして詠める事あり。それはいふべからず。すべて我はおぼえたりとおもひたれども、人も心得がたき事はかひなくなんある。むかしの様をこのみて、今の人にことにこのみ詠む、われ一人よしとおもふらめど、なべてさしもおぼえぬは、あぢきなくなんあるべき。

『奥義抄』秀歌躰

凡歌は心ふかく姿清げにて、をかしき所あるをすぐれたりと云ふべし。こと多くそへくさりてやとみたるはいとわろき事也。ひとすぢにすくよかによむべし。すがた心あひてよむことかたくば、まづ心をとるべし。すがたと云は、うちぎきよげにゆゑありて歌と聞え、もしはめづらしくそへなどしたる也。猶ふるき人おほく歌まくらをおきて、すゑに思ふ心をあらはす。中ごろの人はさしもあらねど、はじめにいひあらはしつるは、猶わろき事になむする。おほよそ詞いやしく、あまりおいらかなること葉などをよくはからひて、すぐれたることにあらずはよむべからず。かも、らし、べらなどふるきことつねによむまじ。又ふるくよめる詞をふしにしたるはいとわろし。ひともじにてもめづらしき事をよみ出づべし。さりとてよみもならはさぬ事などをいへるもわろし、又内外典のふみ、ふるき詩歌もしは物がたりなどの心をもととしてよめる事あり。古歌の心、ものがたりなどは、ふるきことのみな人の知りぬべきならずはよむべからず。われは思ひえたりとおもへども、人の心えぬ事はかひなくなむある。又むかしのさまのみこのみて今の人ごとにこのみよむは、我ひとりよしと心には思ふらめども、なべての人さも思はねばあぢきなくなむあるべき。

近年、冷泉家時雨亭文庫蔵『新撰髄脳』が紹介された。古写本でやや特殊な本文をもつことが確認されたものの、『奥義抄』諸本との完全な一致は見られない。阪口和子、杉本まゆ子の研究に指摘される通り、『奥義抄』所収の本文と完全に一致する『新撰髄脳』は現存していない。(16) その点から、『奥義抄』に所収される『新撰髄脳』は、原文の三分の一ほどに縮減され、例歌の順序も異なり、旋頭歌の部分が削除されるなど、抄出された形なのである。

注意しておきたいのは、『新撰髄脳』で「古哥を本文にして詠める事あり。それはいふべからず」とされる箇所が、『奥義抄』では「又内外典のふみ、ふるき詩歌もしは物がたりなどの心をもととしてよめる事あり」と、和歌に摂取してよい語彙が増えている点である。この箇所と同一本文を持つ『新撰髄脳』にはない。西村は『奥義抄』所引の『新撰髄脳』の存在もありえたかもしれないと留保しつつ、秀歌躰の記述を以下のようにまとめている。

『新撰髄脳』の全体から「歌病」と「旋頭歌」の条を除いた部分を取り上げ、それらについて文章や例歌の順序の入れ替えを行って、清輔なりに整理して掲げたと見られる。(中略) 同じ『奥義抄』においても、たとえば「避病事」「詞病事」「盗古歌証歌」の条では、自身の意見を表明し、歌の出来がよいのであれば、程度問題ではあるが、歌病や本歌取りも許されると明言する。これは『新撰髄脳』や『俊頼随脳』に比べても、より柔軟で弾力的な姿勢を増していると言え、詠作にあたっての実際的なあり方や取り扱いという問題については、実作者・鑑賞者としての清輔の見識を示している。清輔には、独自の思考を深めて自身の言葉で語る能弁さはなく、ほとんど全面的に公任の論に拠るという消極的な形で、その姿勢を示している。(17)

秀歌躰は「ほとんど全面的に公任の論に拠」りつつも、『新撰髄脳』の「文章や例歌の順序の入れ替えを行って、清輔なりに整理した」とする。『奥義抄』上巻の例歌の入れ替えや今案などと同じように、これも扱う概念は先行歌式と共通しつつも、その例や説明が異なるという点で、『奥義抄』における「近代意識」の発露である。また西村は別の箇所で、『俊頼髄脳』の秀歌論に触れていないことを指摘するが、これは寺島修一が述べるように清輔が『俊頼髄脳』を全面的に信頼しておらず、中下巻部で否定的な評価を下す場合にはその引用を明記しないのと同じ現象である。(18)『奥義抄』上巻を制作していた時期の清輔にとっては、『俊頼髄脳』は必ずしも記名されるべき権威ある歌学書とは見なされていなかったことの傍証と考えてよい。

説明すべき事項が先に概念として定まっている歌病や歌品などに比べ、Ⅳ部の三項目は先行する歌式とは異なる見解を述べている点、これを「近代の意識」の表出であると述べた。このうち詞病事と避病事は以前の歌式になく、先行する歌学書の中で未だ構造化されていない事柄を扱う項目なのである。この先行歌式の引用では成り立たない箇所では、読者に対して説得を行うような語りが必要とされている。それによって、このような散文的なスタイルが適切であると考えられたのではないか。

散文的な書式が採用されているのは、物名のような列挙や羅列が可能な項目ではない。Ⅳ部は一連の記述が散文的な書式をもっていることによって、三項目がひとつのつながりを形作っている。たとえ標目が脱落した諸本であっても、ここの部分は避病事、詞病事、秀歌躰のⅣ部を一繋がりとして、語りを聴くように読むことが可能なのである。

Ⅳ部の散文的な要素には「古代和歌式と近代の議論をすり合わせる」記述が含まれていることにも注意したい。秀歌躰では『新撰髄脳』に依拠しながら、その改変によって自説を述べているが、これは古代歌式の記述と近代の状況を比較することで、序文で述べた「今の世に叶う」式がないことを示しつつ、新儀を提唱する具体的な実践なのである。だからこそ、ここは構造化されるような要素がほとんどなく作中主体が語り続けるような話法で書かれることになっているのであろう。

このようにⅣ部の項目表記は、三項目に跨って既述されることで、あたかもひとまとまりの部分のように見えるのである。諸本で標目の有無や相違を中心に異なった書写面を形成しているのは諸本の書写者や項目位置を書いた人物が、Ⅳ部をどのように捉えたのかの表出なのである。

八　清輔著作における散文的記述の挿入

以上のような項目表記の不安定さをもつⅣ部のような散文部が埋め込まれている事例は、清輔の他の著作にも見ることができる。『袋草紙』上巻は、歌合に関する作法、連歌、和歌についての故実、諸本で存不存があるが柿本人麻呂勘文が載る。そして和歌説話を集めた雑談があり、最後に希代の和歌が類聚される構成となっている。

多くは項目別に論述される中、雑談は、下位項目や話題の切れ目を明示的に立てることがない。「歌合の事」と話題の内容を示すような標目のような記述が一箇所だけあるが、話題は歌合から次々と変わっており、項目表記あるいは話題の切れ目の役割は果たしていない。

書写年代が新しい諸本では、雑談に合点や朱点によって話題の切れ目を作ったり、話題に標目を立て、検索を可能にする工夫が施されている。これについては機会を改めて論じることにして、問題は雑談が例歌集である希代の和歌の前に置かれていることである。今、『袋草紙』上巻の目次を確認すると次のようになる。

和歌会の事／題目の読様の事／位署の読様／題目の書様／位署の書様／和歌の書様／探題の和歌／御賀の歌の作法／白紙を置く作法／和歌に注を書く事／和歌を取る事／和歌もしくは連歌を云ひ出だす事／連歌の骨法／大嘗会の歌の次第／和歌序の故実／撰集の故実／故き撰集の子細／人丸大同の朝に及び難き事／萬葉あるいは大同の朝と称し桓武の時かと疑ふ事／諸集の人名不審／雑談／希代の和歌

こうしてみると、雑談は項目構成をもつ一書の中に編入された散文的な部位であると言えるだろう。話題や登場人物は多岐に渡るが、その内容的な検索は難しい。同じように雑談をもつ『井蛙抄』のように、巻ごとに話題や構造を分割する作りとはなっていない。

同時代には、辞書も散文も含むような複雑な構造を持った歌学書は多くはない。その一例として、藤原範兼の著書『和歌童蒙抄』巻一〇、詞難例、文字病難不例の箇所を確認したい。

詞難例

ワカヤトニウクヒスイタクナクナルハニハモハタラニハナヤチルラム

天徳哥合、右方兼盛哥也。左順、マタウチトケヌ鶯ノコヱトヨメリ。左為」勝。小野宮殿判云、ヨシナキ花チラスモ、トル輿ナク、コトハモヨロシカラスト云々。

『和歌童蒙抄』では、措辞が難じられる例を列挙し、その判を乗せる形で記述される。この例では「わが宿にの歌が掲出され、その判が抄録される。範兼の説が追加される場合もある。「ムハタマノヨルノユメタニマサシクハワカヲモフコトヲヒトニミセハヤ」の歌、判を載せたあと、

コレヲタツヌヘキコトナリ。

万葉集ニ、烏玉トカキテ、ムハタマトモ、ウハ玉トモ、ヌハタマトモ、和字ニ順カキテ侍ナリ。ヨルナラムカラニ、ヌハタマノコ、ロカナフヘシトモヲホヘネト、村上天皇ノヲマヘニテ、少野宮殿申サレケルコトアタナラムヤハ。

と、注釈の形をとって判について論じている。これは巻一〇の他の項目も同じである。この意味で『和歌童蒙抄』は、巻一〜巻九の多くの項目がそうであるように、あくまでも和歌を対象とする注釈の体裁を守っている。『和歌童蒙抄』の巻立と構成は、成立の基盤となった『疑開和歌抄』の体裁を踏襲した可能性が考えられている。[19]ただ、院政期には難解歌や難義語を標目とする単一構造の注釈書が流行しており、一般的なものであった。『綺語抄』や『隆源口伝』、『袖中抄』やあるいは顕昭『古今集注』のように、〈被注語（歌）＋説明や例歌〉の形式が保持される歌学書は、その内容的な相違にかかわらず多い。一方、一書にさまざまな体裁の要素が含まれる歌学書は多くはなく、『袋草紙』が歌合故実を中心にその嚆矢として認められ、『八雲御抄』に至って本格的に百科全書的な歌学の集成を見ることになる。清輔の歌学書類は、その内容だけではなく、構成においても、先鋭的なものだったといえるだろう。

九　『奥義抄』の享受と書写

『奥義抄』は一般に、中下巻を中心とした勅撰集の難解歌、難義語の注釈書として読まれていたらしい。藤原俊成は崇徳院から『奥義抄』を見せられており、その際、『後撰集』九一六番歌の「あまのまてかた」とあるべき本文が「まくかた」とあることを非難したという。[20]『古来風体抄』にも『奥義抄』の「短歌」の解釈を非難し、『古今問答』でも俊成はしばしば「奥義をみたか」と問者に何度か聞き返している。俊成の言説には『奥義抄』中・下巻の注説への非難が見られるが、裏を返せば、それだけ流布していたのだろう。

『奥義抄』が崇徳院、二条天皇、九条兼実らに呈上されたように貴顕を読者として想定したものであるにもかかわらず、その歌説が秘匿されることはなかった。とりわけ顕昭が重視し、その周辺でも流通していたことは次の記述からも伺える。

世の人、奥義抄を枕草子にせぬはなし。されど此歌には手もかけず。されば秘蔵もすべし。又我しらぬままに世の人々の手をたたかむもねたかるべし。彌此抄物をば窓外にいださるまじき物也。

右は『顕注密勘』の顕注である。この「枕草子」は作品名ではなく、枕頭の書という意味であろう。顕昭の周辺のみならず、定家も『顕注密勘』の跋文に『奥義抄』を書写したことがあると述べている。

いましるされたる事は、奥義集をうつしながら、いりたちぬる今案ばかりの説にもしたがはず。そのかみ聞ならひ侍しにも、いくばくかはらず侍也。

この記述を信じれば、いま記したこと（密勘部分）は『奥義抄』を書写しながら、いま思いついたような今案の説にもしたがってはいないが、かつて聞いて習ったこととそれほど変わらなかったということである。これが真実なら、定家が受けた庭訓と清輔の歌説は大きく異なることはなかったはずである。定家の清輔に対する評価は決して低くはなく、『奥義抄』も熟読していたらしいことがその著作から伺われる。(21)『奥義抄』は『八雲御抄』『和歌色葉』に髄脳・学書として記載され、『古蹟歌書目録』はじめ多くの歌書目録類に名が見える。近世には開板されており、現存伝本も多い。しかしながら、上巻に関する言及は、ほとんど確認できない。歌病や詞病、秀歌に関する『奥義抄』の記事は歌学的な議論になることが少なかった。また辞書的な項目に関しても『和歌初学抄』と記述が重複する部分が多いが、そこを中心に読まれた形跡はほとんど存しない。逆にいえば『和歌初学抄』のように、辞書または読み物として振幅のある享受はなされず、『奥義抄』は中下巻を中心に、勅撰集歌の注釈書として享受されたということである。

本書は中下巻に比べて上巻はそれほど重要視されておらず、自由度の高い書写が可能であったのではないかとも思われる。構造が多様であり、Ⅳ部のように標目が完全に脱落する本もある。散文的な書式はその内容からみて、標目が必ずしも必要とはされていない。書写者たちも文字配置に工夫の余地を認めていたのだろう。

十　おわりに

『奥義抄』上巻をその構造から読んでみると、一見ばらばらにみえる諸本の様相も、それぞれの項目配置に沿った形で変容している可能性を考えることができる。不合理に見える項目の脱落も、Ⅳ部だけに起こる特異な現象であり、単なる伝本の末流化と処理することはできない。

Ⅳ部の書写面にはⅠ類本系統における項目通し番号の設置や、目次に対応する標目の整理、あるいは書写位置の整列、標目の移動などが認められる。これらの現象もまた、単純に原本の体裁の保持と改変という観点から捉えることは妥当でなく、どのような要素がそうした書写面の変容を促すのかという観点が必要だろうと考える。

書写面に生起する諸現象は、著者が構想して設定した著述の情報構造（標目や項目の配列、配置、書写面の配置）の原初形態を改変していくことによって生起する。豊橋市立図書館本や書陵部御巫本などのように、項目の開始位置が明示されず、通し番号を誤った位置に付される本があることも、内容に優先して構造の把握が求められたからであろう。

古典文学において著者自筆の原本が残ることは極めて稀であり、写本のみが現存する状況下では諸本の変容を文献学的処置によって追跡することは困難を極める。そのなかで読むに値する善本を選定していくことも文献学的に重要な営為だと言えるだろう。だが、諸本の示す書写面の多様性に着目し、そこに起こる様々な変容を把握するのは、一書の中にある情報構造の現れ方を検討することになる。Ⅰ～Ⅲ部までの先行歌式の集め方と、Ⅳ部における散文的な記述との書写面の違いは、内容を異にする二方面の認識の現れ方の違いなのである。本章では、どの写本がどう変わっているのかの個別事例の検討を通じて、標目や書式に書写面の変容が起こりやすいが集中しやすいことを論じ、その変容の発生しやすさが本文の構成と密接に関連している可能性がある。書物の伝来や本文の良し悪しを一度措いておき、写本間の比較と内容面との相関を見いだすべきであると考える。たとえ末流の伝本であったとしてもそれは書写者にとって書写する価値を持つ本であり、それはかつて〈読まれた〉ことの確実な証なのである。

文献学的研究は、善本の特定と諸本の伝流の把握や、系統の分類を課題としてきたといってよい。しかし、写本が持つ情報は本文だけではない。また諸本の価値はいくつかの有力な本のみが代表しうるという考え方では捉えられない情報がある。本文批判に参加する資格がないように見える末流伝本にも、祖本から受け継いだ様々な情報が形を変えながら顕現しているのである。諸本の変容可能性への視座を設けることで、書写転変を介した享受の連鎖の様相を明らかにすることができるだろう。

注

（1）第一部第二章参照。

（2）『奥義抄』に関する研究を以下に列挙する。寺島修一「『奥義抄』と『俊頼髄脳』――清輔の著述態度について」（『武庫川国文』五〇、武庫川女子大学国文学会、一九九七・一二）、浅田徹「祐盛抄について――奥義抄・和歌色葉との関係から――」（『国文学研究』九九、早稲田大学国文学会、一九八九・一〇）、日比野浩信「豊橋市立図書館蔵『奥義抄』について」（『愛知淑徳大学国語国文』一四、愛知淑徳大学、一九九一・三）、同「『奥義抄』巻頭の目次について」（『愛知淑徳大学国語国文』一六、愛知淑徳大学、一九九三・三）、同「『奥義抄』序と『和歌現在書目録』序」（『愛知淑徳大学国語国文』一七、愛知淑徳大学、一九九四・三）、寺島修一「『奥義抄』の『万葉集』享受――和歌本文の性格について」（『文学史研究』三六、文学史研究会、一九九五・一二）、東野泰子「『奥義抄』から『僻案抄』へ――「そが菊」注にみる院政期歌学の一様相」（『国語国文』六六―一二、京都大学文学部国語学国文学研究室、一九九七・一二）、同『奥義抄』下巻余の伝本について」（有吉保編『和歌文学の伝統』角川書店、一九九七・八）、森山茂「『俊頼髄脳』と『奥義抄』との相違――共通する事項の検討を通して――」（『尾道短期大学研究紀要』四八―三、尾道短期大学、一九九九・一一）、同「歌論と説話――『奥義抄』と『袋草紙』とを対象に――」（『尾道大学芸術文化学部紀要』一、尾道大学芸術文化学部、二〇〇二・三）。

（3）小沢正夫『古代歌学の形成』（塙書房、一九六三）。

（4）井上宗雄「大東急記念文庫蔵杉原宗伊関係歌書（「奥義抄」「法華廿八品歌」）をめぐって」（『かがみ』七、大東急記念文庫、一九六二・三）、原田芳起「大東急本　奥義抄管見」（『かがみ』八、大東急記念文庫、一九六三・三）、井上宗雄責任編集『大東急記念文庫善本叢刊　中古・中世篇 第四巻和歌1』（大東急記念文庫、二〇〇三）。

（5）久曾神昇「奥義抄に就いて」（『立命館文学』一、立命館出版部、一九三六・四）、同『日本歌学大系　第一巻』「奥義抄解題」（風間書房、一九五七）、川上新一郎『六条藤家歌学の研究』（汲古書院、一九九九）。
（6）川上注5前掲書。
（7）日比野浩信「『奥義抄』古筆切の検討――その本文と流布――」（『和歌文学研究』七三、和歌文学会、一九九六・一二）。
（8）冷泉家時雨亭文庫編『冷泉家時雨亭叢書　中世歌学集　続』（朝日新聞社、二〇一六）。
（9）国立歴史民族博物館蔵史料編集会編『貴重典籍叢書　国立歴史民族博物館館蔵　文学篇　第十五巻』（臨川書店、二〇〇二）。
（10）鈴木徳男『俊頼髄脳の研究』（思文閣出版、二〇〇六）。
（11）川上注5前掲書「序章」。
（12）人見恭司「物名歌概念の変遷について――「隠題」という語を通して」（『国文学研究』九五、早稲田大学国文学会、一九八八・六）。
（13）西村加代子「古き詞の時代を慕って」（山本一編『中世歌人の心　転換期の和歌観』世界思想社、一九九二）。
（14）井上注4前掲論文。
（15）川上注5前掲書。
（16）阪口和子「冷泉家時雨亭文庫蔵『新撰髄脳 別本』――翻刻と考察」（『大谷女子大国文』三三、大阪大谷大学、二〇〇三・三）、杉本まゆ子「公任歌論の享受――『新撰髄脳』引用と『簸河上』を中心に――」（『書陵部紀要』五二、宮内庁書陵部、二〇〇一・三）、同「新撰髄脳の本文――別本から考える――」（久保木哲夫編『古筆と和歌』笠間書院、二〇〇八）。
（17）西村加代子『平安後期歌学の研究』（和泉書院、一九九七）。
（18）寺島注2前掲論文。
（19）『六百番歌合』恋十番判詞、『僻案抄』にも同話題が載る。
（20）村山識「願得寺蔵『疑開和歌抄』解題と翻刻」（『史林』四四、大阪大学古代中世文学研究会、二〇〇八・一〇）。
（21）『僻案抄』の奥書には定家が「奥義集」を書写していたことが記されている。

第四章　『和歌初学抄』の書面遷移

——項目配置と享受——

一　はじめに

歌学書は書写過程で大きな変容や改変が生じやすく、内容的にも先行する歌学書の記述を引き継ぐ記事も多いため、その記述をそのまま著者の思想の直接的な表出と見なすことには慎重になるべきである。本章で扱う藤原清輔や顕昭の時代においてすら、参考としたであろう先行歌学書の多くが散逸しており、『奥義抄』にせよ『袖中抄』にせよ、明示されずとも先行書の記述を引き継いでいる可能性に常に留意する必要がある。しかも院政期の歌学書は、『綺語抄』や『和歌童蒙抄』のように歌語辞典や例歌集、歌語注釈書といった辞書的な性質を強くもち、著者の「思想」の表出として読みうる物は多くはない。

特に清輔の著述には、自身の手によって増補改訂されたと思しき箇所も、諸本に多数存することを、川上新一郎が指摘している(1)。このような性格の書物は、様々な増補改訂の段階を反映する伝本が生成され、さらに後人の加筆や抄出が施された本文も存しているため、著者自身の改定の過程を辿ることは容易ではない。だからこそ、著者の和歌に対する思想が書かれる「歌論」を、歌語に関する知識である「歌学」と弁別するというのが、近代

における典型的な歌学のとらえ方であった。(2)

しかしながら、歌学書が多様な形態の伝本を残していることは、享受史的にはむしろ興味深い現象である。書写者や享受者によってどのように利用され、改編されていったのかの軌跡をとどめていると考えられるからだ。

このような観点から、現在残された写本の書写面を観察することで諸本の性格を考察したい。それは必ずしも清輔の著述意図を解明することにはならないかもしれない。しかし、作者の意図や思想を超えて、本文、書写面などが甚だしく変容する性質をもつ書物の、内容上・伝本研究上の善悪とは別の価値を論じることができるのである。

本章は清輔が著した『和歌初学抄』を、如上の問題意識から考察していく。すでに久曾神昇、(3)川瀬一馬、(4)川上新一郎(5)により成立、書誌、伝本など基礎事項が検討されている。小林強、(6)日比野浩信(7)は古筆切を検討しており、渡部泰明、(8)佐藤明浩、(9)田尻嘉信、(10)岩淵匡(11)により個別項目の検討がなされている。とくに岩淵の論考は『和歌初学抄』を歌語辞典と捉える視点を提示したもので、日本語学の立場から辞典としての性格を考察する。この性格付けに対して稿者は若干の異見を持つが、重要な見方である。

二　『和歌初学抄』の諸本

伝本と分類を確認する。久曾神、川瀬、川上により諸本分類が行われており、特に川上分類が現在の研究水準を示す。その後に発見された伝本を［　］で括って次に掲出する。一部所蔵が変わった伝本もあるので、それも併せて示した。

Ⅰ類本

ａ（イ）天理図書館蔵伝藤原為家筆本、同蔵伝二条為氏筆本（天理図書館善本叢影印）、志香須賀文庫旧蔵鶴見大学蔵本、中央大学図書館蔵伝藤原為家筆本、［目白大学蔵本］、［天理図書館蔵江戸期写本］

（ロ）国会図書館蔵本、彰考館蔵本

ｂ　彰考館蔵金森本、川上新一郎蔵滋岡庫本、書陵部蔵待需抄本、［川上新一郎蔵伝後柏原院宸筆本］

ｃ（イ）書陵部蔵谷森本、書陵部蔵梶井宮本

（ロ）松平文庫蔵本、祐徳稲荷神社蔵本

Ⅱ類本

ａ　冷泉家時雨亭文庫蔵藤原為家筆本、書陵部蔵同上転写本（日本歌学大系底本）、川上新一郎蔵聖護院本

ｂ（イ）鶴見大学蔵本

（ロ）寛文二年版本、祐徳稲荷神社蔵一本

諸本は、「秀句」と「物名」の項において、各標目の下に列挙される語句が少なく整然としているⅠ類本と、語句が多く雑然としているⅡ類本とに大別される。（略）そして、Ⅰ類本は、書写年代の格段に古いａイが中心で、それとはかなり異なる本文を持つのがｂである。ａロはａイを底本としてｂを対校したものである。ｃはイロともに誤写が多いこともあって系統を確定し難い伝本を一括したもので、将来の解明を俟つべき点が多いが、いわゆる混態本かと思われる伝本である。Ⅱ類本はａが中心で、ｂのイロとなるにしたがって、順次末流化したものと考えられる。(12)

右の分類に影響はないが、付け加えるべきことがいくつかある。まず、冷泉家時雨亭文庫蔵本が影印公開され、

赤瀬信吾の解題でその性格が明らかにされた。(13) 該本は『日本歌学大系』の底本である書陵部本の親本である。冷泉家時雨亭文庫蔵本の書写年代は為家自筆による鎌倉時代とされ、古写本の多いⅠ類a本系統にも引けをとらず、鎌倉期からⅠ類Ⅱ類の両系統が存在していたことが証明された。彰考館蔵金森本は室町末から江戸初期の書写にかかるようだが、他は江戸期の写本となる。また石澤一志が平成二十二年度和歌文学会大会において目白大学蔵零本を紹介、鎌倉時代写のⅠ類aイ系統の善本であることを報告された。これにより、Ⅰ類aイ系統本にさらに古写本が発見されたことになる。また、川上新一郎氏所蔵本の中から、彰考館文庫本の祖本と見られる一冊が発見された。室町中後期写の一冊であるが、後柏原院宸翰である由を記した折り紙が付属する。本文字詰めは彰考館本と酷似するが、朱の注記に若干の異同が散見される。さて、川上は自身の諸本分類の基準の一つを次のように述べている。

目に付く特徴を一、二あげれば、Ⅰ類本は、「嘉応元年七月日殿下仰抄出之」の奥書を持ち、一方Ⅱ類本は「初学抄　清輔朝臣撰」の尾題をもつなどの点がある。しかし、異同の中心は、「秀句」と「物名」の項において各標目の下に列挙される語句の順序と数である。(14)

川上の分類は基本的に本文異同に依拠したものである。だが、諸本は奥書や語句の順序といった異同のみならず、その書写面にも大きな相違がある。従来の文献学的研究は、本文の異同に重点を置き、書写面の様相から書物の性質を考えるといった観点は強くなかった。

『和歌初学抄』では、各写本の書写面に配置される文字の位置関係、すなわち書写面の差異が書物の性質を左右している。諸本で特に書写面の差異が甚だしいのは、目次に示される項目と、それらの項目の下に配置される下位の項目の表記の書かれ方である。上位下位の各項目の関係性は一定の構造をもつ。目次と項目の対応や、項目ごとの配列など、この構造の記述の形式が、書写面の大きな差異となって現れるのである。先に大東急記念文庫本『奥義抄』の目次や項目の順序や配置による構造と、書写面における標目や書式の構造を「情報構造」と称した。(15) 本章でもこれを踏襲した上で、『和歌初学抄』諸本における情報構造の変容を追いかけていくことにしたい。

三　書面遷移――目次との対応――

管見の及ぶ限り、『和歌初学抄』現存伝本の多くに冒頭に目次が付されている。目次は概ね「古歌、由緒詞、秀句、諷詞、似物、必次詞、喩来物、物名、所名、万葉集所名、読習所名、両所歌」と記すが、対応する項目の書式は本により大きく異なり、そもそも目次と対応する項目見出しが付けられていない伝本すら存在する。以下諸本の項目表記を比較することで、どのような現象が起きているのかを考察する。なお、書陵部には待需抄本、谷森本、梶井宮本、冷泉家時雨亭文庫蔵本の転写本の四本があるが、本章では冷泉家時雨亭文庫蔵本の転写本のみを扱い書陵部本と呼称する。ここでは諷詞と読習所名の項目表記を例示するが、まずは諷詞から確認しよう（図10―15）。

書陵部本

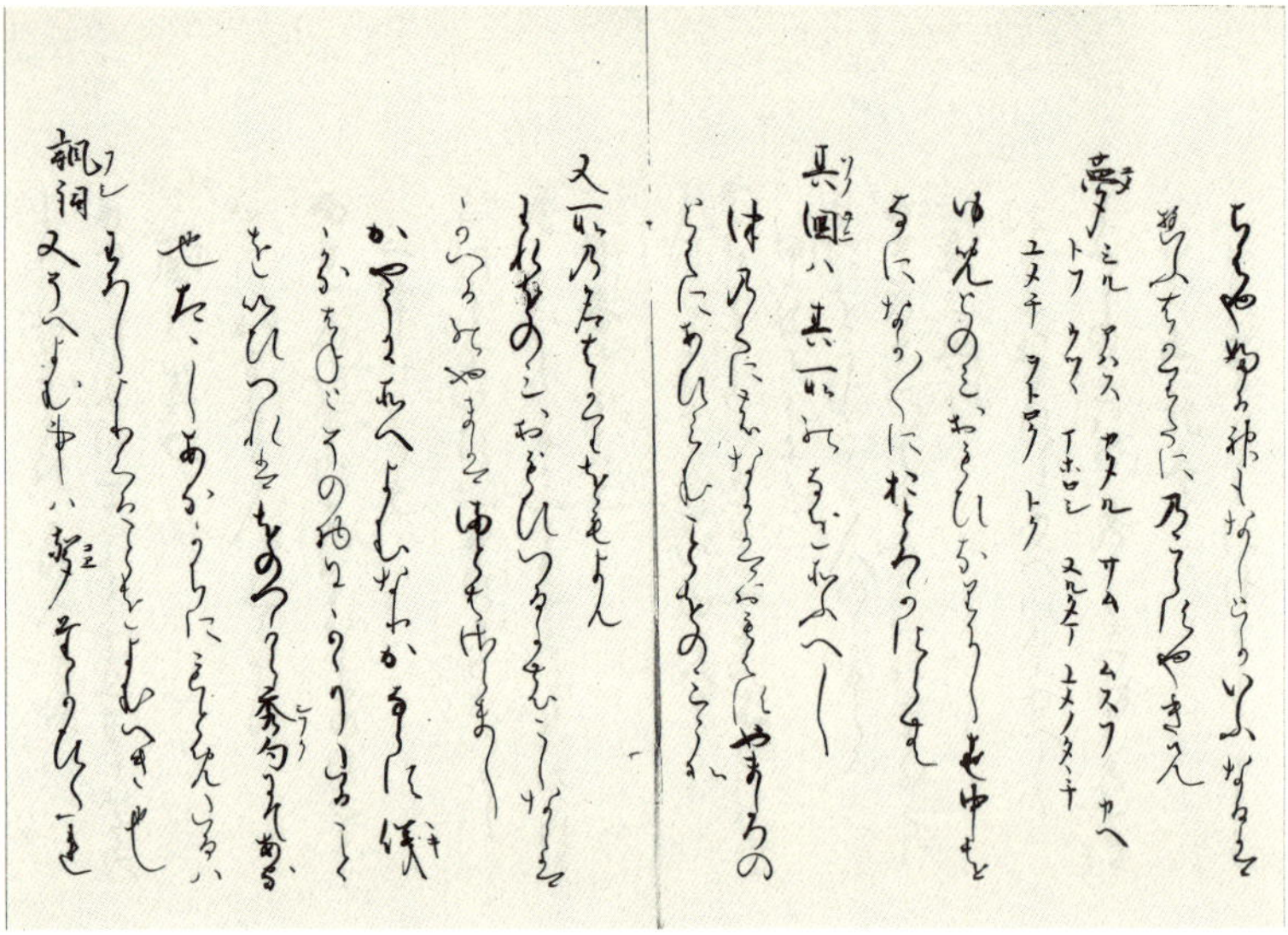

図10

冷泉家時雨亭文庫蔵本

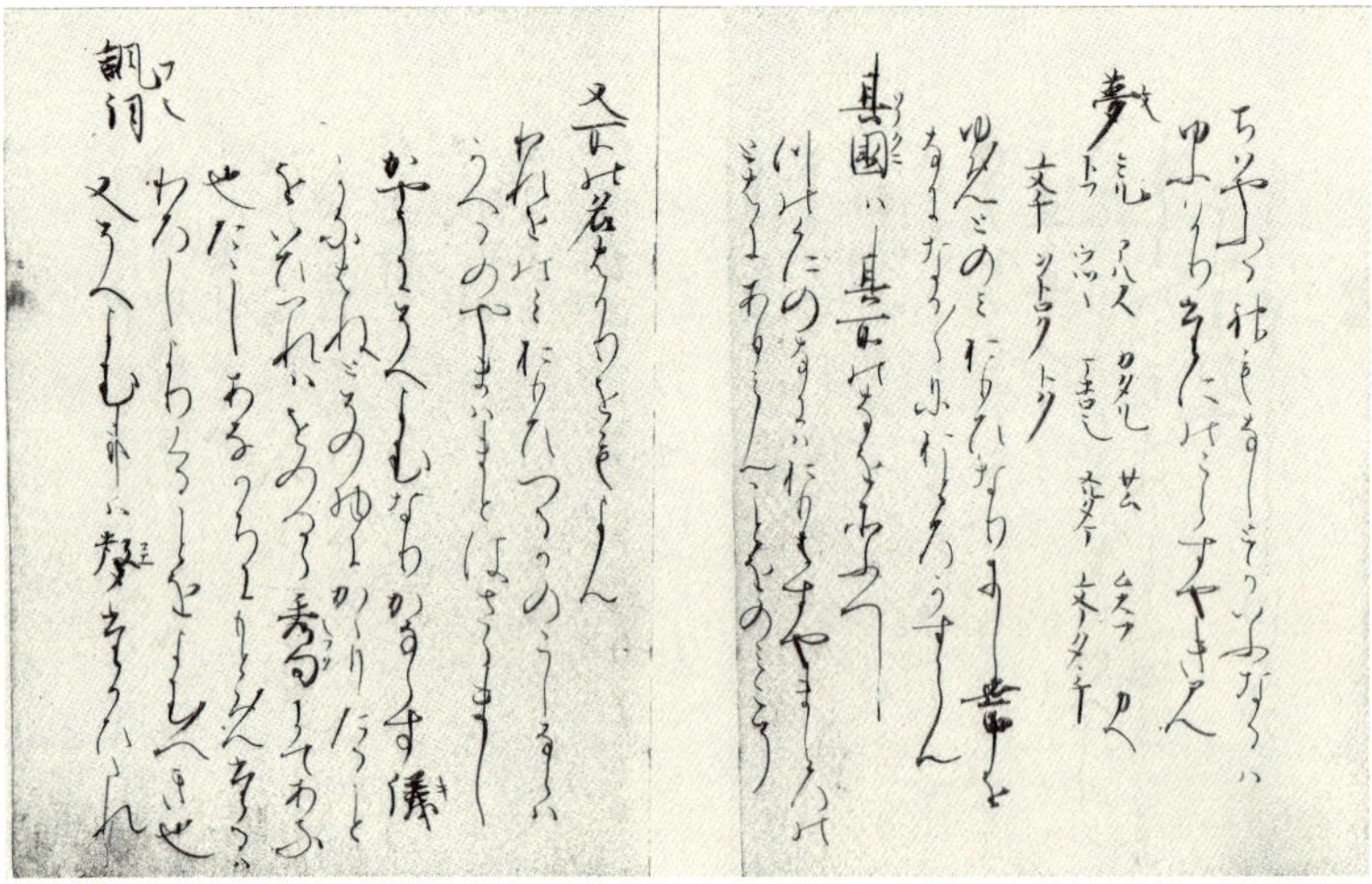

図11

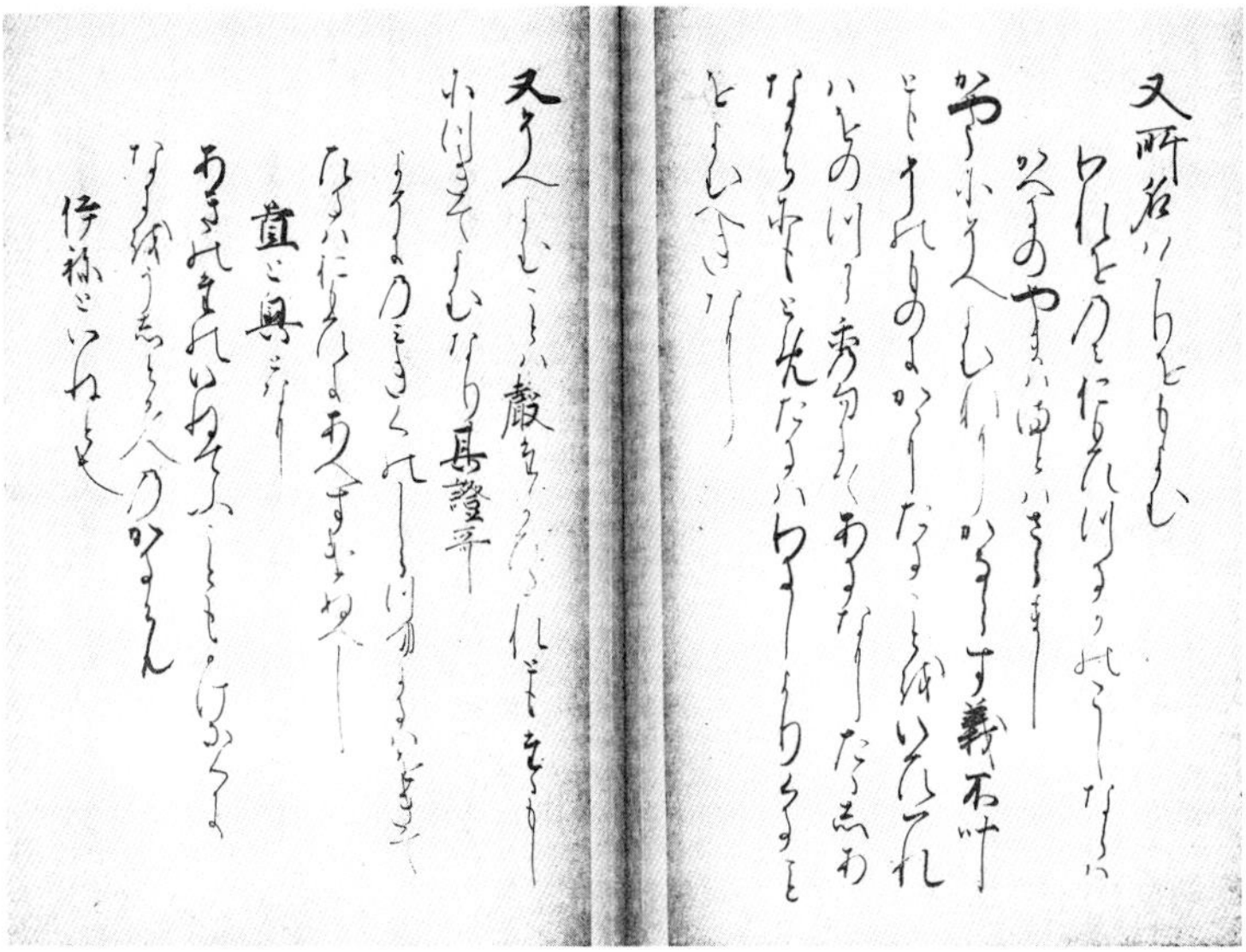

伝為氏筆本（天理図書館蔵）

図12

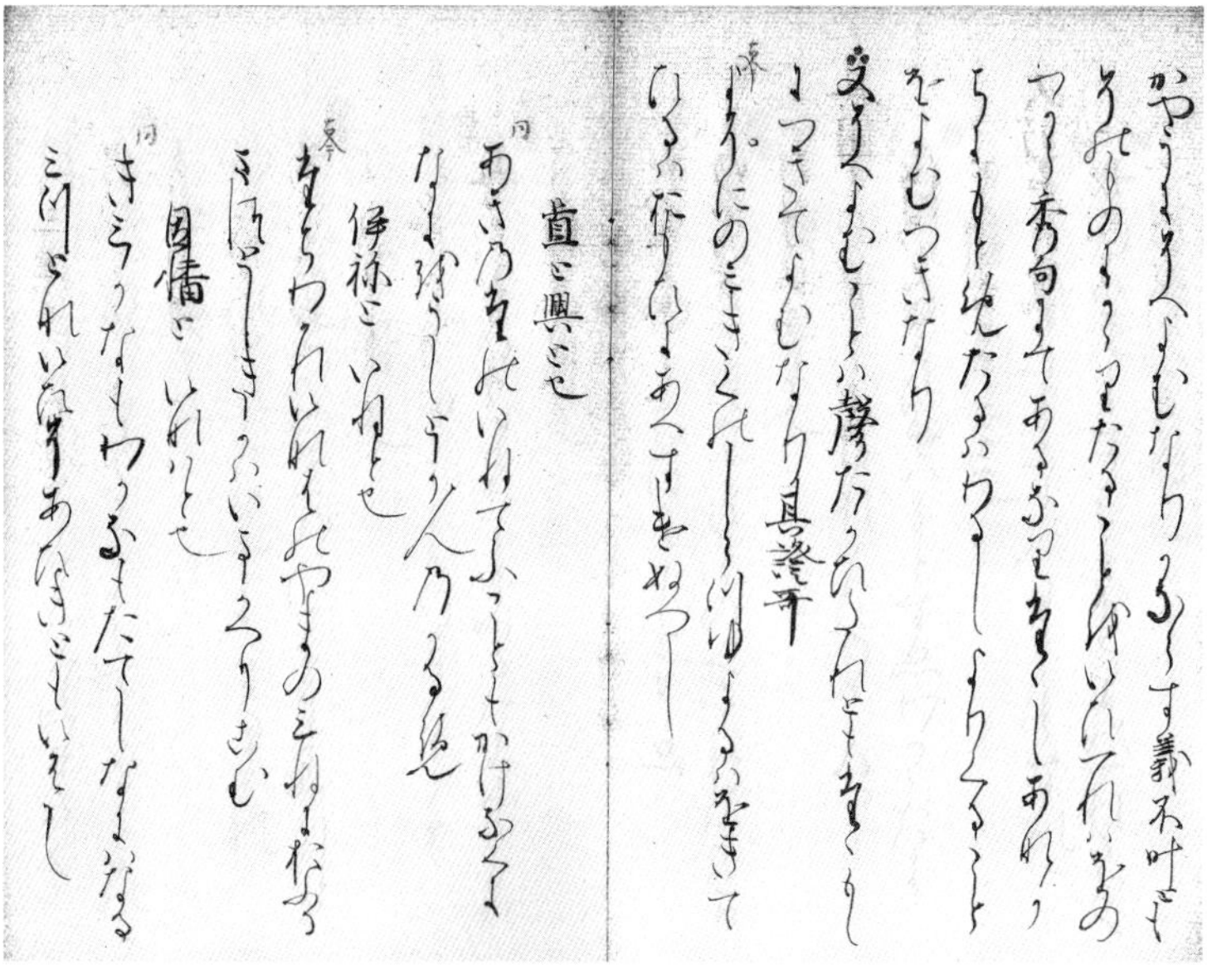

中央大学本

図13

鶴見大学本

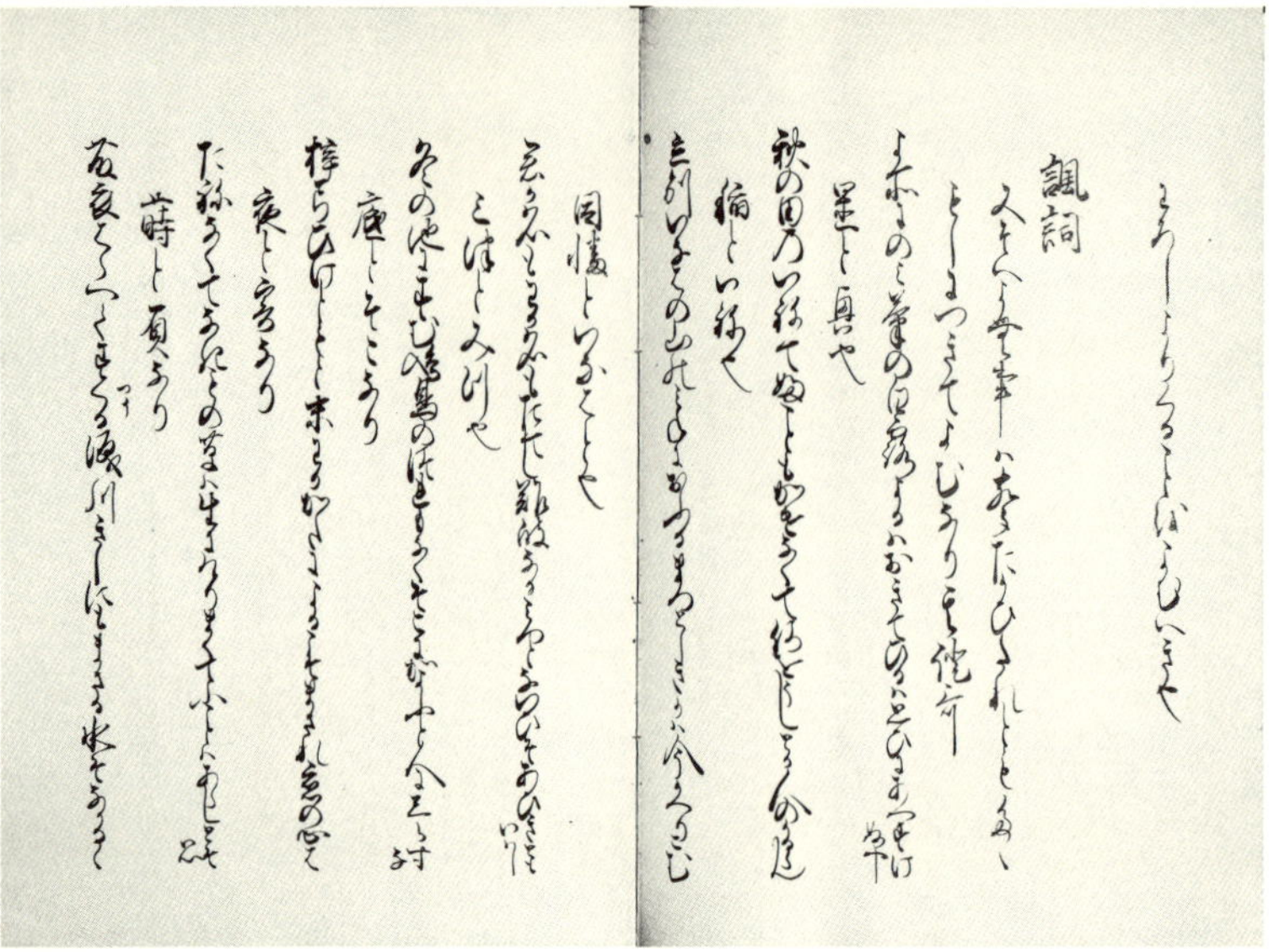

図14

肥前島原松平文庫本

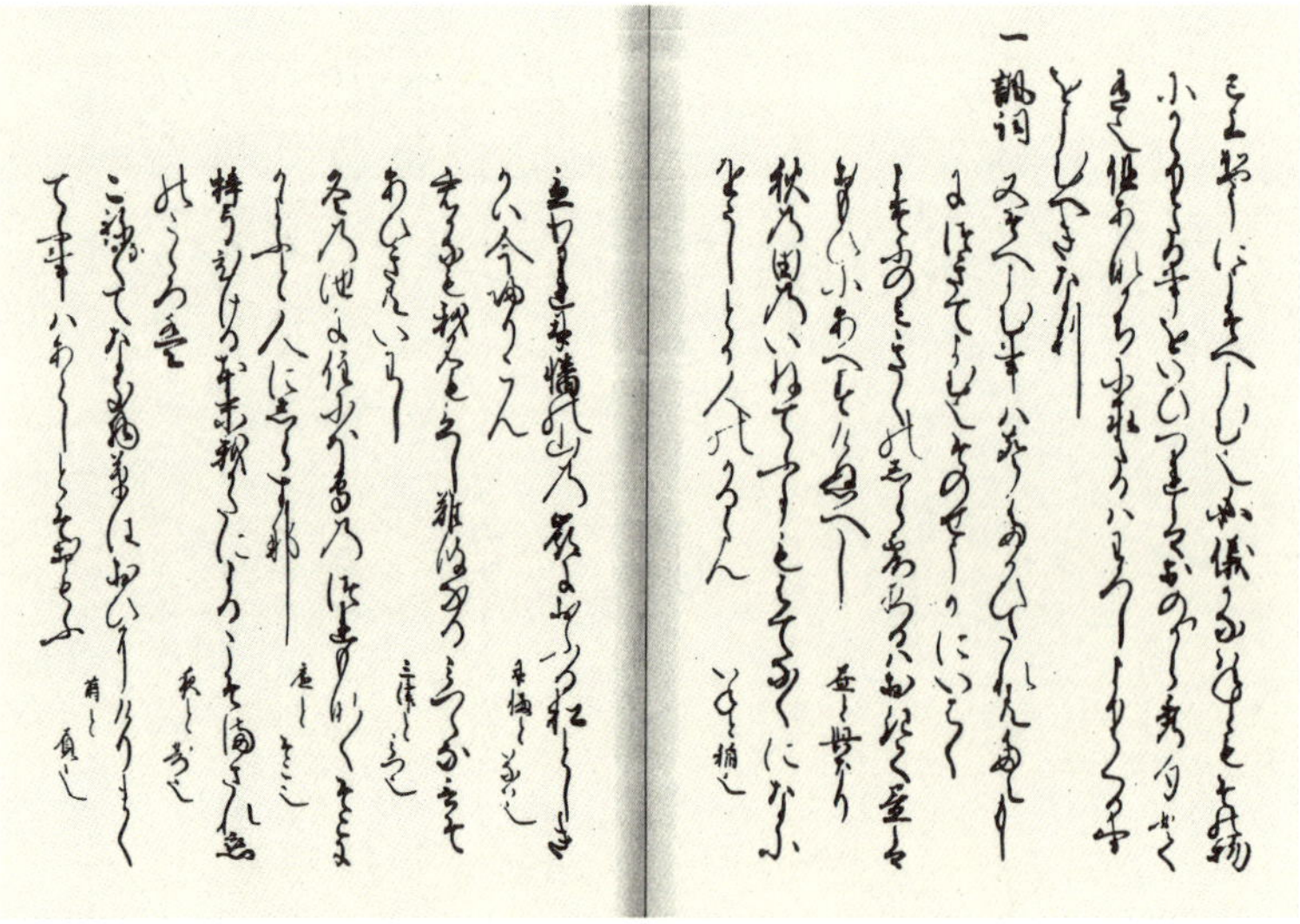

図15

各伝本は多様な書写面を形成するが、それを簡単に分類してみよう。
①項目見出しが地の文の上部に付けられるもの。（冷泉家時雨亭文庫蔵本と書陵部本）
②項目見出しが存在しないもの。（伝為氏筆本）
③項目見出しは記述されないが、朱点により階層が表記されるもの。（中央大学本、目白大学本、国会図書館本）
④項目見出しが一行書で統一されるもの。（鶴見大学本）
⑤項目見出しが箇条書きのもの。（肥前島原松平文庫本）
③は「諷詞」の項目見出しが存しないものの、項目開始位置の「又」字の上に朱三点（∴）が付けられている。この本は、他に朱一点（・）も確認され、本文に対して朱点が項目の位置および階層を示す目印となっている。中央大学本のように、階層別に朱点をつける本は他にもある。
④鶴見大学本は江戸期の写本で、本文研究上さほど重視されるものではない。だが項目位置は前一行を空けて、続く地の文と区別できるように文頭が下げられている。この形式で目次にある全ての項目が規則的に記されている。
⑤の松平文庫本は、他の本とは異なる特異な体裁と本文を持つ江戸期の写本である。文献学的には評価の高くない本であるが、各項目は箇条書きで書写面の高い位置に記されており、地の文も項目ごとに開始位置を変えながら写されており、箇条書きの見出しとあいまって階層意識の高い書写面を形成している。諷詞項の書式も他とやや異なる。
このように並べただけでも、その書写面の多様性が把握できよう。中央大学本と冷泉家時雨亭文庫本はともに鎌倉時代写と見られる古写本であるが、その書写面は大幅な違いを見せている。こうした差異は、各本がある段階で大きく変容した時にだけに起こる現象とは限らない。親子関係にある本にも変容は起こる。冷泉家時雨亭文

冷泉家時雨亭文庫蔵本

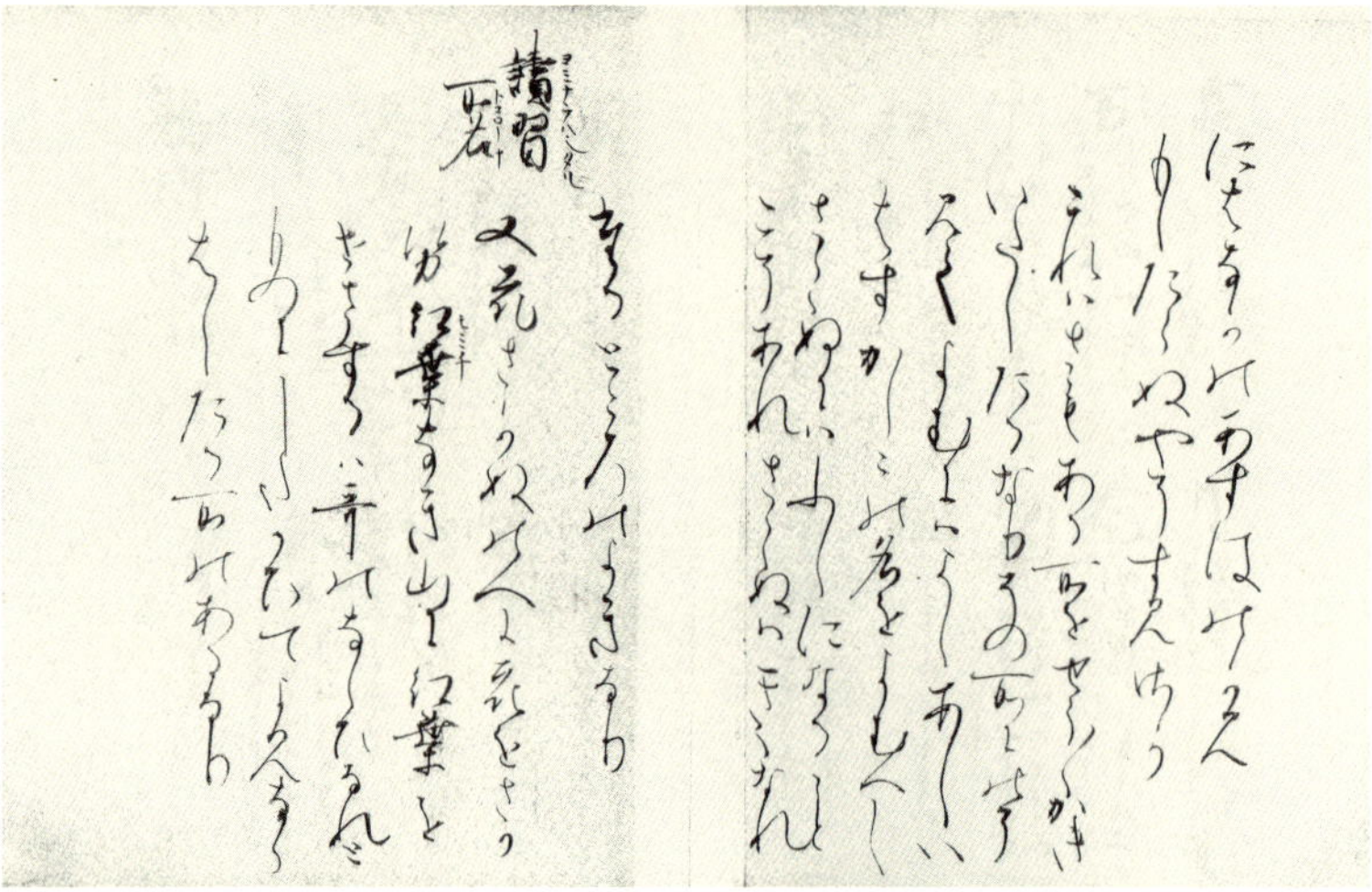

図16

書陵部本

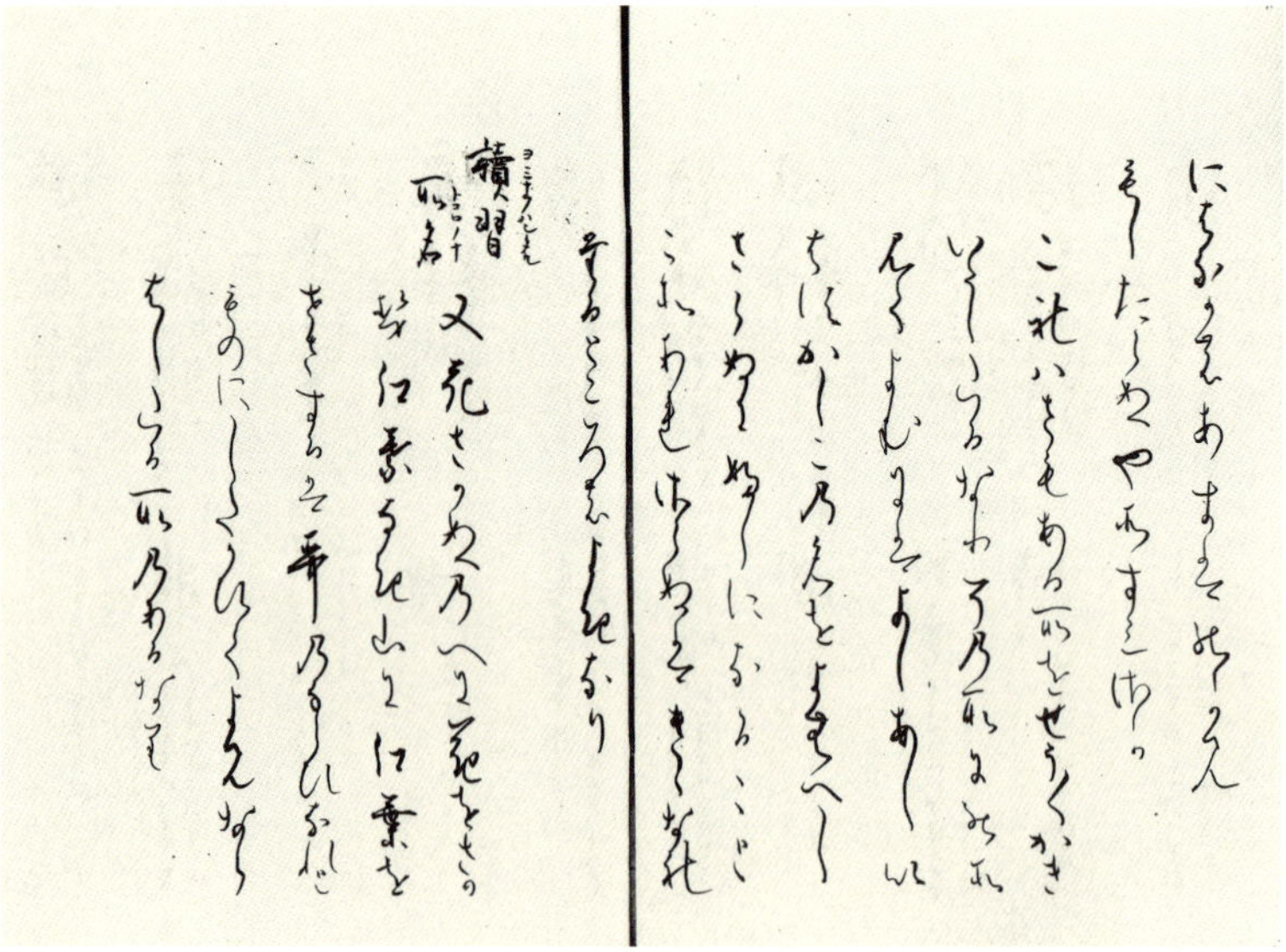

図17

庫本と書陵部本とを確認しよう。読習所名の項目を比較対象とする。

書陵部本は冷泉家時雨亭文庫蔵本の忠実な転写本のように見える。しかし、冷泉家時雨亭文庫蔵本では前丁から地の文が少しずつ左に下がっていき、読習所名項目の直前にある一行分の空白は明確な空格にはなっていない（図16、17）。このように本文が左下がりになる箇所は他にほとんどなく、書写上の問題を感じさせる箇所である。

一方で、書陵部本は一行の空白が明確に示され、一字下げが明瞭である。読習所名項目の開始位置も明確で、親本よりも体裁を整えている。

冷泉家時雨亭文庫蔵本と書陵部本は、転写関係があるため、諷詞、読習所名の両項目が同じ形式で書かれており、字詰めや書面の文字配り、平仮名字母の選択も、完全一致ではないが非常に似ている。一見して文字配置の体裁は変わらないものの、その配置の整理については調整が行われている。全体的に冷泉家時雨亭文庫本のほうが整理された印象があるが、書陵部本にはやや不明瞭な箇所の項目位置を確定しようという配慮が見えるのである。

こうした現象は、臨模や透き写しといった「複製」を目的とする技法では生起し得まい。書写面にはこうした小さな変容の積み重ねと、より大胆な変容との両方が起きるのだが、前者の例として親本と転写本との関係が具体的に知ることができる点、冷泉家時雨亭文庫蔵本と書陵部本との関係は重要である。

四　項目見出しと辞書と読み物

以上のように項目表記の差異を取り出してみても、各写本が様々な書写態度で写されたことが理解される。こうした諸本の項目表記の形式について表にまとめた。書写面の違いは単純に系統の違いだけではない。系統をま

必次詞	喩来物	物名	所名	万葉所名	読習所名	両所名
×	×	○	○	○	×	○
改行	改行	改行・一行空	改行・一行空	改行・一行空	改行	改行・一行空
×	×	○	欠落	○	×	○
三朱点	三朱点	三朱点・改行・一行空	欠落	三朱点・改行・一行空	三朱点	三朱点・一行空
×	×	○	○	○	×	○
改行	改行	改行	改行	改行	改行	改丁・改行・一行空
×	×	○	○	○	×	○
改行	改行	改丁	改行	改行	改行	改行・一行空
○	○	○	○	○	○	○
改行	改丁・改行	改丁・改行	改行	改丁・改行	頭書・改行	改行・一行空
○	○	○	○	○	○	○
改行	改丁・改行	改丁・改行	改行	改丁・改行	頭書・改行	改行
○	○	○	○	○	○	○
改行・一行空	改行・一行空	改行・一行空	改行・一行空	改行・一行空	改行・一行空	改行・一行空
○	○	○	○	○	○	○
改行・改丁	改行・一行空・改丁	改行・改丁	改行・改丁	改丁・改行	改丁・改行	改丁・改行・一行空
○	○	○	○	○	○	○
箇条書	箇条書	箇条書	箇条書	箇条書	箇条書	箇条書
○	○	○	○	○	○	○
箇条書	箇条書	箇条書	箇条書	箇条書	箇条書	箇条書

表1　奥義抄諸伝本書式図

	項目	古歌詞		由緒詞	秀句	諷詞	似物
諸本			萬葉集				
伝為氏筆本（Ⅰaイ）	表記の有無	○	○	○	×	×	×
	配置位置	改行	割注	改行	改行・一行空	改丁	改行・一行空
中央大学本（Ⅰaイ）	表記の有無	○	○	○	×	×	×
	配置位置	一朱点	割注	一朱点・改行・一行空	改行・一行空	三朱点	三朱点
彰考館蔵本（Ⅰaロ）	表記の有無	○	○	○	×	×	×
	配置位置	改行	全項表記・割注	改行	改行	改行	改行
彰考館蔵金森本（Ⅰb）	表記の有無	○	○	○	×	×	×
	配置位置	改丁	改行	改行・一行空	改行・一行空	改行	改行
冷泉家時雨亭文庫蔵本（Ⅱa）	表記の有無	○	○	○	○	○	○
	配置位置	改行	割注	改丁・改行	改行・一行空	頭書	改行
書陵部本（Ⅱa）	表記の有無	○	○	○	○	○	○
	配置位置	改行	割注	改丁・改行	改行	頭書	改行・一行空
鶴見大学本（Ⅱbイ）	表記の有無	○	○	○	○	○	○
	配置位置	改行・一行空	改行・一行空	改丁・改行	改行・一行空	改行・一行空	改行・一行空
祐徳稲荷神社蔵本（Ⅱbロ）	表記の有無	○	○	○	○	○	○
	配置位置	改行・一行空	改行	改行・一行空・改丁	改行・改丁	改行・改丁	改行・改丁
祐徳稲荷神社蔵本（Ⅰcロ）	表記の有無	○	○	○	○	○	○
	配置位置	改行	追い込み	箇条書	箇条書	箇条書	箇条書
松平文庫本（Ⅰcロ）	表記の有無	○	○	○	○	○	○
	配置位置	改行	追い込み	箇条書	箇条書	箇条書	箇条書

たいで同じ項目表記が現れることもある。

「古歌詞」の項目表記に注意してみたい。特徴的な五本を検討しておこう（図18―22）。

図18　伝為氏筆本（Ｉ類ａイ）

図19　中央大学本（Ｉ類ａイ）

図20　冷泉家時雨亭文庫蔵本（Ⅱ類ａ）

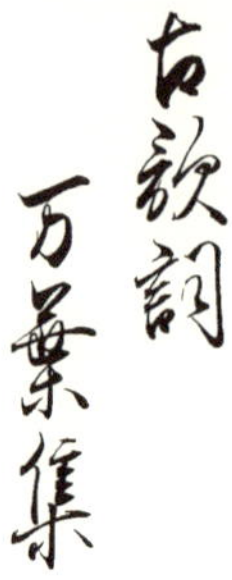

図21　鶴見大学本（Ⅱ類ｂイ）

図22　国会図書館本（一類ａ口）

まず、伝為氏筆本と中央大学本は「万葉集」の書名を割注の形で書く。中央大学本は同じ体裁であるが、上部に朱点がある。古写本はこの割注の形式を多くもつようである。さらに、冷泉家時雨亭文庫本も系統を異にし、朱圏点はないものの、同じ体裁で書かれている。系統分類の差異は書写面の差異にも現れる傾向があるが、本文系統の差異が必ずしも書写面の差異と一致するわけではない。

さらに書写年代が下り、良質とは言えない本文を要する鶴見大学本などが古写本に比べて特異な書写面をもっていることに注意したい。鶴見大学本の形態は、ほかの項目とあわせた形で改行一字下げがなされている。国会図書館本は鎌倉期写本に比べると書写が下る末流の伝本だが、「古歌詞」に合点が付され、その上で続く項目をすべて列挙し小目次としている。鶴見大学本はすべての項目の位置を揃えて書き記すことで、整った体裁を保ち、規則的で読みやすく書写されている。松平文庫本は箇条書きで項目と同じ文字の高さに「物名」の名などが立項されており、階層が明瞭である。また古歌詞の各項目が紙幅の節約のためか、ほぼ全文追い込みで書かれて区切りがなく、あまり重視されていなかったことを想像させるなど、書写の際改行を重視した箇所とそうでない箇所があったことを思わせる。

読みやすい書写面を求めているのは、目次との項目の対応が明記されるII類本だけの特徴ではない。先にみたとおり、項目表記が存しないI類本の諸本には、朱点によって項目箇所を指示している本がある。鎌倉期写本では中央大学本、目白大学本、天理図書館蔵伝為家筆本がこの体裁をとる。先にみた国会図書館本にも、朱点、朱合点が付されている。

中央大学本では朱点で項目表記がなされ、その朱点には三点と一点とがある。三点は、目次に記される項目に付けられ、一点は、その下位項目に付けられることが多い。目白大学本も、おそらくは同じように三点と一点とで項目を階層付けていたのであろう。(16) だが項目表記が明確なII類本には、強いて朱点をつける必要はないであろう。

国会図書館本は奥書に正保五年（一六四八）の年記が見える江戸前期の書写本である。該本も項目は明記されていないものの、朱合点で目次に対応する項目箇所の位置を示している。しかし「秀句」の一部である「其国には其所名をそふへし」の箇所にも誤って朱合点を付けており、「秀句」の次の項目である「諷詞」の項目開始位置は「又そへよむことは……」の箇所には、朱合点は付けられていない。

なお、国会図書館本と同じI類ロ系統の彰考館本にこの朱合点はない。国会図書館本の朱合点には、正しい項目位置に記されていない箇所もある。これは一類a系統の朱点本と校合の結果付されたものではなく、後代に付けられたものではないだろうか。国会図書館本の誤った朱合点は、項目表記のない本に項目を付けることの難しさを示唆している。同時に、朱合点を付す国会図書館本は、項目表記のない本であっても各項目の位置に注意して読まれていた写本であることを証だてている。

原理的に言えば、鶴見大学本のようにすべての項目表記が一定の形式を保っているのが理想的であり読みやすい形である。また『日本歌学大系』では、項目表記を上部に配置しており、底本に忠実ではないが、鶴見大学本に近い版面となっている。

こうした書写面の変容は、書写者たちが『和歌初学抄』の情報構造をどのように理解してきたのかを示している。書写者たちの態度は、親本の体裁を墨守するのではなく、さまざまな利用目的に即応した形に書写面を整えようとしてきた。では、書写者たちは『和歌初学抄』を、どのような書物と理解してきたのだろうか。

五　項目表記と読書体験の一致

『和歌初学抄』の内容を、項目表記との関係から述べる場合に重要なのは、文頭に置かれる「又」の語である。『和歌初学抄』の構成について佐藤明浩は次のように述べている。

『和歌初学抄』は、冒頭に総論的と見られている言説があり、以下、第一節に示したような項目編成になっているが、それぞれの項の始めに説明が付されている場合がある。いま、それらを一覧してみよう。

歌をよまむにはまづ題をよく思ひとき心うべし。花をよまむには花の面白く覚えむずる事、月を詠ぜんには月のあかず見ゆる心を思ひつづけて、をかしく取りなして、古き詞のやさしからむを選びてなびやかにつづくべき也。 ―〔古い和歌の詞〕

古歌詞 ―〔由緒ある詞〕

由緒詞 ―〔縁語〕

秀句／又歌は物によせてそへよむやうあり。なぞらへ歌といふにや… ―〔掛詞〕

諷詞／又そへよむ事は、声たがひたれども、ただもじにつきてよむなり… ―〔見立て〕

似物／又物ににせてよむこともあり。それもにせきたる物をよむべき… ―〔枕詞〕

必次詞／又さだまりてつづけてよむことあり… ―〔枕詞の例外的用法〕

かくはいへど又つづけぬ事もあり。其証歌等… ―〔比喩〕

喩来物／又むかしよりいひならはしたることあり… ―〔事物・事象の種類・異名〕

物名

所名　　　　　　　　　　　　　　　　　　　　　　　　　　　　　　　　　　―〔地名〕
万葉集所名　　　　　　　　　　　　　　　　　　　　　　　　　　―〔万葉集歌の地名〕
読習所名／又花さかぬのべに花をさかせ、紅葉なき山に紅葉をせさするは歌のならひなれど、ものにしたが
　ひてよみならはしたる…　　　　　　　　　　　　　　　　　　　　　　―〔景物と地名の対応〕
両所ヲ詠歌　　　　　　　　　　　　　　　　　　　　　　　　　　―〔複数の地名を詠む例歌〕

最初の一文から、本書が題詠を対象にしたものであることが知られる。この冒頭部分は、普通、総論を示したところと捉えられている。ただし、こうして眺めてみると、総論的部分は「をかしく取りなして」までであり、「古き詞のやさしからむを選びてなびやかにつづくべき也」は「古歌詞」の導入部分とみるべきで、むしろ、「古き詞の……」は、「秀句」以下にみられる「又…」という部分と並列的に捉えるのが適当であると思われる。(17)

佐藤は序文を「をかしく取りなして、(又)、古き詞の…」と二つに区切って読むべきと提言、「又」という語により項目が分節されていると指摘した。たしかに、ほとんどすべての写本で「又」は項目位置に重なることが多く、中央大学本をはじめ文頭に配置されている。換言すれば、『和歌初学抄』の項目は、書き出しが「又」で始まる項目と、項目名が見出しとなる項目とによって成り立っているのである。前者は、項目について説明がある秀句、諷詞などが該当する。後者は、歌語辞典的な性格をもつ古歌詞、由緒詞、物名などで、語句や例歌が列記され、多数の下位項目を持ち、辞書的項目とされている。

逆に言えば、『和歌初学抄』で説明が必要な項目とは、辞書的な性格が薄い箇所である。「又」と書き出される項目は、秀句、諷詞、似物、必次詞、喩来物など和歌の比喩表現を扱う連続した一群に集中的に見え、読習所名

で再見される。Ⅰ類a本系統の古写本において、項目表記が見えない箇所と「又」で始まる項目とはほぼ一致しており、この一群では「又」が見出しの代わりとなっている。

ここで想起されるのは、初学者向け歌学書としての『俊頼髄脳』である。話題の別による項目立てや目次を一切持たない『俊頼髄脳』の構造と、『和歌初学抄』の「又」により分節される一群は、前話を引き継ぎながら進む性質が共通する。項目や目次がない書物は、話題ごとに読む箇所を区切ることができても、検索性を付与することは難しい。こうしたタイプの構造は、たとえば物語や随筆といった、項目や話題の分割をもたないジャンルの作品に見られるものである。第一部第一章において、このような性質の書を「通読する本」と称した。歌学書においても、後述するような『俊頼髄脳』や、多くの和歌を例示し、歌病などにも触れるがそれらを立項しない『古来風体抄』も、「通読する本」としての性質を持っている。

『和歌初学抄』は、「又」で繋辞する文章構造をもつ項目と、語彙や例歌を列挙する項目とにより、歌語辞典と通読する本という二つの性格を有している。それらを、目次に記すような和歌の項目の集積として整理した書物だといえる。辞典的な部分はともかく、和歌の修辞技法に関する項目はどれか一つだけ習得したとしてもほとんど意味がないものだろう。最初から最後まで読み通す必要がある。

『和歌初学抄』Ⅰ類aイ系統に代表される項目表記を欠く諸本は、全体として通読する必要性を性格を強く持つ本と言えるだろう。項目立てが明確に配置された、書写年代の新しい諸本は、目次と項目とを完全に一致させることで、階層関係が明瞭で、全体を辞書的な利用が可能な本として書写されているのである。中央大学本等の項目開始位置に付される朱点は、このような通読性の高い本文の書写面を維持したまま、項目ごとの検索を容易にする工夫なのである。

それぞれの伝本の書写者は、『和歌初学抄』の項目階層や利用目的から、通読する本と辞書という二つの性格のどちらを強く押し出すかを考えたのであろう。読本的な書写態度（項目の標示を徹底しない）と、歌語辞典的な書写態度（項目が明示される）とを生み、さまざまな書写面を形成していったのである。

ここで重要なのは、こうした通読性と辞書性の両性格は、書写面の変容によって現れたものではなく、「又」で項目を区切りながら、それぞれの項目ごとに異なる規則性をもつ『和歌初学抄』の内容に伏在するものなのである。書写面の展開は、こうした内容的な性質をどの方向に顕在化していくのかの違いとして理解が可能である。

六　享受と利用

ここでは、実際に『和歌初学抄』に通読性と辞書性という二様の性格付けが享受者たちにも認められてきたことをまず論じたい。『和歌初学抄』を引用する歌学書類の記述を列挙する。

A『五代集歌枕』（黒田彰子編『五代集歌枕』みずほ出版、二〇〇六）

くしかは　久慈―　常陸
万廿　くしかはヽさけくありまてしほふねに
まかちしヽぬきわはかへりこむ
之自奴偽伎
歌下部余白に「為常州之由見初学抄か／三本無之予書入之」と書き入れあり。

B『和歌色葉』（甲本）
五代首《集歟》の難義はちかころの奥義抄、初学等にみえたるを、これに存略を加えて最要をいたさば……

C『夜の鶴』
初学抄と申て、清輔朝臣のかきをかれ候ものにも、哥をよまむには、まつ題の心をよく心うへしと候とおほえ候。

D『色葉和難集』
一、　おしてるや
古　おしてるやなにはのうらに焼く塩のからくもわれはおひにけるかな
初学抄云、おしてるやとはしほうみをいふなり云々。にほてるとはみずうみをいふなり。

E『了俊一子伝』
一、三代集の歌の外に、つねに可披見抄物事。三十六人の家集等、伊勢物語、清少納言枕草子、源氏物語等也。これらは歌心の必々付物也。又は詞のため稽古には初学抄、俊頼髄脳、顕註密勘、一字抄など也。

F『渓雲問答』
初学抄に歌を詠まんには、先題をよく思ひ解き得べしと有り。（中略）三書にいへるごとく、題を心に得る事もかたかるべし。

Aは書き入れという性質上やや問題が残るが、以上の範囲からも、歌の難義に対する論拠として引用されるか、題詠歌を詠む手引書として読まれるかという、二様の読まれ方が存したことが確認できる。題詠歌を詠ずる手引として読むならば、修辞技法を中心とする一群の記事をもつ『和歌初学抄』は、最初から全て読み通さなければ意味がないものであろう。(18) 一方、BやEの例のように、和歌の難義や、証歌の存在を示す書として利用するならば、個別の項目へすぐに到達することができたほうがよい。

もちろん、辞書か読み物か択一的に読まれ方が規定されていたわけではない。「題の心をよく心」得ることを記す書として読むにせよ、難義語を解説した書として読むにせよ、一書の性質を一義的に理解していたわけではないだろう。各項目へ飛びやすい構造を持っている本も、頭から読むことはできる。また、『和歌色葉』で書かれるように、和歌における議論の証拠能力をもつ書として読まれてきたことは、確定した内容を記した一種の辞書としても利用されていたことを裏付けてもいる。

七　おわりに

現在残される『和歌初学抄』の諸伝本は、その本文だけではなく、体裁や文字配置も多様である。最古写本とみられる冷泉家時雨亭文庫蔵本と伝為氏筆本との間にすら差異は認められ、時代が下るにつれて、鶴見大学本や松平文庫本、国会図書館本のように多様な書写面が現れていく。書写面の差異は、忠実な転写関係にある冷泉家時雨亭文庫本と書陵部本との間にすら生起している。鶴見大学本や松平文庫本等は、利用目的により適合する体裁へ変容している。

このように多様な書写面が生成されるのは、『和歌初学抄』のような雑多な内容を包括する歌学書に特徴的な現象である。内容を整理する構造や、項目の記述の体裁などが多様であり、複数の項目が立ち、その項目ごとの記述の形式が異なっている書物に起こる現象であるといえるだろう。

伝本が少ない歌学書では、書写面の変容が、どの段階で始まったのかを具体的に特定することはできないが、すでに冷泉家時雨亭文庫蔵本と書陵部本との関係において、より合理的な書写面を形成していく様相が観察できたように、完璧な臨模本でない限り、書写は必ず親本と異なった部分を生じさせてしまうものなのである。

書写面への興味は院政期の頃から存在していたことが伺える。天双地単の罫線をもち情報の配置に注意を払う国立歴史民俗博物館本および冷泉家時雨亭文庫蔵『袖中抄』など、書写面へのこだわりは院政期の歌学書が成立した時点に近い写本にも看取されよう(19)。

享受の観点から書写面の設計に注意することで、一書がどのように理解され改変されたのかを、本文異同とは異なる側面からは考察できるのである。

書写面を構築する行為は、書写者が本文の情報構造を確定する作業に他ならない。そこから生まれる情報構造の解釈は一様ではないため、多様な書写面が生成される。諸本の比較によって判明するのは、書写面の変容とはまったく野放図かつ無作為な現象ではなく、原態が諸本の書写者たちに、どのように解釈されてきたのかを示す指標になりうるということなのだ。どのような変容が起こりやすく、どのような箇所が変化しにくいのか。それは書写者がどのように読み、どのように解釈したかの〈歴史〉なのである。

親本の書式がわからないものもあるため、すべての変容可能性の実証は困難である。だが、現存している諸本のあり方それ自体が享受の様相の多様さを示しているのならば、それもまた、本文の「揺れ」などと同じく変容や享受の幅として考えることができるのではないだろうか。

実用を志向する書写面の変容は、寛文四年版本、あるいは現代における活字本の組版の工夫とも地続きの関係にある。寛文四年版本は冒頭の目録に「巻之一」から「巻之五」まで冊ごとの巻数を項目と共に表記している。『日本歌学大系』所収の本文は、一行五二字、一頁一八行で組まれており、当然のことながら底本となった書陵

部本の字詰行数を守ってはいない。特に諷詞の箇所では、

よそにのみきくのしらつゆよるはおきてひるはおもひにあへずけぬべし　　置と興也。

とあって、説明文が歌下に置かれている。このような処理は頁内の一行字数の組方における工夫である。写本と違い、連綿体や字形により字の大きさを調整しない印刷物にとっては、字の級数が揃うことで安定した版面が作れる。その一方で、判型の問題もあり写本の体裁を墨守すると空白が目立つ形になるだろう。『日本歌学大系』は『色葉和難集』を収載するさいに独自の凡例を作り出したように、しばしば印刷に付するにあたって理想的な版面を創出することを志向している。

従来の書誌学、文献学の成果である解釈の対象にふさわしい古写本、善本の調査と特定は重要な課題である。一方で、書写展変によって諸本のありかたが変わるならば、その変容それ自体も重要な享受の一側面なのである。このような本のあり方に関することは、奥書や外徴によって知られる歴史事象としての〈事実〉ではないかもしれない。しかし、諸本は、私たちが知ることのできない書写者たちの解釈の蓄積なのである。ここに目を向けることで、今現在に残された本がどのような性質のものであったかを、内容のみの把握とは異なった角度から明らかにすることができる。歌学書と書写面との関係は一様ではない。本章はその関係の解明の試みの一つである。

注

(1)　川上新一郎『六条藤家歌学の研究』(汲古書院、一九九九)。

(2)　川平ひとしは、藤平春男らの提唱したこうした構図を批判して、歌学の中に歌論が入るという構図を提唱している。川平ひとし『中世和歌論』(笠間書院、二〇〇三)。

(3)　久曾神昇編『日本歌学大系第二巻』「和歌初学抄　解題」(風間書房、一九五六)。

（4）川瀬一馬『古辞書の研究　増訂版』（雄松堂出版、一九八六）。
（5）川上注1前掲書。
（6）小林強「中世古筆切点描――架蔵資料の紹介（二）――」（大取一馬編『龍谷大学仏教文化研究叢書九　中古中世和歌文学論叢』思文閣出版、一九九八）。
（7）日比野浩信「『和歌初学抄』の古筆切」（『愛知淑徳大学国語国文』一九、愛知淑徳大学、一九九六・三）。
（8）渡部泰明『中世和歌の生成』（若草書房、一九九九）。
（9）佐藤明浩「『和歌初学抄』物名「稲」の窓から」（平安文学論究会編『講座平安文学論究　第十五輯』風間書房、二〇〇一）。
（10）田尻嘉信「「読習所名」私注」（『文化報』二二、跡見学園女子大学短期大学部文科国文専攻、一九九六・三）。
（11）岩淵匡「和歌初学抄〈由緒詞〉における語彙」（『早稲田大学教育学部　学術研究　人文科学・社会科学篇』一五、早稲田大学教育会、一九六六・一二）。
（12）川上注1前掲書。
（13）冷泉家時雨亭文庫編『冷泉家時雨亭叢書　和歌初学抄　口伝和歌釈抄』（朝日新聞社、二〇〇五）。
（14）川上注1前掲書。
（15）第一部第二章参照。
（16）石澤一志氏の御指摘による。目白大学本は巻子本に改装した折、丁の順番をやや入れ替えている都合で、項目表記の「萬葉集所名」の箇所をすり消した後があり、そこに朱点が薄く確認できる。
（17）佐藤注9前掲論文。一部私に表記を変更した。
（18）このような性質の書物としては『俊頼髄脳』が参考になる。『俊頼髄脳』のように項目分割のない書を辞書のように検索して使うのは、不可能ではないにせよ骨が折れる作業であるが、頭から読み通すかぎりは項目立てによる内容の分節は不要である。
（19）冷泉家時雨亭文庫編『冷泉家時雨亭叢書　袖中抄』（朝日新聞社、二〇〇三）、国立歴史民俗博物館館蔵史料編集会編『貴重典籍叢書　国立歴史民俗博物館蔵 文学篇　第十二巻～十四巻』（臨川書店、一九九九）。橋本不美男、後藤祥子『袖中抄　校本と研究』（笠間書院、一九八五）。紙宏行『袖中抄の研究』（新典社、二〇一七）。

第二部　院政期における歌学の展開

第一章　『和歌初学抄』の構想
――修辞項目を中心に――

一　はじめに

第一部第四章において、『和歌初学抄』（以下本書と呼ぶ）の諸伝本が多様な書写面を形成し、それらが必要に応じて、特定箇所を参照する辞書としても、また通読しながら和歌の稽古のために読む書物でもあった事を指摘してきた。こうした両様の利用と、それらに最適化した形での書写が行われてきたのは、まさしく本書が辞書のように扱われる語彙集成の項目と、和歌詠作における修辞技法の習得を目的とした項目という、二様の内容的特徴を備えていたからである。

本書は同時代の歌学書としては珍しく、注釈的な説明をもたない代わりに、本書以前には見られない特異な修辞技法に関する記述と、網羅的な地名歌枕や異名に関する記述をもち、和歌文学研究および日本語学研究の双方から注目されてきた。とくに、川瀬一馬(1)、久曾神昇(2)らによる本文研究及び『日本歌学大系　第二巻』に活字化されたことで広く利用されるようになり、川上新一郎によって網羅的な諸本分類が提示されたこと(3)によって、系統間で小さくない異同を持ちつつも本書の組織及び内容は安定していることが文献学的に裏付けられた。その後も古写本の発見や影印での刊行などが相次いでおり、より厳密な本文研究が望まれる段階へと来ている。

　和歌文学研究の立場からは、渡部泰明による院政期の縁語利用についての考察(4)、佐藤明浩による稲の名を詠み込んだ歌の研究(5)が存する。こうした和歌文学研究からのアプローチでは、渡部が秀句の項目、佐藤が物名の項目を扱うように、個別の項目を取り上げ、和歌詠作の実態や、新古今時代へと至る表現の展開を探ることを主たる目的として論じられてきた。清輔の晩年に書かれた本書には、歌人としての経験や同時代に認められた表現が積極的に取り込まれたと考えられ、こうしたアプローチは十分説得力を持ちうる。一方で、日本語学の立場からは古歌詞、由緒詞、読習所名といった語彙や歌枕が集成された項目に関心が集中している(6)。

　従来の研究は個別項目の検討を中心に行われてきたため、本書全体の性格を捉え損ねてきた憾みがあった。久曽神が『日本歌学大系』の解題で述べたように、初学者向けの詠作指南書という認識が漠然と受け継がれてきたものの、本書を統括する理念やコンセプトについて検討した論は少ない。和歌初学者を対象として何を主張しようとしているのか、修辞技法の項目群が本書の構想とどのような関係にあるのか、十分に検討されてこなかったのである。

　本章では、先行研究に導かれながら、従来ほとんど論じられることのなかった喩来物・必次詞の項目を中心に、各修辞技法を記した項目が、それぞれの異なる観点から和歌を分析する技法を伝えることを目指していること、本書が修辞技法の習得を通じて一首を構想することを読者に求めていることを明らかにする。

二　喩来物の発想

ここで注目されるのは縁語を扱う喩来物の項目である。縁語を扱う項目は他にもあるのだが、項目冒頭に「又むかしよりいひならはしたる事あり」という説明が付されるように、和歌で慣用的に使われる表現を集成している点に特徴がある。

喩来物の項目は、まず「○○事」という標目が掲げられ、それに関連する物象語を中心とする語句が示され、末尾に例歌が提示される構成となっている。最初の項目を示すと次の通りである。

ひさしきことには（標目）

みつかき　まつのは　つるのけころも（語句）

古哥云

何事かおはしますらんみつかきのひさしくなりぬみたてまつらて（例歌）

ここでは「ひさしきこと」という標目に「みづかき、まつのは、つるのけごろも」が縁語として掲げられ、末尾にその語句を使った例歌が付される。

つまり詠作の中心となる状況や感情を示す標目、標目と縁語を形成する語句、そして例歌という三つの要素により成立する項目なのである。

ここで取り上げられる標目の数は諸本間で異なる。重複も含めると冷泉家時雨亭文庫蔵本で一四九項目、伝為氏筆本で一〇〇項目と大きな開きがある。標目の数は冷泉家時雨亭文庫蔵本で四一項目であるが、伝為氏筆本では「あとなき／おとする／みえむ／人をまつ／よそなる」がなく三六項目である。

ここでは伝為氏筆本により、標目を一覧し、番号を付す。「事」は省略した。

ひさしき（1）／かすしらぬ（2）／しげき（3）／ひまなき（4）／まちかき（5）／あとある（6）／はかなき（7）／ほどなき（8）／おもき（9）／ながき（10）／みしかき（11）／かたき（12）／かたおもひ（13）／つらき（14）／うすき（15）／へたつる（16）／みたれたる（17）／あさき（18）／ふかき（19）／やむときなき（20）／なかたゆる（21）／うきたる（22）／むなしき（23）／ほのかなる（24）／かけたる（25）／ふるき（26）／おそろしき（27）／あやうき（28）／ゆかりある（29）／ちきりたかう（30）／人をたつぬる（31）／こかるる（32）／あはぬ（33）／こころにかなはぬ（34）／なのりする（35）／あけてわひしき（36）

標目となる語句は「感情や状況」を表す動詞や形容詞が中心である。一首の中に詠み込みたい状況や感情（標目）から、それにふさわしい縁語（語句）を選択するように作られているのである。

同じく縁語を扱う秀句は縁語になる語句、似物は見立てになる語句をそれぞれの標目から選ぶ項目であるから、喩来物はこれらの項目とは逆の手続きで歌語を選択する項目だと言える。詠み込みたい景物や語句があらかじめ想定されている場合には秀句や似物の選び方が有効であるが、詠みたい状況や感情があっても、それらをどのような語句によって表現すべきかわからない場合には喩来物のような整理の仕方が有効であろう。

詠み込みたい中心的な感情や状況を起点に一首を構想する発想は、喩来物の説明文中に「むかしより」とあるように、清輔以前から認識されていた。その一例としては『俊頼髄脳』の次の記事などが該当する。

よに哥枕といひて所の名かきたるものあり。それらか中に、さもありぬべからむ所の名をとりてよむ、つねの事なり。それは、うちまかせてはよむべきにあらず。つねに人のよみならはしたる所をよむへきなり。その所にむかひて、ほかのところをよむはあるまじき事なり。（中略）つねにもみゝなれぬ所の名は、ことばの

つゝきにひかれて、おもふ所ありとみえてよむべきなり。たとへばなき名とりたらむをり、哥よまむと思はゝ

なきなのみたかをの山といひたつるひとはあたごのみねにやあるらむ
なき名のみたつたの山のふもとにはよるもあらしのかぜもふかなん
なにしおはゞあたにそ思たはれしまなみのぬれぎぬいそへきぬらむ《顕昭本：いくへきつらむ》

これらを心えて、かやうによむべきなり。

傍線部で示したように、聞き慣れない「所の名」（歌枕）を読むときの作法と例歌を示した箇所である。ここでは、囲い文字にした箇所が示すように、まず「身に覚えのない浮き名が立った折」に「歌を詠もう」とする状況が想定されており、この「無き名が立つ」ことに即した歌枕（高尾山、立田山、風流島）を詠み込んだ三首の例歌が末尾に置かれている。これは特定の状況から、それにまつわる縁語（この場合は地名）を選択して詠んだ例ということだろう。

さらに、こうした発想に連なる先行例としては『古今六帖』第五、雑思に取り上げられる諸項目が挙げられる。雑思では「しらぬ人」から「かたみ」までの六四項目と、例歌が六二〇首収められている。これらの項目は喩来物の標目とはほとんど重ならず、歌集であるため関連する語句の掲出もない。しかし、状況や感情を項目として立て、それに該当する例歌を集めるというコンセプトの類似性は認められよう。

ただし、雑思内の各項目は不統一で雑纂的な印象を受ける。例えば「一よへだてたる／二よへだてたる／物へだてたる／ひごろへだてたる／としへだてたる／とほ道へだてたる」のように「隔てる」の位相が異なる項目が集合していたり、「あした」「こんよ」のように時刻が立項されているなど、雑思全体が統一された基準で立項さ

れているとは言いがたい。だが、『古今六帖』中には「ちかくてあはず」や「むかしをこふ」などの状況別の例歌を集めた箇所は他にはなく、項目を具体的な事物や事柄で立項することが多い『古今六帖』中でも特徴的な性質をもっている。語句や例歌の重複が少ないことから、清輔が雑思を喩来物の直接の先蹤として認識していた可能性は低い。

例歌はないが『枕草紙』の「ものは」型章段のように、ある物象に関連する語句を集成し感想を付す記述も、こうした発想に連なるものと考えることができるだろう。類聚的章段の中には歌枕書として読まれうる箇所がある。以下、第一部第一章で触れたこととも重複するが、歌枕書としての『枕草紙』の性質は書写態度にも表れている。特に『枕草紙』能因本では歌枕書として読みやすいように字配りが整えられている。『枕草紙』の類聚的章段には和歌に利用される言葉ばかりではなく、歌枕書として読むことに否定的な見解もあるが、(7) 後代には歌枕書に近い性質が認識され書写されたことは認められるだろう。

喩来物はこうした先行する歌集や散文の発想に連なる項目なのである。しかし、内容を閲してみると、先行する諸書とのいずれとも異なるコンセプトで立てられた項目であることが認められる。

三　喩来物の例歌

喩来物の例歌を分析していこう。まず例歌を次に全て掲げ、標目を囲い文字、語句が詠まれている場合には傍線でそれぞれ示した。なお誤脱が想定される箇所は、一部中央大学本により（　）で欠脱を補い、誤りと思しい箇所は中央大学本の本文を示した。

なに事かおはしますらんみつがきのひさしくなりぬみたてまつらて（1）
やをかゆくはまのまさことわかこひといつれまされりおきつしまもり（2）
あかつきのしきのはねかきもゝはかききみかこぬよはわれそかすかく（3）
つのくにのこやとも人をいふへきにひまこそなけれあしのやへふき（4）
人しれぬおもひやなそとあしかきのまちかけれともあふよしもなき（5）
いつしかとあけてみたれははまちとりあとあることにあとのなきかな（6）
つゆをなとあたれるものとおもひけん我身もくさにをかぬはかりそ（7）
よの中をなにゝたとへんあきのよのほのうへてらすよひのいなつま（8）
わがこひはちひきのいしのなゝはかりくひにかけては神もゝろふし（9）
ちりぬへきはなみるときはすかのねのなかきはるひもみしかゝりけり（10）
たまのをのたえてみしかきなつのよのよはになるまでまつ人のこぬ（11）
たねはあれとあふことかたきいはのうへにまつにてとしをふるはかひなし（12）
いせのあまのあさなゆふなにかづくてふあわひのかひのかたおもひにして（13）
つらけれと人にはいはすいはみかたうらみそふかきこゝろひとつに（14）
せみ（の）こゑきけはかなしななつころもうすくや人のならんとおもへば（15）
みくまのゝうらのはまゆふいくかさねへたてゝおもふこゝろそは（う）き（16）
みちのくのしのふもちずりたれゆへにみたれんとおもふわれならなくに（17）
やまかはのあさきこゝろもおもはぬにかけはかりのみ人のみゆらん（18）

わたのそこかつきてしらんきみかためおもふこゝろのふかさくらへに（19）

われもおもふきみもわするなありそ海のうらふくかせのやむときもなく（20）

なきながすなみたにたえてたえぬれははなたのおひのこゝちこそすれ（21）

たつきつせに（中大本初句：たきつせに）ねさしとまらぬうきくさのうきたるこひもわれはするかな（22）

いま（は）ときみもこすゑにうつせみのむなしきからはみるかひもなし（23）

しかのあまのつりにともせるいさり火のほのかに人をみるよしもかな（24）

ちはやふる神のやしろのゆふたすきひとひもきみをかけぬひはなし（25）

せ中に（中大本初句：よのなかに）ふりぬるものはつのくにのなからのはしとわれとなりけり（26）

人つまはもりかやしろかからくにのとらふすのへかねてこゝろみん（27）

人つまにこゝろあやなくかけはしのあやうきみちはこひにそありける（28）

むらさきのひともとゆへにむさしのゝくさはみなからあはれとそみる（29）

きみをゝきてあたしこゝろをわかもたはすゑのまつ山なみもこゑなん（30）

わがやとのまつはしるしもなかりけりすきむらならはたつねきなまし（31）

つのくにのなにはたゝまくおしみこそすくもたく火のしたにこかるれ（32）

そのはらやふせやにおふるはゝきゝのありとはみれどあはぬきみかな（33）

せりつみしむかしの人もわかことやこゝろにものゝかなはさりけん（34）

ひとりのみきのまろとのにあらませはなのらでやみにかへらましやは（35）

いはゝしのよるの契もたえぬべしあくるわひしきかつらきの神（36）

例歌には、標目の詞が例歌中に直接詠み込まれる傾向が認められる。標目の語句が直接詠み込まれない、つまり歌題の語句を直接とらない場合を想定した表現――いわゆる廻して詠む歌も九首ほどあるものの、標目で示された状況や感情は、一首に直接詠み込まれることを想定している場合が多い。

廻して詠む場合では語句に標目の意想が含まれている。(27)には「おそろしきこと」の標目は直接詠み込まれていないものの、「とらふすのべ」という歌語に「恐ろしきもの」という意味が含意されていなければ、人妻と寝ることが虎臥す野辺に寝ることと同列に語られる諧謔性が活きてこない。また、(29)では「ゆかりあること」が詠み込まれていないものの、『顕注密勘』の同歌の注に「此歌よりことおこりて、紫の一もとゆゑと読也。又紫のゆかりとも読也」とあり、「紫のひともと」を「紫のゆかり」と通用したと思しい。これらは縁語と限定することが難しい事例であり、より広く比喩に関わるものと把握するほうが穏当であろう。このような広い位相の比喩にまたがる語句が採用されている点、渡部が指摘する秀句の性質とも重なる現象として注目される。(8)

こうした若干の例外があるものの、ほぼ全ての例歌で標目の縁語(ないし隠喩)を語句が担っており、標目と語句の関係が一首の中で中心的な役割を果たしている。

これを前節で触れた『古今六帖』の雑思と比較すると、相当異なる基準であると認められる。雑思では、「としへていふ」「はじめてあへる」「こと人を思ふ」「よるひとりをり」のように、例歌に項目名が直接詠み込まれない例が多く、直接詠み込む場合でも喩来物に比較してその数は著しく少ない。項目の状況に則った例歌を集めているだけで、喩来物の標目のように、項目名が直接詠み込まれているかどうかは立項の基準にはなっていないのである。

喩来物の標目と語句の位置関係にも注意したい。標目が詠み込まれる場合、語句が標目の直前・直後に置かれる例歌が多い。「うきくさのうきたる」（22）のように、「の」を挟むものも含めて語句が標目の直前に来る歌は一四首、直後に配される歌も六首ほどとなる。これらは「みづかきのひさしくなりぬ」（1）や、「ひまこそなけれあしのやへぶき」（4）のように、標目の直前・直後に語句が配されることで、語句と標目の関係が枕詞のように機能することが認められるのである。こうした性質は項目及び語句が多い冷泉家時雨亭文庫蔵本でも基本的に同様である。

しかし、「枕詞」としての性質は必次詞の項目が担っている。次に必次詞と喩来物の性質を比較し、本書における修辞技法の分節を確認したい。

四　和歌を分析すること

必次詞は前後段に分かれる。前段では二六の枕詞を列挙し、後段では「かくはいへとも又つゞけぬ事もあり。其証歌等」として一〇首、異なる語句に接続する例歌を掲出している。

必次詞の前段では「あかねさすひ」、「ひさかたの月　又そら」「あらたまのとし」「やくもたついづも」のように基本的に初句に置かれることが想定される五字（傍線部）に、他の名詞が接続する形で掲出されている。喩来物の例歌では、原則として初句に標目と語句が接続して置かれることは無いのだが、必次詞には「みづがきのひさし」という喩来物の（1）と同じ表現が採られている。喩来物からみれば「久し」の縁語である「瑞垣」の慣用的な表現が「瑞垣の久し」になるのだが、必次詞からみれば「瑞垣の」は「久し」（や「神」）を呼び出す枕詞として認識されているということなのだろう。

同一の語彙が他の項目に現れる例は、他にも喩来物と所名という修辞項目と語彙集成を跨いだ項目間にも確認できる。(9)異なる項目で同一の歌語・表現が重出することは「同じ表現であっても、項目ごとに異なる視座から扱っている」ことを示唆している。

すなわち、喩来物と必次詞の両項は、近しい性質を持ちつつも修辞技法としては異なる位相にある、という認識があったことになる。喩来物において、初句に標目と語句が連なる例歌がないこともその傍証となるだろう。必次詞の項目で枕詞を扱うため、喩来物では標目と語句が完全な枕詞になる例歌をあえて避けているのだ。これは他の修辞技法の各項目でもほぼ通用し、それぞれの例歌は他項目と矛盾しないように作られているのである。

本書の修辞技法の各項目は、古歌の表現を諸要素（修辞）に分節した上で、それらを整理したものなのである。むろん、こうした発想は清輔の独創というわけではない。古歌を諸要素に解体し分析することで、適切な歌語と詞続きを学び、一首を平明に構成する詠作技法は、木下華子が「歌を、詞や句という部分を組み合わせた構造物と認識する要素論的な和歌観」として特に俊頼が強く認識していたと述べる「分析的認識」の体現といってよい。木下は鴨長明『無名抄』は、俊成の思想を取り込むことによって、こうした和歌観を乗り越えようとしたと論じている。(10)長明が俊成の思想を取り込んだのは、縁語を重視し詞続きを限定していく分析的認識が、秀句の乱用による表現の硬直化と破綻を招いていたからであった。『八雲御抄』第六「あらぬやうなる秀句をこのむ事」の項には、不適切な縁語の使用が甚だしく「さるほどの哥よみ」が秀句の使用を「われもわれもとはげみこの」んだという当時の状況が記されている。これは、未熟な歌人たちが一首を構成する上で縁語に頼りきりになり、修辞の不適切な使用に終わることが多かったことを示していると考えられる。

だからこそ、分析的認識に立って詠作技法を考える場合、縁語や掛詞は一首を構想する上での急所となる。縁語を使えば一首を容易に構想できたからこそ、安易な乱用が生まれたのである。初学期の歌人たちは縁語掛詞の適切な用法を心得ることが重要である、と清輔は認識していたのではないだろうか。本書の修辞技法への強いこだわりは、こうした認識の上に立ってその先を見据えた試みなのである。その意味で、本書は修辞技法に対する理解と同時に、その適切な用法を心得させるための著述なのだと考えられる。

本書の修辞技法へのこだわりは、盗古歌の技法を記さなかったことからもうかがえる。『奥義抄』上巻、盗古歌証歌は、先行歌を「盗む」という、当時広く行われた詠作技法を二首一対の例歌で表す項目である。院政期における先行歌摂取の具体例として注意されてきたが(11)、この項には次のような説明が付されている(12)。

古哥の心はよむまじき事なれど、よく読つればみな用らる。名をえたらむ人は、あながちの名哥にあらずは、よみだにましては、はゞかるまじきなり。又なからをとりてよめる哥もあり。それは猶心得えぬ事也。

ここで盗古歌は「名をえたらむ人」が先行歌を乗り越えることを前提にした技法であると述べている。初学者が歌を盗んだ場合、多くは先行歌を越えることが出来ずに模倣に終わることが多かったのだろう。本書では先行歌の一首全体に及ぶ摂取については全く触れていない。『奥義抄』を読んでいる前提で重複を避けた可能性も一応考えられるが、それならば『奥義抄』物異名との重複が多い物名の項目も削除するはずである。

本書で盗古歌の技法を退けたのは、盗古歌証歌のように先行歌を改良するのではなく、古歌を分析的に見ることで、その中から、自詠に取り込むべき詞と適切な語句の繋がりを抽出し会得することを求めたからではないか。読者に対して、直接和歌を作る技法を授けるのではなく、各項目を和歌を分析する観点として提示することによって、読者に古歌を読み解く力を身に付けさせるのが本書の狙いなのだと考えられるのである。

五　『和歌初学抄』の構想

古歌を読み解く書物という本書の性格を検証してみる。

哥をよまんにはまつ題をよくおもひときこゝろふへし。花をよまんには花のおかしくおぼえんすること、月を詠には月のあかずみゆるこゝろをおもひつゝけて、おかしくとりなして、ふるき詞のやさしからんをえらひて、なびやかにつゝくへきなり。

右は本書の序文である。歌題をよく理解した上で、古い歌語の中でも優美なものを選び、自然な表現になるように続くべきであると述べる。西村加代子は、この部分を清輔自身の和歌観を示している珍しい例であると指摘し、清輔がこうした和歌観を保持していたことを、歌合判などと照合しながら論証された(13)。

序文の思想を繙く上で、初学者が和歌詠作を学ぼうとする場合に問題となるのは「古き詞とは何か」と「どのように歌語を続けるべきか」という二点であろう。本書の項目群はこの二点に特化したものと考えられないだろうか。

岩淵匡は本書の構成を「一般語彙」「修辞語彙」「地名」の項目に分け、それぞれ「語彙集」の項目と「用例集」の項目に分けられる六象限の構成を提唱している(14)。だが「修辞語彙」の項目は「語彙集」・「用例集」両方の性質をもつとするなど、全体を整合的に見通す整理としては魅力的だが、本書の実態に対して複雑すぎるように思われる。

序文の目的意識に従って「一般語彙」と「地名」を〈歌語〉に関する項目、「修辞語彙」にあたる項目を〈詞続き〉の項目として、単純に二分して整理すると次のようになるだろう。

歌語　古歌詞　由緒詞　物名　所名　万葉所名　読習所名　両所歌

詞続き　秀句　諷詞　似物　必次詞　喩来物

各項目の説明からも、歌語の選択と詞続きを意識していることがうかがわれる。秀句では「ものによせてそへよむやうあり」、諷詞では「又そへよむことは、聲たがひたれども、たゞもじにつきてよむなり」、似物では「又ものによせてよむ事あり、それもにせきたるものをよむべきなり」、必次詞では「又さだまりてつゞけよむ事あり」、喩来物では「又むかしよりいひならはしたる事あり」とあって、なびやかに詞を続けることの重要さを説いている。渡部は秀句と諷詞に見える「そふ」という表現に注意し、それが掛詞よりもやや広い「隠喩に近似する修辞」であるとして、秀句の基本的な意図を「題からの一首の構想の立て方、詞続きの獲得の仕方を修得させる」ことにあるとする。(15)

だが、先に検討してきた喩来物と必次歌の説明に「そふ」は使われていない。この二項目には「いひならはす」、「さだまりてつゞけよむ」とあり、よく使われる熟した表現を集めたと述べているのである。渡部の論じる通り、秀句を同音性や隠喩を基軸に二つ（以上）の文脈を統合させる技法の項目であると読むならば、喩来物はそれと差異化して、述べたい状況や感情を的確に表現しうる適切な縁語を、一首に一つ導入する方法が扱われている項目であると考えられる。秀句は音に注目し、喩来物はその意味に注目するのである。

秀句・諷詞で扱われる渡部のいう「そふ」こと、つまり譬喩は、同音性を軸にして様々な文脈に接合しうるため、意味内容の確定には踏み込まない。だからこそ秀句で掲出される語句は、喩来物の語句のように一首の中心にある感情や状況に依存しない。一例として秀句の霜の項目を見る。

霜
をく　ふる　はらふ　きゆ　とく　さゆ　しろし

きみにけさあしたのしものおきていなはこひしきことにきえやわたらん

秀句の標目で掲出されている語句は、ほとんどが動詞・形容詞である。霜の標目に関連する縁語が記されるが、霜に対する「をく（置く）」や「きゆ（消ゆ）」といった語句は、様々な感情や状況に接続しうるものである。秀句の標目と語句の関係は一首の中心的な意味内容を直接規定するものではないのである。それでは、心象を詠み込む場合にはどうであろうか。

霞

たなびく　へだつ　かくす　こむ　たつ　そびく　ながる　おぼつかなし　ほのかなり　はれす

なかめやるやまへはいとゝかすみつゝおほつかなさのまさるはるかな

ここでは霞に対して「おぼつかなし」という心象や「へだつ」といった状況を詠み込むことができるとしている。秀句では、「霞」にまつわる様々な状況や感情に接続しうる語句がこのように掲載され、秀句の標目と語句は例歌中で複数の文脈に接合しうる関係を生み出す。もし喩来物に「おぼつかなきこと」の項目があったとしたら、「霞」は語句として掲示されただろう。だが、「霞」と同列に「へだつ」や「かくす」が喩来物で掲示されることはないはずだ。

一首に据えられた標目に対して、いくつかの文脈をもつ複数の縁語が詠み込まれうる秀句の項目と違い、喩来物では標目に対応して選択するべき語句は一つに限定される。喩来物の語句は、一首の中心を為す意味内容と強く結びついているからだ。

喩来物の標目には物象語が全く見られない。逆に秀句の標目は全て物象語で、ある「もの」の系となる縁語を検出するように作られている。この差異は一首を詠むための発想の起点の違いとしても理解できるだろう。両項目の違いは、詠み込みたい「心象や状況」から一首を構想しようとするか、それとも一首の中に特定の「物象」を詠み込もうとするかの違いであるからだ。その発想の経過がこうした修辞技法の違いを生み出しているのである。けれども、本書には修辞技法を網羅的に集成した辞典のような性質はなく、各項目における掲載用例の量や質は重視されていない。秀句も喩来物も、あくまでも一首を発想する方法や関連する表現を選択する語句と例歌を示すにすぎない。これは、各修辞技法の項目に掲げられた例が、あくまでも清輔が記憶する範囲で書いたからであろう。本書の末尾には次のような跋がある。

なにごともくわしくひきもみす、たゝおほゆるばかりをかたはしつゝかきたる也。これにてものこりの事をはおしはかりつへし。

必次詞の項にも「これはおほゆるはかりなり。のこりは可レ引レ考也」と記される。各項目は、提示された技法をまるごと暗記するように作られているのではない。多くの例を「おしはかり」、「引考」え、歌語とそのなだらかな続き方（修辞技法）を学ぶことを読者に要求しているのである。

六　おわりに

似物や秀句が、早く『俊頼髄脳』に見えるように、古歌の修辞技法を分析する視座は清輔以前から涵養されてきた。本書はこれらを和歌の修辞技法として整理して分節し、それらを通じて古歌を学ぶように仕向けている。

院政期は、貴顕の初学者、あるいは女子や子息を対象とする初学者向けの著述が制作された時代であった。(16)『俊頼髄脳』や、藤原範兼『和歌童蒙抄』等が代表的なものであろう。『和歌初学抄』も書名が示すごとく初学者向けの歌学書と考えてよいが、その記述は注釈を中心とする先の二書とは大きく異なる。だが、清輔には『奥義抄』を撰進した頃から、和歌になじみの薄い読者を対象にしていたらしい形跡がうかがえる。『奥義抄』序文には次のような文言が見える。

中にも、式のおもむきかすかにして、今の世にかなひがたし。しかるを、をのづからさとり、わづかに見たる所、はたむもれ木いたづらにくちむよりはとて、野辺の草かきあつむるは、かしこき人のためにあらず。おろかなるたぐひにそなへんとなり。

「かしこき人」ではない「おろかなる」輩に対する視線は本書へと繋がる読者への意識であろう。

本書には説話や和歌の注釈の類は存しない。初学者向けの実践的な和歌詠作の書という性質そのものが、院政期歌学書としては先鋭的なコンセプトだったように思われる。語彙を類型化して整理する辞書的な構造や、物や事柄に対応する例歌や語句を掲出することには、先行する発想や著述をいくつか確認することができる。だが、修辞技法ごとに項目を分節し、歌枕書のように整理する書物は本書以前に見られない。

渡部は本書を「古人の表現へと至る発想・構想の過程を追体験していくもの」と結論づける。[17]しかし、喩来物と秀句、あるいは喩来物と必次詞のように類似した語句や同一の表現を、異なる角度から分析している点からは、ある特定の発想による詠作過程の追体験に重点を置いて記しているとは言えないように思われる。

繰り返しになるが、本書の各項目は修辞方法の違いであると同時に、古歌を分析する様々な観点である。多角的に古歌を分析することで適切な歌語や表現を自詠に取り込むことで、一首を構想する起点と道筋が複数ありうることを示しているのだ。

『和歌初学抄』の、作歌に対する姿勢は、俊頼が自分を「歌ツクリ」と規定したそれに通底する。顕昭『古今集注』（七四七）で俊頼が述べたという「カクイフ心ハ風情ハ次ニテ、エモイハヌ詞ドモヲ取リ集メテ切リ組ムナリ」の理念の根底には、「詞」を「組む」過程が存する。だが、清輔は風情への配慮や古歌の語句、耳慣れた歌枕への関心が強く、俊頼よりも穏当な和歌詠作を好んだようである。(18) 俊頼の言葉をパラフレーズして清輔の志向を述べれば「普通の歌語を適切に集めて組む」ことを目指していたとも言えようか。

本書は、そのような清輔の姿勢を具体的に示し、和歌を分析することで、自詠に取り込む歌語とその詞続きを増やし、様々な発想の起点から一首を構想するという方法を説いているのである。

注

（1）川瀬一馬『古辞書の研究 増訂版』（雄松堂出版、一九八六）。
（2）久曾神昇「奥義抄に就いて」（『立命館文学』一、一九三六・四）、同『日本歌学大系　第一巻』「奥義抄　解題」（風間書房、一九五七）。
（3）川上新一郎『六条藤家歌学の研究』（汲古書院、一九九九）。
（4）渡部泰明『中世和歌史論　様式と方法』（岩波書店、二〇一七）。
（5）佐藤明浩『『和歌初学抄』物名「稲」の窓から」（平安文学論究会編『講座平安文学論究　第十五輯』風間書房、二〇〇一）。
（6）田尻嘉信「『読習所名』私注」（『文科報』二二、跡見学園女子短期大学部文科国文専攻、一九九六・三）、木村晟「『和歌初学抄』覚え書」（学術研究奨励記念刊行会編『古辞書の基礎的研究』翰林書房、一九九四）、岩淵匡「和歌初学抄〈由緒詞〉における語彙」（『早稲田大学教育学部学術研究　人文科学・社会科学篇』一五、早稲田大学教育会、一九六六・一二）。
（7）圷美奈子『新しい枕草子論　主題・手法そして本文』（新典社、二〇〇四）。
（8）渡部注4前掲書。

（9）語句重複の一例として、喩来物と所名での掲載語句の一致を見てみる。「　」内は喩来物の標目であり〔　〕内は所名の説明である。傍線部は喩来物と一致する地名の表記は私に改めた。

「しげきこと」筑波山〔つくばやま・しげきことによむ　つくばねともいふ〕、信太の杜〔しのだのもり・木一本也　ちえとよむ〕

「つらきこと」石見潟〔ナシ〕

「なかたゆること」久米路の橋〔かつらぎのはし・くめぢのはし　いはこしなとよむ　中たえたり〕、木曾路の橋〔きそのはし・きそのかけはしとも　かけたりとよむ　あやうきことにそふ〕

「ふるきこと」長柄の橋〔ながらのはし・いまはなし　はしばしらありはよむ〕、布留の社〔ふるのやしろ・いそのかみとつゞく〕

「こがるること」富士の山〔ふじのやま・たかねともいふ　けぶりたつゆきたえず〕、浅香の山〔ナシ〕

「なのりすること」木の丸殿〔ナシ〕

「あけてわびしきこと」桂木の神〔かつらぎの神・あへるをわぶるよしによむべし〕

完全に一致するものはあまりないが、所名には喩来物と共通する説明がみえる。

（10）木下華子『鴨長明研究　表現の基層へ』（勉誠出版、二〇一五）。

（11）渡部注4前掲書。

（12）この説明文は諸本で位置が異なり、大東急記念文庫本では「盗古歌証歌」項目の直前に書かれている。これは誤りであろう。『日本歌学大系』所収の本文のように、項目の直後に書かれるのが正しい。

（13）西村加代子『平安後期歌学の研究』（和泉書院、一九九七）。

（14）岩淵注6前掲論文。

（15）渡部注4前掲書。

（16）たとえば大神基政による楽書『龍鳴抄』は二人の娘に書き与えたものである。摂関家の例であるが『玉葉』の養和元年二月条には、藤原光盛が女房の為に読みやすく仮名で書いた『諫言抄』四巻を持参した記事が見える。兼実は真名で抄出し直すように命じているが、女性は仮名で読むものという通念が光盛にあったのだろう。『諫言抄』は現存しない。光盛については佐藤道夫「九条兼実の読書生活――『素書』と『和漢朗詠集』」（小原仁編

『「玉葉」を読む　九条兼実とその時代』勉誠出版、二〇一三）に詳しい。

（17）渡部注4前掲書。

（18）西村注13前掲書。また、紙宏行『袖中抄の研究』（新典社、二〇一七）。

第二章　『和歌初学抄』所名注記の検討

――歌枕と修辞技法――

一　はじめに

『和歌初学抄』は、語彙集成と修辞技法を記した詠作手引き書である。(1) その中に地名歌枕を集成した所名の項目がある。この所名は、四〇〇箇所ほどの名所歌枕を地形別・国名別に類聚し、簡略な注記を付している項目で、木村晟による網羅的な他出の整理と、(2) 田尻嘉信による歌枕研究が存する。(3) 地名に関する項目は「所名」の他に四項目みられ、本書は地名に関する強い興味を示している。田尻は『日本歌学大系』所収本文に依拠して立論されており、他系統の本文は検討されていない。前章でも述べたように、現在では本文研究が進み、鎌倉期写本も五本が報告されている。本文系統の問題と併せて『和歌初学抄』が地名をどのような観点から扱っているのかを考察し、そこから清輔の歌学思想の一端を明らかにしてみたい。

二　『和歌初学抄』の諸本

『和歌初学抄』の伝本研究において、現在の水準を示すのは川上新一郎による諸本分類である。(4) それを基に、以下にその後に発見された伝本も［　］で括って追加して掲げ、鎌倉期写本をゴチックで次に示す。系統分類については第一部第四章でも触れているが、諸本について触れるため行論の都合でここでも再掲する。

Ⅰ類本

a（イ）天理図書館蔵伝藤原為家筆本、同蔵伝二条為氏筆本（天理図書館善本叢影印）、志香須賀文庫旧蔵鶴見大学蔵本、中央大学図書館蔵伝藤原為家筆本、［目白大学蔵本］、［天理図書館蔵江戸期写本］、

（ロ）国会図書館蔵本、彰考館蔵本、

b　彰考館蔵金森本、川上新一郎蔵滋岡庫本、書陵部蔵待需抄本、［川上新一郎蔵伝後柏原院宸筆本］

c（イ）書陵部蔵谷森本、書陵部蔵梶井宮本

（ロ）松平文庫蔵本、祐徳稲荷神社蔵本

Ⅱ類本

a　冷泉家時雨亭文庫蔵藤原為家筆本、書陵部蔵同上転写本（日本歌学大系底本）、川上新一郎蔵聖護院本

b（イ）鶴見大学蔵本

（ロ）寛文二年版本、祐徳稲荷神社蔵一本

川上はⅠ類aイ系統の諸本に書写年代が古い本が集中し、特に清輔本『古今集』や『類聚古集』との本文上の一致がみられることから、本系統を最善本の系統と認定した。

さらに川上の伝本研究以降にも注目すべき伝本が出現している。中でも石澤一志が報告した目白大学蔵『和歌初学抄』は、九条良経自筆も疑われる鎌倉初中期の古写本で、零本ながら所名と喩来物の二項目が現存する。江戸期に巻子装に改装されているものの、古写本の多いⅠ類aイ系統本中でも極めて有力な本文をもつ[5]。

一方、Ⅱ類a系統本には冷泉家時雨亭文庫蔵為家筆本が出現し、書写年代の古さという点ではⅠ類本に勝るとも劣らない伝本が出現した。いまは書写年代の古さと本文の状態をもってⅠ類aイ類本系統でⅠ類本を代表し、冷泉家時雨亭文庫蔵本をもってⅡ類本を代表することにする。所名において、この二系統にどのような差異が生じているのかがまず問題となる。

三　所名項目と注記の異同

所名の項目は地形別に「山／丘／原付松／野／杜／関／牧／駅／瀧／河／池／江／沼／渡／海／浦／濱／崎／嶋／橋／郷付郡／井／神付宮／雑」まで二四の標目が立てられている。末流の伝本になるとこれに加えて国名が標目として立つが、今検討する古写本にはそうした形態の本はない。鎌倉期写本における地名の出入りを確認する。

地形	地名	時雨亭文庫本(Ⅱ)	伝為氏筆本(Ⅰ)	伝為家筆本(Ⅰ)	目白大学本(Ⅰ)	中央大学本(Ⅰ)
河	みそめかは		×	×	×	×
浦	ふたみの浦	ハコニ	×	×	×	×
嶋	はつ嶋	神マス	×	×	×	×
嶋	たまつしま	×	神ます	神ます	神ます	神ます
郷	はつかしのさと	ハツカシキニ	×	×	×	×
郷	なかゐのさと		×	×	×	×

×は地名自体がない項目。列に付された文は地名に付されている注記である。空欄は地名に注記がない場合である。

II類本の「みそめがは」、「ふたみのうら」、「はつしま」、「はつかしのさと」、「なかゐのさと」はI類本には見えない。I類本にはII類本に見えない「たまつしま」があるが、II類本の「はつ嶋」と入れ替わりの関係にある。

次に諸本間の注記の出入りと異同を示す。

地形	地名	時雨亭文庫本(II)	伝為氏筆本(I)	伝為家筆本(I)	目白大学本(I)	中央大学本(I)
杜	いはたの杜	物ヲイハスルニ				×
原	はこさきの松	神マス				×
杜	いはたの杜	物ヲイハスルニ				×
杜	こゝひの杜	コヲコフルニ				×
関	ころもの関	ケフタツトモ		けふたつとも	けふたつとも	×
河	いもせかは		なかれてすむとも	なかれてすむとも	なかれてすむとも	×
海	よさの海	アマノハシタテアリ				
海	すわの海	コホリヌレハカチワタリニス		以上水海		
崎	ほのみの崎	コヒニ	こひにそふ	こひにそふ		こひにそふ
嶋	とよらのこ嶋		とよれなとも	とよれなとも	とよれなとも	とよれなとも

一覧して分かるようにII類本には、I類本に見えない注記が五項目に付されており、I類本にのみ注記が見られる地名も二項目あることがわかる。

またI類本内部にも異同がある。網掛けにした項目が独自の異同をもつ注記である。また、中央大学本は所名の途中までが欠落している。ここでは他に、地名配列、国名注記、地名そのものにも若干の異同がある。ただし、異同が大きい秀句や物名の項目に比較すると所名の諸本間の異同はごく小さい。従って、I類本は以下目白大学本で代表することにする。

I類本とII類本のどちらが古態を示すのかについては、『和歌色葉』所名が参考になる。『和歌色葉』は甲類と乙類の両系統に鎌倉期写本が存するが、この箇所は異同が小さいので校合は略し、いま乙本を引用し、細注は〈　〉で示す。

海

イクタノウミ　イセノウミ　ヨサノウミ〈アマノハシタテアリ〉ナコノウミ〈已上塩海也〉アフミノウミ
ヨコノウミ　マ《チイ》クマノウミ　スワノウミ〈コホ《リ》・シテハカチワタリニ《イ無》ス〉フセノウミ〈已上水海也〉

傍線部はII類本にしか存在しない注記である。『和歌色葉』の所名の大半は『和歌初学抄』の転用だが、その注記はほぼII類本に依拠している。川上及び古筆切を検討した日比野浩信は現存伝本の残存状況から全体としてI類本の優勢を説くものの(6)、清輔の弟顕昭が関わった『和歌色葉』にII類本が使用されていることは両系統の古態性を示している(7)。

四　地名の修辞的機能

田尻は所名地名の注記の性質について、次のように述べている。

大部分の条にみられる注解は、いうまでもなく先例に負うところが大きい。内容的には一様でなく、幾つかに区分される。順次あげてみると、(a)所在を明らかにする・(b)同所にある他の名所に触れる・(c)別称をあげる・(d)景物を示す。・(e)技法上の関連を説くなどの各項になる。しかし、これらが純然たるかたちをとることはすくなく、複合的に示されている場合が多い。

さらに、「(e)技法上の関連を説くもの」を次の六種に分類した。（イ）枕詞的に機能する例。（ロ）序を構成する場合の例。（ハ）名所のもつ音から、懸詞的連想を軸とする用法。（ニ）同様に懸詞的連想に基づくが、ある事物を髣髴する例。（ホ）比喩的にある観念を託して用いる場合。（ヘ）心情、あるいは想念を示唆する場合。

この分類は所名の多様な性質を網羅的に捉えることに成功しつつも、「枕詞」、「序」、「掛詞」といった和歌技法に対する概念に、注記の記述を当てはめる形で分類を行っている。しかし、注記そのものに即して考えてみると異なる分類が可能である。そこで、注記の文末表現に注目してみたい。

その文末表現を見てみると、「松あり」、「藤あり」、「神ます」といった在物表現と、「そふ」、「詠む」という修辞に関する表現が目立つ。Ⅱ類本ではⅠ類本に比べて注記の文末が省略される傾向がある。

文末の表現	時雨亭文庫本	目白大学本	差分
そふ	63	150	87
よむ	14	20	6
よむへし	9	19	10
とも	55	83	28
つつく	2	3	1
いふ	5	4	1

中でも系統間での「そふ」という表現の有無は大きい。一例を挙げればⅡ類本では「ねぬなはの浦〈コヒニ〉」とあるのが、Ⅰ類本では「丹後ねぬなはの浦〈こひによむへし〉」とある。「そふ」という表現が、Ⅱ類本ではⅠ

類本の半分以上の地名で省略されているのである。この「そふ」という表現は、『和歌初学抄』の研究史上でも注意されてきた。渡部泰明は本書の「そふ」について次のように述べる。

> 「そふ」は、現象的には「掛詞」の技巧をめぐって用いられていたが、それにとどまらず、比喩や物名（隠題）・本歌取など他のさまざまな技巧とも繋がっていた。それは、「そふ」が「題をあらはにいはずして、義をさとらする」ことを原義としつつ、同音性を媒介としながら、二つの事柄が重ね合わされているさまを捉える語だったからにほかならない。(8)

これはⅠ類本において所名の注記にも適用できる考え方だろう。「『掛詞』の技巧」とは先に田尻が整理した「(e)技法上の関連を説くもの」に相当する。ただし、傍線部を引いた同音性という点でいえば、所名の注記で「そふ」が使われる場合には必ずしも同音性に関わらないことも多く、検討の余地がある。

具体的にその例を見てみたい。注記の中には「事にそふ」、「事とも」等と「事」が付される地名が二九例ある。掛詞的な利用が想定される「あひつのやま〈あふことにそふ〉」や「近江くちきのそま〈くちぬることにそふ〉」のような例、同音性を媒介とする「おとはやま〈おとすることにそふ〉」といった例も見られるが、「あまのかこ山〈ひさしきことによむ〉」や「大和よしのゝたき〈たえすおほかることにそふ〉」のように、必ずしも同音性に関わらない地名もある。これらの「事にそふ」注記をもつ地名は「ひさしき」ことや「おほかる」ことなど、「状況や感情」に即して詠み込まれることを示している。これらの内一七例がⅡ類本で文末が省略されているが、Ⅰ類本には「そふ」とある点は見逃せない。

こうした「事にそふ」という形で「感情や状況」に寄せる地名を示す点、これらの注記は喩来物の項目と関心を共有している。田尻も指摘しているように、所名に見える地名が喩来物の内一六条にみられる。喩来物よりその一例を示す。

しけきことには、

しきのはねかき　とわたるふねのかち　つくはやま　しのたのもり　なつくさ　なつ野

古今あかつきのしきのはねかきもゝはかきみかこぬよはわれそかすかく

このうち傍線を付したのが所名に重出するものである。ちなみに「つくば山」では注記と喩来物の標目が完全に一致する。喩来物は縁語を示す項目であるが、主に感情や状況を標目として掲出し、それに近しい歌語を取り上げることが特徴であると考えられる。(9)それを示すのが標目の「しげきことには」とある「事」という言葉である。「事」は喩来物の標目のほぼ全てに付けられている。標目は物象ではなく、感情や状況といった和歌の内容に関わる事象や心象が選ばれている。所名に見える「事にそふ」という注記は、喩来物と同じく感情や状況を表現する縁語の関係を指摘したものと捉えるべきであろう。

次に読習所名との関係を考えてみたい。冒頭の説明に「又、はなさかぬのへにはなをさかせ、もみちなきやまにもみちをせさするは、うたのならひなれと、ものにしたかひてよみなはしたるところのある也」とあって、「霞」の項目には次のようにある。

霞には

みよしの　あしたのはら

このような「霞」「月」などの景物が標目として立ち、それに則った地名が提示されている。ここにも所名と重出する地名が見られる。系統間で多少の異同も存するが煩瑣になるため今はⅠ類本に依拠して地名を抽出してみよう。

葦：みしま江、なには江、たま江／網代：うちかは、たなかみ河／鵜河：おほゐ河、かつら河／卯花：たま河のさと／霞：みよしの／郭公：おとは山、たまさか山、まちかね山、いくたのもり／雑：さしてのいそ／菖蒲：あさかのぬま／椙：いなり山、みわの山／薄：なきさのをか、あはつの／炭竈：おははらやま、かさとり山、おの山／鷹狩：うたの、かた野／月：ひろさはの池、あかしの浦／萩：みやき野／松：春日山、むさしの／紅葉：あらしの山、おくら山、たつた山／雪：ふしの山、かひのしらね、よしの山／若菜：しめしの、とふひ野、春日野

所名にも「葦あり」、「松あり」、「炭竈あり」という在物表現の注記があったことはすでに見たとおりである。所名に見える「葦」と「炭竈」の例を示して、その関係を確認しておきたい。

葦　摂津みしまえ〈ほのかに人をとも〉／なにはえ〈あしあり〉／たまえ〈あしあり〉

炭竈　大原やま〈すみかまあり　おほかる事にそふ〉／かさとりやま〈かさきるにもそへ又としるゝにもそふ〉／おのやま〈すみやく〉

所名の在物表現には、読習所名と一致するものがあり、すべてではないものの読習所名と同じ関心に導かれている。

これら喩来物と読習所名は、所名の注記と完全に一致する形ではないものの、地名に関する修辞的な関心を共有していることが確認できた。田尻は、喩来物、読習所名と所名との重複について次のように説明する。

また『初学抄』には「喩来物」の一項がある。『能因歌枕』にも一部の先例があるが、なかなか当を得た用意である。その全四十一条の中に、名所に関連するものが十六条含まれている。(中略)

しかし、先行書以来の伝統の様式である歌語註、またこの「喩来物」は、直接に名所との関連を説くのが目

的ではない。関連する限りで名所に触れられているのである。その点、「読習所名」は端的な形で、景物と名所とが結ばれている。（中略）名所は主に「もの」（景物）との関連で、歌語の世界に普遍化された。それが基本の制約となり、それぞれ詠み継がれている。「つねに」その「よみならはしたる所」に作歌上の創意がかけられてきたのである。したがって、その名所への慣熟は初学の要諦であろう。「読習所名」は、名所理解の指標を心がけたものとみられる。

波線部で示した通り、ここでの歌枕の本質は「もの」との関連であると捉えられている。しかし、先に見たような「事にそふ」という注記からは、喩来物と共通する関心――感情や状況――つまり「こと」との関連においても、歌枕の機能を見いだしていたことを指摘できよう。

歌枕についての機能を、『和歌初学抄』はどのように捉えていたのか、縁語の項目である秀句の説明文から見てみたい。

その国には、其所名をそふへし。

つのくにのなにはおもはすやましろのとはにあひみんことをのみこそ

又所名はかりをもよむ。

われをのみおもひつるかのこしならはかへるのやまはまとはさらまし

かやうにそへよむなり。かならす義不叶とも、そのものにかゝりたることをいひつれは、をのつから秀句にてあるなり。

ここで「所名ばかりを詠む」とある歌に注意される。「おもいつる―つるがのこし」「かへるのやま―かへる」と掛詞を使用しつつも、「思う」ことと「かえる」ことを地名の「敦賀の越し」、「かへるの山」が表象する。

『和歌初学抄』の所名に見える地名への関心は、各地名がどのような感情や状況に寄せるのか、どのような景物によせるのか、どのような詞に直接続くのかといった、詞続きへの関心と地続きにあるのだ。これらは、「そふ」、「あり」、「つづく」といった所名の文末表現によってさりげなく示されているものだが、こうした文末表現が共通する点からは、所名、喩来物、読習所名の各項目が、それぞれ異なる観点から地名の修辞的な機能を説明していることを証立てている。

五　名所地名と詞続き

地名歌枕を在物表現や詞続きといった多角的な視点から分析した歌枕書は本書以前にはみえず、また『和歌初学抄』の地名に関する興味は、清輔の他の著述とも異なるものである。これを「末の松山」を例にして考えてみたい。『和歌初学抄』所名には次のようにある。諸本で異同はない。

すゑの松山〈なみこゆとよむ〉

これは先行する歌枕書の記述とは異なる関心に導かれた記述であろう。たとえば『袖中抄』には『能因坤元儀』の記述が現存している。

○すゑのまつやま

君をゝきてあだし心をわが持たば末の松山波も越えなむ

顕昭云、末の松山とは陸奥にあり。能因坤元儀には、末の松山、中の松山、本の松山とて、三重にありといへり。

『能因坤元儀』の記述は末の松山の実態に対する興味によって書かれているが、『和歌初学抄』では実態は問題とされていない。では同じ清輔の『奥義抄』ではどのように書かれているだろうか。

すゑの松山波こゆといふ事は、むかし、男、をんなにすゑの松山をさして、彼山に波のこえむ時そわするへきと契りけるか、程なく忘れけるより、人の心かはりするをは、浪こゆといふなり。彼山にまことに波の越るにはあらす。あなたの海のはるかにのきたるにたつ波の、かの松山のうへよりこゆる様に見ゆるを、あるへきもなき事なれは、誠にかの波の山をこえむ時、わすれんとはちきれるなり。

『奥義抄』では、本当は末の松山に波は越さないのだけれど、人が心がわりすることを「波こゆ」というのだと説明がなされている。前半には男女の末の松山をめぐる逸話が見えるが、『和歌初学抄』の注記からこうした物語を読むことはできない。『奥義抄』を既読であることを想定して簡略に書いている可能性も考えられるが、『奥義抄』を参照する指示は見られないので、そこまで仮定する必要はない。

つまり、『和歌初学抄』は地名の実態や起源に関する関心をもたず、地名にどのような詞（物）が寄り添うのか、どのような感情や状況に添うのかといった歌枕表現のコロケーションにのみ関心を示しているのである。当然、清輔自身が末の松山の実態に興味を持っていなかった訳がないし、必要とあらばその実態に関する知識を披露することもできただろう。こうした記述の違いは著述の性質の違いとして理解するべきである。『和歌初学抄』を『奥義抄』と単純に比較検討することは、『和歌初学抄』の性質を捉え損ねてしまう可能性がある。『奥義抄』は上巻が歌病、歌体などの類聚、中下巻が勅撰歌等の難義歌（語）注となっている。『和歌初学抄』のような項目ごとの重出はなく、各撰集毎に配列された中下巻の注釈も、頭から最後まで読むように構想されている。

しかし『和歌初学抄』では、重出を恐れずに歌語が掲出されており、各項目内で種々の歌語やその詞続きにアプローチできるように製作されている。これはある歌語や一首を読む発想を起点として、必要な箇所及び必要な詠作技法を参照しながら使える検索性を本書が備えていることを示している。

本書は題詠歌を読むにあたって、どのような詞を選択したらよいのか、どのような発想にどのような歌語が関連するのかを示す見本帳のような性質がある。それを具体的に示すのが、「そふ」、「つゞく」という、歌語の見方を示す表現である。『和歌初学抄』の冒頭には序文があり、各項目の冒頭にもその説明がある。

(序)

哥をよまんには、まつ題をよくおもひときこゝろふへし。花をよまんには花のおしくおほえんすること、月を詠には月のあかすみゆるこゝろをおもひつゝけて、おかしくとりなして、ふるき詞のやさしからんをえらひて、なひやかにつゝくへきなり。

秀句

又哥はものによせてそへよむやうあり。なそらへ哥といふにや。

諷詞

又そへよむことは声たかひたれとも、たゝもしにつきてよむなり。

必次詞

又さたまりてつゝけよむ事あり。

喩来物

又むかしよりいひならはしたる事あり。

傍線部を付したように、様々な項目で「つづく」、「そへよむ」、「いひならはしたる」といった表現が頻出する。こうした点からも、所名の注記は『和歌初学抄』全体と問題意識を共有して書かれていたことが伺えるだろう。

六　俊頼と清輔の詠作観

清輔は、このような執拗にも見える地名の詞続きへの関心を『俊頼髄脳』から学んだのではないだろうか。⑽『俊頼髄脳』には次のような記述がある。

> よに哥枕といひて所の名かきたるものあり。それらか中にさもありぬへからむ所の名をとりてよむつねの事なり。それはうちまかせてよむへきにあらす。《顕昭本傍注＊いとそ申つたへたるされとよまれぬをりはさやうにかめへたるもあしくもきこゑす》つねに人のよみならはしたる所をよむへきなり。その所にむかひてほかのところをよむはあるましき事なり。たとへは、さかのにゆきてそのゝはよみにくしとて、みよし野ともかすか野とも、あたこの山にむかひて、たつた山ともおとは山とも、桂河にむ《ヒ》か《ヒ》ひ《ヒ》て《ヒ》むかひてのそみて、よしのかはともみたらし河ともいはむはひか事なり。野をよむつゝきならは、のへとものちとも秋野とも、春ならははる野とそよむへき。つねにもみゝなれぬ《顕昭本傍注＊いも折ふしにしたかひて》所の名は、ことはのつゝきにひかされて、おもふ所ありとみえてよむへきなり。

歌枕は「ことばのつづきにひかされて、おもう所ありとみえてよむべき」であるという。『和歌初学抄』は俊頼のこうした言説を整理し、辞書的に集成し、項目ごとに検索しやすい形に整理したものが基盤となっている。『和歌初学抄』には似物のように『俊頼髄脳』以外の他の歌学書にはあまり見られない項目があり、冒頭の文言

「哥をよまんには、まつ題をよくおもひときこゝろふへし」が『俊頼髄脳』の中に見えることからも、その影響の強さを示している。『俊頼髄脳』の初学者に向けた記述が、体裁を変えて『和歌初学抄』に引き継がれている。

木下華子は、俊頼、俊恵、清輔らにみられる和歌を詞や句という部分を組み合わせた構造物だとする認識を「分析的認識」と名付ける。[11] これは『俊頼髄脳』と『和歌初学抄』が同一の認識に依っていることを考える上で有効な視座である。ただし、『和歌初学抄』には、『俊頼髄脳』と一線を画する思想も伺える。

　うたをよまんには、たいをよくこゝろゆ《顕昭本：心得》へきなり。たいのもしは、三文字、四文字、五文字あるを、かならすよむへき文字、かならすしもよまさる文字、まはして心をよむへき文字、さゝへてあらはによむへき文字あるをよく心ゆへきなり。

冒頭の傍線部は、『和歌初学抄』の冒頭と同じ文言である。傍線部以下の歌題の文字について『和歌初学抄』での言及はない。次に、和歌を習うことについての認識である。

　かやうの事を《ひ》[は]ならひつたふへきにもあらす。たゝ我心をみてさとるへき《顕昭本：可覚也》。（中略）とまをむしろにしきて、あみのうけを草のまくらにむすふにつけても、いふへき事はゝつきもせぬ物なり《顕昭本：つきもせず》。（中略）え思よらさらむおりには、これらをみてよく心をさえてくさるへきか。

　おほかたのの《ひ》かやうの事ともは、つきもせぬともいかゝはかきつくすへき。

俊頼は「詞続きは尽きないものであり、書き尽くすことはできない」と述べている。だからこそ俊頼は「めづらしき」節を求めて様々なことばを歌語として取りいれるように工夫を重ね、古歌にまつわる説話を集成するが、清輔はそれとは異なる和歌へのアプローチを考えていた。

『和歌初学抄』は、「そふ」ことを重視する姿勢から伺えるように、ある表現がどのような状況・感情・語句へ接続するのかといった観点から詞続きを限定していくことで、穏当で自然な一首を構成し、事理の通じた歌意明確な一首を構築することを目指している。機械的でシステマティックな手法である。『俊頼髄脳』における先の引用の途中に「習ひ伝ふべきにもあらず、ただ我心を見て悟るべき」とあるところからは、詞続きは教えることができない、という諦念が読み取れるが、清輔は恐らくそうは考えていなかったのだろう。『和歌初学抄』は、詞続きを具体的に集成し、様々な観点から詞続きのあり方を考えることで、和歌を詠むための方法を伝えようとしていたのである。

このような『和歌初学抄』から伺える清輔の歌学思想は、『奥義抄』、『袋草紙』から見える歌学思想とはまた違って見える。(12) 久冨木原玲の説明はその二つの清輔観を結ぶ上で重要な視点を提示する。

歌に神秘性を快復したいという祈りにも似た意識に、清輔の実証的な学問研究は縁どられていた。彼が『袋草紙』でみせる末代意識もこれと無関係とはいえないだろう。清輔がこの不安とたたかおうとしたとき、方法的に最も明確に示されたのは、和歌史をさかのぼり、その源にあるものを突きとめ、そこから当代の和歌のあるべき姿を見定めようとする態度だった。(13)

このように示される「和歌のあるべき姿」への階梯が『和歌初学抄』という書物では記されている。先にみた「末の松山」のように、あくまでもシステマティックに詞続きを限定すること、和歌を詠むための具体的な技法を考えた和歌詠作の教育者という像も結ぶことができるだろう。

七　まとめ

II類本はI類本にみえる所名注記の「そふ」や「つづく」、「よむ」といった表現を省略しているが、これらは『和歌初学抄』の各項目の説明でも使われる重要な言葉であり、他の項目との深いつながりを示していた。「ことにそふ」という注は喩来物の発想、「あり」とは読習所名の発想と関心を共通しており、他の項目同様、詞続きを意識したものである。こうした詞続きを重視する発想は『俊頼髄脳』から継承したものと考えられる。『和歌初学抄』の各項目には、重出する地名や物象語が記されるが、それらは地名や物象を異なる観点から扱ったものであり、地名によっては種々の領域に重なりあう性質を持っていた。こうした多角的な視座から歌語を分析する観点は前代の歌枕書にはみられない。本書は、歌語の適切な用法を様々な角度から提示し、適切な詞続きを限定することを目指し、事理の通じた穏当な歌を求めているのである。その中で、地名はさまざまな修辞技法と関係をもつ、機能的な歌語として利用しやすい形に整理されたのである。

こうした『和歌初学抄』の修辞技法や語彙集成の分析は、実証的な歌学と詠作理論との関係を考えた清輔の歌学思想を見直す契機となる。本章では十分に論じられなかったが、『俊頼髄脳』と『和歌初学抄』の相違は、ただ両者の和歌に対する姿勢の違いだけではなく、地名と本意との関係の変化および、題詠歌をめぐる時代的な状況の差異を示すものだろう。初学者に向けた歌学書の根源にある、詠作への思想を明らかにすることで、院政期における詠作技術の変遷を解明することができるのである。

注

(1)『和歌初学抄』における項目の分類については岩淵匡「和歌初学抄〈由緒詞〉における語彙」(『早稲田大学教育学部学術研究　人文科学・社会科学篇』一五、早稲田大学教育会、一九六六・三) 参照。
(2) 木村晟「『和歌初学抄』覚え書」(学術研究奨励記念刊行会編『古辞書の基礎的研究』翰林書房、一九九四)。同『和歌初学抄　翻字本文・要語索引』(大空社、一九九七)。
(3) 田尻嘉信「『和歌初学抄』の名所記載」(『跡見学園短期大学紀要』二二、跡見学園短期大学、一九八五・三)。以下田尻論は全てこの論による。
(4) 川上新一郎『六条藤家歌学の研究』(汲古書院、一九九九)。
(5) 石澤一志発表資料「目白大学図書館蔵『和歌初学抄』について――新出伝本の紹介と考察」(第五十六会和歌文学会大会於学習院大学、二〇一〇・一〇・一六)。詳細な書誌は目白大学ＯＰＡＣ上に記載される。請求記号：911.101/W。
(6) 日比野浩信「『和歌初学抄』の古筆切」(『愛知淑徳大学国語国文』一九、愛知淑徳大学国文学会、一九九六・三)。
(7) 川上注4前掲書。
(8) 渡部泰明『中世和歌の生成』(若草書房、一九九九)。
(9) 第二部第一章。
(10) 寺島修一「『奥義抄』と『俊頼髄脳』――清輔の著述態度について」(『武庫川国文』五〇、武庫川女子大学国文学会、一九九七・一二)、同「清輔の歌学と『俊頼髄脳』――『袋草紙』を中心に」(大阪市立大学文学部創立五十周年記念国語国文論集編集委員会編『大阪市立大学文学部創立五十周年記念国語国文学論集』和泉書院、一九九九)。
(11) 木下華子『鴨長明研究　表現の基層へ』(勉誠出版、二〇一五)。
(12) 芦田耕一『六条藤家清輔の研究』(和泉書院、二〇〇四)。
(13) 久冨木原玲「藤原清輔とその和歌観」(鈴木日出男、藤井貞一編『日本文芸史　表現の流れ　第二巻』河出書房新社、一九八六)。

第三章　歌学としての誹諧歌

一　はじめに

『古今集』巻一九、雑体に誹諧歌の小部立がある。五七首からなるこの歌群は謎に包まれている。どのような性質のもので、なぜこのような小部立が立てられているのか。そもそもどのような歌が入集する部立なのか。すなわち誹諧歌とはなにか。

この問題は『俊頼髄脳』が頼通と公任らの会話の中から取り上げて以来、現在にいたるまで『古今集』研究史上の、大きな謎として論じられ続けてきた。誹諧歌が重要なのは、その実態が何であったかということだけではなく、勅撰集における部立を以前の集と最低一つは変えて構成しなければならない、という勅撰集部立とその故実を巡る問題系においても重視されてきたからだ。(1)『後拾遺集』、『千載集』において誹諧歌の部立が立てられる一方、『新古今集』以降『続千載集』まで部立として立てられることがない。院政期に誹諧歌が集中して特立される撰集が複数編まれたことは、当時の誹諧歌をめぐる院政期歌人たちの興味の高さを反映していよう。

現在においても誹諧歌研究は『古今集』研究、歌論歌学研究など様々な文脈と合流しながら重要な問題として認識されている。近年の研究では上條彰次[2]による誹諧歌についての網羅的な研究があり、久冨木原玲[3]が『万葉集』から『古今集』への繋がりを重視し、清輔らの戯咲歌との比較から「戯れ」の古代性への思慕を論じた研究がある。特に上條論は院政期から鎌倉時代にかけての誹諧歌に関する基礎資料が収集され、和歌史的な位置づけも様々な角度から検討されている。他に個別歌人や宗教との関わりなど、「誹諧歌」に関する研究は膨大である。[4]

誹諧歌論の歌学的な発展は、和歌知の史的展開を考える上で格好の対象であると考えられる。本章では、中世、近世期における議論も参照しつつ、誹諧の概念はどのように理解され更新されていくのかをみることで、古注釈・歌学書における展開と、それがもたらした現象を考えてみたい。

二　誹諧歌論の始発

まず問題の始発となる『俊頼髄脳』を確認しておこう。

次に誹諧哥といへるものあり。これよくしれる者なし。又髄なうにもみえたる事なし。古今についてたつぬれは、されことうたといふなり。よくものいふ人のされたわふるゝこととし。

この記述から平安末期からすでに「誹諧についてよく知っている人はいなかった」こと、「先行する和歌髄脳にも誹諧歌の記述はなかったこと」が確認できる。ついで公任と頼通の話題にはいるが、このように研究する手がかりがない事柄について頼通は「されば術なし」と答えるにとどめている。

この話題は、俊頼が経信から聞いたもので、通俊の『後拾遺集』批判という側面が強い。公任も知らず、「後撰、拾遺抄に撰べることとな」かった誹諧歌を『後拾遺集』の部立としたのは、「推し量りごと」であるとして、そこから敷衍して考えるに「はかばかしき事やなからむ」と非難するのである。

公任も知らなかった誹諧歌が、具体的に何であったのかを問うことは「術な」きことであった。これは、頼通時代を通じて一般的な認識だったのであろう。俊頼にとっても通俊批判という直接的な目的があったからこそ記したに過ぎないとすらいえるかもしれない。

だが、俊頼は誹諧体の歌に対して肯定的であったようである。園田克利は『俊頼髄脳』と『散木奇歌集』を比較した上で、俊頼の誹諧歌や戯れ歌の摂取は極めて積極的であることを論じている。[5] 康和二年（一一〇〇）の『源宰相中将家歌合』で詠まれた俊頼詠「風ふかばたぢろく宿の板じとみやぶれにけりなしのぶこころは」（二番・初恋・左・二）とその判は、こうした誹諧体の和歌とその評価をめぐる激しい論難の様相を伝えている。

　左の歌は、ざれごと歌にこそ侍るめれ、うるはしからねば、ともかうも申すべからず、おほきなるあやまりにこそ、とあれば、歌の品、さまざまにあまたわかれてはべめれば、かかるすぢのうたなきにあらず、証歌をや申すべき、と申せども、証歌などたづぬべきほどにあらず、なほ、ひがごとなり、とあるは、ひとへにかかることばのうたをこのまずしられぬとがなめりとぞ、こころえられ侍る。

ここで注意すべきは、同歌合は衆議判であるが、基俊によると見られる漢文体の後日判があり、そこでは以下のように述べられている。

　此歌、已文選江賦之体也、今人非レ所レ可レ及也、唐歌倭歌、体已雖レ異、事理猶同者也、専可二珍重一、尤可二秘蔵一、就中判辞、已被レ称二滑稽歌一、此定又玄中玄也、貫之已没、此定少二知者一、今聞二此説一、如下披二雲霧見中青天上而已一。

大げさな褒め言葉が並ぶこの意味は、「かかるすぢのうたなきにあらず」という俊頼の言を捉えての皮肉で、当該歌は「文選江賦」の体の歌であり、滑稽歌と称すべきものであって、この玄中の玄である歌体は貫之が没してから知る人もいないもので、今これを聞いて雲が晴れて青天を見る気持ちがするというのである。「文選江賦」は『昭明文選』巻一九、郭景純作「江賦」であろうが、この歌のどこを捉えてそう述べたのかよくわからない。

これは衆議判で問題になった和歌の「証歌」が探しだせず、もはや「唐歌」に依らなければ探し出せないものであるという含みがあるのだろう。もちろんここには俊頼の漢籍に対する無教養を突いた皮肉も含まれてもいる。

基俊と俊頼が犬猿の仲であることは当時から有名で、後代には基俊の歌説とされる誹諧歌論が、俊頼説を非難する文脈で注意される記述をみるようになるが、まだ俊頼らの認識のなかでは、誹諧歌とは証歌を必要とされたとしても、決定的な典拠を見出すことができない浮動する存在であったのだろう。

三　『古今集』研究と誹諧歌論

こうした状況から、誹諧歌に理論的な地位を与えようとしたのは藤原清輔と藤原範兼であった。清輔は、『奥義抄』下巻余に誹諧歌の項目を立てて注解を試みている。この項目は問答の形で記され、非常に複雑な誹諧歌理解を示しているが、『続詞花集』には誹諧の部立は立てられておらず、戯咲という部立が立てられている。一方、俊成は『古来風体抄』や『古今問答』で誹諧歌に低い評価を与えているものの、『千載集』には誹諧の部立を立てている。歌学書の記述における評価と実際の撰集における部立意識は必ずしも一致するものではない。

そうした実作と理論との乖離が起こるのは、誹諧歌に関する議論が『古今集』解釈の文脈のなかで前景化されてきたからだろう。『古今集』について理解を深めることと、それを実践に生かすことは必ずしも直結するものではなかった。また、誹諧歌について歌体論の観点と、部立（構造）論の観点の両方から議論が展開されてきたことも実作と部立論との乖離がおこる理由として挙げられる。

清輔はさらに、誹諧歌と戯咲歌を歌体論の立場から分割して理解している。具体的には、『奥義抄』では下巻余だけではなく、上巻にも歌体を解説する文脈で誹諧歌の項目が立てられている。注意したいのは出典の書式で、上巻の該当部分では、項目ごとに依拠する出典を「已上出〇〇」といった形で掲出している。上巻の目次は二五項目存する。[6] そのうち、形式の異なる和歌を扱う畳句歌から、戯咲までの項目の中に、誹諧歌の項目が見える。簡単に出典と項目の対応を見ると、実はこの出典は大きく三種に分かれることに気づくだろう。

　喜撰式　畳句哥／連句哥

古今集　隠題／**誹諧哥**

万葉集　譬喩哥／相聞哥／挽哥／**戯咲哥**／無心所着哥／廻文哥

このように『奥義抄』上巻の譬喩哥から廻文哥までの項目は、喜撰式、古今集、万葉集の歌体を解説する一群をなしていることがわかる。『奥義抄』では誹諧哥と戯咲哥の差異は、『古今集』を出典とするのか、『万葉集』を出典とするのかという点が重視される差異だったのである。

上巻での誹諧哥の説明は「滑稽也。委趣は下巻にあり」とごく簡単に記されるのみだが、慶應義塾図書館本（旧志賀須賀文庫本）等ではその下に細字で「誹音非也。無㆓俳音㆒。可㆑用㆓俳字㆒云々。雖然古今・後拾遺等皆以誹字。尤不審也」とある。誹ではヒと発音するのでハイとは読めず、俳字が適切であり、不審であるというものだが、大東急記念文庫本にはこの注記はない。顕昭も『古今集注』六三一番歌の注において、

アキノヨハナノミナリケリアフトアヘバコトゾトモナクアケヌルモノヲ

教長卿云、躬恒コノコヽロヨメルハ徘徊ノ歌ノ中ニハベメリトカケリ。今案ニ、徘諧歌ト書歟。徊字如何。

と、教長は『古今集注』で「徘徊」という字を当てており、ハイカイという音にどの漢字が当たるのかという表記上の問題も取り上げられていることを記している。『奥義抄』とほぼ同時代に成立した範兼の『和歌童蒙抄』にも誹諧歌の項目がある。巻一から巻九までを古歌や出典未詳歌を含む和歌を注釈する注釈部とし、巻一〇では歌体や歌病の記述がまとまって記されている。『奥義抄』との影響関係が指摘される歌学書である。(7) 誹諧は巻一〇、雑體に見える以下の並びにある。なお、『和歌童蒙抄』の最古写本である尊経閣文庫本ではすべて「俳諧」と表記されている。

雑體

長哥　短哥　旋頭諸本無哥落　混本

徘諧　相聞　折句　廻文

隠題　連哥　返哥

ここでも、誹諧は歌体の中で論じられている。『奥義抄』とは異なり出典ごとに分類されてはいない。誹諧の項では三首の和歌が文頭に掲載され「古今雑哥部に誹諧歌ノイレル事五十七首也。此三首ハ其内也」と記される。『奥義抄』と『和歌童蒙抄』においては、誹諧歌とは『古今集』注釈に値する「歌体」であったという認識が共通している。これは二書以前からの『古今集』をめぐる多数の言説の中で成立した前提であったのであろう。『和歌童蒙抄』においては、誹諧歌に対する認識において、それぞれの観点をもった人物の発言が収載されている。それを四つに区切ってみてみたい。

① サレト誹諧ハ戯言ナリトイフハカリヲ、コトニテ徘諧ハ滑稽ナリトイフコトヲミサルヒトノ心エカタクヲ

モフニヤ。

② アルイハ金峯山ハ五臺山ノワシノ五色ノ雲ニノリテキタレルナリト李部王記ニカカレタリ。コレニヨリテ、江中納言ノミタケノ御塔願文ニ、五雲ニ乗リテトヒキタレリトカ、レタリ。サレハモロコシトハイヘルナリ。

③ 又基俊ハ文彦太子ノ母后ノ、太子ノ傅ノモトヘヤルトテ、漢恵帝ノコトヲ、モヒテ商山四皓ノ心ヲヨメルナリトヲモオ《ヒ》カケヌスチニトリテミテマウサレシ。

④ アルヒトノ伊勢集ニ

ミワノヤマイカニマチミムトシフトモタツヌルヒトモアラシトヲモヘハトヨミテ、時《伊》平大臣ノ許ヘツカハシケル返哥トコソミヘタレ、ト申シケレハ、ソコ（レ脱カ）ソアンナレトテ、モノモマウサレサリケリ。

①では「誹諧は滑稽である」と述べる人もいるが、戯言であるといい、②は「もろこしのよしのの山にこもるともおくれむと思ふ我ならなくに」（古今集・巻一九・一〇四九・時平）の解説として「金峯山は五臺山が飛来したものであるという「或説」を紹介している。③では「商山四皓」が本説であるという基俊の説を紹介し、④では「或人」が『伊勢集』の詠が本歌であると述べて否定された話題が記されている。①から④までのすべての説は範兼によって否定的に扱われており、実名が出されるのは基俊のみである。『和歌童蒙抄』には、このように誹諧歌を巡って様々な歌説が流通していた様が記録されている。このような口頭で交わされる様々な歌説の様相は、『奥義抄』下巻余の問答体にも示される問者と答者の激しい論戦を想起させるものだろう。

この後に範兼は「モシ五台山ノ心ニテモ、又商山ノ心ニテモアラハ、俳諧ノ哥ニハアラテ、雑部ニイレルヘシ」として、前段の言説をすべて否定している。

また大江匡房の作とされる『朝野群載』巻一三の「評二倭歌一策」において「誹諧之古辞」が問われたことがある。策の文中に「誹諧之古辞。欲レ聞二其訓一」。これに対する対は「誹諧之古辞、訪二日域一而猶詳」と記されている。誹諧についての院政期における各領域で興味を示すものの一つとして重要であろう。官位は創作で名前も歌人の合成の戯書であるが、[8]匡房が「誹諧之古辞」を問うている点は注意される。「対策」という形式ではあるが、匡房も誹諧について興味を寄せていた。院政期歌学書類における誹諧歌の議論は、こうした多様な言説空間のなかで焦点化されてきたのである。

四　清輔説の検討

誹諧歌を『史記』の滑稽列伝に典拠を求めて理論化したのが『奥義抄』である。その記述を詳細にみていこう。上巻の誹諧哥の項に「滑稽也。委趣は下巻にあり」とあり、下巻余に「誹諧歌」の項目が特立されており、問答体で以下のような記述が見える。

十九　問云、誹諧歌、委趣如何。

答云、漢書云、誹諧者滑稽也滑妙義也。稽詞不レ盡也。史記滑稽伝考物云、滑稽酒器也。言、俳優者、出レ口成レ章詞不二窮竭一。若二滑稽之吐一レ酒也。傳云、大史公曰、天道恢々廣也。豈不レ大哉。談言微中亦可二以解一レ紛。優孟多辨、常以二談咲一諷諫。優旃善為二咲言一、合二於大道一、〔淳于髡滑稽多辨〕。郭舎人發レ言陳レ辭、雖レ不レ合二大道一、然令二人主和悦一、是等滑稽大意也。誹諧の字はわざごと、よむ也。是によりてみな人偏に戯言と思へり。かならずしも不レ然歟。今案に、滑稽のともがらは非レ道して、しかも成レ道者也。又誹諧は非二王道一して、し

　かも述二妙義一たる歌也。故に是を准二滑稽一。その辨説利口あるもの丶如二言語一。火をも水にいひなすなり。或は狂言にして妙義をあらはす。此中又心にこめ詞にあらはれたるなるべし。

『史記』の注説を引きながら誹諧の性質を述べた部分である。[9] 誹諧歌の歌学史から見て重要なポイントは三点存在する。

一点は、誹諧について「みな人偏に戯言」であるという認識が流布しており、それに対する反論という形をとっている。当時、誹諧=戯言という認識が一般化していたあったことを示している。これは『俊頼髄脳』での議論を、引き継いだ立場だと言えるだろう。

二点目は『史記』滑稽伝を引用するのではなく、「考物」をも引くという考証態度である。しばしば指摘されるように『史記索隠』にみえる崔浩の説が『奥義抄』説に近い。「崔浩云：滑音骨。滑稽、流二酒器一也。轉注吐酒、終日不已。言出レ口成レ章、詞不二窮竭一、若滑稽之吐酒」とあるのがこれに該当するだろう。しかし、類書からの引用の可能性も考えておくべきか。そして、三点目はこれらが「郭舎人發レ言陳レ辭、雖レ不レ合二大道一、然令二人主和悦一」と書くような政教性を視野にいれた王道との関わりが指摘できることである。

滑稽は元々酒器であったという点では『和歌童蒙抄』も同じ説であるが、範兼が引く注疏は「文選」の李善注であり、モデルとして掲出される人物も淳于髠ではなく東方朔である。また、『奥義抄』の言説において重視される「誹諧は非二王道一して、しかも述二妙義一たる歌也」、「狂言にして妙義をあらはす」といった言説は答者の「今案」であり、典拠としての認識ではない。清輔や範兼といった「誹諧」に歴史的な典拠を求める歌学者たちにとって「誹諧は滑稽である」という中国典籍に依った認識が生まれたのは、俊頼の時代よりも研究水準が進んだことを示しているのかもしれない。ただし、何が誹諧歌の典拠なのかは、後代においても問題となりつづける。

清輔は滑稽の趣を「辨説」「利口」であり、妙義を表す「狂言」であり、それが「心」に込められ「詞」にあらわれるという六分類に展開している。『古今集』誹諧歌の実践的な分析は、『史記』滑稽伝を引きながら、誹諧歌の「心」「詞」のそれぞれが「利口」「弁説」「狂言」の三者に割り当てられる説を唱える一連の問答によって披露されるのだが、多くの先学がこの六分類が牽強付会であることを指摘している[10]。だが、具体的に古今集歌と『史記』は、どのような対応がなされているのか、詳細に論じたものはすくない。当該箇所の『奥義抄』本文に大きな問題があり、解釈が難しいためであったと考えられるが、本章では『史記』と比較することで何を論じたかったのかに注意して考察してみたい。

まず「心が辨説」の例である。『史記』の話題は、淳于髡が斉が楚に攻められている時に、斉の使者として趙に救援を得に訪れた。趙王は当初、金百斤、車馬十駟を用意した。しかし髡は大いに笑い、王に以下のような話をする。「道傍で田舎者が僅かな供物で豊穣を祈っている姿を見ました。田舎者は詩を歌っており、それは僅かな供物で多数の豊穣を祈る歌でした」と。それをみた髡は「持者狭而、所㆑欲者奢。故咲㆑之。」であったと述べた。趙王はこれを聞いて、(自らの狭量さを恥じて)贈り物をより豪華にしたということである。対応する和歌は伊勢の「難波なるながらのはしもつくるなりいまはわが身をなに〻たとへむ」(一〇五一)である。この似ても似つかぬ話題は「たとえる」という行為が相い通ずる。髡は喩え話をもって王を諭し、伊勢の歌は自分の身を何に喩えたらよいのかと思案する。

次は「詞が弁説」の例である。『史記』の話題は、斉王が髡を使者にして楚へ鵠を送る時、道中で鳥を放ち、空の鳥籠をぶらさげて、楚王の元で虚偽の言い分をのべ、楚王が髡のような信義の厚い臣下がいることに感激するという話題である。その髡の詞の中に、「吾欲㆓刺㆑腹絞㆑頸而死㆒」という詞がでてくるのだが、対応する和歌は「世の中のうきたびごとに身をなげばふかき谷こそあさくなりなめ」（一九六一）というもので、「身を投げて自害する」という詞を使って相手を翻弄する点が共通する。

他の箇所も似たようなもので、『史記』における内容そのものよりも、和歌の語句と状況が一致するといった程度のものが多い。「詞が利口」の例は、威王が髡を召して酒を賜った時、髡は酒の効能を説き、婉曲に王の豪遊を非難する話題であるが、このときに『史記』には「乃罷二長夜之飲一」という語句があって、和歌は「むつごともまだつきなくにあけにけりいづらは秋のながしてふよは」（一〇一五）と、長夜の明ける表現が一致する。睦言もまだ尽きないのに、長いはずの秋の夜はいづこにあるのだと嘆く古今集歌と、酒宴の興から何事も程々にするように戒める政道の教訓までを述べる『史記』ではそもそも扱う題材が違いすぎて内容的（あるいは教訓的）な共通点を見つけるのは困難である。

「詞が狂」の場合は、優旃が始皇帝の時代に、警備にあたって雨にぬれていた者たちに、呼びかけたら大声で返事をしなさいと述べた部分が似るのだろう。和歌は「春の野のしげき草葉のつまごひにとびたつきじのほろゝとぞなく」であり、そもそも人物すら和歌にはでてこない。「呼びかけて鳴く」という一場面が一致するに過ぎない。

以上のように、『奥義抄』における『史記』と和歌との関係は極めて表面的で、無関係だと言わざるをえない。話題の中で起こる展開や事象の語句が一部だけ重なる程度である。自殺することや長夜を過ごす事など、古今集歌と『史記』との対応は非常に表層的であり、また心と詞の区別も、利口、辯説、狂の三分類の差異もほとんど認められず、強引な論と言わざるをえない。

しかし、この牽強付会な理屈は、和歌が『史記』に匹敵する政教性を担いうることを暗に示そうとする試みでもあったのではないかと思われる。『史記』に現れる人々は王に仕える臣下であることや、それらが比喩を使って王との対話を行うことは、和歌が制度的な関係性や男女の差異を超えてコミュニケーションをとりうる回路であったこと無関係ではない。[11]「今案」として、「滑稽のともがらは非レ道して、しかも成レ道者」であり「誹諧は非二王道一して、しかも述二妙義一たる歌」であると述べるのは、行為遂行的に和歌の特権性を歌学を通じて強調しようとする試みだったと読むことができないだろうか。

五　中世の誹諧歌論

前節でみたように、範兼が様々な歌説を紹介し、清輔が誹諧は滑稽であるという説を展開する、一方で、俊成が『古来風体抄』、『古今問答』で、誹諧を戯れ歌だとみなす意見を支持しており、この説が強い影響力をもって中世歌学の主流となる。やや時代が下る『和歌灌頂次第秘密抄』、『古訓密勘抄』などの中世歌学書にあっても、誹諧歌はざれ歌であると一言注するのみである。細川幽斎の言を書き留めた『聞書全集』においても「大方はよめるなどは推せらるれども、其のやう知る事なし。後拾遺千載にも入りたる歌はものぐるひの事なれば、さやうの歌を云ふにやあらん。但し知り顔に定めるに非ず。歌體古今を見るべしと侍り。心のはいかい、詞のはいかいと云ふ事侍るとやらん。幽斎の被レ仰聞えし。古今集の事なれば奥をばしらず、只世の常のをば幾度も狂歌といふべし。はいかいとはいふべからず。」とあって、誹諧を戯れ歌と見做す評価は中世を通じて広く見られ、むしろ「ざれ」の説明に誹諧が用いられるという現象も確認される。源氏古注釈であるが『光源氏物語抄』「巻一ゆふかほ」では以下のように「ざれたはぶれる」の注に『俊頼髄脳』が引用されていることも確認できる。

されたはふれるかことし卜云事　たふれたる詞也

俊頼口伝云　誹諧歌ハ同《（ママ）》

清輔が述べた誹諧歌説も広く流布していたようである。『和歌色葉』では「誹諧歌といへるは、利口の歌とも云義なり。口ぎゝ辯説ある人の、ざれ事するがごとく也」としてざれ歌説の中に利口や辯説といった表現を盛り込んでいる。飛鳥井流の古今集注釈である『蓮心院殿説古今集註』が「昔はざれ歌といふ也。利口したる歌也。物いはぬものに物をいはせ、心なき物に心をつけなどする事也」と記すように、戯れ歌であり、同時に、利口したる歌であるというように、表層的には戯れ歌であっても、本質としてそれ以上の含意のある歌体であることを併記する注釈も存するようになる。この発想は『東野州聞書』においても次のように確認される。

一、俳諧の歌の事。心なき物に心をもたせ、物いはぬものに物いはせなどし、只利口の心なり。又古歌を可㆑見。可㆑秘云々。

これらは誹諧歌をただのたわぶれた歌であるとはしない。ざれ歌に利口や弁説といった技術的な工夫を見る立場といえようか。しかし、ここには清輔説のような政教的な要素は見えない。この穏当な歌説も飛鳥井流のみならず、中世に広く知られていたものであろう。

こうした利口や弁説などに分類する説は中世期を通じてさらに展開していく。定家本『奥義抄』下巻余（天理図書館蔵）や清輔本『古今集』勘物、『八雲御抄』等には誹諧歌を九種に分類するという言説も確認される。『弘安十年古今集注』ではこれが一〇種に増補されている。

誹諧ト者、十種ノスガタアリ

一、誹諧。二、俳　三、誹謔。四、滑《コツ》稽。五、諧讔《カイイン》。六、譴字。七、空戯。八、郊設。九、俚言《リンゲン》。十、可尋之。
第一、誹諧トハ、詞スクナク直ニ読タル歌也。誹譃《ハイコ》ハ狂句ノ歌也。滑稽トハ、スガタナメラカニシテ心ニ思ヒワケタル事ナシ。諧讔トハ隠題也。譴字ハ、文字ワタリノ歌也。空戯トハ、心ハヲトナシクテ姿ヲサナキ也。郊設ハ幅広《ハタハリ》ク長《タケ》ヒクク心スクナキ歌也。俚言トハ、前句ニヨリテ後句狂句ナル歌也。

この書き方では、最初に十種の分類があったと想定に立った上で一〇種目を「可尋」としている。このように九種類に分類した上で、それぞれの説明を記すというスタイルは『毘沙門堂本古今集注』ではこのように踏襲される。

注、＼(朱)誹諧哥ト云ニ、三義ノ差別アリ。此ニ有九種《シュ》一四ハ常談也。五ハ種ヲ不レ談□(也カ)。上ノ三義者、一ニハ思フ心ヲカクサスシテヨムヲ云也。

以下問答体で記され、やや横道にそれるような話題も見えるが、ここでいう三義とは「思う心を隠さず詠む」「祝の歌を云う」「やさしき詞はなくて言の拙き歌」を指し、それぞれ六義の対応すると述べられる。これらに完全に一致する注釈は他に管見に入らないが、『古今集』の六義中の「雅」との関係から誹諧歌を解き明かそうとする議論がある。「常雅ノ哥ハ心ヲ物ニ寄レトモ言ヲ物ニナソラヘス置ニ読也。誹諧ハ言ヲハ物ニヨスレトモ心ヲ物ニモタトヘス読也。」とあって、誹諧歌と六義説が合流する歌説が発生していたこともうかがい知れる。誹諧歌をめぐる議論は院政期以降、種々な歌説と合流しながら様々な回路で生み出されていたのである。(12)

六　基俊歌説の生成と流布

中世における誹諧歌論の隆盛は、『延五記』が誹諧歌の注釈で「誹諧」を巡る言説が多数あることを最初に指摘するほどに膨張していったのだが、こうした潮流は鎌倉時代から存していたようだ。『色葉和難集』では、俊頼の説を批判するかのような基俊の言がみえる。

基俊云、誹諧事如ㇾ上に侍るこそおぼつかなく侍れ。その故は史記の滑稽傳とかやに、てをとりてをしへて侍るなれば、四條大納言、文にうとくおはせばや、あふ人毎にもとひ給ふべき。是は人をおとさんとてつくり出給へる事なり。又後撰に誹諧のなきは、ひが事なればいれられぬとぞ侍るひが事にや。撰集みな必ずしも不ㇾ同。後撰にはひが事なればいれずとならば古今なくなり侍りぬ。つらゆきひが事すとも、延喜のひじりの御門にて御覧ぜましや。

この記事はおそらく基俊が直接述べた説ではなく、『基俊難義』という書物の引用であろう。『基俊難義』は書目類にその名が見えず、伝本も知られていない。同書に関しては鈴木徳男の研究がある。(13) 鈴木は基俊作の真偽については結論を出してはいないが、他書に引用が確認できない上、『袖中抄』からの影響がみられることを指摘、偽書である可能性が高いとしている。とはいえ、他に『顕注密勘』の「白雲にはねうちかはしとぶかりのかげさへみゆる秋の夜の月」（古今集・秋上・題しらず・一九一・読人しらず）の密勘に「此歌事、俊頼朝臣はかげを執せられけるにや。基俊のかゝれたるは、かずに心ひけると見侍しかば、古賢も各別々におもはれけり。」とあって、基俊の歌説が記された書物があったことが暗示されている。歌合判等で基俊による同様の発言は確認できず、基俊も歌学書のようなものを書いていた可能性がある。

しかし『基俊難義』に関して言えば、鈴木の述べるように『袖中抄』の影響を受けて後世にねつ造されたと考えるのが自然であろうか。基俊説としてはすでに掲げた定家本『奥義抄』に「上書　前金吾基俊云、古式云、誹諧述二才理一不レ労レ詞云々。又本記云、稽字ヤハラクとよめり。凡誹諧哥有二九種一、極秘之故不レ注也」とあるが、基俊本『古今集』の勘物にはこの歌説は見えず、基俊自身の説である可能性は低い(14)。ただし基俊本の『古今集』は現存せず、版本への書き入れという形で残存するのみであり、即断は控えるべきであろう。

しかし、このような基俊説は中世を通じてある程度広まっていたらしく『六巻抄』の裏書に以下のような記述が見られる。

○誹諧事

無名抄云、宇治殿、四条大納言ニトハセ給ケルニ、是ハ尋サセ給マジキ事也。公任、アヒトアヒタリシ先達ドモニ随分□シニサダカニ申人ナカリキ。即、後撰、拾遺抄ニエラベル事ナシ。古今ニアルニ付テ尋レバヨク物イフ人ノサレタハブル丶、ガゴトシ。八雲抄云、是ハイカナルヲ云ニカアラン。マサシキ様知人ナシ。公任卿ナドモ不知之。而、通俊ナニト心得タルニカ有ケン□ヲ入二後拾遺一云入二誹諧歌一ニテ、コト事ノワロサモ被レ知之。誠如二公任・経信一不レ知ホドノ事ナレバ末代人非レ可レ定。千載集ニモアリ、大方ハザレヨメルナドハ推セラルレドモ、其様知事ナシ。後拾遺・千載集ニ入タル歌ハ物狂ノ事ドモナレバ、サ様ノ歌ヲイフニヤアラン。但、コレヲ知ホカニ定ニハアラズ。歌体可レ見二古今一。或説云、一俳諧、二誹諧、三誹謔。四滑稽。五諧讔。六謎字、七空戯、八鄙諺、九俚言、是等子細未レ弁レ之。

或人云、基俊云、誹諧事、史記滑稽伝ニ委見エタリ。其趣清輔ノ説ニ大略同云々。清輔説ト云ハ、誹諧ノ字ヲバ漢ニハワザゴトトヨメリ。是ヲモテ人皆タハブレ事トオモヘリ。誹諧ハ非道ニシテ、シカモ正道也。又、正道ニ非ズシテ妙義ヲアラハサル丶也。喩バ奇説アル□ノザレハブル丶ガ如シ。

或人が、基俊説として述べたこの説は『色葉和難集』を経由して発生したのかもしれない。先に見たように『和歌童蒙抄』では基俊は商山四皓説を唱えていたからだ。また、鎌倉期に成立して中世広く読まれた基俊流と呼ばれる偽書歌学書類（『悦目抄』等）にはこうした誹諧歌論は見られず、中世偽書の中に積極的に取り入れられた形跡はない。誹諧歌について論述する一章を設ける歌学書は中世期を通じて多くはなく、『竹園抄』「風体之事」に「五、たはぶれたる歌」が載せられる程度である。

七　近世期堂上歌壇での歌説

誹諧歌説は近世に至っても研究され続ける。『後水尾院講釈聞書』では以下のように説明される。少々長いが引用する。

誹諧の歌　明暦三年二月六日「かくれぬの下よりおほる」の歌まて先御文字読、次御講談、又「ことならはおもはすとやは」の歌より、誹諧の部、皆先御文字読、次御講談。又物名部、「秋ちかうのはなりにけり」の歌迄御文字読、次御講談、又「ふりはへていさふるさと」の歌より物名部皆御文字読、次御講談、卿の分也。

誹《ハイ》は、誹謗《ヒハウ》の誹の字にて、そしる也。諧《カイ》は、和也。合也。調也。偶《クウ》也。たま〳〵。当時のはいかいと云にはかはる。当時のはいかいと云は狂句、狂歌也。それには非す。是は非シテ道、非シテ正道ニ、教正道ヲ、誹諧は左伝の字なり。表《ヲモテ》はそむくやうなれとも、背《ソムカ》ぬ心なり。邪路から正道を顕す義也。崔淑か古文章に、「執トテ可ヲ令シテ人笑、顕シテ之謂フ誹諧集ト」此文より出る。崔淑は周公旦の兄也。管淑《クワンシク》、崔淑《サイシク》。常には歌なとには不用。俗語のまじるを誹諧と云。十巻の物名は、たばかる義にて、ぬきでと云。十九巻誹は、道をたすくる義也。後日仰、非正道は道のたすけとなる義也。

此巻、短歌旋頭歌は数すくなく、此誹諧は歌数多あり。是も道をたすくる道理也。誹諧には部立無。一部を不立して、物にそへて入たる、重々子細あり。後日仰、正道になき故、以て開て部を不」立子細也。

中世期からの議論を大きく超えるものではないが、やはり誹諧の語義が問題とされている。「崔淑が古文章」として引見される書は以前の歌学書には見られないが、南朝宋代の学者である袁淑『袁忠憲集』に書名が見られる逸書『俳諧集』の逸文であるかもしれない。ただし、崔淑の著述としての『誹諧集』は管見に入らず、今後の調査を俟ちたい。また、『鈷訓和謌集聞書』（巻一九）では次のように記される。

誹諧　誹は〔ソシル〕諧は和する心也。他流の説〔ニ〕物よく云ものゝ、あらぬことなれ共、さも有へくいひなすかことしといへり。當流は其はかりにてはなき也。誹諧は道にあらずして道をしへ、正道にあらすして正道をすゝむる也。道にてはなきかと云、種々の義あり。たとへは史記の滑稽段に此趣あり。東方朔といひてせいひきゝ物ありき。是は代々に紀して道をゝしへし也。誠は仙人也。ある時雨ふりたるに、東方朔云、せいひきゝ貴徳あり。雨にをそくぬるゝか徳也といへり。天子此詞を聞て諸人を雨にぬらし給はさりし也。非正道して道をゝしふとは、一切の人の性をなをし、たゝすまひを直也。政道のゆかめるをもなをくなす也。我朝の哥道は仏法の以前に《＊次行ノ鼇頭ニ不審紙アリ》有し也。されは此集の七〔ツ〕《＊右傍ニ不審紙アリ》名序に、教誡の端とあり。人の心をたゝし道をなをさむと也。此十九の巻に長哥は五首旋頭哥は四首入り、誹諧哥何とておほくは入しそ。二首三首にても事たりぬへしと思ふに、哥をみる時はことはりしられぬる也。此段六十首まてあみたるは大かたの義にてはなし。十の巻は敵を打也。物をたはかる心ある也。是は人の心をなをし、世上の政をすくにすれは此巻肝要也。

近世期の堂上歌学では、誹諧歌の政道性を強調する言説が強調される傾向がある。『訓詁和謌集聞書』では「当流の説」として、正道に非ずして正道を進めるものと誹諧をみなし、東方朔の記事を典拠を掲げる。これらの堂上歌壇における歌学がいかに『古今集』の中に政道を見ようとしたのかを示す一例であろう。近世期の歌学書は膨大な数にのぼるため二点を見るに留めるが、このような古今集注釈は類聚と増幅を重ねて、北村季吟の『古今拾穂抄』に集成されるように膨れ上がり、漢籍や『源氏物語』、『万葉集』、『日本書紀』などの記述とも関連付けられる広がりを帯びるにいたる。

八　まとめ

以上、「誹諧歌」の歌学史を追ってきた。まず摂関期を通じて論証の手立てすらない謎として放置されてきた誹諧歌に関して『俊頼髄脳』における公任の説話が書かれはじめるころに、大江匡房や基俊らが自説を展開しつつあった。『和歌童蒙抄』に記される多くの人の説から、「誹諧歌」について歌人たちがそれぞれに歌説を持っていたことが判明する。そのほとんどは結局誹諧歌の性質を明らかにするといったものではなく、典拠を探るにとどまるものであったようだ。そうした中で藤原清輔が歌体論と、典拠を通じて政教的な性格を強く読み込もうとする議論を展開する。こうした誹諧歌をめぐる議論からは、難義語をいかに実作に利用するかといった観点や、実体はなにかとか、『古今集』をどれほど正確に理解するかといった問題はほとんど明らかにならない。

その後、中近世を通じて誹諧歌は問題として取り上げられ続けるが、もはや誹諧歌を論じることが自己目的化して議論や引用文献のみが膨大化していくという現象が見られる。これは同じ『古今集』巻一九の「短歌」などとは異なる議論の展開であろう。

俊頼による誹諧歌に対する留保を経て、清輔本『古今集』勘物や『八雲御抄』の「九分類説」、『奥義抄』における六分類説などが生まれ、おそらくは偽の基俊の発言などを取り入れながら九分類説も生産されていき、中世を通じて広く流通していった。それらはいずれも牽強付会でほとんど無意味な分類説に留まったと言わざるをえない。そして、これらの分類や議論が、歌合判などの場で生かされたことは管見の限り見当たらない。

しかし、こうした誹諧歌をめぐる議論は段階的な発展が古今集注釈・歌学書からうかがえる。九分類説はその内実をめぐって『弘安十年古今集注』や『毘沙門堂本古今集注』などが考察を重ねており、六分類説は直接継承されたものはほとんど見当たらないものの、『和歌色葉』が「利口・弁説」といった分類を継承したように無意味ではなかったようだ。近世期に至っても新しい典拠の発掘や議論の展開、歌説の類聚等、誹諧歌説は当初の問題を塗り替えることができないまま、ただ議論の広がりだけを見せている。

「誹諧歌」をめぐる学説の広がりは、院政期において立証する手立てのない議論を展開することで歌学者たちが何を得ようとしていたのか、そして歌学における議論の膨大化が何をもたらしたのかを伺うことができる。清輔の六分類説は、『史記』滑稽伝と誹諧歌を強引に結び付けたものであるが、そうした議論を通じて和歌の政教性を回復させんとしていたのだろう。しかし、この分類説がさらに増大し九分類、一〇分類説になると、そもそもどの歌がどの枠に入るのかの説明が不明瞭なまま継承されてきた。こうした議論は現在から見れば不合理極まりないものであるが、中世の古今集注においては広く流通する議論だった。

また、誹諧歌論は古今集注釈においては重視されていても、誹諧体についての記述は歌学書にあまり見られず、その評価は概ね低い。勅撰集における「誹諧歌」と、実際に詠み出される「誹諧体の歌」との間には溝があった。後者は連歌的な関係性から俳諧という文芸領域へと引き継がれていったものの、結局、四季や恋のように和歌の世界に定位されることはなかった。

歌学書に書き留められた以上に豊かな言説空間の存在を示す。ある問題を中心にして増殖する、歌学の様相を誹諧歌をめぐる議論を確認してきた。このような観点から誹諧歌を見ることで、歌道家や個々人の思想の違いというだけにとどまらない歌学説の流通を捉えることができるのではなかろうか。

注

（1）『袋草紙』上巻、撰集の故実には「歌の次第漸く便に随ひてこれを書くべし。以前の撰集に一事は必ず違ふべきなり。故に万葉集、古今、後撰、拾遺にておのおの別なり」とある。直接部立の問題を述べているわけではないが、部立のことも含めて敷衍してよいと考える。

（2）上條彰次『中世和歌文学諸相』（和泉書院、二〇〇三）。

（3）久冨木原玲『源氏物語　歌と呪性』（若草書房、一九九七）。

（4）渡辺秀夫『平安朝文学と漢文世界』（勉誠社、一九九一）。上條注2前掲書、久冨木原注3前掲書に先行研究がまとめられている。その他管見に入った論文としては、園田克利「『千載和歌集』の誹諧歌部立について」（『福岡大学日本語日本文学』二一、福岡大学日本語日本文学会、二〇一一・三）、中村秀真「古今集「誹諧歌」の把握」（『早稲田　研究と実践』二七、早稲田中学校、二〇〇六・三）、平田英夫「極楽浄土思想と戯咲歌・誹諧歌――増賀から瞻西、そして俊頼へ」（『藤女子大学国文学雑誌』七四、藤女子大学国語国文学会、二〇〇六・三）、久保田淳「和歌・誹諧歌・狂歌――和歌と俳諧の連続と非連続」（『国文学　解釈と鑑賞』四五―五、至文堂、二〇〇〇・四）等。

（5）園田注4前掲論文。
（6）大東急記念文庫本のみ他本に見えない忠岑十体をもつため、二六項目となる。
（7）寺島修一「『奥義抄』と範兼説の関係について」（『文学史研究』五六、文学史研究会、二〇一六・三）。
（8）「従四位下和歌博士紀貫成。問」「和歌得業生従七位信濃少目（『続本朝文粋』では志摩目）花園赤恒。対」とある。問者は「貫之と行成」の合成かと考えられ、問者は「赤人と躬恒」の合成名か。なお「和歌得業生」は、清輔が好んで利用した筆名である。西村加代子『平安後期歌学の研究』（和泉書院、一九九七）参照。
（9）『史記』滑稽伝については以下の論文がある。星野春夫「『史記』滑稽列伝における人物描写について」（『藝文研究』四一、慶應義塾大学文学部藝文學會、一九八〇・一二）、谷口匡「史記滑稽考」（『京都教育大学国文学会誌』三二、京都教育大学国文学会、二〇〇五・二）、大室幹雄『滑稽　古代中国の異人たち』（岩波書店、二〇〇一）。
（10）上條注2前掲書。
（11）錦仁「和歌の展開　一一世紀」（久保田淳・栗坪良樹他編『岩波講座　日本文学史第3巻　11・12世紀の文学』（岩波書店、一九九六）。
（12）むろん俳諧という文芸ジャンルとの関係も生じるであろうが、俳諧から誹諧歌論への影響は強くはないため今は論じない。
（13）鈴木徳男『俊頼髄脳の研究』（思文閣出版、二〇〇六）。
（14）浅田徹氏の御教示による。

第四章　藤原清輔著述の作者名表記
――無名と読人しらずの使い分けを中心に――

一　はじめに

勅撰集の読人しらず歌が、ただ作者未詳歌だけではないことは、和歌を専門としない者にもよく知られていることであろう。勅撰集の作者名やその表記に関する研究は多く、歌集ごとに個別の研究史も厚い。読人しらずに関わる論文もまた少なくはない。(1) 中でも上條彰次、(2) 松村雄二(3)が、勅撰集の読人しらず詠について網羅的な調査と概念上の整理を行っており、二十一代集すべてに読人しらず詠が入集し、撰者の歌を読人しらずとする例は、中世にあってなお少なくないことを確認している。様々な事情をもつ歌が、読人しらず詠として勅撰集に入集されている事実は、様々な時代、様々な歌集で目にすることができる。よく知られた『平家物語』巻七、忠度都落の段で語られる、平忠度が俊成に歎訴したことで『千載集』に読人しらずとして入集した説話は「読人しらず」が制度として存立する理由を裏側からあぶりだしている。松村が指摘するように、読人しらずはただ作者未詳歌を示す記号というだけではなく、種々の階層・時代から和歌を類纂する勅撰集を成立させる制度でもあった。

しかしながら作者名表記の位相は複雑で未解明の点もある。とくに私撰集及び歌学書における作者名表記については未だ十分に解明しえていない。一口に私撰集といってもその内実は多様であり、また勅撰集と違ってどのような故実や規則があったのかも詳らかではない。この点で藤原清輔の歌集・歌学書は早い時期の作者名表記に関する凡例がみえる、重要な資料である。『袋草紙』で読人しらず詠についての作法を記す。清輔の著述を手がかりに、作者名の記法について考えてみたい。清輔は読人しらずと無名という両様の表記を著述ごとに使い分けており、院政期の歌学・歌集における作者名に対する意識を検討する上で注目すべきであると思われる。

二　『奥義抄』盗古歌証歌の作者名表記

藤原清輔は、勅撰集を目指して編纂した『続詞花集』で「読人しらず」を採用するが、『奥義抄』盗古歌証歌と『和歌一字抄』では「無名」を使用している。『奥義抄』と『和歌一字抄』を対象に作者名に関する意識を探ってみたい。

まず『奥義抄』上巻、盗古歌証歌から確認する。盗古歌証歌は先行歌の表現を盗んだとされる歌を二首一対で並べる項目であり(4)、作者名に続けて歌が書かれる歌集である。一般的な私撰集としては変則的な構造になっているが、権威ある歌集に入集した歌を選んでおり、諸本で異同もあるものの集付も付される等、内容的には整理されている。作者名表記は簡単なものが多く、勅撰集の形式に従ってはいない。いま問題としたいのは無名という作者名表記である。

無名を採用する歌は一九首である。次の一五首は、勅撰集で読人しらずとされる歌である。他出をあわせて示すが、私家集では『私家集大成』に依り各系統ごとに示す。

おもひつつぬればやかもとなむばたまのひとよもおちずゆめにしみゆる（一二九）
（俊頼髄脳・一八七）

きみこずはねやへもいらじこむらさきわがもとゆひにしもはおくとも（一三二）
（古今集・恋四・六九三・読人しらず、古今六帖・六七一・ただふさ、古今六帖・三七一一）

恋しきをさらぬがほにてしのぶればものやおもふとみる人ぞとふ（一三七）
（難後拾遺・一六）

かひがねをさやにもみしかけけれなくよこほりふせるさやの中山（一四六）
（古今集・東歌・一〇九七・読人しらず、俊頼髄脳・二九二、綺語抄・四四、奥義抄・六〇四、和歌童蒙抄・一八〇、五代集歌枕・四三三）

心にもあらでうき世にすみぞめのころものそでのぬれぬ日ぞなき（一五一）
（拾遺集・哀傷・題しらず・一二九〇・よみ人しらず／拾遺抄）

すぎたてるやどをぞ人はたづねけるまつはかひなきよにこそありけれ（一五四）
（拾遺抄・恋下・題不知・三二五・読人不知）

さざれいしのうへもかくれぬさはみづのあさましくのみみゆる君かな（一五六）
（後葉集・題不知・三一八・兼盛、兼盛集Ⅰ・二六、俊頼髄脳・二六）

さをしかのつめだにひちぬ山川のあさましきまでとはぬきみかな（一五七）
（古今六帖・九六〇・つらゆき、拾遺集・題しらず・八八〇・よみ人しらず、俊頼髄脳・一八二、綺語抄・六三九）

あきの田のかりそめぶしもしつるかなこれもやいねのかずにとるべき（一六一）

（俊頼髄脳・一八六）

うらやましくものうへ人打ちむれておのがものとや月をみるらむ（一七二）

（金葉集初度・秋・後冷泉院御時殿上人あまたぐして月みありきけるをみてよめる・三〇一・よみ人しらず／二度本公夏筆拾遺、後葉集・一条院御時、殿上人あまた月見ありきけるを見て・四五五・読人不知、袋草紙・九二）

よしの川いはきりとほし行く水の音にはたてじ恋ひはしぬとも（一八九）

（家持Ⅰ・二八三、古今集・恋一・四九二・読人しらず、五代集歌枕・一一八九・読人不知、色葉和難・三五、歌枕名寄・二二四〇・読人不知）

ささのくまひのくま河にこまとめてしばし水かへよそにてもみむ（一九〇）

（古今集・神あそびのうた・ひるめのうた・一〇八〇、俊頼髄脳・一三〇、五代集歌枕・一二八八・読人不知）

秋ごとにおく露そでにうけためてよのうきときのなみだにぞかる（一九三）

（後撰集・秋中・題しらず・三一五・読人も）

みても又またもみまくのほしければなるるを人はいとふべらなり（一九四）

（古今集・恋五・題しらず・七五二・よみびとしらず）

思ひいでてとふ言のはをたれみまし身のしら雲となりなましかば（一九六）

（後撰集・雑二・をとこのやまひしけるを、とぶらはでありありて、やみがたにとへりければ・一一五二・よみびとしらず）

思ひいでてとふ言のはをたれみましうきにたへせぬいのちなりせば（一九七）

（後拾遺集・雑一・わづらふ人の道命をよびはべりけるにまからでまたの日いかがととぶらひにつかはしたりけるかへりごとに・八七八・よみ人しらず、経盛家歌合一番恋判詞）

これらは勅撰集歌であっても作者名表記に無名を採用しており、意図的に表記を変更したものと考えられる。しかし、次のように勅撰集で読人しらずになっていても、私家集に入っていたり、作者名表記が分かれる歌も見られる。

あしびきの山辺にいまはすみぞめのころものそでのひるときもなし（一五〇）

（古今集・哀傷・女のおやのおもひにて山でらに侍りけるを、ある人のとぶらひつかはせりければ、返事によめる・八四四・読人しらず、兼輔集Ⅰ、Ⅱ、Ⅳ・一〇三、別本和漢兼作集・三一）

かへるかり雲井にまどふこゑすなりかすみふきとけこのめはる風（一七四）

（後撰集・春中・六〇・よみ人しらず、綺語抄・七七、古来風体抄・三〇三・読人知らず、躬恒集Ⅲ・二六九）

あしびきの山した水のこがくれてたぎつ心をせきぞかねつる（一八七）

（継色紙・一七、古今集・恋一・四九一・読人しらず、新撰和歌・二一〇、古今六帖・一四五三、新撰朗詠・四六六・伊勢、人麿Ⅰ・二二三、綺語抄・三八八・人丸）

一八七番歌のように『新撰朗詠』で伊勢、『綺語抄』他で人麿とされる、複数の作者が候補にあがる場合も無名を採用しているようである。ただし、ほぼ全て勅撰集で読人しらずとされる歌であり、やはり原則的には勅撰集の記述に従ったと考えられる。ではなぜ読人しらずではなく無名という表記に変更したのであろうか。

盗古歌証歌の標目の下には「余りの証歌一字抄にあり、仍て之を注せず」という割注が記され、盗古歌証歌は『和歌一字抄』証歌の延長にあることが述べられている。割注のような記述ではあるが、後人には書けない記述であろう。そこで『和歌一字抄』の記法を参照してみたい。

三　『和歌一字抄』の作者名表記

まず『和歌一字抄』の伝本について述べておきたい。諸本の紹介を含めて多くの研究があるが、現在では『校本　和歌一字抄』（以下『校本』）がそれらの総合的な成果として挙げられる。(5)同書に示されるとおり、井上宗雄が原撰本、中間本、増補本とした分類を『校本』ではより細かく増補本の系統を分けている。現存する多くの伝本には定家や西行らの歌が見え、清輔没後に増補された事が確実な増補本系統である。

清輔の作意を考える上で注目すべきは増補歌をもたない原撰本である。近時、いままで上巻しか知られていなかった原撰本の下巻が、日比野浩信、伊倉史人によって相次いで発見された。(6)『校本』分類に従いつつ新たに発見された二本を［　］で加えて次に掲出する。

Ⅰ類　1　三康図書館蔵本（上巻）・谷山茂旧蔵本（上巻のみ）
　　　2　宮内庁書陵部蔵本（上巻のみ）
Ⅱ類　　　国立公文書館内閣文庫蔵本（上巻のみ）
　　　　　［日比野浩信蔵本］（下巻のみ）
　　　　　［鶴見大学蔵本］（下巻のみ）

これらのうち、Ⅰ類系統の三康本、谷山本、書陵部本は草稿本的な性格があり、これらの本では題下の出典注記がない。対してⅡ類は改稿本的な性格があるとされる。内閣文庫本は、一部欠脱があるものの定家や西行歌による増補は見えず、Ⅰ類にない歌が増補され、題下の注記があるなど注意される伝本である。

近年下巻部分とおぼしき日比野浩信蔵本が紹介され、その本文も提供された。(7)さらに伊倉により報告された鶴見大学本の奥書とあわせて考えるに、これらは改訂が施されたⅡ類の本文であることが確定した。その他、先学に指摘されるように中間本より定家らの歌を抜いたものが原撰本の姿に近く、中間本と原撰本との距離はそれほど遠いものではない。

「無名」はⅠ類にもⅡ類にも見え、増補本を含めて諸本で一貫して利用される。作者名の表記はⅠ類とⅡ類で若干異なり、Ⅱ類は増補本に引き継がれる表記をもっている。Ⅰ類とⅡ類の作者名表記の違いについては後述する。今は利用の便を考えて、増補本系統の書陵部蔵桂宮本を底本とする『新編国歌大観』を元に検討することにし、問題がある場合には適宜他本を参照する。しかし、次の一首は少し問題がある。

竹中鶯打聞仙集　　　　無名聖梵禅師

花さかぬ竹にのみすむ鶯はみじかき夜をや春としるらん（三七）

当該歌は原撰本系統の谷山本、中間本系統の三井本では「入寺聖梵法師東大寺」とあって作者未詳歌ではない。おそらくは新編国歌大観底本である書陵部本が作者名を書き落としで無名とされたものを、後代に修正したものであろう。なお、聖梵は生没年不詳の『発心集』に説話が残る東大寺僧である。和歌も詠んだようで『後拾遺集』に入集が確認できるが、他に和歌事蹟はほとんど拾えない。

『和歌一字抄』での無名歌は一七首が確認できる。いま全てを挙げることはせず、まずは出典が判明するケースを取り上げて検討してみたい。

東宮学士義忠家歌合を出典とする歌

山樹陰暗

夜とともにはれずも有るかなこがくれて山人いかであくとしるらん（二一五）　無名
（東宮学士義忠歌合・一一）

嘉保三年三月堀河院中宮詩歌合を出典とする歌

野馬夜嘶

草しげみあはづの野べのたはれ駒夜はにいばゆる声聞ゆなり（二〇九）　無名
（夫木抄・堀川院中宮御歌合、野馬長・一二九六七・同〈よみびとしらず〉）

鹿鳴秋萩

あけぬとていそぎたつたのかけぢには鶯の音や関の関守（六九五）　無名
（夫木抄・三五七・嘉保三年三月堀河院中宮詩歌合、旅宿暁鶯　同・三五七）

遠草漸滋　堀川院中宮歌合

しがふべく成りもゆくかな雉なくかた野のみの荻の焼原（三〇六）　無名
（夫木抄・嘉保三年三月堀河院中宮詩歌合、草漸滋・読人不知・六一三）

河原院歌合を出典とする歌

月景漏屋　河原院歌合

雨ならでとしのふるにも我が宿の月もるばかりあれにけるかな（二六〇）　無名

（金葉集初度・春・河原院歌合に、月かげ漏宿といふ事をよめる・読人不知・二七八、河原院歌合・月影漏屋左持・一五、後葉集・河原院歌合に、月やどにもるといふ事を・四六九・読人不知、万代集・月影満屋といへることを・読人しらず・二九〇三）

虫鳴叢河原院歌合

秋の野の草葉の露にそほちつつ鳴く虫の音に我もおとらず（五二二）　無名

（河原院歌合・夜虫吟叢左・七）

旅宿暁鶯

下葉より物思ふ萩にいとどしく鹿の音をさへなきてきかする（七五七）　無名

（河原院歌合・秋萩鹿鳴右勝・一二）

これらの内『東宮学士義忠家歌合』［歌合大成一二〇］及び『河原院歌合』［歌合大成六一］には廿巻本類聚歌合等の証本が現存している。これらは左右の作者名を記さない出詠者未詳の歌合である。証本が現存しない嘉保三年（一〇九六）三月『堀河院中宮侍所歌合』［歌合大成二三三］（大成では詩歌合は誤りとする）も同じように歌合記録に作者名を記さなかったのであろう。これらは出典に作者が表記されず本当に作者がわからないため無名が使われている。一方、次の一首のように勅撰集の読人しらず歌について、無名の表記を採用する例が見える。

霜埋落葉 後

落ちつもる庭の木の葉をよの程に払ひてけりとみする朝霜 （三八九）

無名

（後拾遺集・霜落葉をうづむといふ心をよめる・三九八・読人不知）

出典資料に忠実な表記をするならば、この歌の作者名は『後拾遺集』に従って読人しらずがふさわしいはずである。作者の候補が複数考えられる例は見当たらないが、『奥義抄』と同じように意図的に無名の表記を採用しているのは間違いない。

四　著述の性格と作者名の記法の関連

少し視点を変えて『和歌一字抄』の歌題の記法を見てみよう。『和歌一字抄』では歌題に関しても他の私撰集には見えない詞書を採用する例が見られる。藏中さやかは、下巻の証歌部に見える「題不明」という表記に注目し以下のように述べる。

題不明

あまの原ふりさけみればしらま弓はりてかけたりよみちはよけん （一〇四二）

（万葉集・巻三・二八九）

1042が「題不明」となっていることも、「月」を詠まずして「月」を詠む当該歌の場合、書きだす歌語が見当たらないという事情が関わっているのであろう。「題不知」すなわち詠作事情がわからない、とは明確に区

別されている。(8)

つまり、「題不明」は「題不知」とは明確に区別される表記である。「題不明」とされる歌は他に九首あるが、原則的には歌題の字句索引である『和歌一字抄』では、「題知らず」だと検出する語句が存在しないことになってしまい、書物の性格から考えて不備ができてしまう。(9) 清輔にとって、詞書・表記はただ先行歌集の故実を踏襲するものではなく著述の性質に応じて変化する要素なのであった。

清輔の著述では、無名の他にも「作者可尋」や「同人」の表記も使用される。『和歌一字抄』では「同題・同人」も利用され、勅撰集のように、前歌の詞書・作者を受ける勅撰集の記法は採用していない。作者可尋は、読人しらず・無名とは区別される表記である。次の盗古歌証歌の二首を見ておきたい。

作者可尋

まちかねてうちにはいらじ白妙のわがそでの上にしもはおきぬとも（一三二）

（万葉集・巻一一・二六八八）

作者可尋

たか山のいはもとたぎりゆく水の音にはたてじこひはしぬとも（一八八）

（万葉集・巻一一・二七一八）

この二首は『万葉集』巻一一を出典とする。『万葉集』巻一一、一二は「古今相聞往来歌之類」上下の構成で、作者未詳歌が集められた巻と考えられている一方、複数箇所に左注があり、作者に関する記事も見える。『人麻呂歌集』との重複歌が多いことも知られている。(10) そのため、『人麻呂歌集』との重複歌から、人麻呂詠である可能性を考えたのではないかと推察される。つまり、盗古歌証歌では、作者の同定が不可能な無名と、作者の調査が可能と見られた作者可尋が使い分けられている。作者可尋も読人しらずや無名とは異なる位相の作者名である。なお、『清輔集』四二八、三二〇秀歌にも「作者可尋」と見えるが、自撰歌集で「作者可尋」と記すのは異例の処置であり、後人の増補である可能性も指摘されている。いまは検討から除いておく。[11]歌集の表記について考えるならば実名表記のあり方も検討する必要がある。次に『和歌一字抄』と『奥義抄』の作者名表記について、諸本間の異同を考察する。

既に『校本』でも指摘されている通り、『和歌一字抄』の作者名表記についてⅠ類とⅡ類で閑院流の人物及び摂関について作者名の表記が大幅に異なる。その理由として、藏中は保元の乱による影響を指摘しているものの、[12]新出の鶴見大学蔵本には清輔自著とみられる奥書があり、それには歌数の調整は院から直接指示されたものであったと述べられている。藏中が提示した保元の乱の影響は再度考え直す必要があろう。[13]だが、作者名表記が成立・改訂時期によって異なる表記が採用されていたことは、新資料の発見によっても動かないだろう。特に関白・大臣の表記については系統間で異同があることがよく知られている。『校本』の解題に導かれつつ、『校本』には収録されなかった日比野本を加えて目立つ作者名表記を記す。加えて、後述する公実についても記しておく。

実名	忠通	有仁	実行	実能	顕房	頼宗	師実	公実
日比野本(Ⅱ)	ナシ	花園左大臣	太政大臣	ナシ	ナシ	堀河右大臣	京極前太政大臣	三条大納言
内閣本(Ⅱ)	関白(関白前太政大臣)	花園左大臣	太政大臣	内大臣	六条右大臣	堀河右大臣	京極前太政大臣	三条大納言
三康本(Ⅰ)	殿下	仁和寺左府	大相国	内府	六条右府	堀河右府	京極大殿	公実卿

『校本』ではⅠ類が日常的な呼称、Ⅱ類のほうはやや整った勅撰集的な書き方となっているとする。また新出の原撰本下巻、日比野本、鶴見大学本を確認する限り、作者の呼称はⅡ類に準じている。[14]しかし、増補本でも

「三条大納言公実卿」（八九）のように、「公実」を「三条大納言」とする諸本では、実名を、「東宮大夫」の傍書や割注形式で書きこまれていることがある。

Ⅰ類の作者名表記は歌集の中でも特殊ともいえる。源有仁が三康本で「仁和寺左府」と呼ばれる例、歌集では他に管見に入らない。(15)

『和歌一字抄』の作者名表記の問題は、『奥義抄』盗古歌証歌の表記の問題と関連づけて考えることができる。とくに、藤原公実の作者名表記に注意すべき異同が見受けられる。『奥義抄』の本文は、流布本の系統であるⅠ類本諸本と、それとは異本の関係にあるⅡ類に大別される。(16) 完本が多くはないため、その系統分類は複雑なものになるが、まずはⅠ類とⅡ類で比較検討してみたい。下段の（　）内は傍記である。

『奥義抄』諸本	公実の表記
慶應大学図書館本（Ⅰイ）	三条大納言（春宮大夫イ）
書陵部蔵御巫本（Ⅰイ）	三条大納言（春宮大夫）
豊橋図書館本（Ⅰイ）	三条大納言（春宮大夫）
慶安五年版本（Ⅰロ）	三条大納言（東宮大夫）
内閣文庫蔵一本（Ⅱイ）	春宮大夫
大東急記念文庫本（Ⅱイ）	公実卿
歴博本（Ⅱロ）	トウクウノタイフ

公実が東宮大夫であったのは康和五年（一一〇三）一一月二一日から嘉承二年（一一〇七）七月一九日までの四年間で受禅により止む。同年一一月一四日に没しており、大納言が極官である。後代の歌集の作者名表記としては極官である「三条大納言」のほうがふさわしい。大東急記念文庫本では「公実卿」とあり『和歌一字抄』Ⅰ類

と近い表記である。

その点からは、表記を「東宮大夫」とする異同をもつ伝本には注意を要する。内閣文庫蔵一本、歴博本がそれにあたるが、歴博本は鎌倉期とみられる最古写本であり、特異な本文であることが知られている。[17]無名を「ナシラズ」と書き、歌の後ろに作者を書くなど、書式からみても特殊な本であるが、書写年代の古さは特筆に値する。内閣文庫本と歴博本が「東宮大夫」という共通異文をもち、孤立本文ながら大東急記念文庫本では「公実卿」を採用しており、「三条大納言（東宮大夫）」とある伝本がI類に存する。公実の表記をめぐる差異は『和歌一字抄』における改訂と『奥義抄』の改訂時期とが連動している可能性を示すかもしれない。『奥義抄』が複数段階を経て現存諸本の複雑さに反映されていることはすでに指摘がある。[18]ごく単純に考えれば、II類本は鶴見大学本によって改訂後の本文である事が確実であるから、公実を「三条大納言」とする伝本は後発の本文、「公実卿」を記す大東急記念文庫本『奥義抄』は比較的初期の姿をとどめているように見えるかもしれない。しかし、他本にみられない「忠岑十体」が複数の書写的整理を経て成立しているとみられ、[19]これをもって伝本の位置づけを決定できるわけではない。

とはいえ、公実に対して『奥義抄』、『和歌一字抄』で重なる表記が見られる点からは、清輔が作者名表記についての関心を長期にわたって保持し、時宜に応じて使い分けていたり、改訂を施したりしていた事がうかがえる。『和歌一字抄』のI類本及び『奥義抄』の諸伝本の記法が『和歌一字抄』の改稿過程を完全に反映しているとは断定できない。観測される範囲では、三条大納言は最終的に極官表記を採用するにあたって取られたものであり、この表記に落ち着くまで何度か表記を変更したと考えられる。そう考えれば、やはり『奥義抄』に見える「春宮大夫」の表記は、『和歌一字抄』が編まれる初期の書式が採用していた頃の名残である可能性も捨てられないように思うのである。

五　勅撰集研究と作者名表記

清輔による無名と読人しらずの表記の使い分けは、『古今集』勘物にも確認できる。清輔本『古今集』諸本については、西下経一[20]、久曾神昇の先駆的な研究があり[21]、川上新一郎がより詳細に諸本分類を試みている[22]。清輔は『古今集』を少なくとも四度以上書写しているが、ここでは保元二年本系統の尊経閣文庫本により、「読人しらず」に関連する注記をみてみたい。とくに注意されるのが読人しらず詠の重出に関する注記である。しばしば「読人しらず」が重出することに疑義を呈する勘物があることに気づくだろう。（　）内は『新編国歌大観』での歌番号と頭脚で勘物の位置をしめす。

A　惟定親王文徳天皇御子読人不知字　畳重如何（頭注：一八九）

B　読人不知時重畳如何（脚注：六四九）

C　但読人不知重帖畳此哥可有作者歟（頭注：一〇四二）

この「畳重如何」とは、「読人しらず」の表記が前出の歌に付けられていることを不審としたものである。勅撰集では詞書及び作者名は、前歌と重なる場合には省略する規則がある。この箇所は、川上が書陵部本に触れる中で伝本系統間で異同がある事を指摘している。

元来この「よみ人しらず」（B：梅田）は647の「よみ人しらず」と重複しており、尊伏天の諸本には「読人不知字重畳、如何」と注記がある。（中略）零静宮の比較的初期の伝本は、「よみ人しらず」を重出させながら

も「読人不知字重畳、如何」の注はなく、保元二年本以後、注が付せられている。(23)

川上が指摘しているのは、「尊伏天」すなわち尊経閣文庫本及び顕昭本二本の、後期清輔本から顕昭本にかけての後期の諸本には重複注記がみられ、逆に初期清輔本である零本、静嘉堂文庫本、書陵部本の各伝本には重複注記がみえないことである。管見の範囲では一〇四二番歌も初期清輔本には勘物がなく、清輔は『古今集』の書写と研究を重ねるうちに、勅撰集における作者名表記の規則性に関心を抱くようになったのである。

一方で「無名」表記も勘物及び作者目録に見える。尊経閣本には、次のような勘物が見られる。

D　無名哥惣數目録無相違但春下無一首恋一有一首加自余部無相違（頭注：一四）

E　無名一首過目六（頭注：四八三）

F　読人不知哥　╲四百五十四首其中短々一々旋頭々三々但此中著注作者十三人（脚注：四八三）

清輔本『古今集』の勘物では読人不知と無名が併存して書かれており、末尾の作者目録でも読人知らず歌を「無名歌」と書く。A～Cの例をみる範囲では「読人不知」「不知人」と使う場合には『古今集』の表記を問題とし、「無名」を使う時には歌を直接問題とする傾向がある。こうした勅撰集の作者名表記における規則の発見は、詞書でも同種の注意を向けている。例えば次の勘物。

G　御本此哥在前但題不知相並不審（頭注：三〇七）

H　或本此歌題不知とも不書相並誠以不得心書写失歟（頭注：一〇五八）

これは「題しらず」の詠が並んでいることが不審であるという注記である。Hは初期の清輔本である静嘉堂文庫本にもあり、勅撰集の詞書の表記について元々関心があり、それが作者名にも敷衍されていったと考えられる。

このような勅撰集の規則性への視座は清輔歌学を特徴付けるものである。先に藏中が指摘した『和歌一字抄』

の「題不明」と同じように、作者名や詞書の記法には細やかな目配りがなされているのである。他の歌学書にみられる作者名表記のあり方は勅撰集の勘物にも共通した関心をみることができるのである。

六　作者名と撰集故実

こうした著述ごとに表記を変更する意識を、院政期歌学における「読人しらずの故実化」という観点から考えたい。まずはよく知られているが『袋草紙』撰集の故実から勅撰集の作者に関する意識を探る。

以前の撰集に一事は必ず違ふべきなり。故に万葉集、古今、後撰、拾遺にておのおの別なり。ある人の云はく、古今には「題しらず、読人しらず」、後撰には「題知らず、読人も」、拾遺は「題、読人知らず」、かくの如くこれを書く。然して末代の本必ずしも分別せず。これ転々書写の失か。

ここでは「題しらず、読人しらず」の表記が撰集ごとに異なるという説が紹介される。『続詞花集』では「題しらず、読人も」を採用し、清輔本『古今集』および『後撰集』では『袋草紙』の表記を採用することから、清輔はこの「ある人」の説を承認していたと考えられる。実際には、この記法は厳密なものではなく、俊成は『古来風体抄』で、作者表記を取り上げつつも、作者表記に関する故実は無視してよいとする。だが、撰集の故実ではこうした作者名表記の規則から外れる記法について言及されている。

また歌の後に作者を署すは、撰入の善悪に憚り致すこと有りて、故人の慥かなる説を聞かざる歌なり。仍りて古今には万葉以往の歌を、あるいは読人しらずと書き、あるいは歌の後にこれを署す。いはゆる奈良帝、人丸等なり。かくの如き事、尤も斟酌すべき事なり。

勅撰集の作者名には様々な問題があり、読人しらずとあっても左注で本当の作者を記すことがあるという。引用部分は『古今集』の人丸や奈良帝の歌が例に出されており「尤も斟酌すべき事」であるとしている。勅撰集の読人知らず歌の、本当の作者が誰であったかに関する興味は強い。『後撰集』では家持や猿丸大夫の歌が「読人しらず」詠として入集していることを指摘した古今証本のくだりがある。

後撰集

およそ書の僻事は荒涼にこれを直すべからず。兼盛は本源氏なるをもつて大君となす。而して天暦の時本の性に帰り叙爵すと云々。兼盛の家集の歌多くこの集に入る。而れどもあるいは「読人知らず」と有り。尤も不審なり。

（中略）

およそかくの如き事撰集の癖か。これ等の類なり。拾遺抄には、中務の歌「鶯の声なかりせば雪消えぬ」、輔親の歌「足曳の山時鳥里なれて」、「読人知らず」と有るにおいて皆これ疑ひなき作り歌なり。越度か。近代の集にも多くこれを入る。

『後撰集』で兼盛の歌集にある歌が、読人しらずとして取られていることを「越度」とする。勅撰集には誤った作者を書いてはならないということの記述は、勅撰集編纂に対する厳しい態度として自身の『続詞花集』編纂に関わる言及でもある。「作者が判明する歌は読人しらずとしてはいけない」と述べることは、清輔はそのようなことはしないと読者に宣言していることに等しい。

だが、読人しらずをめぐる問題はそれに留まらない。撰集の故実には次のような文言が見える。

「読人知らず」と書く事、儀あるべし。一は、真実作者を知らざる歌、一は名字を書くといへども、世もつてその人を知り難き下賤卑陋の輩、一は詞に憚りある歌等なり。

読人しらずは作者未詳歌だけではないと明言する。『袋草紙考証　歌学篇』(24)でも注されるとおり、『八雲御抄』では、この故実は清輔の父、顕輔の説なのである。作者未詳歌以外にも「下賤卑陋の輩」「詞に憚りある歌」も勅撰集で読人しらずと書かれるとしているが、これは『続詞花集』にも援用されたようである。次の例歌を見てみたい。

北白河にて人人もみぢをよみけるに　　よみ人しらず

ながれくるもみぢの色のふるければあさきせもなし白河の水

（続詞花集・秋下・二七一）

この歌は『和歌一字抄』では「落葉浮水」の題で次のように見える。三句目に異同が存するが同一歌とみてよいだろう。

同　　経則大炊允

ながれくる紅葉の色のふかければあさきせもなし白河の水

（和歌一字抄・四三八）

「経則」は谷山本、三康本、書陵部本で「経衡」とされる。経衡とすれば和歌六人党の藤原経衡を想定したくなるが、そうだとすれば『続詞花集』に「藤原経衡」で七首の入集がある。本歌のみ「読人しらず」としているのは不審である。もし「経則」とすれば『金葉集』に見える中原経則ではないか。ただし注記の「大炊允」は大炊寮の官人で従七位上相当であるので、これも別人の可能性が高い。この注記を信じれば、非常に低い官位の歌人で「下賤卑陋の輩」に該当し、「読人しらず」とされたものと推定される。

『袋草紙』で示す故実を『続詞花集』に反映している例は他にもある。短連歌を撰集にいれる場合「連歌を歌一首に取り成して撰集に入るるは常の事」で「末句をもつて主となす」（撰集の故実）としている。もとは『拾遺集』の規則なのだろうが、『続詞花集』の連歌部もこの通りの形式で、連歌が一首の形で入集している。清輔は『袋草紙』で記した原則を自身の撰集にも適用しているのである。これら勅撰集の読人しらず詠への関心の高さは『袋草紙』からうかがえる通りである。そしてこの故実は清輔にとって勅撰集に留まらず、私撰集においても適用されうるものであったのではないだろうか。読人しらずという作者名は「何らかの事情」が推測される可能性がある表記であると、清輔は考えたのではないか。

読人しらずの故実は、勅撰集の配列や入集歌を調整する上で利便性の高い制度としても機能し、勅撰集編纂において踏襲されてきた。『明月記』建永二年（一二〇七）三月一九日条の記事には著名な一節がある。

撰集之時、撰者或引直二古歌一、少〃又自詠称二読人不知一入レ之、定例也、

『新古今集』編纂中に問題が起き、後鳥羽院の一首を読人しらず歌として入集させた際、「自詠称読人不知入之定例」として読人しらずに関わる故実を利用したことを正当化している。

通常の私撰集や、原資料を忠実に写した著述であればともかく、証歌を引くために検索性を高めた歌学書に「事情」を勘案されるような表記を積極的に採用するのは不合理であろう。勅撰集的な直前の作者名と詞書を次の歌にかける表記も、書き落としや目移りによる読み間違いなどを引き起こしやすく、また歌を別の箇所に移動させたり増補させたりした時に時にミスをひき起こしやすい。(25)『和歌一字抄』の「同」や「同題」、「同人」と

いった表記をわざわざ記しているのは、歌集としてではなく、和歌の索引としての機能を重視したからではないだろうか。

『和歌一字抄』や『奥義抄』において「読人しらずを利用しない」という態度は、勅撰集についての故実が蓄積されている中で、簡便を重んじる歌学書では「事情を勘案される」表記を避けようという意識と、索引的な用途に適切な表記を模索したことの現れなのである。

七　おわりに

こうした態度が示すものは、歌学書が、私撰集や私家集といった歌集と峻別されるものであるということを明確化する意志である。「著述の性格ごとに和歌の作者名や詞書の表記を変更する」という態度で著述を書き分けた歌学者は清輔以前には見当たらない。もちろん、その先駆的な例として『古今六帖』のような類題歌集があり、藏中が論じるように、『文鳳抄』巻九・一〇に「一字抄」とある伝本が存するように、漢詩述作の参考書のような手本があったかもしれない。[26] また『袋草紙』下巻の末尾は『和歌一字抄』の抜き書きであったらしく共通歌が多く入れられていることが知られているが、[27]『袋草紙』末尾の詠には作者名が付されない。

清輔は、著述ごとに「何が必要な情報でどのような表記がそれに最適なものであったか」を意識し続けており、それは先行する書物をただ引用したといった安易なものではなかったと考えられる。

読人しらずを採用しない清輔著述のあり方は、読人しらずの故実化に伴う配慮であったと同時に、勅撰集の権威化、表記における規則性の理解の進展といった勅撰集研究の歌学書への反映だったと考えられる。清輔がつかった無名という表記のあり方が、後代に強く影響を与えたとは考えにくいが、院政期における歌学の進展と、撰集に関する故実の深化が生み出した現象であった点、従来勅撰集を中心に行われてきた作者名表記の研究にとっても注意すべき現象である。

注

（1）稲田利徳「「新続古今集」の「読人しらず歌」をめぐって」（『中世文学研究』二、中四国中世文学研究会、一九七六・七）、鈴木日出男「読人知らず」（『国文学　解釈と鑑賞』七二―三、ぎょうせい、二〇〇七・三）等、個別の作品に関する論文が多い。なお、「読人しらず」は「読人不知」「よみひとしらす」といった表記もなされるが、基本的に区別せず「読人しらず」を使用する。

（2）上條彰次『中世和歌文学諸相』（和泉書院、二〇〇三）。

（3）松村雄二「〈読人しらず〉論への構想――勅撰和歌史の内と外――」（『国語と国文学』七三―一一、東京大学国語国文学会、一九九六・一一）。

（4）歌を盗むことは院政期の和歌表現において重要な技法であった。なお、山田洋嗣「院政期の類同詠に関する諸問題」（和歌文学論集編集委員会編『歌論の展開』風間書房、一九九六）。

（5）和歌一字抄研究会編著『校本和歌一字抄　付索引・資料　本文編』（風間書房、二〇〇四）。なお藏中さやか『題詠に関する本文の研究　大江千里集・和歌一字抄』（おうふう、二〇〇〇）に『和歌一字抄』の本文や成立に関する論文が収められ、上巻部の校本が付される。なお、初稿本には無名が「無」と記される。

（6）日比野浩信蔵本については、日比野浩信「原撰本『和歌一字抄』下巻」（『愛知淑徳大学国語国文』三九、愛知淑徳大学、二〇一六・三）、同「和歌一字抄の新出伝本について　下巻原撰本としての位置付け」（『愛知淑徳大学国語国文』四〇、愛知淑徳大学、二〇一七・三）。鶴見大学蔵については伊倉史人「『和歌一字抄』原撰本の成立――鶴見大学図書館蔵清輔奥書本の紹介と考察」（『国文鶴見』五二、鶴見大学日本文学会、二〇一八・三）参照。なお、いずれの諸本でも「読人しらず」は使われず「無名」となっている。
（7）日比野注6前掲論文。
（8）藏中さやか「「古き詞」へのいざないー『和歌一字抄』、『袋草紙』証歌群をめぐって」（藤岡忠美先生喜寿記念論文集刊行会編『古代中世和歌文学の研究』和泉書院、二〇〇三）二三九頁。
（9）『和歌一字抄』は撰集として認識されることもあるが、本章ではこのような観点から歌学書として扱う。
（10）針原孝之「万葉作者未詳歌論ー巻十一・巻十二を中心として」（今西幹一編集委員代表『二松學舎創立百三十周年記念論文集1』二松学舎大学、二〇〇八）。万葉集巻十一、十二に関する研究は多く、同巻の作者未詳歌についても研究史は厚い。なお、栃尾有紀「万葉集巻十一・十二研究史の問題と展望」（『青山語文』四〇、青山学院大学日本文学会、二〇一〇・三）参照。
（11）芦田耕一『清輔集新注』（青簡舎、二〇〇八）は両首の作者可尋は後人によるものとする。
（12）藏中注5前掲書参照。
（13）藏中注5前掲書参照。
（14）注5前掲『校本』「解題」。
（15）源有仁には仁和寺左府の他、冷泉左府、花園左大臣などの異称があった。
（16）川上新一郎『六条藤家歌学の研究』（汲古書院、一九九九）。
（17）井上宗雄責任編集『大東急記念文庫善本叢刊 中古中世篇 第四巻　和歌1』（大東急記念文庫、二〇〇三）所収。
（18）久曾神昇「奥義抄に就いて」（『立命館文学』一、立命館出版部、一九三六・四）、同『日本歌学大系』「奥義抄解題」（風間書房、一九五七）、川上注16前掲書。また寺島修一「『奥義抄』と範兼説の関係について」（『文学史研究』五六、文学史研究会、二〇一六・三）。
（19）原田芳起「大東急本　奥義抄管見」（『かがみ』八、大東急記念文庫、一九六三・七）。
（20）西下経一『古今集の伝本の研究』（明治書院、一九五四）。
（21）久曾神昇『古今和歌集成立論　研究篇』（風間書房、一九六一）。
（22）川上注16前掲書。
（23）川上注16前掲書、二五七頁。

(24) 藤岡忠美他『袋草紙考証　歌学篇』(和泉書院、一九八三)。
(25) 藏中注5前掲書。
(26) 藏中注5前掲書。また鎌倉期反御子左派の古今集注とみられる『古今集素伝懐中抄』に都良香の著とされる「二字抄」の書名がみられる。慶應義塾大学附属研究所斯道文庫監修『古今集素伝懐中抄』(勉誠出版、二〇一〇)参照。
(27) 川上注16前掲書。川上新一郎、兼築信行「資料紹介　陽明文庫蔵『清輔袋双紙』――新出巻末部分翻刻――」(『和歌文学研究』五四、和歌文学会、一九八七・四)。

第五章　『和歌一字抄』の注記をめぐって

——内閣文庫本を中心に——

一　はじめに

『和歌一字抄』は、漢字一字引きで歌題をまとめるという特異な構成をもつ歌集的な書物である。歌集としては、他出を確認できない歌や他に詠作の見えない人物の歌が多数入集している。その研究は、諸本論や題詠論を中心として展開してきたものの、伝本も多く諸本の系統が複雑で決定的な善本を認定できない難点も存する。諸本研究は校本の完成によって結実したが、未だ多くの問題が残されている。

その一つが注記の問題である。『和歌一字抄』には多くの注記が付されているが、これらが著者の手によるものであるか、後人のものであるのかも判然とせず、どのような目的で付されているのかも明確には分かっていない。本章は、注記の検討を通じて『和歌一字抄』のコンセプトがどのように形成され、どのように受容されてきたのかを明らかにする。

二　諸本の様相

まず、諸本を確認する。現在の研究水準を示し増補本まで含めた『和歌一字抄』の校本である『校本　和歌一字抄』（風間書房、二〇〇四・二：以下『校本』）では、井上宗雄が提唱した三分類を踏襲している。(1)清輔の手による姿を比較的留め、後代の増補歌は無いとみられる原撰本系統、下巻のみながら、定家の歌が一〇首ほど増補されているだけとみられる中間本系統、上下巻にわたり裏書にあったと思しき鎌倉時代以降の歌が増補されている増補本の三系統の分類である。左にその分類と主要伝本を示すが、増補本の二類から五類までは省略する。『校本』以降に発見された本を［　］で示す。

原撰本系統

Ⅰ《初稿本系統》

1　京都女子大学蔵谷山茂旧蔵本（〇九〇・Ｔａ八八・九七）

2　三康図書館蔵本（五・一二三九）上巻のみ

宮内庁書陵部蔵本（一五五・一〇八）

Ⅱ《改稿本系統》

国立公文書館内閣文庫蔵本（二〇二・六一）

［日比野浩信蔵本］下巻のみ

［鶴見大学蔵本］下巻のみ

中間本系統

架蔵本（井上宗雄旧蔵）

三康図書館蔵本（五・一二三九）下巻のみ

増補本系統

第一類

宮内庁書陵部蔵本（一五〇・六五二）＊（『新編国歌大観』・『校本』底本）

川越市立図書館蔵本（四三〇〇）（貴・一一）

神宮文庫本（三・九一五）

志香須賀文庫蔵日野資時本

樋口芳麻呂蔵本

国立歴史民俗博物館蔵本（田中穣旧蔵典籍古文書一五箱七三）

原撰本系統には初稿本系統（Ⅰ類）と改稿本系統（Ⅱ類）が存し、さらにⅠ類は二種にわかれる。初稿本から改稿本への改訂は清輔の手によると見られており、原撰本系統を中心に研究されてきた。中間本系統は下巻のみ存し、完本の原撰本は現存しないが、(2) 大阪青山短期大学本が原撰本系統の下巻に該当する可能性を残す。(3) さらに日比野浩信氏蔵本が改稿本の下巻部分に相当することが明らかとなった。(4) 近年、鶴見大学に清輔自跋とみられる奥書をもつ一本が収蔵され、(5) その成立についても全面的に再考する必要ができた。しかし、『校本』が制作された段階では、原撰本系統が上下巻揃う状況は望めず、原撰本系統は下巻を欠いたまま不安定な本文で読むしかなかった。従って、『和歌一字抄』の利用は、上巻は原撰本系統か、『新編国歌大観』に収載される増補本系統に依拠する形で進められてきた。だが、原撰本系統にも作者名などに誤りがあり、さらに注記に関してはより複雑な事情が存している。次に原撰本系統の諸本を中心に注記の問題を考えたい。

三　作者注記と出典注記

『和歌一字抄』には作者注記と出典注記が付されている。図23のように、歌題の下に書かれているものを「出典注記」と称し、作者名の下に付されたものを「作者注記」や「詠者名注記」等と呼び習わしている。これらは注記位置と注記の対象の差異によって呼称を変えているのだが、注記の位置が両者の違いを決定づけているわけではない。左の図版では、「源師光」とある作者名下に「前蔵人之時詠」之」と、詠作機会に関する注が記されている。こうした位置の異同は特に左注や「已上」で纏める注記に甚だしい。

特に出典注記には散逸歌集の記述が見える。これらについて井上宗雄、簗瀬一雄による検討があり、(6)藏中さやかの研究が現在の水準を示す。(7)藏中は、これらの注記は後代に付された可能性が高いとする。

この注記はいつ頃付されたものであろうか。

先にも触れた61の詠者名に付された「藤内大臣左大将」に、一つの考察材料がある。『公卿補任』の記事によれば、「内大臣」つまり実能は、仁平四年八月十八日左大将に任じられており、少なくともこの注記はそれ以降に付されたものとなる。『和歌一字抄』の成立下限は仁平四年（十月二十八日、久寿に改元）と考えられ、井上氏は特に同年五月二十八日に出家している右大臣雅定がⅠで「右府」、Ⅱで「右大臣」となっていること

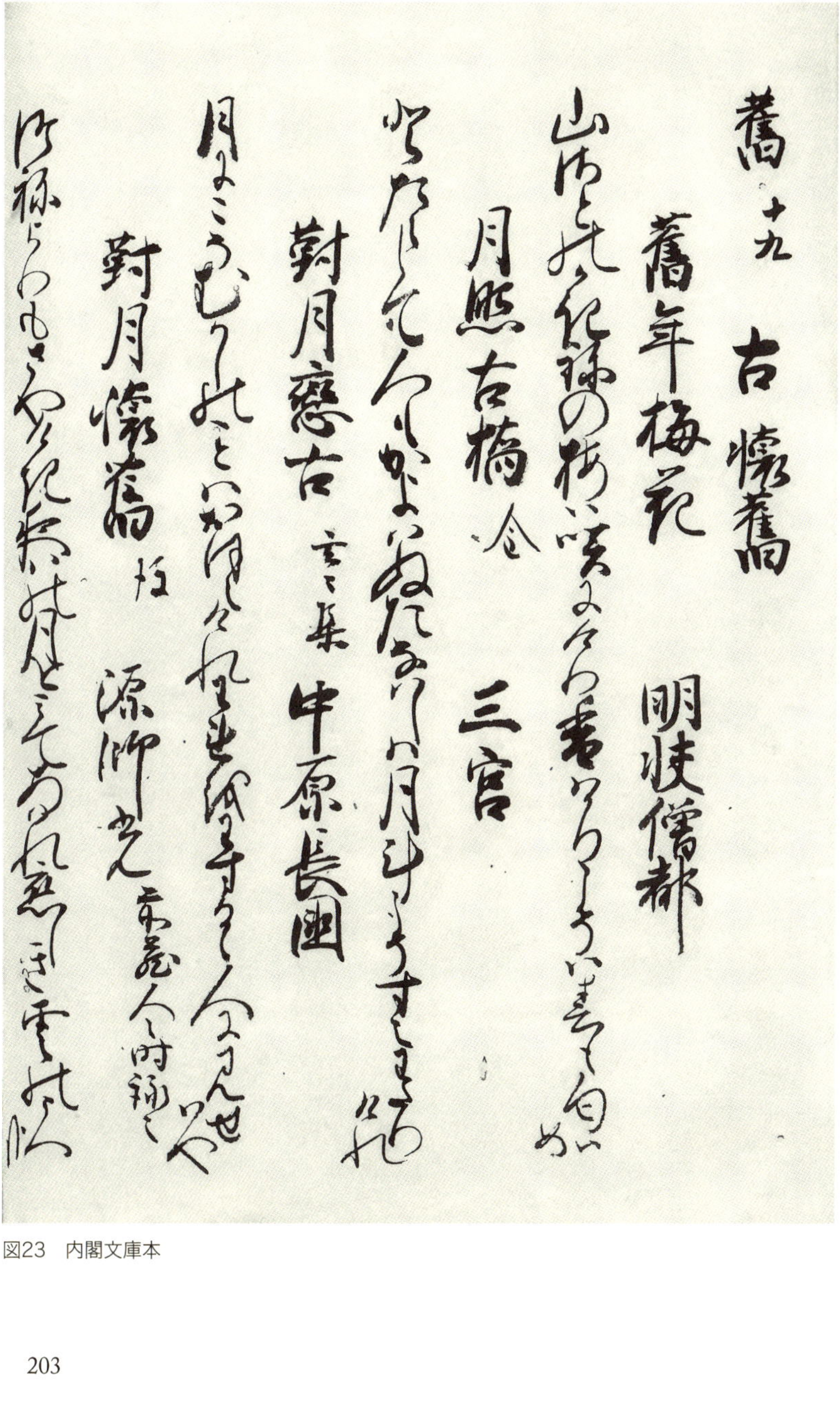

図23　内閣文庫本

とを根拠として示しておられる。奇しくも実能の左大将補任は雅定の出家の後を埋めるものであり、清輔が雅定出家前後の呼称の変化に厳密にこだわったなら、本文の成立は五月二十八日までであり、注記は八月十八日以降に加筆されたことになる。さらに後人の手になることも十二分に考えられ、断定はできない。が、とりあえず61の例からは、本文と詠者名注記の同時成立は可能性が低いという見方ができるのではなかろうか。(8)

藏中は作者注記について右のように述べ、出典注記に関しては以下のように述べる。

この他に『和歌一字抄』には出典注記と呼ばれているものがある。これはIIに多いが統一した観点で付けられておらず、誰が付けたのかという問題がある。ただII164「関白殿蔵人所歌合　年号可尋」やII398「無名可尋」という注記があるところからすると、撰者自身ではなく、後代の書写者によるものと考えるのが適当ではないだろうか。（傍線原文）(9)

こうした検討を経てもなお、まだ注記が清輔の手による可能性が完全に払拭されたとは断定できないように思われる。

まず、実能の注記はII類本には存せず、増補本系統の書陵部本では「実能公公実男」とあり諸本間で異同が見られる。出典注記の「可尋」は問題が残るが、「関白殿蔵人所歌合　年号可尋」の「年号可尋」を後代の書写者が付したのであれば、「関白殿蔵人所歌合」の部分は「年号可尋」が記される以前に存していた可能性も考えられる。また藏中の挙げるII類本三九八番歌（『校本』番号だと五一四）の作者名と作者注記の「無名　可尋」はII類本のみに存し、I類本は「無」、増補本系統は「無名」で「可尋」はない。藏中が引用部分の前で指摘するように、I類本の作者注記には明確な誤りも少なくなく、採歌資料の問題と、一次資料から清輔が抜き書く際の問題も生起していると思われる例もあり、情報の正確さに関しては疑問点が多い。ただし、情報の整合性の如何が、注記の記者が清輔かどうかの決定的な決め手になるとは確定できない。加えて、諸本間の注記の異同も甚だしい。

しかし、原撰本系統においても、それも新出の下巻部分も同じように、出典注記、作者注記が付されている。その全てを清輔が付したとか、あるいは全て後人が付したと考えるよりも、一部は清輔の手による注記があったと考えるのが穏当ではないだろうか。ここでは、清輔の手が一つも入っていないと断定する根拠は存しないことを、まず指摘しておくに留める。

原撰本系統でもⅠ類本とⅡ類本との間にも大きな注記の異同がある。Ⅰ類本には作者注記が多く、出典注記はほとんど見えない。原撰本系統諸本の注記を一覧すると左表のようになる。だが、書陵部本の出典注記には「勅撰一字」を参照したと思しき記述を含んでおり、基本的にはⅠ類本には出典注記は付されなかったと考えてよい。一例を挙げると、書陵部本三三八番歌に、

水花影瀉勅撰一字花影瀉水　　康資王母

しからみをよけてとゝめむ花のかけうつれる水はほかにちらさし

とある。「勅撰一字」（『一字御抄』のことであろう。）には「花影瀉水」題で入集しているという注記であるが、よほど細かく両書付き合わせなければこうした注記は記せないのではないかと思われる。

なお、書陵部本三三九番歌の歌題が「花影瀉水」であり、こちらと誤ったと考えたのかもしれない。

Ⅱ類本では作者注記の大半が削られるが、代わりに出典注記が大量に存している。現象だけ見れば後人の増補ないし抄出を疑うに十分であろうが、作者注記に関してはⅠ・Ⅱ類で共通するものもある。

	三康本（Ⅰ1）	谷山本（Ⅰ1）	書陵部本（Ⅰ2）	内閣文庫本（Ⅱ）
作者注記数	84	82	89	8
出典注記数	1	1	2	96（歌会表記含）

作者注記について詳細に検討する紙幅はないが、「頼氏」（一一三）はⅡ類本では「頼氏式部大輔」と書かれるが、Ⅰ類本では「中原頼長式部大輔」と示される。増補本系統書陵部本では「頼氏式部大輔」とあってⅡ類本と一致する。「中原」姓に関する注記の差異はあるものの、「式部大輔」という表記は一致する。しかし、該当する中原氏の人物は確認できない。

「素意法師」（三）では、増補本系統では「紀伊入道」とされるが、原撰本系統では内閣文庫本に「索紀伊入道」、書陵部本に「俗名重経素意法師」、谷山本・三康本では「素意法師俗名重経」である。内閣文庫本は「素」にも読める字形となっている。「紀伊入道」と「俗名重経」という原撰本系統での注記の異同が見られる。この対立は著者による改訂のあとを留めている可能性が高い。

一方、原撰本系統と増補本系統で注記が一致する例もある。「橘為通監物」（三〇一）は増補本も含め諸本間で作者名も注記も一致している。為通は『小右記』長和三年（一〇一四）一〇月二三日条に「橘為通」と見える人物であろう。卑官で他に和歌が見えない。また監物であった記録も管見に入らない。このような人物を「監物」と付すのは原資料の表記を継承した徴証ではないだろうか。Ⅱ類本には、出典注記と作者注記が共に付されているのである。

見花送日打聞　　　　橘為通監物

春毎に咲きぬちりぬと花をみて身のいたづらに老いにけるかな（三〇一）

遠山雪上科抄

よそにのみ吉野の山の雪とみて我が身のうへとしらずも有るかな（一一三）

頼氏式部大輔

このように『打聞』（良暹打聞）と『上科抄』の注記が、作者名注記と一緒に付されている歌が見える。これらは散逸歌集の作者名表記を継承した注記かと考えられる。「御堂三十講御歌合」の「平祐挙越中守」（一三六）では証本が現存し、「前越中守祐挙」という作者表記が確認できる。[10]「前」は脱落か。「五首俊綱会」の「義孝伊勢前司」（五一九）も、同様の現象であると認定したい。なお、原撰本系統を閲する限りでは、明確に清輔没後の官位注記と確定できるものは見つからなかった。

I類本の作者名と注記は、例外があるものの「姓＋名＋官職」という基本形をもっている。この注では「勘物」としては不十分であろうし（清輔本勅撰集に付与された勘物を鑑みれば、その情報量の乏しさが理解されよう）、依拠した資料の表記を流用したのではないかと思われる。また、下巻でも井上本や三康本といった中間本と増補本系統とが共有する注も存している。これらは鎌倉時代に本文が増補される以前から存在した注を継承したと考えても矛盾はない。こうした諸相から、現存する注記の全てではないにせよ、清輔がこれらの注記をII類本に施していた可能性は十分想定しうるものと考える。

四　出典注記の性質

次に出典注記を考えたい。I類本にはほとんど存しないため、II類本の内閣文庫本を考察の対象とする。(11) まずは出典注記を確認してみよう。歌番号は『校本』の番号を使用する。見やすさを考慮して、アラビア数字で示した。

〔勅撰集〕
拾（拾遺集）9 354
後拾遺 1
後（後拾遺集）55 83 85 110 117 144 159 278 283 287 288 296 377 389 473 485 503 531 553 569 574 578 586 592
同（後拾遺集）570 571 572
金（金葉集）8 16 23 25 34 50 57 60 73 74 96 131 157 161 164 174 187 229 255 263 271 279 328 345 358 365 372 375 387 394 417 452 464 465 512 539 594
詞（詞花集）97
〔私撰集〕
良暹打聞 6
打聞・丁聞 22 52 92 269 415 462 507 524
良山集 30
打聞仙集 37
哥合 45

良　102　323　373　468　494　509
上科抄　113
上　114
上々　133
玄々集　158
河原院歌合　260　510
河原院会　522
堀河院中宮哥合　306

〔左注を含む複数首包括型の注記〕

已上御堂歌合　137
已上御堂三十講哥合　138
皇嘉門院立后後始会　153
已上三首同座　348
以上同座　401
已上俊綱会　448
已上五首俊綱会　520

〔その他〕

関白殿蔵人所哥合　年号可尋　219

金於朱雀院詠之 222
七月七日詠之 431

以上のように、出典注記は『後拾遺集』『金葉集』が突出して多く、私家集は見えない。一方で散逸私撰集「良暹打聞」「良」「上科」「上」等の注記が存していることは既述のとおりである。また歌会・歌合の注記や、「七月七日詠之」といった詠作事情に関する注記も存在する。歌会の「已上」の部分は諸本で異同・書式の変更が大きい部分ではあるが、特に歌会に関しては証本の現存が確認できず、他出も確認できない。統一した基準で付されていないことは明白であろうが、注記の一部は信頼できる出典を示していると見てよい。

遠草漸滋堀川院中宮歌合　　無名

しかふへくなりもゆく哉きゝ子鳴かたのゝみのゝ萩のやけはら（三〇六）

この歌では「堀川院中宮歌合」が出典として記載されている。当該歌は『夫木抄』に取られており、同じ機会の歌とみられる歌がもう二例見られる。

嘉保三年三月堀河院中宮詩歌合、草漸滋　　読人不知

したふかくなりもゆくかな雉子啼くかた野のみのの荻のやけはら　　（夫木抄・六一三）

嘉保三年三月堀河院中宮詩歌合、旅宿暁鶯　　同

明けぬとていそぎ立田の山路にはうぐひすの音やせきの関守　（夫木抄・三五七）

次の例は内閣文庫本独自の注記である。

山路露深良　　師俊

夕きりにあさの衣てそほちつゝ冬木こりつむをのゝ山人（四九四）

この歌の他出もまた『夫木抄』にも確認できる。

家集、良玉　　大納言師俊卿

夕露にあさのさごろもそほちつつ冬木こりおくをのの山人　（夫木抄・八二六四）

これらの例から『夫木抄』と『和歌一字抄』の出典注記が共通することが認められる。だが『和歌一字抄』から『夫木抄』へ注記が写されたとは考えられない。『夫木抄』には「一字抄」の注記もあるので、『和歌一字抄』からの転記であればそう書くはずだからだ。またその逆に『夫木抄』をみた後人が『和歌一字抄』へ注記を写したならば、「夫木抄」の注記を付けなかった理由があるのか、また次にみるように出典注記が限定される理由がわからない。

こう考えてみれば『夫木抄』と『和歌一字抄』注記の出典名が一致するのは、撰歌資料が共通するからと考えるべきであろう。『夫木抄』は、清輔撰の散逸歌集『題林』を基盤としていると考えられており、(12)藏中も『題林』

と『和歌一字抄』との関係を想定している。(13)『題林』を増補して形成されたと考えられる『扶桑葉林』の一部が、冷泉家時雨亭文庫蔵『尚歯会和歌』として現存する。それは、『尚歯会和歌』をほぼ原資料のまま収載したものであった。ここから考えるに、『題林』も膨大な歌会・歌合の資料を類聚したものであったのではないか。(14)『夫木抄』と『和歌一字抄』の出典が一致する場合、同一の原資料を経由していると考えられ信頼できる情報である可能性が高い。

これら巨大な撰歌集から抜き書きしたものを媒介に、『和歌一字抄』に転用し、注記も原資料によって付したものと考えてみたい。

次に、実際に私撰集との他出状況を比較してみる。下巻まで調査するために増補本の本文により、歌番号は『校本』に従う。勅撰集と『続詞花集』までの私撰集類と勅撰集を比較した。

〔勅撰集〕

古今集　1059 1063 1071 1072 1081 1083 1086 1087 1094 1095 1103 1107 1118 1123 1162 1172

後撰集　1049 1050 1053 1068 1073 1084 1088 1091 1005 1088 1091 1105 1110 1113 1137 1156 1157 1159 1170

拾遺集　9 210 354 651 652 1097 1160 1161 1169

拾遺抄　9 210 651 652 1097 1160 1161 1168

後拾遺集　1 12 17 43 48 55 83 85 110 117 125 126 132 138 144 159 172 245 278 283 287 288 296 346 377 389 473 485 503 531 553 565 580 586 592 597 605 622 626 635 636 653 700 705 715 738 773 775 777 796 798 860 861 864 868 877 891 893 909 920 921 934 936 966 967 976 977 979 1006 1024 1032 1166 1186

金葉二　8 16 18 23 25 35 50 57 60 73 74 87 96 131 142 157 161 164 169 174 189 192 222 229 231 243 247 255 263 271 279 320 328 345 358

365 371 372 375 387 394 404 407 417 418 434 450 452 461 464 465 472 475 482 486 500 501 512 539 559 588 594 609 615 623 628 659 663 666 667 673 683 684 688 689 692 720 764 774 778 812 814 816 826 827 841 845 847 857 862 903 913 939 965 968 1147 1199

詞花集　97 153 158 240 258 395 546 641 643 678 691 702 714 717 750 751 1008 1034

千載集　22 118 152 156 181 291 298 360 385 393 505 532 544 587 599 613 677 842 906 983

〔私撰集〕

古今六帖　651 1039 1042 1045 1047 1048 1045 1050 1053 1058 1060 1064 1065 1067 1072 1073 1076 1077 1080 1081 1083 1091 1092 1094 1095 1096 1098 1099 1104 1105 1107 1108 1109 1111 1113 1114 1117 1118 1119 1111 1113 1114 1117 1118 1119 1120 1123 1125 1132 1133 1153 1155 1158 1160 1169 1170 1172

金玉　651

和漢朗詠　651 1169

玄々集　61 158 867

新撰朗詠　177 532 775 867 967 1032 1081 1094 1160 1169

後葉集　97 118 128 153 260 495 471 546 587 641 643 678 691 702 714 717 750 751 903 1007 1034

続詞花集　28 36 118 122 128 156 177 181 191 199 249 272 348 360 368 427 437 438 441 455 495 532 544 687 693 706 727 747 753 761 772 828 834 867 987 987 992 1005 1223

『古今集』、『後撰集』、また『古今六帖』等の書名も見えるが、すべて下巻末「証歌」部の歌である。「証歌」はそれまでの歌題索引的な用途とは異なる位相をもち、除外して考えたい。題詠歌の類聚である『和歌一字抄』に、題詠が発達する以前の歌が取られ難いのは当然で、『拾遺集』までの入集は極めて少ないのはそうした理由による。ここでも『後拾遺集』と『金葉集』の入集が圧倒しているが、しかし『詞花集』『千載集』への入集歌も少なくない。だが出典注記には『詞花集』が一首見えるのみで『千載集』は存しない。増補本系統には「裏書」や「新古今集」の注記を持つ歌もあるが、やはり『詞花集』の出典注記の増加や、『千載集』の出典注記は確認できない。

注意したいのは、次のように『千載集』の入集歌が、別の出典注記で示される場合である。

雨中落花打聞

長家卿

春雨にちる花みればかきくらしみぞれし空の心ちこそすれ（二二）

後朱雀院の御時、うへのをのこどもひんがし山の花み侍りけるに、雨のふりければ、白河殿にとまりておのおの歌よみ侍りけるによみ侍りける

大納言長家

はるさめにちる花みればかきくらしみぞれし空の心ちこそすれ

（千載集・春下・八二）

『千載集』では歌題が記されておらず、『和歌一字抄』とは別の撰歌資料に依った可能性が高い。この例を考える限りでは、後人が『和歌一字抄』の出典注記を勅撰集とつきあわせながら出典注記を付したとは考えにくい。

次に『続詞花集』との一致歌を検討したい。『千載集』と同様に、『続詞花集』の入集歌にも別の歌集の出典注記をもつ場合がある。

同良

資仲

水にうつる影のながるる物ならば末くむ人も花はみてまし（四二七）

この歌は同題で『続詞花集』に入集する。

花影写水と云ふ事を　　前大宰帥資仲

水にうつるかげのながるる物ならばすゑくむ人も花はみてまし　（続詞花集・春下・五二）

この二首では『続詞花集』ではなく『良玉集』（「良」）の注記が付されている。顕昭や季経といった六条藤家の歌人が他出注記を記したならば「続詞花」等と注するほうが自然ではないか。少なくとも「良」「打聞」は、後人による他出調査の結果ではないものと考えたい。

五　『後拾遺集』時代の私撰集

出典注記には、『詞花集』以降の勅撰集と『続詞花集』の注記はみられなかった。では、どのような私撰集が出典注記に付されたのであろう。『良暹打聞』、『上科抄』、『良玉集』を中心に確認したい。清輔の同時代資料として『和歌現在書目録』から、散逸したものも含めて、書名、撰者、成立事情などが伺える。

良玉集十巻。

八條兵衛佐入道顕仲撰之。金葉集撰之比。大治元年十二月廿五日撰之。

上科抄。（上下、上巻古人、下巻近代大江広経撰。）

良暹打聞

『良玉集』は『金葉集』撰の頃、大治元年（一一二六）一二月二五日に撰ばれた、藤原顕仲撰の私撰集である。近年、真名序の一部と奥書が発見されたが、歌集そのものは散逸している。[15]諸書に記述や入集歌が残り簗瀬による集成がある。[16]『上科抄』であるが、著者は大江広経。『勅撰作者部類』には「広経　四位伊賀守。遠江守大江公資男。至寛治三年」とある。広経は教長とも交流があったらしく、次の歌が『貧道集』に載る。

大江広経河原院にて水上月と言ふことをよませしついでに

くもはらふかぜとはなれどつきかげのやどれるみづのなみのさわぎよ（四二四）

また『後拾遺集』に一首入集。凡そ『後拾遺集』から『金葉集』時代にかけて活躍した人物と見てよいだろう。『作者部類』には「至寛治三年」とあるが、これは近年の研究が示すとおり、必ずしも没年とは考えられない。[17]『上科抄』の成立は寛治三年（一〇八九）より繰り上がる可能性がある。清輔も『袋草紙』等に引用している。

『良暹打聞』については、俊成の『古来風体抄』に後拾遺以前の私撰集の記述中に書名が見える。

又後拾遺より前、勅撰にはあらで私に撰べる集どもあまたあるべし、能因法師は玄々集といひ、良暹法師は打聞と云、また撰者誰となくて麗花集といひ、樹下集などいひてあまたあるを、後拾遺撰ぶ時、能因法師の玄々集をば、などにかありけん除けるを、詞花集には、勅撰にあらねばとて、玄々集の歌を多く入れたればにや

俊成が『詞花集』に『玄々集』の歌を多く入集させたことに注意を払っているように、勅撰集の歌が何を採歌源としているのかは重要な関心事であった。そして、『後拾遺集』前後に作られた多くの私撰集が顕輔、清輔の時代まで採歌源として利用されていたと述べている。『和歌一字抄』も、こうした時代動向が反映されている。

しかしながら、少なくとも『後拾遺集』『金葉集』時代の私撰集が集中して注記に組み入れられている点には、しかるべき意図を読みとりうるだろう。ただ、『麗花集』と『樹下集』は撰者未詳であったため除かれたのであろうか。

Ⅰ類本とⅡ類本の出典注記が清輔によって付されたと考えられるならば、出典注記の傾向を政治的状況の変化による本書の改稿と密接に関連する現象と考えることができよう。草稿本から改稿本への改訂を、藏中は次のように論じている。

従来からの研究通り『和歌一字抄』は崇徳院句題百首開催後、仁平年中にⅠの形態で草稿本的性格を残しつつ、一応の成立をみたと思われる。それは歌会における題詠の隆盛を敏感に察知した清輔が、《歌題中の文字から、その文字を含む歌題による詠を検索するための書物》という画期的アイディアをもつて編纂した、前代になき形の撰集であった。その入集歌人は自ずと題詠歌を多く残した先行歌人、俊頼、顕季、匡房、経信らが中心となるが、また、新院すなわち崇徳院の詠十一首を含む内容であった。この崇徳院への処遇は、恐らく『和歌一字抄』を奏覧、献呈することを視野に入れてのものであろう。（略）それゆえ、奏覧をも予期した未定稿本の形であったⅠから、崇徳院とその歌壇の色彩を薄めるべく努めたⅡの形態が生み出されたのではなかろうか。（中略）Ⅱで加えられた和歌には作歌年代の新しいものは避けられ、詠者の呼称もそのままに、あたかも仁平年中成立の如くに改訂は進められた。ここには撰者清輔の保身の姿勢が窺えるようにも思われる。[18]（傍線：梅田）

ここで指摘される改稿による崇徳院歌壇色の逓減は、鶴見大学蔵本によれば院からの直接の仰せであることで否定されうるだろう。[19] しかし、草稿本から改稿本への出典注記の変化については奥書には記されていないので、これは改稿そのものと相互に関連する現象だと考えることができる。もし清輔が自身や一族の和歌詠作のための証歌集として出典注記を施したのなら、より徹底して出典や作者に対する注や勘物を付したはずである。注記の不徹底さは清輔による注ではない論拠にもなってきたが、改稿に伴って清輔が付したという前提に立つならば、異なる見方ができる。

推測するに、これらの出典注記には崇徳院歌壇色を薄める効果が期待されたのである。藏中は仁平年中成立を偽装するかのように改訂が進められたとするが、それより以前の詠作を目立たせる意図もあったのではないか。『後拾遺集』『金葉集』時代の撰歌集に集中する注記を付すことで、あたかも採歌源が『後拾遺集』『金葉集』時代の秀歌に集中しているように印象付けようとしたのである。[20]

六　『和歌一字抄』はどう読まれてきたか

この「歌集の印象」という問題を別の角度から考えたい。『和歌一字抄』は、歌題索引付歌集という前例をみない性格だけではなく、秀歌集としても読まれてきたことを、井上宗雄は次のように述べる。

一見して私撰集のようにみえるが、主たる目的は作歌の便宜に資する所にあったと思われる。あるいは作歌と共にその字の使われた先縦を、和歌調査において探るため、ということがあったかと想像される。その意味では作歌手引き書といってよく、広く歌学書の範疇に入るのであろうが、「桑華書志」所載「古蹟歌書目録」（尊経閣文庫蔵）には「第六　私撰集　一字抄一部　四帖」とみえ、また『私所持和歌草紙目録』（冷泉家時雨亭文庫蔵）にも「打聞」（私撰集）の中に「一字抄」があるのは形態が私撰集にみえるからであろう。[21]

また日比野浩信も、井上論を受けて次のように記す。

『和歌一字抄』は、『古蹟歌書目録』には「私撰集」、『私所持和歌草紙目録』にも「打聞」として記載されており、その形態から歌集として扱われていたらしいことは、小さからぬ意味を持つ。観賞に足る秀歌撰として享受された可能性を示唆することになると考えられるからである。現代の我々は、それぞれの歌について、それが優れた歌であるか否かの判断がし辛い。しかし、秀歌撰であれば、そこに採録される歌は、単なる用例ではなく秀歌と認めてよかろう。多くの「歌学び」的用途に供されたであろうことも推察されよう。（略）また、同時に、『和歌一字抄』が単なる既成撰集資料からの抜粋などではないことが自明であり、清輔撰の私撰集としての意味をも持ち合わせていることになる。(22)

井上が題詠の際の「作歌の便宜」、日比野が「歌学び」の用途を想定するように、『和歌一字抄』は実用的な歌学書であったと指摘されてきた。『古蹟歌書目録』等を手がかりに、秀歌撰としても読まれていたことも指摘される。

これは「歌題を検索して読むか（則ち頭から読まないか）」「秀歌撰として頭から読むか」の違いとして理解できる。

『和歌一字抄』が「作歌」や「和歌調査」のための歌題索引兼詠作用証歌集として利用できるのは、「目次と標目の対応」という他の歌集にはない機能が付与されてるからである。

図版は内閣文庫本である。右の丁裏は目次の末の部分で、標目の漢字の下に通し番号や副標目が掲げられている。本文には目次と対応する標目と番号が掲げられており、その題で読まれた歌と作者が記される。

この目次と本文の標目が対応するため、目次からの「歌題の漢字による検索」が可能となるのである。多くの

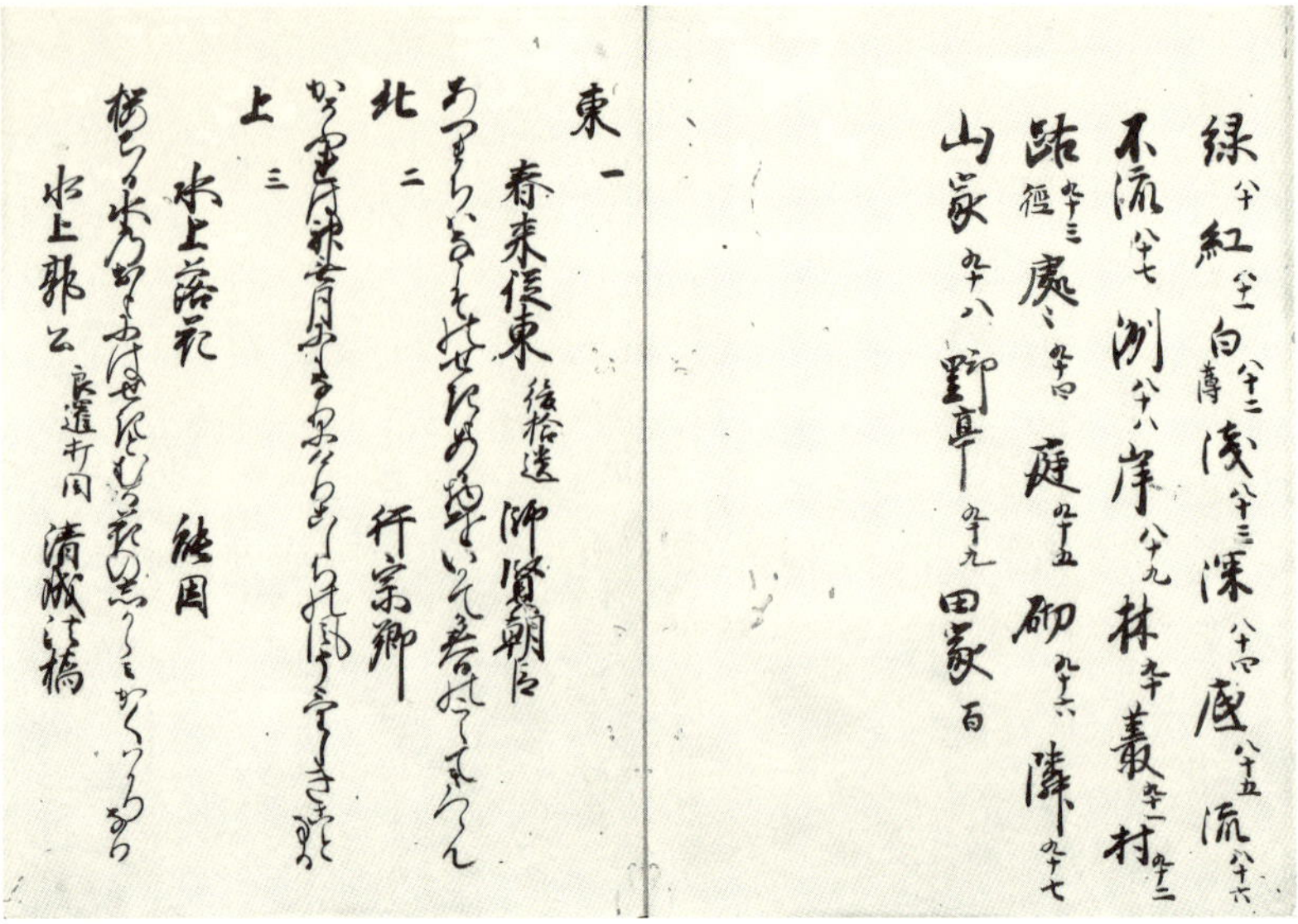

↑本文開始丁　↑（目次末）

図24　内閣文庫本

諸本は目次を有するが目次を持たない本もある。

図24・25は架蔵本である、本写本は井上宗雄旧蔵で翻刻も存する。[23] 該書は下巻のみの零本であるが、外題はなく、一丁表に直書で内題が書かれ「三十六番相撲立詩歌」と記す。なお基俊に同題の書があるが無関係である。次の丁から歌が始まり目次はない。つまり目次の「題」からは歌題を検索できない「歌集」なのである。

『和歌一字抄』は、目次と標目が存する状態ではじめて「歌学書（詠作手引き書）」としての利用が可能なのである。逆に「目次と標目」に注意しなければ秀歌撰として読むことができる。清輔自身も、秀歌撰と歌題索引証歌集の両様の性質を持たせる採歌と工夫を心がけていたとみてよいだろう。先に述べた注記の操作による「印象」は、書物内容全体を把握してはじめて感得されることである。完全に詠作手引き書としての利用のみを考えられていたならば、こうした操作は無意味なは

三十六番相撲立詩歌

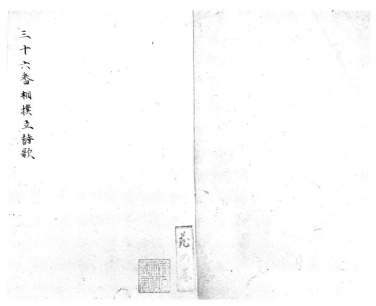

図25―1　架蔵本内題

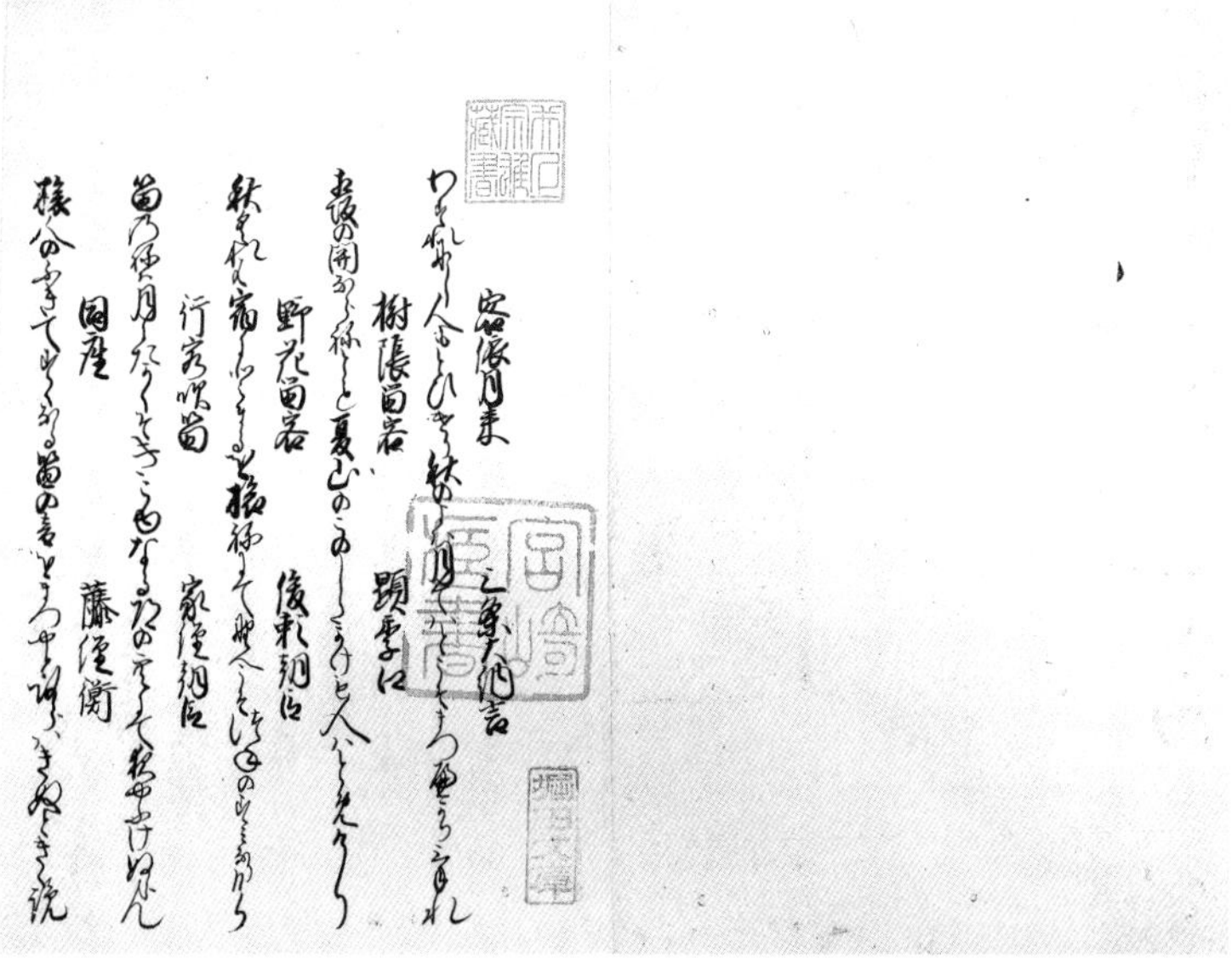

図25―2　架蔵本本文開始丁

ずだから、『和歌一字抄』には当初からある程度は秀歌撰としての性質が認識されていたと考えられる。そして、目次の欠脱が発生する本があることは『和歌一字抄』が秀歌撰として享受されていた証左ともなるだろう。『和歌一字抄』とは、読み手が求める利用方法により、歌集と歌学書の間を揺れ動く書物なのである。外題・内題は「一字抄」とある諸本が多いが、書名から歌題を「一字」で引く本であると認識されていたかはわからない。というのも、「漢字一字から歌題を引く」性質の書物は例がなく、享受者にはそのコンセプトが理解されにくかったのではないか。鎌倉時代には歌題の検索に特化した便利な歌学書として新古今歌人の詠作が増補されるのだが、同様の性質をもつ書物は後水尾院の撰にかかる『一字御抄』まで待たなければならず、漢字一字引きの撰歌集は一般的な歌学書の規格とはならなかった。

諸本を見る範囲では、標目や目次といった〈構成〉を増補・改変するといった構造にかかわる大規模な改変が幾度も行われた形跡は認められない。つまり、標目となる漢字を増やすといった「検索の利便性を向上させる改変」が行われなかった。その一方で例歌の増補や抄出が行われ、出典注記などが施されていた。時代が下れば、丹鶴叢書本のように出典頭注の増補や標目類の書式の変更も行われるようになる。

『和歌一字抄』とは、その特異なコンセプトと政治的な状況に対応した複雑な性質を持たせられたが故に、作者と享受者の操作が、一書の様々な側面を浮き彫りしながら変容していく書物なのである。こうした様相の詳細については増補本系統の諸本の問題と共に今後の課題であるが、『和歌一字抄』という書物の複雑な異本関係は、書物のコンセプトとその享受の様態の在り方を示している。

注

（1）増補本系統の分類には、中村康夫「藤原清輔編『和歌一字抄』原撰本系統の校本作製の試み」（『国文学研究資料館紀要』二〇、国文学研究資料館、一九九四・三）において中村による未刊行の論に依拠しているとある。増補本系統諸本についての翻刻や紹介は妹尾好信、日比野浩信らによって進められており、『古代中世国文学』一八（広島平安文学研究会、二〇〇二・一二）では『和歌一字抄』についての特集が組まれている。

（2）井上宗雄「原撰本『和歌一字抄』について」（『立教大学日本文学』四四、立教大学日本文学会、一九八〇・七）、同「藤原清輔伝に関する二、三の問題と和歌一字抄と」（『国文学研究』二五、早稲田大学国文学会、一九六二・三）。

（3）伊井春樹「伝後光厳院筆『和歌一字抄』の本文」（島津忠夫先生古稀記念論集刊行会編『日本文学史論　島津忠夫先生古稀記念論集』世界思想社、一九九七）。藏中さやか「「古き詞」へのいざない――『和歌一字抄』、『袋草紙』証歌群をめぐって」（『藤岡忠美先生喜寿記念論文集　古代中世和歌文学の研究』和泉書院、二〇〇三）。

（4）日比野浩信「原撰本『和歌一字抄』下巻」（『愛知淑徳大学国語国文』三九、愛知淑徳大学国文学会、二〇一六・三）。

（5）伊倉史人「『和歌一字抄』原撰本の成立――鶴見大学図書館蔵清輔奥書本の紹介と考察」（『国文鶴見』五二、鶴見大学日本文学会、二〇一八・三）。

（6）井上注2前掲論文。簗瀬一雄『簗瀬一雄著作集三　中世和歌研究』（加藤中道館、一九八一）。

（7）藏中さやか『題詠に関する本文の研究　大江千里集・和歌一字抄』（おうふう、二〇〇〇）、同「平安末期における題詠法、素描――歌題と和歌表現の連接」（片桐洋一編『王朝文学と本質と変容　韻文編』和泉書院、二〇〇一）。また、注記に関しては井上注2前掲論文も言及している。

（8）藏中注7前掲書「第二章一節　原撰本『和歌一字抄』上巻の基礎的考察」。

（9）藏中注7前掲書。

（10）長保五年（一〇〇三）五月一五日左大臣家歌合。（歌合大成　一〇九）。

（11）小内一明「紅葉山御文庫本　和歌一字抄（内閣文庫蔵）（翻刻）」（『日本文学研究』四、大東文化大学日本文学研究会、一九六五・二）に詳しい。尚、小内は諸本の内題及び書目類から『和歌一字抄』は「一字抄」が原名だったかと指摘する。
(12) 小川剛生「古歌の集積と再編――『扶桑葉林』から『夫木和歌抄』へ――」(夫木和歌抄研究会『夫木和歌抄 編纂と享受』風間書房、二〇〇八)。
(13) 藏中注7前掲書。
(14) 冷泉家時雨亭叢書『和漢朗詠集　和漢兼作集　尚歯会和歌』(朝日新聞社、二〇〇五年)。『尚歯会和歌』は零本であるが巻頭に「扶桑葉林」の内題があり、大部の著であった「扶桑葉林」の一部であったことが知られる。小川注12前掲論文参照。
(15) 久保木秀夫『中古中世散佚歌集研究』(青簡舎、二〇〇九)。
(16) 簗瀬注6前掲書。
(17) スピアーズ・スコット「『勅撰作者部類』注記考――「至～年」は何を意味するのか」(『研究と資料』六一、「研究と資料」の会、二〇一一・七)、小川剛生「五位と六位の間――十三代集と勅撰作者部類」(『軍記と語り物』五〇、軍記の語り物研究会、二〇一四・三)。
(18) 藏中注7前掲書。
(19) 伊倉注5前掲論文。
(20) 「已上」型の歌合・歌会注記も同質の効果があったものであろう。また「詞花」が一箇所あるが、これも清輔の手によるとみても構わないと思われる。藏中氏も指摘する通り改稿の目的は「崇徳院歌壇色」の「逓減」であって「消滅」ではないからである。
(21) 和歌一字抄研究会編『校本和歌一字抄 本文編』(風間書房、二〇〇四)。
(22) 日比野浩信「和歌一字抄――「歌遊び」の具現――」(『国文学　解釈と教材の研究』五〇―四、學燈社、二〇〇五・四)。
(23) 文弥和子「花の屋旧蔵和歌一字抄 井上宗雄氏蔵(翻刻・解題)」(『日本文学研究』八、大東文化大学日本文学研究会、一九六九・二)。

第三部　院政期の諸文化と歌学

第一章　藤原顕方

――六条家歌人の一側面――

一　生涯

『詞花集』撰者、藤原顕輔の子息の中で、おそらくは長子であったであろう人物に藤原顕方がいる。すでに井上宗雄により生涯の事蹟が拾われているものの、(1)まとまった研究は存せず、その和歌についてはほとんど無視されてきた。私家集もなく勅撰集撰者になるなどの目立った業績はなく、官位も不遇に終わったこの凡庸な一貴族は、清輔が頭角を現わす前の六条藤家傍流の一人、あるいは単にその家員としてのみ、ごくわずかに言及される程度の存在である。

しかし、顕方は顕輔の長男であり、清輔とは共に高階能遠女を母とする同母兄弟である。『詞花集』の撰進に助力した業績もあるらしく、歌壇への影響は小さいとはいえ、六条家歌人の一人として無視できない存在なのではないか。

顕方は初め顕時と称し、顕賢とも表記される。『後葉集』、『続詞花集』、『千載集』では顕方の表記で一貫しており、本章でも顕方と呼ぶことにしたい。『千載集』に三首、『続後拾遺集』に一首入集する他、同時代の私撰集には『後葉集』に一首、『続詞花集』に六首入集が確認できる。詠作数は重複を除き一三首ほどが拾い出せるものの、晴儀の歌合・歌会に出詠した形跡はなく、また歌学書のような著述も残らない。

なお、子息に実顕がいたが出家して山門に入り、在俗時の事蹟は確認できない。『僧歴綜覧』(2)に「寿永二年（一一八三）法橋。山。三位。四十八（残）」、「元暦二年（一一八五）法眼。六十一。五十（残）」とある。ここから逆算すると、天治二年（一一二五）の生まれとなる。歌歴としては、承安二年（一一七二）秋に行われたらしき『法輪寺歌合』への出詠が見られる。証本は残らないものの『平安朝歌合大成』〔三八六〕では『夫木抄』の記述から判者を清輔としている。兄の子息という縁故から判者に招かれたものであろう。清輔と顕方のつながりの深さを考える上で興味を惹かれる歌合である。

顕方の経歴をまとめておく。清輔は嘉承三年（一一〇八）に生まれており、顕方は同年以前の出生であろう。実顕の推定年齢を考えると清輔とは少し年が離れていたかもしれない。元永元年（一一一八）には中宮璋子の少進となり、三月に六位蔵人となった。長承三年（一一三四）九月一三日『顕輔家歌合』に「顕時」の名で出詠するのが、確認できるもっとも早い和歌事蹟である。天養元年（一一四四）六月二日に顕輔は『詞花集』撰進下命の院宣を受けるが、顕方もその撰集作業を手伝ったことが顕昭の『詞花集注』に見える。久安五年（一一四九）『右衛門督家成家歌合』に「散位顕方蔵人大夫」として出詠。『夫木抄』によれば、同年七月に催されたと考えられる「山路歌合」にも出詠している。仁平三年（一一五三）の「教長家二十五名所歌会」に参加した(3)。保元元年（一一五六）ごろ『後葉集』が成立し、一首入集。同年五月に顕輔が没した。井上の考証では保元三年（一一五八）末まで信濃守を勤め、『山槐記』保元四年（一一五九）元日条に「炎上四条大宮信濃前司顕方宅也」とあって、これが確認できる最後の事蹟である。永万元年（一一六五）成立の『続詞花集』に、他の資料には見えない和歌が五首が見える。官位は五位で終わったと考えられ、正四位上に昇った清輔よりも官位は不遇であった。しかし顕方には『詞花集』撰進への助力という、無視のできない事蹟が存する。次は顕昭『詞花集注』の一節である。

ワビヌレバシヒテワスレムトオモヘドモコヽロヨワクモオツルナミダカ（二〇三）
　ワビヌレバシヒテワスレムト思ヘドモ夢テフモノゾ人ダノメナル
　ツレナキヲイマハコヒジトオモヘドモコヽロヨワクモオツルナミダカ
此両歌ノ上下句トリアハセタル歟。忠兼・隆縁等、子息ニハ顕方・清輔等、古歌ナドヲバオノ〳〵検中侍シニ、イカニ此歌ノ沙汰ハヽベラザリケルニカ。

被注歌を『古今集』歌二首の取り合わせと難じる本条では、この歌を入集させた顕輔のみならず、撰集に助力した者たちの能力に疑問を呈している。その内の一人に顕方がいる。逆にいえば顕昭は、顕方・清輔らには本来なら古歌の混入錯誤を検知しうる程度の歌学的知識が備わっていたはずと考えていたのであろう。

顕方が出詠した歌会や歌合は、ほとんどが六条藤家の関係者による私的な機会である。贈答歌も確認できず判者になった記録もない。ただ「教長家二十五名所歌会」への出詠は特異な事蹟で、人員構成から見ると同会への出詠は清輔の手引きかと推測される。

このように、目立つ事蹟はなく活発な歌壇活動も行わなかった人物であると評してよいと思われる。しかし、こうした地味な歌歴は、同時代の歌人や歌学者たちと交流し、また激しい論戦を繰り広げた清輔や顕昭とは異なる価値を顕方に与えている。顕方は父祖や家族の手の届く範囲で和歌を学び、実践してきた可能性が高い。換言すれば、純粋培養の六条歌人とでもいえようか。六条藤家内部における和歌のあり方を考察するのに好適な人物なのである。

私的な歌会のみに出詠してきた顕方は六条藤家内部において受けた和歌に関する薫陶や教育を、清輔や顕昭よりも純粋な形で継承しているのではないか、という想定ができる。すでに述べた通り、顕方は和歌に対して熱心ではなかったからこそ、顕方の詠作を研究することに二つの意義を見いだしうる。

一つ目は、顕輔による子息への六条藤家内の和歌詠作の実相を解明する契機になりうること。顕方が清輔よりも歌合の出詠が早いのは、顕方が積極的に歌合に出詠したがったのではなく、顕輔の手引きによるところが大きく、初期には六条藤家歌人として期待されていたのであろう。そして、歌合に出詠する以上は顕輔や同時代の六条藤家歌人たちから和歌の手ほどきを受けていたと考えられる。それはどのようなものだったのか。

二つ目は、顕方の詠作を探ることで、顕輔から顕方・清輔にどのような和歌教育が行われたのか、ひいては何が継承され何が継承されなかったのかを推測する手がかりができることである。清輔や顕昭の言説から考えられてきた、顕季、顕輔による和歌の詠み方の指南がどのようなものであったのか推測してみたい。

二　詠作

顕方の詠作に顕著な特徴を検討したい。既述のように、詠作は都合一三首確認できる。歌歴は長承三年（一一三四）から仁平三年（一一五三）に至るおよそ二〇年で、とりわけ久安年間に和歌事蹟が集中する。年次順に丸数字の歌番号を付し、左に全歌を集成しておく。

①天の河雲の梯とだえしていかでか月のすみわたるらん

（長承三年顕輔家歌合・月九番右勝・一八／袋草紙、夫木抄）

②時雨にはかへる袂もあるものを色はえまさる衣手の森

（長承三顕輔家歌合・紅葉九番勝・四二）

③逢ふ事の跡たえてなき恋路には入るよりまどふ物にぞ有りける

（長承三年顕輔家歌合・恋九番負・六六）

④天の河やそせの浪やあらふらんきよくもすめる秋の月かな《よの月》

（久安五年右衛門督家成家歌合・秋月四番右・八／続後拾遺集）

⑤いのちあらば秋には又もあふべきに身にかふばかりをしきなになり

（久安五年右衛門督家成家歌合・九月尽四番右・三四）

⑥人しれずおもひいれどもあづさ弓ふすよなければ夢を《に》だにみず

（久安五年右衛門督家成家歌合・恋四番右・五四）

久安五年七月山路歌合、雪

⑦あらてくむしづの松がき花さきてあな面白の雪のあしたや

（夫木抄・一五〇一七）

むろのやしま

⑧たえずたつむろのやしまの煙かないかにつきせぬおもひなるらん

（後葉集・雑一・四八六／続詞花集・雑上・七六〇／千載集・三句「けぶりだに」）

⑨浅茅原あれのみまさる故郷に匂ひかはらぬ花桜かな

⑩あまのがはおなじせよりはわたれどもかへさは袖やぬれまさるらん（続詞花集・春下・五五）

⑪鶯のなかぬばかりぞうめの花にほひは春にかはらざりけり（続詞花集・秋上・一六五）

⑫我が恋はとしふるかひもなかりけりうらやましきは宇治の橋守（続詞花集・冬・三一二）

　恋の心をよめる

⑬うきせにもうれしきせにもさきにたつ涙はおなじ涙なりけり（続詞花集・恋上・五一七／千載集・恋二・七二九）

　題不知

（続詞花集・恋下・六三九／千載集・雑中・一一一七／千五百番歌合・千三百二十七番判詞）

①から⑦までは詠作時が判明するが、⑧以降は『続詞花集』所収歌で他出もみえず、詠作年次は確定できない。『千載集』に取られる詠はすべて『続詞花集』と重複する。入集歌六首のうち⑨や⑪や⑬など述懐性が濃厚な詠が残されていることは注目される。以下、所詠の分析に入る。

三　歌風

まず①⑧⑨⑪⑬は、先行歌の表現をとったと認定できる。

漢晴無雲といへる事を

①　あまのがはくものかけはしかきたえてなにより月のすみわたるらん
（金葉集初度本・秋・二九〇・瞻西）

⑧　たえずたつむろのやしまのけぶりにもなほたちまさるこひもするかな
（元永元年内大臣家歌合・恋・一番左・四九・摂津／袋草紙、袖中抄）

⑨　雨にいとどあれのみまさるふるさとに思ひもかけぬたますだれかな

ぬしなくてあれのみまさるやまざとにさかりと見ゆるはな桜かな
（定頼集・三九）

⑪　鶯のなかぬばかりぞうづみ火のきえせぬ宿は春めきにけり
（六条修理大夫集・一〇六）
（堀河百首・炉火・師時・一〇九七）

⑬　物思ひ侍る頃、やむごとなき高き所より問はせたまひければ

うれしきもうきも心はひとつにてわかれぬ物は涙なりけり
（後撰集・巻十六・雑二・一一八八・よみ人しらず）

傍線を付した箇所が参考にした部分で、波線は類似性が弱いものの、一首の中での働きが類似する部分である。①のようにほとんど同じ語句を使って構成したものや、⑧のごとく上句を丸ごと摂取する歌が顕著な例であろう。⑨⑪のように二句以上を摂取する歌も目立つ。これらは、名詞や動詞といった自立語部分だけでなく、語尾の処理や付属語の配置をも共通させており、先行歌摂取の度合いが大きい。⑨は祖父顕季の詠を下敷きとしたもので、

これも同様の技法で処理している。

顕方は、先行歌の趣向をそのままに、一首の主部となる歌の内容を規定する語句を自詠に取り込んでいる。⑧を分析すると「たえずたつむろのやしまの煙」と初句に読み込むことで、それが下の句の内容を強く規定する。常に立ち上っている室の八島の噴煙という情景を上の句で示されるだけで本意が確定してしまう。尽きることの無い恋情や、さらに激しく吹き上がる恋の思いを下の句で詠み込むことになるのである。同じことは⑪にも言える。「鶯のなかぬばかりぞ」と詠みだすことで、二句目以下は春の到来を待ちわびる内容を詠むことになる。斬新さを生み出しにくい先行歌摂取の技法であり、先行歌の趣向をそのままに展開する詠作である。

これと関連する第二の特徴として、歌ことばや歌枕への関心が挙げられる。①「鵲の橋」、②「衣手の森」、⑧「室の八島」、⑫「宇治の橋守」などがみえる。とりわけ「宇治の橋守」は、六条藤家関係者に多用された表現として注目され、清輔が強い関心をもっていたことに注目したい。『奥義抄』下巻「さむしろに衣かたしきこよひもやわれをまつらむ宇治のはし姫」(六八九)の証歌に、同じく『古今集』の「ちはやぶる宇治の橋守なれをしぞあはれとは思ふ年のへぬれば」(九〇四)を挙げ、「神をひめ、もりということつねのことなり」と記す。清輔にも「宇治の橋守」を詠んだ次の歌がある。

松殿関白宇治にてかはの水久しく澄むといふことを、人々によませさせ給ひけるに

年へたるうぢの橋守こととはむいくよになりぬ水のしらなみ

(清輔集・三一〇／宇治別業和歌、新古今集)

嘉応元年(一一六九)藤原基房の宇治別業において開かれた歌会での詠である。『八雲御抄』『正徹物語』などに説話が残る一首で、清輔一人がなかなか詠み出さず、一句ずつ詠じて秀歌の誉れを得た作として著名である。

二句目に「宇治の橋守」と詠まれることについて、『清輔集新注』[(4)]は、『古今集』九〇四番歌の「宇治の橋守」が、清輔本では「宇治の橋姫」となっていることと関連させ、「この本文で読んでもよかったであろう」と注を付ける。石川泰水は、定家本との比較検討と清輔の実作とを検討し、清輔本における「宇治の橋姫」の本文選択は、『古今集』本文決定に際して躊躇を示唆するものとするが[(5)]、「宇治の橋守」の本文もまた、六条藤家において『古今集』由来の歌語として認識されていた可能性が高い。

清輔の手になる『続詞花集』は、「宇治別業和歌」の前、永万元年（一一六五）までに成立しており、この顕方の詠は『続詞花集』に取られている。「宇治の橋守」は、他に教長が二首、また同じく「宇治別業和歌」において俊成が二首詠んでいる。新古今時代には「宇治の橋姫」が流行する。しかし、顕方と清輔の詠作上の歌語選択の認識が共通している例として、この表現をあげることができるのである。

四　六条藤家

こうした先行歌の摂取の技法を顕方は生涯を通じて使い続けており、「宇治の橋守」をはじめとする歌枕への興味は清輔と共通するものも見出される。

だが、こうした先行歌摂取の技法そのものは同時代において珍しいものではない。例はいくつか挙げられるが、浅田徹は崇徳院が『初度百首』を詠んだ初学期において『堀河百首』などの表現を踏襲することを指摘し[(6)]、『右衛門督家成家歌合』で顕方と番えられた隆季も『久安百首』を詠んだ時点で「先行歌の表現に拠る部分が多いように思われ」、さらに顕輔、教長らも同様の歌を詠んでいると指摘されている[(7)]。教長においても、「句取り」の技法で先行歌（とくに『古今集』）を摂取していたことが黒田彰子によって論じられている。(8)先行歌摂取はひとり顕方のみの問題ではなく、院政期の和歌実作においては先行歌を如何に利用していくのかが、詠作上の問題となっていた。先行歌をまるごと摂取するのか、ごく一部摂取するのか。先行歌摂取をめぐる認識は後に「本歌取り」へと進展する契機を含んでいた。しかし、顕方詠①や⑧は、歌の半ば以上まで歌語をとり、一読してもやや摂取が過剰であるように思われる。ここで想起されるのは清輔の『奥義抄』盗古歌証歌の技法であろう。

盗古歌証歌に関しては渡部泰明の論文があり、題詠のための技法であること、清輔が実作に応用していたことなどが指摘されている。(9)六条藤家歌人にとっても利用された技法のようで、清輔は祖父顕季の詠作を以下のように掲載している。

拾　日くらしにみれともあかぬもみちはゝいかなる山の嵐なるらん　長能

金　時雨つゝかつちる止まん紅葉はをいかにふく夜のあらしなる覧　顕季卿

また、「以下哥已取半」として、曾祖父隆経の詠作も取られている。

同　さ筵はむへさえけらしかくれぬのあしまの氷ひとへしにけり　頼慶法師

玄々　たかせ舟棹の音にそしられける葦まの氷ひとへしにけり　隆経朝臣

清輔は「歌を盗む」ことを「名をえたらむ人はあながちの名歌にあらずは、よみだにましては憚るまじきなり」と先行歌に勝る歌がよめる高名な歌人の技法と捉えるが、『袋草紙』雑談に伝える顕季の説は「歌よみは万葉よく取るまでなり。これを心得てよく盗むを歌読みとす」とあり、同じく閑院流の公実にも古歌を盗んだ説話が残る。先行歌摂取は『新撰髄脳』、『俊頼髄脳』などにも見える話題であり、顕季以前から、先行歌を意識することはむしろ当然の詠作態度であった。このような状況の中で、先行歌摂取は自覚的に六条藤家においても、隆経、顕季、顕輔に利用された技法であった。清輔は盗古歌証歌として、その中でも優れた例歌を収集した。盗古歌は意識的に利用された詠作技法だった。

顕方が積極的に先行歌を句まで取る手法で詠んだのは、盗古歌の詠法が一般化しており、事理の通じた一首を読むために利用したのだろう。先にも述べたように顕方は歌人としての活動は活発ではなく、清輔が述べるような「名をえたらむ人」であると自認していたとは考えにくい。

この事態を顕方をとりまく歌壇的状況から考えてみる。顕方が歌合に登場した長承三年（一一三四）『顕輔家歌合』は顕輔が顕季没後に催した最初の規模の大きな自家歌合であった。[10] この歌合で顕輔の子息である顕方が歌壇に登場するのは少なからぬ意味があった。まだ顕輔も歌壇の泰斗という立場ではなかったらしく判者を基俊に依頼している。清輔は『袋草紙』下巻、古今歌合難では当該歌合の月・十五番の歌判で基俊が歌病によって勝負を決していることを非難しているものの、顕輔にとっては今後の六条藤家の歌道家としての趨勢を占う歌合であったことは間違いない。歌合の後、顕輔は基俊へと歌を送り、返歌を受け取っている（顕輔集・五九、六〇）。

こうした意義のある歌合において、顕方が①のような、先行歌とほぼ同じ歌を持ち込んだのは、ただの初学者の不注意ではない。しかもこの歌で勝をとり、二勝一負の成績を得ている。

その後、久安五年（一一四九）の「山路歌合」では、重家、顕昭らが歌合に出詠したと考えられ、同年の『右衛門督家成家歌合』では、重家、清輔（隆長）、顕方の三名の子息が出詠している。

保延年間に四度行われたと考えられている家成家での歌合は久安五年（一一四九）以降開かれなくなる。久安五年『右衛門督家成家歌合』は、顕輔による判詞と判歌が付されている歌合である。判歌の一つが『続詞花集』の戯咲に取られており、笑いの絶えない身内の歌合であったかとも思われるが[11]、判者の顕輔にとっては一族に対する和歌教育的な位置づけもあったのではないだろうか。この時期は、六条藤家にとっても世代交代の時期にもあたる。この歌合の意味を子息詠の歌と判の両方から考えてみたい。まず清輔の歌と判を見てみたい。

五番　左　少将家明朝臣

はれわたるみどりの空のきよければくもりなくみゆ秋の夜の月（九）

右　散位隆長清輔本名

さざなみやしがの宮こはあれにしをまだすむ物は秋の夜の月（一〇）

左歌、くもりなくみゆとはべる程こそ、にはかにとまりたる心ちすれ、右歌はあしからねども、さざなみやおほつのみやをきてみればかすみたなびき宮もりもなし、とぞ万葉集にははべる、さざなみのみやこ、とはよめらん事はいまだ見たまはず、その難はべるまじくは、歌がらまさりてや

さざなみやおほつの宮はみしかどもしがのみやこはいづこなるらん

清輔の歌は、「さざなみや―志賀」の枕詞を用いてから、荒都の情景に秋の月をとりなした歌である。顕輔の判は「さざなみやしがのみやこ」という措辞を認めていない点不審があるが、注意したいのはその内容を詠み込んだ判歌を付していることである。『万葉集』の例歌を正確に利用していないことを指摘した判歌で、和歌に対する知識の不足をなじるような含みを感じさせる。

また、重家に対しては教導的な言い回しがみえる。

一番　九月尽　左　権中納言

秋の行くみちしりたらばけふばかりをしむ心とまどはざらまし（二二三）

右　重家

とどまらぬ秋こそあらめいかでさはくだくこころをおもひかへさん（二二四）

左歌、みちしりたらばといへる程こそくちづつにきこゆれ、天徳四年内裏歌合に、春の行くとまりししるき物ならばわれもふなでておくれざらまし、といふ歌にこそはべめれ、右歌、くだくこころとぞいはまほしき、くだく心とはわが心とくだくとや《さとくだかむやうにぞきこゆる》、こころざし、はや持なり

　くちづつによのふる事をいふよりはこころくだくやおもひますらん（二二五）

重家は「くだく心」の措辞をもつ歌を『重家集』に二首収めている。顕輔は「くだくる心」と読むべきであると述べているが、この措辞をもつ歌は同時代にはない。やや意が通じることを求め過ぎている判であるように思われる。用例が見いだせず音数もずれる「くだくる心」がよい、というのは子息に対する教導的な判を付したかったからではないだろうか。

　また、重家と番えられた忠雅の歌「秋の行くみちしりたらばけふばかりおしむ心とまどはざらまし」について、判では『天徳四年内裏歌合』の類想歌であることが指摘されている。判歌はそれを「よのふること」と取り込み、さらに「こころくだくやおもひますらん」と重家詠の瑕疵を下句で詠み込みつつ「思い増す」つまり、優れているのは右歌であると示す。左右の判を一首に詠み込んだもので、よりよい言い回しが望まれるものの、重家の詠を勝としている。

この歌合では、顕方の和歌はほとんど評価されていない。すでに所詠はとりあげたので割愛するが、「右の歌、さやうの事はみえ侍らず」（八）、「さてもありぬべし。終ての文字ぞ、なぞなぞ物語をみるによみたる心ちすれども」（三四）、「右歌、ふることとなればにや、なだらかにはべめり、あたらしきより、ひつくは」（五四）といった低い評価である。それは先行歌を取ったとしても事理の通った一首を構想することができず、「さやうの事はみえはべらず」とか、「なぞなぞ物語をみる」ような気持ちにさせるような歌ばかり詠んでいたというのである。久安年間ごろから顕輔息たちが六条藤家系の歌合等に参加が確認されるようになるが、顕輔は顕方の和歌に対して、歌道家の後継者として期待しうる素養を感じることはできなかったのだろう。

五　顕輔、顕季の歌説

この後、顕方の歌歴はほとんど追跡できない。顕輔に認められなかったことを含めて理由はさまざまに考えられるが、やはり和歌に対する知識、技能、情熱がなかったのであろう。顕輔には歌道家を任せられるほどの人材には見えなかったようであるし、また顕方・清輔の兄弟よりも重家以下の子息を重用した。

しかし、清輔は顕方を比較的高く評価していた。既述の通り『続詞花集』に六首の入集があり、現存歌数に比例して、また歌人の格から考えても明らかに多い。

だが、以上のように見てきても、顕方と六条藤家歌人や歌学との影響関係は明確ではない。詠作は古歌摂取に関する寛容度の高さや歌枕の使用など、『奥義抄』や六条藤家歌人たちとの関係を思わせる部分がある。しかし、明らかに父祖の影響であると確実視できるような要素はほとんど見当たらないのである。

そもそも顕季、顕輔らの「歌学」とはどのようなものだったのだろうか。歌学書を残さなかった者の、清輔以前の歌学は、清輔、顕昭らの歌学書の中に記されるのに留まっている。多くは難義語に関する注であるが、ほかに以下のような言説が見える。

A　中院右府入道の許に参りて清談の次の日、故将作常に申されて云はく、「物においては肝心を見るべきなり。後撰には「なき名ぞと人には云ひてありぬべし心のとはばいかが答へん」、また、「絵にかける鳥とも人をみてしがなおなじ所を常に飛ぶべく」これ等、彼集の肝心なり」と云々。（『袋草紙』雑談）

B　又故六條左京大夫顕輔卿被レ申侍しは、先親修理大夫顕季卿予に万葉集を講給し時云、万葉集は只和歌の竈にて納二箱中一にて可持。常に被みて不レ可二好讀一。和歌損ずる物也と云々。又後日に俊頼朝臣同様に諷諫仕き。（『六百番陳状』）

C　六條修理大夫顕季卿被レ申ケルハ、和歌ニ秀句ヨムハ次ゴトナリ。タトヒ讀トモ可随便ナリ。タトヘバ路ヲユカムニ、ソバヨリ秀句ノ来テトリツカムヲヨムベシ。ワザト秀句モトメニトテ、藪ヘヨコ入コトアルベカラズ。秀句ハ此歌の様ニヨムベシトテ、此鈴鹿ヤマノ歌ヲゾ被出之由、故左京兆顕輔卿常ニ語ラレ侍シ。（『拾遺抄注』）

これらの話題は、いずれも重要な話題ではあるが和歌教育といってよいほどのまとまりをもっていると言えるだろうか。それとも、こうして記される断片的な記述を記されなかった部分と合わせると、すぐれた和歌教育のパッケージになるのだろうか。

後代には、顕輔が顕季から具体的な百首歌の読み方を学んだかどうかを崇徳院が下問するといった説話が生まれるほどに、重代の家の和歌教育に注目が集まるが(12)、顕昭・清輔らの著述から読み取れる父祖の和歌教育は、むしろ散発的で断片的なものに見える。Bのように顕季が顕輔に「万葉集を講」じていたという記述が見えるが、その内容が確定できる資料は管見に及ばない。

しかし、父子が和歌に関する会話をよくしていたことは、右のB、Cに見える「常」という文字が証立てている。これは一度ならず同じ話題を聞いたことを示している。これは顕昭がよく使う表現なのだが「常に」という言葉を他に探してみよう。

D　今注云、在原業平朝臣、號在五中将、顕季卿常称五郎中将。（『古今集序注』）

E　基俊は、俊頼は歌よむやうもしらぬものとなむ常に申侍ける。（『古今集序注』）

Dは顕季が業平を、常に「五郎中将」と呼称していたこと、Eは基俊が俊頼を常に非難していたことを示す。これらの「常」とはたまたま一度そう述べたという意味ではなく、折りにふれてこのような話題を述べていたことを表している。こうした言説から、六条藤家の、あるいは院政期における和歌教育とは、中世の切紙伝授のように教授の内容が事項別に掲げられたものではなく、その時々の問題や意識に浮んだ話題を家族や門第に何度も反芻して話すようなものだったのではないかと推測される。

従来、『奥義抄』中下巻や『袖中抄』などの難義語注釈について、父祖からの「物語の場」(13)や「和歌談」(14)といった観点から注意されてきたが、詠作技法や秀句（縁語）の詠法について、まとまった「教え」は伝達されなかったのであろう。『袋草紙』が父祖の和歌談の大半を、説話化された離散的な話題群である雑談の中に入れたのはその一つの証左となるだろう。作者の読み方や和歌の解釈などにおいてはある程度まとまった師説があった可能性も考えられるが、少なくとも詠作技法に関するまとまった教授があったとは思えない。

結局、顕方が受けたと想定される和歌教育も同じようなものだったのではないだろうか。顕方においては、顕輔からは、注釈の対象になるような難義語を自在に読みこなすようなことは求められていたわけではなかった。むしろ同時代における方法論を無難に読みこなすことが求められていたように思われる。顕方に「六条藤家独自の詠作技術」をほとんど見いだせないことは、六条藤家の和歌教育の性質を逆しまに映し出しているのである。

六　おわりに

顕方の事蹟をたどりながら、六条藤家の和歌教育の問題を考察してきた。顕方の詠法が同時代において広く利用されたもので、六条藤家独自の詠法と見なされるものがほとんどないという事実は、むしろなぜ凡庸な詠作が広く行われていたのかという問題を提起するだろう。一つは顕季が述べたように「よく盗む」ことが「歌読」の条件であるという認識があったこと、もう一つは、やはり顕季、顕輔世代における詠作技術に関する歌論の未熟さがあったのではないか。清輔と顕昭がしきりに和歌の難義語に注意するのは、実作にも利用可能な歌語の発掘という側面があった。しかし、顕方にとっては「古歌をとる」ことが自らの詠作技術であったと得心していたのであろうし、「宇治の橋守」の語を詠み込み、歌枕とその本意への強い興味をしめし、つたないながらも次世代へと続く詠作を模索していた。また、清輔が『続詞花集』に六首を入れたのは顕方の詠を秀歌と認めたからであろう。⑩は逢瀬から帰る牽牛の悲しみを表現するのに、瀬を渡る折に衣服が濡れてしまうことと、逢瀬からの帰途に着く別れの涙によって濡れる袖とを巧みな比較で示しているし、⑧や⑬のような「盗古歌」の詠も評価していたのである。これは身内に対する贔屓がうかがい知れる例かも知れないが、顕方詠にも見るべきものがあったと認めていたのではないだろうか。

　そもそも盗古歌にせよ歌枕歌ことばの使用にせよ、ある一定量の先行歌や歌枕書を必要とする詠作技法である。顕方は難義語の注釈や和歌資料の収集を積極的に行ってはいなかっただろうが、ある程度の歌学的知識はもっていたのだろう。多くの歌人にとっての歌学とは、無難な歌を自然な詞続きで詠むことであったのだろう。

　顕方は確かに小さな歌人ではある。しかし、彼の詠作と生涯には重代化しつつあった六条藤家や同時代歌壇の磁場が見え隠れしている。盗古歌の技法や、未熟に終わった詠作群は、個別の作品性や作家論的観点からは大きな意味を持ち得ないかもしれないが、顕季から顕輔の世代に変わり、顕輔が自分の子息たちをの歌才を計っていた時代の痕跡を残しているのである。

注

（1）井上宗雄『平安後期歌人伝の研究　増補版』（笠間書院、一九八七）。
（2）平林盛得、小池一行『五十音引 僧綱補任　僧歴綜覧　増訂版』（笠間書院、二〇〇八）。
（3）松野陽一『鳥帚　千載集時代和歌の研究』（風間書房、一九九五）。
（4）芦田耕一『清輔集新注』（青簡社、二〇〇八）。
（5）石川泰水「通う調べ、通う心――定家と同時代歌人」（『国文学　解釈と教材の研究』三三―一三、學燈社、一九八八・一一）。
（6）浅田徹「源行宗の和歌――家集内重出歌の検討――」（『教育と研究』一三、早稲田大学本庄高等学院、一九九五・三）。
（7）野本瑠美「藤原隆季の和歌活動」（『島大言語文化』三二、島根大学法文学部、二〇一二・三）。
（8）黒田彰子『俊成論のために』（和泉書院、二〇〇三）。
（9）渡部泰明『中世和歌史論　様式と方法』（岩波書店、二〇一七）。

(10)『歌合大成』は長承二年（一一三三）八月以前春に顕輔家歌合〔三二五〕があったことを想定しているが、『万代集』に二首取られるだけで、規模の小さなものであった。

(11) 次の一首がとられている。

中納言家成家歌合に歌をよみつつ判しけるに、右歌の心ゆかぬことのみありけるつがひによめる

左京大夫顕輔

とにかくにみぎは心にかなはねばひだりかちとやいふべかるらん　（続詞花集・戯咲・九九六）

この家成家歌合には清輔も同座しており、実際にこの判歌が読まれた折に一同が笑ったのを実見していたのかもしれない。

(12)『古今著聞集』「一八九　崇徳院百首歌に同じ五文字を詠む詠まざる旨を左京大夫顕輔に問給ふ事」。

(13) 小川豊生「院政期の歌学と本説――『俊頼髄脳』を起点に」（『日本文学』三六―二、日本文学協会、一九八七・二）。

(14) 山田洋嗣「歌学書と説話」（本田義憲他編『説話の場――唱導・注釈』勉誠社、一九九三）。

第二章　『重家集』考
――守覚法親王との関わりを中心に――

一　はじめに

藤原重家は『詞花集』撰者であった顕輔を父にもつ公卿歌人である。『尊卑分脉』には、母は家女房とあり、歌学者として知られた清輔とは年の離れた異母兄弟の関係にあった。初名は光輔、後には出家して蓮寂（あるいは蓮家）と号した。顕輔の六条邸を伝領する一方、非参議正三位大宰大弐にまで昇り官途にも恵まれた。和漢兼作で管絃もよくしたほか、和歌事蹟も少なくない。仁安元年（一一六六）『中宮亮重家朝臣家歌合』の開催、経盛本『万葉集』の書写や二条天皇歌壇での活躍、自邸での歌会等の歌歴が知られる。父祖や兄弟の清輔、季経、顕昭に比すると地味かもしれないが、官人としても歌人としても重要な位置を占める人物である。

その私家集である『重家集』は、岡田希雄の報告以降[1]、後に尊経閣文庫本、慶應義塾図書館本が報告され、谷山茂、樋口芳麻呂編『中古私家集　二』（古典文庫、一九六三年）、『私家集大成』、『新編国歌大観』等に活字翻刻された。古典文庫の解題では、重家の伝記を兼ねて、全体に渡る詠作年次の推定や諸本の解題があり、岡田論文と共に現在でも『重家集』研究の基礎文献にあげられよう。先学が述べる通り『重家集』は二条天皇歌壇の歌会が緻密に記録され、院政期歌壇史の重要史料であるが、編年体の私家集という側面があまりにも強く重視され、書誌学的、歌壇史的な研究を中心として進んできた。『重家集』は歌人ではなく官人としての重家の評価に強く規定されてきたのである。

『重家集』は、仁和寺御室守覚法親王に献上された歌集であり、六条藤家と仁和寺との関係を知る上でも重要な作品である。また、歌集に付された合点の存在や詞書の分析に関しても十分に検討されていない課題が多く残されている。

本章では、『重家集』の歌集内部の問題を検討することで『重家集』の性格や、同様の経緯で成立した諸私家集の問題を論じていく。そのために、まずは「二条天皇内裏百首」（以下内裏百首）の注記を手がかりにして、献上先と考えられる守覚との関係を考察する。

二　「二条天皇内裏百首」の検討

『重家集』を活用した研究としては、久保田淳の網羅的な中世和歌史の研究、[2]井上宗雄の六条藤家歌人伝の研究等[3]があるが、特に二条天皇内裏歌壇について詳細に検討したのは松野陽一である。[4]松野は『重家集』を手がかりに二条天皇内裏歌壇の動向を調査した。特に永暦二年（一一六〇）の「内裏百首」は重要な催しであったと考えられている。証本は現存しないものの、諸歌集に逸文が散見される。中村文が同百首に参加した歌人と和歌を分析し、二条天皇による近習との和歌活動には文芸性の追求よりも君臣和楽を実現する政教的な要素が強く存していたと指摘している。[5]

「内裏百首」には、二条天皇・重家・通能・雅重・範兼・定隆・宗家の参加が想定されている。重家以下、この時代の二条天皇歌壇の構成員とみて良い歌人たちである。永暦二年七月二日に賜題、同四日から隔日で一〇首ずつ披講を行い、一九日後の七月二二日に終篇した百首で、花・時鳥・月・雪・祝・初恋・忍恋・初逢恋・後朝恋・会不会恋の十題十首で構成された。一〇首を単位にした百首は「崇徳院句題百首」、「師光百首」等の先例があるが、本百首のように披講まで行うのは特殊なケースであった。正本は現存せず、諸歌集に詠が取られるが、この百首を一括で残すのは『重家集』のみである。同集には、開催の経緯について注が施されている。注は〈　〉で掲出する。丸番号で私に内容を区切った。

＼内裏百首　〈①永暦二年七月二日賜題、四日被二始講一、隔日十首被レ講レ之、十九ケ日終篇、②此百首皆以別様、然而事為二厳重一、③併可レ入レ何歟、仍別不二合点一、又為二下品一者全分可レ被レ除歟〉（丸番号：梅田）

＼は底本にある朱の右合点である。「内裏百首」の標目に細字で注が書き込まれているのだが、この箇所は松野陽一によって、次のように内裏百首の開催状況を述べるものと解されてきた。

「此百首皆以別様」以下の文意は難解であるが、「別様」は歌人毎もしくは歌題に別様で記すの意なのであろうか。「然而」以下は作品の完成度と質の高さ、並びに形式を厳重に整える為に、歌稿の形などで各題毎に何首か余計に書いたりしておき、それに合点を付したりするようなことはせず、「下品」の歌は全部除去した、自ら秀作と認めるもののみを記さねばならぬという内容であろう。とすると「別様」は、全体として統一した書様は無く、各人毎に自由に別様に記す、ということをいっていると解せそうに思われる。[6]

しかしながら、この想定は細注のすべてが成立事情を示したものと読む点でいささかの無理が生じている。歌人それぞれが、各題ごとに一〇首以上の歌を書いた歌稿を用意し、合点も付さずに良歌のみを選んだとしても、過去の催しに「併可入何歟」、「又為下品者全分可被除歟」と疑問を提示している点不審が残る。そもそも重家自身が参加した百首の事情を説明する文脈であるならば「歟」は不必要である。特に問題となるのは③以下の「仍別不ニ合点一、又為ニ下品一者全分可レ被レ除歟」であろう。

『重家集』では「内裏百首」の詠は百首全てが収められており、仮に歌稿に「下品の歌」が記されていたとしても、本集にはそれらを徐棄し、新たに詠んだ歌を提出した後の正稿のみが収載されたことになる。(7) 本百首が百首以上の歌、すなわち除棄していない歌も収載されているのならばともかく、『重家集』にわざわざこのような説明を載せる理由はない。細字の全文を「内裏百首」の説明と読んだ松野の論ではこのように不審な箇所が残ってしまう。

私見では、細注は『重家集』の編集事情を示したものではないかと思われる。まずこの注を大きく三つに分けて考察をしていきたい。①が賜題から終篇までの日数を示した文であるため、②以下も百首の開催に関する記述と考えられてきた。②は「この百首は以前の百首とは別の様式（方法）で行われた。しかしながら、百首は厳密に遂行された」と解したい。「別様」は松野も述べる通り、何が「別様」なのか判断に迷うが、少なくとも歌稿の書式とは考えにくい。ここでは披講を含む百首の形式を指したものと考えてみたい。隔日で一〇首ずつ披講する特殊な形式の催しでありながら、遅滞も遺漏もなく遂行されたことを「厳密」と表現したものであろう。

問題となるのは③以下で、これを『重家集』に付された合点についての注記と考えたい。③以下は「しかし、（『重家集』に）どの歌を入集させるべきなのでしょうか。結局（百首内の歌それぞれに）合点を付けることはしなかったが、下品の歌はすべて除くべきでしょうか」と解せると考えられる。ここでいう合点は「内裏百首」の歌稿に付された合点などではなく『重家集』に付された合点を指しているのである。

①②は事情に通じた者にしか書けないが、③は、事情を知らない読み手に向けて書かれた「内裏百首」の説明としては難解すぎる。後述するように『重家集』の合点についての注記なのではないか。そうすると、細注全体が「内裏百首をどのように扱うべきか」を説明する編集注記と読みうるのである。他にはこうした編集注記は管見の範囲では存しないようであるが、それだけ「内裏百首」の扱いが特別であったのだろう。次の節で合点の問題と共に具体的に検証する。

三　『重家集』の合点

『重家集』には三種類の合点が付されている。未だ十分に検討されておらず、放置されてきた問題である。(8) 集内部には、右合点（＼と表記する）、左合点（／と表記する）、圏点（○と表記する）が存し、下巻のみの慶應義塾図書館本には徐棄記号と見られる合点があるが、これは尊経閣文庫本末尾と慶應義塾図書館本巻頭の重複歌に付されたもので無視する。内訳は以下の通りである。

／のみ　…　和歌63
＼のみ　…　和歌5　詞書1
○(朱)　…　和歌108
○＼　…　和歌177
○／　…　和歌8
＜　…　なし

総数で見ると次の通りである。

○総数　…　和歌293
＼総数　…　和歌182　詞書1
／総数　…　和歌71

なお、左右の合点が同時に付されることはなく、左合点は右合点をつけた後で付されているようである。圏点は半分近い歌に付され、左右の合点は贈答にも題詠にも集全体にわたって付され、法則性を見出すことは容易ではない。

注意すべきは、一箇所だけ詞書に右合点が付されていることである。それが先に述べた九七番歌詞書の「内裏百首」である。さらに「内裏百首」の各詠には左右合点が付されない。これは詞書に合点されることで、百首すべてに合点が掛ることを指示するものであろう。

歌群単位で合点が付されない例は二二一番歌から二三八番歌まで存する「艶書御会」においても見える。この箇所には朱筆や細字で訂正が入っており、国会図書館本と慶應義塾図書館本で異同もあり、本文上の混乱も想定されるが、特異な催しであり合点は付さなかったのであろう。

たしかに、合点は集の成立に関わらない後人が付すことも多く、転写の過程で移動しやすい要素である。しかし、同系統の本である国会図書館本にも左右合点及び圏点が付されている。若干の異同はあるが、原型においても合点が付されていたと考えてよい。左右の合点が付された経緯は奥書に示されている。岡田が奥書を三部に分けており、それに従って読んでいきたい。

《第一奥書》

保元四年以後拙什、依レ仰払底書二進之一、此以前愚詠等、不レ留レ草之間、悉以忘却、努力〳〵不レ可レ及二外見一、定招二嘲哢一候歟之由、能々可レ令二申入一給矣

《第二奥書》

治承二年七月三日進レ之、此以後、草出来者可二尋加一也、追仰二彼入道一尋常歌等令レ合畢

《第三奥書》

以二仁和寺宮本一書写了、重家自筆歟

第一奥書は「拙什」という表現から重家自身によるものである。保元四年（一一五九）以降の詠作を払底して家集を編んだとするが、「依仰」とある所から守覚法親王とみられる貴顕からの依頼によって制作されたことがわかる。だが、従来指摘されてこなかったが、この奥書は「可レ令二申入一給」とあって、守覚と重家との間を取り持った人物に対して書かれているのである。

第二奥書では、治承二年（一一七八）七月三日に進上されたことが記される。だが、そのあとに一度重家に差し戻されたのであろう。「此以後、草出来者可二尋加一也」以下は、第一奥書を受けて「歌集を進上して以降も、重家が残しておかなかったという保元四年以前の歌を探して加えるべきである。追ってかの入道（重家）に仰せて、尋常の歌等に合点させた」と解したい。私見では、新詠を「尋加」と表現することに違和感がある。さらに、追加で「尋常の歌」等に合せしめたという。「令レ合畢」は尋常の歌を追加したという解釈も可能であろうが、守覚への進上後（治承二年七月三日以降）に和歌が追加された明徴はなく「合点を施した」の意であろう。

第二奥書の記述から、左右どちらか、あるいは両方の合点は、守覚への献上後、重家に差し戻した折に追加さ

れたものと考えてよいと思われる。同時に「内裏百首」の②以下も合点を付された際に付けられたものと考えるべきであろう。第一、第二奥書及び「内裏百首」の詞書の注記等は、守覚と重家の交流を示すのではなく、重家と守覚の間を取り持った人物との通信であると考えられよう。この点は後に触れる。

その人物は、なぜ、どのような基準で『重家集』に合点を付けさせたのであろう。この点、同じく治承二年八月に守覚に奉られた『林葉集』の奥書を検討することで推測できる。

箇内

左点　百五十八首
右点　七十五首
無点　四百卅七首
但左点は当座人々幷後日伝聞、人々聊有二感気一歌等也
右点は撰集幷所々打聞等、被二撰入一歌等也
無点は不レ及二沙汰一謬歌、但依レ多二召所一令二注進一也
治承弐年八月廿二日
右林葉集者、俊恵法師俊頼朝臣子息歌也、此写本者将軍家常徳院殿以二御本一所レ令二書写一之本也、以二件
本一書写也

『林葉集』は、簗瀬一雄が伝本を整理し、(9) 久保木秀夫が古筆切及び伝本を調査して河野美術館本、書陵部本を基準とした校本を作成している。(10) 現存伝本はすべて後人の手が入った増補本であり、久保木によると合点の総数と奥書に記される合点の数が一致する本はなく、諸本でも出入りがある。だが、合点については奥書に言及があ

ることから俊恵が付した段階のものがあるとみてよい。

奥書によれば、左合点は当座の人々及び後に伝聞で聞いた人々によって感気が有るとされた秀歌であり、右合点は撰集に入集した歌等である。位相はやや異なるが、どちらも評価を受けた秀歌なのである。無点歌は「不㆑及㆓沙汰㆒謬歌」であるという。自詠を謙遜して述べたものであろうが、このような詠作まで含むほど「多くの歌」を奉るように申し渡されていたのである。同じ守覚からの要請によって制作された『重家集』も家集編纂にあたり『林葉集』と同じか、類似した要求を出されていた可能性は高い。

四　守覚の要求と献上歌集の性質

この両書の奥書を付きあわせることで、私家集を製作するにあたって守覚が俊恵と重家に出していた要求の内容を推測することができる。まず「多くの歌が載る歌集」という、歌集規模に関することである。『重家集』では集の成立以降も詠作を歌集に追加すべきと命ぜられ、『林葉集』は多くの歌を載せるように求められていた。

次に合点は「良い歌がどれであるかを示している」（あるいは秀歌撰である）ことである。これは『林葉集』が秀歌の位相を左右合点で示していること、そして無点歌を「不㆑及㆓沙汰㆒謬歌」としていることから判明する。

『重家集』や『林葉集』をはじめ、数百首からなる大規模な私家集群が治承二年ごろを収載上限として次々成立し、同じく守覚に奉られたかと考えられていることはよく知られている(11)。現在、奥書から献上が確実な俊成『長秋詠藻』の他、教長『貧道集』、『清輔集』、実定『林下集』、『頼政集』が候補として挙げられている。千草聡は『古蹟歌書目録』第一〇、諸家集近代に載る諸家集から、『資隆集』、『登蓮集』、『顕昭集』、『寂然集』、『堀河集』、『兵衛集』のいくつかは守覚の収集によって作成されたかと述べている。[12]今後の考究が待たれるが、献上が確実な『重家集』、『林葉集』、『長秋詠藻』および『貧道集』の比較検討には意味がある。

これらの歌集は規模が似通うが、その部類・編年の別や部立構成はそれぞれに異なる。しかし、その内容を閲すると、二条天皇や崇徳院への追慕歌が多く見えることや、詠作機会を明示する傾向が強いこと等、歌材として似通うリソースが存する点には注意すべきであろう。『出観集』のように歌題のみ記す歌集はほとんどないことも、守覚が歌集の編集に関する要求を出していた可能性をうかがわせる。

特に、これらの歌集における百首歌の扱いは『重家集』を考える上で重要である。『貧道集』では「初度百首」、「久安百首」、「句題百首」を解体した上でそれぞれの部に配置している。[13]『長秋詠藻』は上中下の三巻の内、上を「久安百首」と保延七年（一一四一）頃の「述懐百首」の二つの百首歌にあてている。[14]こうした歌集ごとの百首歌の扱いについては、歌集ごとの差異が強調されてきたが、共有される要素もある。特に百首歌の収載は、これらの歌集の中で「久安百首」（特に歌集規模を保つ上で）大きな役割を果たしている。『重家集』の「内裏百首」における注記から考えるに「久安百首」や「句題百首」といった崇徳・二条天皇時代の詠を収載するように求められたと考えたい。

また、『重家集』では二条天皇内裏御会の詠を記すにあたって「卒爾」や「片時」（八番歌のみ）「当座」など御会の性質を細かく注しており、また二二一番歌から二三八番歌までの「艶書御会」における長い詞書のように、詠作事情について非常に詳しく記す傾向がある。『貧道集』、『林葉集』でも詠作機会を明示する傾向は強い。秀歌の収載や規模のある歌集などと同様に、可能な限りの詠作機会の明示も求められたのではないかと想像される。

守覚側からの家集制作における要求は、各人で書式や様式を揃えるような性質ではなかったにせよ、その要求は各献上家集に対して一定の拘束力を持っていたと考えられる。

また、『重家集』で献上後に合点することと以前の詠草を追加するよう求めたように、守覚は献上後に追加で別の要求を付すことがあった。たとえば、顕昭が寿永二年（一一八三）に守覚に奏上した『古今集序注』には、文治二年（一一八六）と建久二年（一一九一）に、「重ねての仰せに依り声点を差した」と奥書にある。[15] このような点からも、『重家集』が守覚への献上歌集であることに強く規定される側面を持っていることが疑われる。守覚及び仁和寺との関係から『重家集』を考えることは、守覚の歌書収集事業を考える上でも有意義である。

五　『重家集』の謙譲表現

西村加代子が指摘する通り、治承二年頃守覚が歌書を収集していた時期には、六条藤家歌人と仁和寺における和歌活動との関わりはほとんどなく、重家の歌集献上の他に交流は確認できない。[16] また、推定年次は論者で若干異なるものの、この時期では顕昭もまだ叡山に居り仁和寺には住していない可能性が高い。[17] この頃の顕昭と守覚との関わりは寿永・文治年間に各勅撰集注を奉るようになるほど深いものではなかったのであろう。ましてや守覚と重家は顕昭以上に疎遠な関係であったと覚しい。『重家集』から内徴をとる。

二条院かくれさせたまひてのとし、九月十三夜月あかゝりしに、左京大夫顕広のもとより

くものうへはかはりにけりときく物をみしよにゝたるよはの月かな（二九八）

愚和

ありしよに月の光はかはらねとなみたにかくはくもりやはせし（二九九）

俊成からの返歌に「愚和」の表現を使用している。この表現は俊成に対して他に一例、他に「あま内侍」「頼

政」「公光」に対しても使われている。返歌の詞書として「愚和」は珍しく、近い時代では慈円が「乍レ恐無二左右一進二愚和一」（慈円Ⅰ・五一六二）と謙譲の意で使うが、時代が下る『再昌草』を除いて他の用例はほとんど見られない。同時代の歌集を見渡してみても過剰な謙遜にも思える。

『重家集』では「返し」の詞書も四九例ある。ただ「返し」とだけあるのは二九首、四四一番歌（相手は頼政。但し末句は忘却したとある）以外全て重家の詠に使われている。

次に「下官」の表現である。これは、次のように御製（二条天皇）と清輔に対して使われている。

　本歌、御製
なか〳〵になさけをかけぬものならはいまは思ひのたえまし物を（二三六）
　下官返歌
うしさらはなさけもかけしさゝかにのいとたえやすき心なりけり（二三七）
　三位大進四位正下せられたりしよろこびいひたりし返事に
　　　　　　　　　　大進
今日こそはくらゐのやまのみねまでにこしふたへにてのぼりつきぬれ（四九〇）
　返し　　　　　　　下官
くらゐやまみねにのぼるとなにかいふなほさかゆかむすゑはとほきを（四九一）

「下官」もこの時代の歌集では他に見ない謙譲表現である。ただ、二条天皇に対しても二三七、二三八の贈答では「予返歌」とあって厳密な使い分けはない。また、この時点では出家をしていないことを示す表現でもあるのだろう。清輔を「三位大進」と呼ぶのは、頼政や重家ら限られた人物による呼称であるが(18)『重家集』に限っていえば尊称とみてよいと考えられる。

こうした謙譲表現は貴顕や兄弟に対するばかりではない。

このなけきの五十日はてし日、少納言少将になりたりしに、刑部卿のもとより

からころもぬれしたもとをかはくらしこのうれしさを袖につゝみて（六〇四）

返し　　老沙弥

おもひやれぬれしたもとをひきかへてこのうれしさをつゝむ心を（六〇五）

少将か許へいひつかはしゝ　　老沙弥

ひなつるのはねのはやしにいりぬれはとひたつはかりうれしかりけり（六〇六）

返し　　羽林

とひゆかむすゑのはやさをおもひやれはねのはやしにいれるつるのこ（六〇七）

建春門院の没後、重家息の顕家が少将になった時の一連の贈答である。この二首の「老沙弥」は出家した重家自身を指す。頼輔との贈答に続いて、羽林（重家息の顕家）との贈答歌に移る。沙弥は、直接的には具足戒をうけない僧侶という低い地位を示すが、謙遜の自称としてよく使われる。「老沙弥」の用例としては『本朝文粋』巻一三、慶保胤「賽菅丞相廟願文」に「某、暮年出家、一旦求道、今老沙弥、無レ便営二風月之賽一」等とある。老

齢になってから仏道に出家した身を謙遜して述べ、未来ある若い子息に対して老いた自身の身を諧謔的に語る表現なのであろう。

ここでは「老沙弥」が子息の顕家を「雛鶴」とよびかけ、顕家が「とびゆかむするゑのはやさを思いやれ」と返すことで、子息の出世の祝辞に留まらず、六条藤家にも世代交代が起きていることをもこの贈答歌で示唆している。『重家集』には、一族との贈答も含めてしばしば六条藤家への配慮がみられる。それは父祖詠に対する配慮が見えることからも裏付けられる。

人々右近馬場へほとゝきすきゝにおはしたりしに
ほとゝきすあかぬあまりにいにしへのふりにしあとをたつねてそきく（三五七）
祖父三品匠作三於此所伴二好客一、翫時鳥、故有二此詠一（三五七）

右近馬場で詠んだ歌に対する左注である。詠作に対して顕季の先例が意識されている。次の歌を意識したのであろう。

右近の馬場に人人、郭公たづぬとて
ほととぎすこゑあかなくにやまびこのこたふるさとぞうれしかりける（六条修理大夫集・七二、七三）

右近馬場で女房と贈答歌を交わす状況は『伊勢物語』九九段を踏まえている。馬場のひをりの日に「中将なりける男」が車中の女に和歌を送るもので、それを想起させるかのように右近馬場では和歌の贈答が行われていた。『詞花集』には以下のような長実の贈答歌が見える。

修理大夫顕季みまさかのかみに侍りける時、人人いざなひて右近のむまばにまかりて郭公まち侍りける

に、俊子内親王の女房二車まうできて連歌し歌よみなどしてあけぼのにかへり侍りけるに、かの女房のくるまより

みまさかやくめのさらやまとおもへどもわかのうらとぞいふべかりける

このかへしせよといひ侍りければよめる　　　　贈左大臣

和歌のうらといふにてしりぬかぜふかばなみのたちことおもふなるべし

（詞花集・雑上・二八三・二八四）

顕季や長実の詠作が常に踏まえられたわけではないが、右近馬場で「時鳥」を詠ずる六条藤家歌人は少なくない。季経（季経集・四八）や祐盛（新勅撰・夏・一七七）も右近馬場で時鳥を詠んだことが知られる。『重家集』がわざわざこの一首を顕季の詠作に由来すると述べているのは、献上先に六条藤家の、和歌の家としての正当性を訴求する効果を期待したからではないだろうか。末尾が清輔の菩提を弔う一品経供養で集を終えているのも、六条藤家で歌道に励んだ故人を偲ぶとともに、顕家ら新しい世代が登場してきたことを示そうとしているようにみえる。

こうした『重家集』の記述の様態から浮かび上がるのは、献上先と重家との〈距離の遠さ〉であろう。伝記上、重家には仁和寺の訪問や御室との交流が確認できず、直接的な交流はほとんどなかったものと考えられる。だからこそ、過度にも見える謙譲があり、子息や一族、交流ある歌人（俊成など）を称揚する表現が多用されたものと考えたい。

しかし、ほとんど関わりがない仁和寺から重家に歌集の献上が求められたのは不思議なことではある。守覚と

重家との間を取り持った、あるいは、俊恵、俊成、重家、教長と交流をもち守覚の歌集収集事業をコーディネイトした仁和寺側の人物がいたのかもしれない。その上で、重家は一族、特に子息たちの立身や顕昭・清輔らに対する配慮がはっきりとうかがえるように家集を制作しているのである。一族への称揚と謙譲表現の多用による歌集の振舞いと、献上者との関係性は『重家集』の中に複雑な属人性を持ち込んでいる。「内裏百首」における注記もその一つなのである。「下品」の歌を除くべきかと伺いを立てている点、こうした献上者と直接やりとりをしていないような遠慮がちな姿勢が見て取れる。

六　おわりに

以上、『重家集』「内裏百首」の注記を切り口に、歌集内部の問題を探ってきた。重家の手元にあった歌稿を利用した編年体の歌集であっても、その詞書の書き方には、献上先や六条藤家の一族に対する種々の配慮がうかがえる。「内裏百首」の注記を読み解くことで、献上相手からのリクエストに応じた家集であったことを指摘した。『重家集』は守覚の歌書収書事業の要求が織り込まれた歌集なのである。こうした点からも、『重家集』は守覚の歌書収書事業を見直す手がかりとなるだろう。

近年、守覚の聖教・儀軌類の著述、収書、類聚と抄出について様々な研究が積み重ねられている。(19) だが、治承二年夏以降の歌書収集活動は、撰集などへの発展が見られず、その目的を含めて今後究明されるべき課題は多い。だが、こうした中で『重家集』が献上された意義は改めて問い直される価値がある。守覚の歌書収集事業により献上された他の諸私家集との比較検討も有効な手段であろう。

無論、単純な比較検討には問題がないわけではない。『貧道集』はじめ献上されたと思しき諸私家集は安元年間までに成っていたものが基盤となっていたとされるし、『長秋詠藻』も出家以前に制作された部分が大半であったとされる。[20] 守覚の求めに応じて作られた歌集と、守覚が求める以前から制作されていたものが奏上された場合とで、守覚側の要求も異なっていた可能性もあろう。まずは諸私家集の一つ一つの論理と構成から、献上歌集としての性質や献上先との関係性を読み解いていくことが必要であろう。

重家自身に私家集編纂の強い動機があったとは思われず、また保元四年以降の詠を編年で集成するという歌集の形式からもそれは伺えない。他出も極めて限定的で、ほとんど流布しなかった。重家自身が仁和寺に献上する以外、積極的に他者に見せることをしなかったからであろう。だからこそ、『重家集』は守覚の要求に対して比較的忠実かつ最適な形を採用した歌集――外発的な要因を強く受けた歌集――である可能性が高く、歌集の編集という点からは非常に重要な歌集であると評価するべきなのである。

また、仮に本論で指摘したように重家と守覚を取り次いだ人物がいたとして、それが誰であったのかといった問題も残る。こうした課題は残るが、『重家集』には謙遜表現や、説明的な詞書が多く、一族に対し様々な配慮が見えるなど、特定の読者を強く意識した記述が散見される。献上先である守覚との関係が浅いことからこのような書き方を選択しており、そのような歌集内部の問題や特質へと目を向けるべき段階に来ていることは十分指摘に足ると考えられる。

注

(1) 岡田希雄「藤原重家集解説（上）」（『芸文』一八―一、京都文学会、一九二七・一）、同「藤原重家集解説（下）」（『芸文』一八―二、京都文学会、一九二七・二）。以下、岡田論文はこの二本による。なお、岡田希雄旧蔵本は現国会図書館本である。
(2) 久保田淳『中世和歌史の研究』（明治書院、一九九三）。
(3) 井上宗雄『平安後期歌人伝の研究　増補版』（笠間書院、一九八七）。重家の伝記的事項も本書に依った。
(4) 松野陽一『藤原俊成の研究』（笠間書院、一九七三）。
(5) 中村文『後白河院時代歌人伝の研究』（笠間書院、二〇〇五）。
(6) 松野注4前掲書、六四二頁。
(7) ただし、尊経閣文庫本では「月十首」題が元は八首であり、朱で「雖十首有本八首不審」と注される。一二三番歌、一二四番歌がカタカナで記されており、尊経閣文庫本の祖本にはこの二首が抜けていたものであろうが、重家が二首抜いたのであれば後から追加するとは考えにくく、後人による校合と考えておきたい。
(8) 古典文庫の解題には「（付記）重家集中、歌頭の小圏および左右の肩の合点が何を意味するかについては、さらに慎重に考えねばならない。とくに肩の合点の方は、奥書中に「追仰二彼入道一尋常歌等レ合畢」とあることと照応するものであるかもしれないが、なお後考を俟つことにしたい。」とある。岡田注1前掲両論文にも合点、圏点について指摘がある。
(9) 簗瀬一雄『簗瀬一雄著作集1　俊恵研究』（加藤中道館、一九七七）。
(10) 久保木秀夫『林葉和歌集　研究と校本』（笠間書院、二〇〇七）。
(11) 『私家集大成』内、『林下集』『教長集』等の解題。また、守覚からの要請で制作された歌集群の認定に関しては松野陽一『鳥帚　千載集時代和歌の研究』（風間書房、一九九五）に詳しい。
(12) 千草聡「守覚法親王略年譜――和歌活動の面を中心に――」（『筑波大学平家部会論集』三、筑波大学平家部会、一九九二・三）。
(13) 黒田彰子『俊成論のために』（和泉書院、二〇〇四）。
(14) 松野注4前掲書、檜垣孝「俊成における『長秋詠藻』編纂の意識について――百首歌の取り扱いを中心に

──」（『山形県立米沢女子短期大学紀要』一三、山形県立米沢女子短期大学、一九八九・一二）等では俊成の内発的な動機や「久安百首」「述懐百首」への思い入れが重視されるが、守覚からの要請と俊成の歌集の編纂意識が関係するのかは十分に明らかにされていない。俊成は生涯一三度（以上）の百首歌を読んだが、家集に二つの百首をそのまま挿入している点は特筆に値しよう。

(15)　『古今集序注』の奥書に「寿永二年極月中旬　顕昭注之／文治二年正月廿四日依重仰差声加点畢／建久二年九月五日重下賜加点差声了　顕昭」とある。同様に重ねて点を加えた記述は『古今集注』にも見える。年次は未詳だが、『散木集注』にも「重下給差声了」とある。

(16)　西村加代子『平安後期歌学の研究』（和泉書院、一九九七）によれば、顕季が仁和寺最勝院を建立し、その縁で覚顕、長寛、印性といった六条家ゆかりの人物が仁和寺に入山した。長寛は顕輔息で長実の猶子となった（『仁和寺侯人系図』）。承安二年（一一七二）には房舎を印性に譲り仁和寺を離れたとみられるが、『千載集』にも入集し歌歴もある。顕昭以外にも六条家関係者の歌僧がいたことは注意されよう。

(17)　久曾神昇『顕昭・寂蓮』（三省堂、一九四二）、西沢誠人「顕昭攷──仁和寺入寺をめぐって──」（『和歌文学研究』二八、和歌文学会、一九七二・六）。顕昭の仁和寺住山は、久曾神は寿永元年頃、西沢は元暦年間まで下ると考える。

(18)　兼築信行「三位大進考──藤原清輔の称をめぐって──」（『国文学研究』一五五、早稲田大学国文学会、二〇〇八・六）。

(19)　阿部泰郎他編『守覚法親王と仁和寺御流の文献学的研究　論文篇』（勉誠出版、一九九八）、同『守覚法親王と仁和寺御流の文献学的研究　資料編』（勉誠出版、二〇〇〇）等。また、現在の仁和寺には『古蹟歌書目録』にみえる歌書群は現存しない。山本真吾「守覚法親王関係典籍」（研究代表者月本雅幸『平成9〜12年度科学研究費補助金基盤研究（A）（1）研究成果報告書　真言宗寺院所蔵の典籍文書の総合的調査研究──仁和寺御経蔵を対象として──』二〇〇一・三）参照。

(20)　松野注4前掲書。

第三章　『今鏡』における源有仁家の描き方

――鎖連歌記事とその情報源――

一　はじめに

『今鏡』「花のあるじ」には源有仁家で行われた鎖連歌が記されている。鎖連歌の呼称は諸書に散見されるものの、鎌倉時代を遡りうる実例は『今鏡』に収められるその三句しか存せず、後に展開する賦物連歌と短連歌を繋ぐ文芸として高い関心を持たれてきた。連歌研究においては、本句と付句で完結する短連歌と異なり、三句まで――恐らくはそれ以上――句が続く長連歌としての形態面や、その成立について関心が集中している。(1)

しかし、従来の連歌研究では『今鏡』の論理から鎖連歌記事を読むといった試みはなされてこなかった。『今鏡』では、文芸記事と各章の主題や人物表象に密接した関係があり、文芸記事はただの歴史記述ではなく、様々な意図が込められている。

『今鏡』は同時代の戦乱をはじめ政治的な事件をほとんど記さず、人物についても文化や芸能に偏って記述する顕著な傾向が認められる。また『大鏡』を継承した老婆の語りというスタイルは、客観的で妥当な歴史的評価を志向しているものとは言いがたい。これまでの連歌史上の関心からだけではなく、歴史物語研究が明らかにしてきた『今鏡』の記述様式や歴史観の上で、鎖連歌の文化的位相をどのように描こうとしていたのかに注意する必要がある。

実際、『今鏡』の鎖連歌記事は、鎖連歌の形式面に注意を払うことはなく、専ら有仁家サロンの様子を描く素材として利用されている。この記事が有仁家サロン内部を描く「花のあるじ」末尾に配されており、有仁家を顕彰する文脈の中に挿入されていることも無視できない。有仁家サロン全体の描かれ方を通じて鎖連歌記事を考察することで、鎖連歌の発生や展開に関する大きな示唆が与えられるはずである。

本章では『今鏡』が有仁家を描くにあたって鎖連歌記事をどのように利用しているのかの分析を通じて、有仁家の描かれ方が持つ意味と、『今鏡』における鎖連歌の文化的位相を明らかにしていきたい。さらに、『今鏡』は有仁の風雅なあり方を描く一方で、政治的な立場や儀式次第書の制作といった宮廷社会での役割にはほとんど触れないのは何故なのか。また『今鏡』における有仁家サロンが、どのような情報源によって描かれたものであるのかについても論じたい。

二　「花のあるじ」が描く源有仁家

鎖連歌記事が見える「花のあるじ」は、後三条天皇の三宮であった輔仁親王の子息である源有仁の経歴を、諸芸の才の紹介と共に描く章である。『今鏡』の有仁に対する興味は極めて高く、その生涯の描写に「花のあるじ」「ふしゝば」「月の隠るる山の端」の三章があてられているが、有仁はこれ以前にもたびたび登場しており、他の皇族・貴顕に比べて多くの記述が割かれている。

源有仁は、康和五年（一一〇三）生、久安三年（一一四七）に没した。後三条帝の三宮であった輔仁の子息として生まれ、一時は白河院の養子となって皇嗣に擬せられたが、崇徳天皇の登場で源姓を賜り臣籍に下った。当時権勢を振るった閑院流、藤原公実女を娶ったが、子息に恵まれず、藤原経実女の懿子を養子に迎えた（『本朝世紀』）。簡略に三宮家関係図を示すと次のようになる。

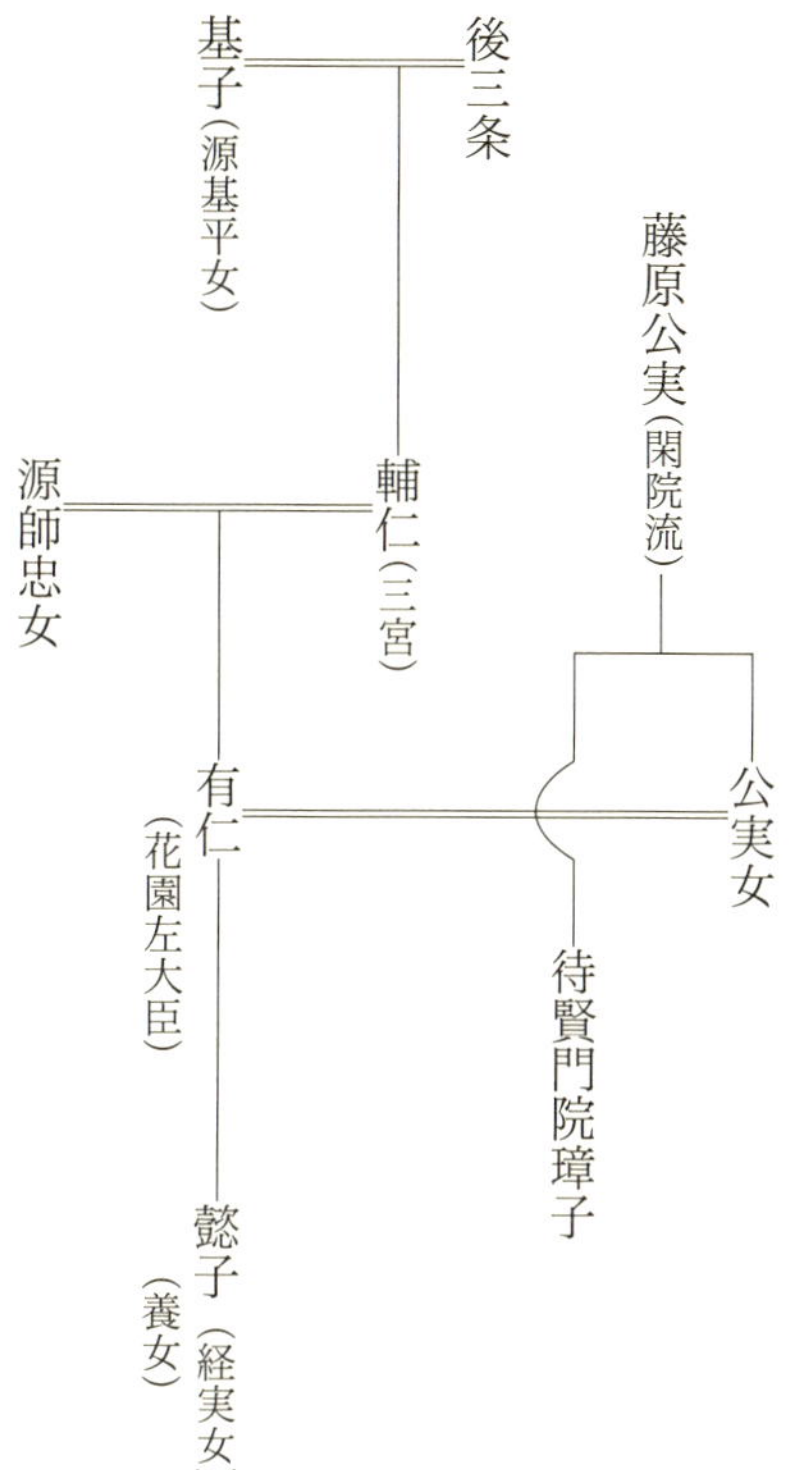

「花のあるじ」は、光源氏に擬えられる有仁を、若くして高位高官に昇った官人として、また一流の風流人として描き出す。有仁については多数の研究が存するが、その事蹟については加畠吉春の年譜に委しい。(2) 加畠は、古記録類からは『今鏡』に描かれる同家サロンの華やかな姿は確認出来ず、文事や和歌に心をよせる「風流人」という有仁のイメージは、主に『今鏡』を通じて形成されたと指摘する。では『今鏡』で描かれる有仁はど

のような人物なのだろうか。まず「花のあるじ」の章段をトピックごとに抄出して考えてみたい。各章段を私に〈　〉で括って内容を示し、官職名などで記される場合の人名は［　］で補った。

①〈光源氏になぞらえる〉

三宮の御子は、中宮大夫師忠の大納言の御女の腹に、花園ゝ左大臣［有仁］とてをはせしこそ、光源氏なども、かゝる人をこそ申さまほしくおぼえ給しか。

②〈人物の卓越〉

まだ幼くをはせし程は、若宮と申ゝに、御能も御みめも、しかるべき事と見えて、人にもすぐれ給て、

③〈歌の才〉

又詩作り、哥など詠ませ給ひけるに、庭の桜盛りなりけるころ、濃きむらさきの御指貫に、直衣姿いとをかしげにて、我も詠ませ給、人にも哥詠ませさせ給とて、

をしと思花のあるじをゝきながら我物がほに散らす風かな

と詠み給えりければ、父の宮見給て、「まろをゝきて、若宮はあしく詠み給か」など愛し申給けるとぞ、人の語り侍し。

④〈白河院の御子となる〉

御年十三になり給し時、うゐかうぶりせさせ給しかば、白川院の御子にし申させ給て、院にて、基隆の三位の播磨守なりし、初元結したてまつりて、右の大臣とて、久我のおとゞ［雅実］をはせし、御うゐかうぶりせさせたてまつり給けり。御みめのきよらさ、おとなのやうにいつしかおはして、見たてまつる人、よろこびの涙も、こぼしつべくなむありける。

⑤〈先例なき昇進〉

元永二年にや侍けむ、中の秋の頃、御年十七とかや申けむ。はじめて源氏の姓給はりて、御名は有仁ゝ聞へき。やがてその日三位中将になり給き。その年の霜月の頃、中納言になり給て、やがて中納言中将と聞えき。昔も御門の御子、一の人の君達などをはすれど、かく四位五位なども聞へ給はで、はじめて三位中将になり給ひ、年のうちに中納言中将などは、いとありがたくや侍らむ。

⑥〈詩の才〉

白河の花見の御幸とて侍し和歌の序は、この大将書き給へりけるをば、世こぞりてほめきこえ侍き。

　低枝を折りてさゝげもたれば、紅蠟の色手に満てり。

　落蘂を踏みてたゝずみたてれば《佇立すれば》、紫麝の気衣に薫ず。

など書き給えりける。その人のし給える事とおぼえて、なつかしく優に侍けるとぞ。

⑦〈管絃の才〉

管絃はいづれもし給けるに、御琵琶、生笛《(笙)》ぞ御遊には聞へ給し。すぐれておはしけるなるべし。

⑧〈入木の才〉

御手もよく書き給て、色紙形、寺の額など書き給き。

⑨〈衣紋の好み〉

この大将殿は、ことのほかに衣紋をぞ好み給て、うへのきぬなどの、長さ短さの程など、こまかにしたゝめさせ給て、その道にすぐれ給えりける。おほかた昔は、かやうの事も知らで、指貫も長うて、烏帽子もこはく塗る事もなかりけるなるべし。この頃こそ、さび烏帽子、きらめき烏帽子なども、折〳〵かはりて侍めれ。

白河院は、装束参る人など、をのづからひきつくろひなどしまいらせければ、さいなみ給けるとなむ聞ゝ侍し。いかにかはりたる世にかあらむ。鳥羽院、この花園ゝをとど、おほかた御みめ、とりぐ〵に姿もえもいはずをはしますうへに、こまかに沙汰せさせ給て、世のさがになりて、肩あて、腰あて、烏帽子とゞめ、冠とゞめなどせぬ人なし。

⑩〈公達・楽人との交流〉

実能のをとゞは、北方のせうとにをはして、朝夕なれ遊びきこへ給ければ、左兵衛督など申ける程にや、五月五日大将殿［有仁］

あやめ草ねたくも君が問はぬかな今日は心にかゝれと思に

など心やり給へるも、いとなつかしく。（中略）

上の御せうとたちの君達、若殿上人ども、たえず参りつゝ、遊び合はれたるはさる事にて、百大夫と世にはつけて、影法師などの朝夕馴れつかうまつるが、弾物、吹物せぬはすくなくて、ほかより参らねど、うちの人〳〵にて、御み遊たゆる事なく、伊賀大夫、六条大夫などいふすぐれたる人どももあり。哥詠みも、詩作りも、かやうの人ども数知らず。

ここまでの記述では、傍線を付した箇所のように、有仁がどれほど優れた人物であるのかを言葉を尽して紹介し、二重傍線で示したように、有仁家には「百大夫」と呼ばれるほど多くの人が集い遊んだことを描く。(3) この掉尾を飾るのが次の鎖連歌記事なのである。鎖連歌もまた、①から⑩までみてきた有仁の造形に関与する記述であることをおさえておきたい。

⑪〈鎖連歌と歌詠みの女房〉

越後の乳母、小大進などいひて、名高き女哥詠み、家の女房にてあるに、君たち参りては、鎖連歌などいふ事常にせらるゝに、三条内の大臣［公教］の、まだ四位少将などの程にや、

ふきぞわづらふ賤のさゝやを（157 a）

とし給たりけるに、中務の丞実重といふ者、常にかやうの事に召し出ださるゝ物にて、

月は漏れ時雨はとまれと思まに（157 b）

とつけたりければ、いとよくつけたりなど、感じ合ひ給へりける。又ある時に、

奈良の宮こを思ひこそやれ（158 a）

といはれ侍けるに、大将殿［有仁］、

八重桜秋の紅葉やいかならむ（158 b）

とつけさせ給へりけるに、越後乳母、

時雨るゝ度に色や重なる（158 c）

とつけたりけるも、後までほめ合はれ侍りけり。かやうなる事多く侍けり。その越後は、「さこそはかりの人はつらけれ」といふ哥などこそ、やさしく詠みて侍りしな。かやうなる事、数知らずこそ聞へ侍りしか。

⑪では、まず「名高き女哥詠み」が「家の女房」であったと紹介され、彼女たちを含めて、君達が推参してはいつも鎖連歌などを行っていたと始まる。最初の二句は、公教の句に実重が付した句を、座にいた一同が「よく付けた」と言い感じ合った出来事を紹介する。次に、恐らく公教の句に、有仁が付け、さらに越後乳母の付句を「後まで誉めあった」とする。

注意したいのは、公教と実重の連歌は「感じ合」い、越後乳母の連歌は「後までほめ合はれ」た、と記されることである。従来ほとんど注意されなかったが、「花のあるじ」を通読してみると、この鎖連歌は歌人である越後乳母がその座にいた他の貴顕に比べて、巧みな付句をしたという名誉譚として読める。引用の直後に越後乳母の和歌が紹介され、歌人であることを念押しする記述があるのも、また有仁家の女房が名高き歌詠みであったことを最初に述べるのも、⑪の主題が有仁家の女房歌人を賞賛することであったからである。

むろん、「ほめ合はれ」たとあるから、有仁も公教も互いに賞賛しあっただろう。しかし、前句に巧みに付けた主君と、それにさらに巧みに付けた女房の両者を共に讃えつつも、越後乳母の付句により強く焦点が合わせられている。両者に加えて公教を含めた三者の連歌を同時に誉める記述は、複数人で二句以上続けることができる鎖連歌だから可能なのである。短連歌では、公教と有仁ないし有仁と越後の関係のみで完結してしまうからだ。

鎖連歌は、有仁、公教、そして越後へと、有仁家に集った会衆に焦点を当てる上で適切な文芸形態であった。しかしながら、それならば歌会や短連歌でもよいのではないだろうか。この点を鎖連歌だけでなく『今鏡』全体の連歌観を読み解くことで、この記述になぜ鎖連歌が登場するのかを考察してみたい。

三　『今鏡』の連歌

『今鏡』は鎖連歌をどのように捉えているのだろうか。まず『今鏡』の連歌全体を検討した上でその問題を考えてみたい。『今鏡』の連歌については加納重文に専論があり(4)、後藤祥子も『今鏡』の和歌を論じる上で触れているが(5)、それぞれ『金葉集』批判の文脈からの考察という色合いが強く、『今鏡』自体の鎖連歌と短連歌の連歌観が連続するのか相異する事象なのかについては、まだ考察の余地がある。

『今鏡』に収載される連歌は全一八句一一連で、先にみた三句を除くと付句があるものは全て短連歌である。これを左に表で記した。花のあるじの三句が鎖連歌でこれは考察から外す。歌番号は私に付したもので和歌や一句引用のものも含めて番号を通している。連歌の前句はaと付し、付句はbとした。

章名	歌番号	作者	連歌本文
きくの宴	18 a	良暹法師	もみぢ葉のこがれて見ゆる御舟かな
たまづさ	26 a	堀河院	雲の上に雲の上人のぼりゐて
たまづさ	26 b	俊頼	しもさぶらひに侍へかしな
たまづさ	27 a	基俊	つき草のうつしのもとのくつは虫
たまづさ	28 a	基俊	唐門やこの御門とも叩くかな
たまづさ	29 a	伊勢大輔	こはえも言はぬ花の色かな
竹のよ	115 a	百合花［河内］	いかにせむ待たぬ水鶏は叩くなり
竹のよ	115 b	公実	山ほとゝぎすかゝらましかば
花のあるじ	157 a	三条の内大臣［公教］	ふきぞわづらふ賤のさゝやを
花のあるじ	157 b	中務の丞実重	月は漏れ時雨はとまれと思ふまに
花のあるじ	158 a		奈良の宮こを思ひこそやれ
花のあるじ	158 b	大将殿［有仁］	八重桜秋の紅葉やいかならむ
花のあるじ	158 c	越後乳母	時雨るゝ度に色や重なる
しきしまのうちぎゝ	188 a	重通の大納言	たれ〳〵ぞたれぞさ山のほとゝぎす
しきしまのうちぎゝ	188 b	女房の車	うはの空にはいかゞなのらむ
しきしまのうちぎゝ	194 a	摂津守のりなり	あはれなるかなあはれなるかな
しきしまのうちぎゝ	194 b	かふや帯刀節信	日くるればところ〴〵の鐘の声
しきしまのうちぎゝ	195 a	男	いたくねいるはまゆみなりけり
しきしまのうちぎゝ	195 a	局の中	やといひて引けどさらにぞおどろかぬ

まず前句、付句がなく独立した一句だけ載せられるもの。これは四句ある。一例として「きくの宴」の記事をあげる。

五月の五日、殿上のあやめの根合ゝさせ給ひき。その哥ども哥合の中に侍らむ。后の宮、里にをはしましける時、良暹法師「もみぢ葉のこがれて見ゆる御舟かな」(18a)といふ連哥、殿上人のえつけざりけるをも、帝の御恥におぼしめしけるなども、いと情多くをはしましけるにこそ。

『俊頼髄脳』の掉尾を飾る、良暹がやってきて発句を述べたが誰も付けられなかった話題と同話である。これはそもそも付句が存しなかったケースであるが、『今鏡』の記述では、殿上人が付句を付けることができなかったことに対して帝が「恥」に思ったとあり、殿上人を責めているように読めてしまう。『俊頼髄脳』では次のように書かれている。

みかと、おほきにおとろかせ給てこの事きくに、人ぐのはちにあらす。わかはちにこそあなれ、なにか《顕昭本：となにか》ゝたるとて、いらせ給にけり。

白河院は、句を付けられなかったのは、殿上人の恥ではなく、自身の恥であるとして、難句に付けられなかった殿上人を非難したのである。『今鏡』は文章だけ読むと逆に帝が殿上人をたちのふがいなさに恥を感じたようにも読めるが、「いと情多くをはしましける」という末部と照応しない。この話題で重要なのは「帝」が情多くおられるお方であるということなので、実際には『俊頼髄脳』の「人ぐのはちにあらす」という表現を省筆した記述なのであろう。良暹の句が掲げられることは、読者が『俊頼髄脳』の記事と同じように帝の意図を想起することを期待しているのではないだろうか。

次の、基俊の句を二句続けて記す場合を見てみよう。

基俊の君、連哥は「つき草のうつしのもとのくつは虫」（27ａ）などしたる、優なり。又「唐門やこの御門とも叩くかな」（28ａ）なども侍りけり。

この記事は、直前の『金葉集』の連歌を非難する記述を受け、卑俗な連歌を入集させた俊頼に対して、基俊の連歌は「優」であるという文脈で掲出されている。前句がなく発句なのかも不明であり、これらの句がどのような意図のもとに詠まれたか判然としない。というよりも、連歌の場合、詞続きや一首を読み出した意図も含めて、こうした単句のみの引用だけからでは、一句の意味を確定できない。

これらは、加藤静子が指摘する一句のみ引用される歌と同じ性質で、例示として出されているものではないかと思われる。(6)『今鏡』は一句のみの引用という形式によって、白河院は殿上人ではなく自身が恥じ入るべきことであると述べたかったことを、基俊は優なる連歌を詠んでいたことをそれぞれ示そうとしていると考えられる。こうした一句のみの連歌には、出来事の省筆という性格が認められる。ここからは『今鏡』の連歌観は伺えそうにない。

『今鏡』には男性同士の連歌も収載される。先にみた鎖連歌における公教と実重の一連のほか、白河院と俊頼の連歌がある。

またいづれの頃にかありけむ。南殿か、仁寿殿かにて、御覧じつかはしけるに、誰にかありけむ、殿上人の参りて、殿上にのぼりてゐたりければ、

雲の上に雲の上人のぼりゐて（26ａ）

と仰せられけるに、俊頼の君、

しもさぶらひに侍へかしな（26ｂ）

とつけられたりけるを、詞ゝとゞこほりたりと聞ゆれど、心はさもある事ゝ聞ゆめり。

ここでは院の発句に対して、とっさに俊頼が付した句が紹介されており、俊頼が院の発句に付ける能力ある歌人だったことを強調する話題である。

のりなり（伝未詳）と節信の連歌も、こうしたエピソードのひとつである。

摂津守のりなりといひし人《かとも（傍書）》の、いづれの山里にか、夕暮に庭にをりて、とゆきかくゆきしありきて、

あはれなるかなあはれなるかな（194 a）

と、度〳〵ながめければ、かふや帯刀節信と言ひしが、

日くるればところ〴〵の鐘の声（194 b）

とつけたりければ、「あなふわい」となむいひける。そのかうやは、井手の蛙をとりて、飼ひけるほどに、その蛙みまかりにければ、干してもたりけるとかや。

のりなりが歩きながら「あはれなるかなあはれなるかな」とつぶやいたところ、節信がそれが七七の下句であることに気づき、五七五を付けた。節信は、『袋草紙』雑談で、能因と井手の蛙と長柄の橋の鉋屑を見せ合った数寄者として描かれる。これも数寄者らしい振舞いのエピソードとして掲げられており、連歌自体の鑑賞や評価が主題ではない。

この二例を含め、『今鏡』の男性同士の連歌には、鑑賞や評価よりも人物の話題に重きが置かれているようである。短連歌の多くに説話的話題が付随することは、金子金治郎が指摘する通りだが、(7)『今鏡』の男性同士の連歌譚は、詠者の人物造形に資するよう挿入されており、一句のみ引用する連歌もこうした人物のエピソードに奉仕するもの――連歌自体の鑑賞を目的としないもの――なのである。

『今鏡』が積極的に評価する連歌は、男女の恋のやりとりである。『俊頼髄脳』にも話題が残る、伊勢大輔の「優なる」連歌が入集したとする話題を見てみたい。

木工の頭［俊頼］も、高陽院［泰子］の、大殿［忠実］ゝ姫君と聞え給し時、作りて奉りたるとかや聞ゆる、和哥詠むべきやう、連哥など侍文には、道信中将の哥、伊勢大輔が「こはえもいはぬ花の色かな」（29ａ）とつけたる事など、いと優なる事にこそ侍なれば、連哥をも、うけぬ事ゝ、ひとへにし給ふとも聞えず。

ここでは「和哥詠むべきやう、連哥など侍文」と表現されている『俊頼髄脳』にも道信と伊勢大輔の「優なる」連歌があるので、俊頼は連歌を「承けぬこと」だと否定しているわけではないと述べている。これは引用の少し前の箇所で俊頼は和歌を詠む妨げになるため連歌は詠まないと述べている箇所に対する弁明のような文言である。注意したいのは、道信と伊勢大輔の連歌が「優なる事」と評されている点である。『後撰集』では一首の和歌に整形されているが、『俊頼髄脳』は連歌の形で引用し、伊勢大輔の名誉譚としている。他の男女の連歌も見てみよう。

公実と河内［百合花］

［公実ガ］若くおはしましける程にや、右近の馬場にほとゝぎす尋ねに、夜をこめてをはしたりければ、女房車の、雑色一人具したる。さきに立てりけるに、ほとゝぎすも鳴かで、やう〳〵明け行く程に、水鶏の叩きければ、かの車より、

いかにせむ待たぬ水鶏は叩くなり（115ａ）

といひ送り侍りければ、

山ほとゝぎすかゝらましかば（115ｂ）

とぞつけて帰り給にける。女は誰にかありけむ、百合花にやとぞ承はりし。いかにもやさしく侍けることかな。この世には、さやうの事ありがたくぞあるべき。

重通と女

いづれの年にか侍けむ。右近の馬場のひをりの日にやありけむ、女車、物見にやりもてゆきけるに、重通の大納言、宰相の中将にてをはしけるほどにや、車やりつゞけて、見知りたる車なれば、便よき所に立てさせなむどして、後に我随身を女車にやりて、

たれ〳〵ぞたれぞさ山のほとゝぎす（188a）

とかや聞えければ、女房の車より、

うはの空にはいかゞなのらむ（188b）

とぞ、いひかはしける。

いとすぐれて聞ゆることもなく、かなはずもやあらむ。されども、事がらのやさしく聞えし也。時のほどに思えむ事かたく、さてやまむよりも、かやうにいひたるも、さる事と聞ゆ。又連歌の五文字も、げにとも聞えねども、さやうに問ふべき事に侍りけるなるべし。またゝしかにも、えつたへうけ給はらざりき。

この両話は、ともに右近馬場を舞台とし、重通は「ひをりの日」の出来事とする。明らかに『伊勢物語』九九段を想起させる状況設定になっていることに注意したい。次の記事は蓬左本にはないが、流布本系統に見える記事である。

男と女

いづれの大臣家にかありけむ《コノコト本ノモトヽメタリト本ニ（傍書）》、男のしのびて、局町に入りをりければ、前渡りする人ありて、かたはらの

局に立ちとゞまりて、「まゆみ〳〵」としのびに呼びけれど、いらへざりければ、うちにも「おどろかすを」と、ほのかに聞えけり。

呼びかねて、過ぎざまに、

　いたくねいるはまゆみなりけり（195a）

と、口ずさみければ、うちに

　やといひて引けどさらにぞおどろかぬ（195b）

とひとりごちけるこそ、いとやさしく聞えけれ。たれとも知らでやみにき。「はなやかにいひかはす音はなくて、心にくかりし人かな」とぞ語りける。聞ゝける男は、もりいゑといひし人とかや。

傍線を付したごとく「いづれの」と始まる『源氏物語』桐壺巻や、「右近の馬場」を舞台とする『伊勢物語』九九段を想起させ、波線部で示したごとく「やさし」と評言を付す。先掲した伊勢大輔の連歌も含め、男女が交わす連歌には、すべて「やさし」の評語が付されている。

『今鏡』が「やさし」と評するのは、和歌に関する場合が多く、稀に人物評にも見える。その中で男女の風雅なやりとりが見える連歌だけにこの評言が付されているのは、『今鏡』の作者が物語のようなやりとりが連歌の本質だと考えていたからではないだろうか。

俊頼や基俊の連歌は一流の歌人であることを強調するような、機知や風情に巧みな句であるが、195のやりとりのように無名の男女の交流も連歌では「やさし」き振舞いであるとされるのである。こうした連歌観は院政期における女性と連歌の座のあり方と深く関連していた、それは有仁家の鎖連歌の場と地続きの文化的空間であったはずである。

四　連歌の座と女性

このような『今鏡』の連歌観を考えるために、院政期における連歌の座と女性との関係について検討する。『袋草紙』連歌の骨法では連歌会での作法を次のように記している。

連歌は本末ただ意に任せてこれを詠む。然りといへども、鏁連歌に至りては発句は専ら末句を詠むべからず。また然るが如きの時、口に任せて早速に発すべからず。当座の主君もしくは女房の事を暫く相ひ待つべきなり。遅遅有るの時これを詠み出だす、尤も宜しきか。我等の時は沙汰の限りに非ず。

清輔は、晴の鎖連歌では「主君」や「女房」の発句を待つべきであり、思いついた句を即座に述べてはならないと述べている。「我等の時」、つまり身内の会ではこのような配慮は不用であると述べているので、とくに晴の鎖連歌の座は、主君と女房への配慮を必要とする文芸だと認識しているのである。

島津忠夫は、連歌の骨法は頭注が混入したものではないかと疑うが(8)、清輔の記述であることまで疑う必要はないだろう。晴の鎖連歌に、節度ある振舞いが望まれることは、次の『和歌色葉』可用意事の記述からも伺われる。

出題以後は起出入すへからす。思案の間其事となく吟詠すへからす。披講以前に多言雑談すへからす。若酒宴あらは後の興の為に数杯すへからす。尊者の秀逸を聞て末座より讃嘆すへからす。凡気の平懐なりと云ともさ右なく誹謗すへからす。たとひはやくよみうと云とも上臈亭主いまたかゝすは、沈思のけしきして微音に題目を詠せよ。彼此半にすきむ時紙筆をとてかくへし。よみあけやすからしんかために、極草にかくへからす。又くさり連歌の座をなしくこれになすらへしるへし。

鎖連歌の座も、歌会の場と同じように過度にくだけないようにと戒めている。この記述は甲乙両系統でほぼ異同はない。『和歌色葉』には女房が出てこないが、『和歌色葉』は上覚が顕昭の師説を書き留めた上覚の著述であり、積極的に女房と同座する連歌会の経験は少なかったからではないかと考えられる。むろん、通常の歌会も同じように主君・女房に配慮すべき文芸であったことは『袋草紙』和歌会の事における披講の順等からも伺える。十二世紀後半には鎖連歌も和歌会に通じるような作法や秩序をもった文芸として認識されていたとみて間違いない。もちろん、これらの記述は連歌や和歌の会がくだけた場になってしまう事が多かった事も裏返しに物語るだろう。

女性が連歌の場にいたことは諸歌集から確認できる。これらの多くは短連歌か、鎖連歌のような句をつなげるものかの判断が付かないものが多いのだが、院政期における連歌と女房との関係が確認するためにいくつかの例を見ていきたい。

和歌所に人人集りて夜もすがら歌読み連歌などしてあそばれ侍りしに、となりなりけるおきなたびたびよばれければまゐりて人なみなみにまじろひ侍るに、或宮ばらの女房二三人をひきものの内にするておなじく連歌などしていまよりはながくしる人にせんなど申しかたらひて夜もやうやう明がたに成りにしかば、まかり帰りて後二三日ばかりありて一人がもとへつかはしける

君にあひてかへりにしよりむかしせし恋にさにたる物をこそ思へ

返し

我はいさむかしもしらずあかざりしなごりはそれにはじめてぞ思ふ

（頼政集・六五九、六六〇）

頼政らが「和歌所」（歌林苑か）に集まり、歌会や連歌を行った後、「宮ばらの女房」がやってきたため、女房をひき物の中に据えてさらに連歌を行ったとある。「宮ばら」は皇族を示す院政期特有の表現である。(9)当時、「百

首大輔」と喧伝された殷富門院大輔に連歌記録がいくつか残る。『忠度集』には次のようにある。

女房［殷富門院］大輔にはじめてあひて、うたよみ連歌などして、あくるあしたにつかはしける
なには津のふるきながれをせきとむる心のみづをふかくみしかな
（忠度集・八三）

殷富門院大輔が加わった連歌の場の意味をさらに具体的に知ることができる記録に、『明月記』文治四年（一一八八）九月二九日条がある。

廿九日壬戌　天陰、入夜雨降、
良辰徒暮、依レ難二黙止一、黄昏参二殷富門院一、与大輔［殷富門院大輔］清談、漸及二亥刻一、無人寂莫、欲二退出一之間、忽門前有二松明之光一、有二参入之人一、内外相驚、権中将［公衡］参入、被レ語云、已欲レ付レ寝之間、庭前之木葉忽落、聞二嵐音一、遂不レ能レ寝、忽出二騎馬一所レ参也、存人不レ可レ候由之間、見二件車一感涙相催之由、女房感悦、更之掌灯、連歌・和歌等、新中納言・尾張等相加、種々狂言等、及二鶏鳴数声一、雨漸滂沱、遠路天明者不便之由、被二忩出一、猶徘徊、空階雨滴之句数返、借レ笠退出、帰二蓬間一、天漸曙、

九月尽の日に黙止しがたく思った藤原定家は、殷富門院御所へ赴き、大輔と清談を交わす。亥刻に至り帰宅しようとすると、藤原公衡がやってきた。公衡も又寝付けず騎馬にて殷富門院御所へ来ると、定家の車があり、感涙を催したと語る。大輔らがそれに「感悦」し、更に連歌や和歌などを行ったというのである。「連歌・和歌等」と連歌を先に記す珍しい書き方となっている。ここで行われた連歌と和歌とは、九月尽日を無為に過ごすことを良しとしない風雅な女房と貴族の交歓である。殷富門院大輔は私家集も残る当時の代表的な女房歌人であった。

殷富門院大輔と同じように、上西門院兵衛も連歌に巧みな女房であった。『隆信集』（七九四、七九五）には、隆

信が寂然と西行らに誘われて行った北白河で上西門院兵衛と出会い、「歌よみ、連歌」などをしたとある。兵衛の連歌の手腕の見事さは次の例からも伺えるだろう。

武者のことにまぎれてうたおもひいづる人なしとて、月のころうたよみ連歌つづけなむどせられけるに、武者のことといできたりけるつづきの連歌に

いくさをてらすゆみはりの月

伊せに人のまうできて、かかる連歌こそ兵衛殿のつぼねせられたりしか、いひすさみてつくる人なかりきとかたりけるをききて

心きるてなるこほりのかげのみか

（聞書集・二二八、二二九）

「連歌つづけ」とあることから、鎖連歌かどうかはともかく連歌を付け合う場であったのであろう。難句が出てきたとき、誰かが兵衛殿の局なら付けるのに、というようなことを言って誰も付ける人がいなかったのを聞いて、西行が句を付けた。兵衛が連歌に巧みであることは、よく知られていたようである。(10)

私家集のこうした記載から、殷富門院大輔や上西門院兵衛といった連歌に巧みな女房歌人がいたこと、さらに『明月記』の記事から伺えるように男性が女房と連歌をする時は、和歌を贈答しあうことよりも、より親しい関係を紡ぎ出す効果があったように考えられる。

これらは直接的な恋のやりとりではないし、また鎖連歌かどうかも判然としないのであるが、『頼政集』では女房を引き物に据えたとあり、『明月記』では「掌灯」を付けたとある。これは、よみかけた歌に即応する瞬間的なやりとりではなく、同じ場にいてある程度の時間を女房たちと共有していたことを示す。おそらく当時の

「連歌の座」とはこのような親しさを共有する空間、時間性の中で行われたのであろう。やや時代が下る例もあるが、こうした連歌会が句をつなげない性質の褻の催事であったとしても、男女が共に遊興する時間の長さ、親密さという点では有仁家の鎖連歌の座に通じる性質を見てもよいだろう。

このような女房への特別な視線は院政期における女房の地位と密接に結びつくものであったと考えられる。田渕句美子は、「女房」が貴顕の隠名として使われていたことに注目し、女房が男性の官位官職の制度から離れた超越性をもつ存在であったと指摘する。(11) だからこそ晴の歌合の場には、官人だけではなく、位階制度の外部を象徴する女房や僧侶が必要とされたのである。

『袋草紙』で主君と並び女房にも配慮をすべきだという鎖連歌の座にも、こうした意識が反映していたのではないだろうか。男性が女房と交歓する文芸の場として、そして主君と女房と客人が心を通わせる場として連歌は和歌の贈答とも通じる機能をもっていたのである。

五　共感が連鎖する座としての鎖連歌

こうしてみると、『今鏡』が連歌を評するときに「やさし」と述べるのは、上下の句を合わせるという行為を仲介させることで男女の共感が生まれることを、物語のごとき風雅さの強調と絡めて表す手法なのではないだろうか。このような連歌を通じて共感を結び合う場に『今鏡』著者と想定される寂超もいた。『西行上人談抄』に、寂超の兄弟と連歌を行った記事がみえる。

「連歌はいかなるべきぞ」と申ししかば、「歌は直衣姿、連歌は水干ごときの体なり。人みな知りたる事なり。

大原の寂然の庵にて、人々、恐ろしき歌を連歌にせしに、寂然の舎兄、壱岐入道相空［為盛］

神の代の老椋の木の下ゆかじ

かく言ひたりしに、おのれが付けたりし

えのきもあへぬことにもぞあふ

これを人々感じ合はれたりき。自らの連歌を本とするにはあらず。談義のついでなれば言ふなり。

寂超の弟である寂然の庵で、西行が寂超の兄である相空の連歌に付けた時、その見事さに「人々感じ合はれ」たというのである。この記事は『今鏡』の取材源に西行がいた可能性を指摘する文脈で山内益次郎が注意している。(12)寂超の名前こそ出てこないものの、大原の庵では連歌を通じて「感じ合」い、巧みな付句によって一同が深く共感したという。そしてこの「感じ合」うという言葉が、⑪の鎖連歌記事で使われた表現であったことを思い起こしたい。

鎖連歌はこうした座の共感を基盤とする文芸だった。そして有仁家で行われた鎖連歌の場にいたのは、公教と、たびたび有仁家を訪れた実能である。二人は有仁の妻の兄弟であり、父公実以降、貴族社会で権勢を振るうようになった閑院流の嫡流である。

「ふしゝば」の章でも実能と公教と有仁の関わりは次のように描かれている。

又兵衛督［実能］や、少将［公教］たちなど参り給へば、かたみに女の事などいひあはせつゝ、雨夜のしづかなるにも、語らひ給折もあるべし。

もちろんこれは『源氏物語』帚木巻の雨夜の品定めを踏まえる記事だが、恋の話に興じるほどに有仁と実能・公教は親しい間柄であった。また、公教との連歌が残る「中務の丞実重」は、「つねにかやうの事に召し出ださるゝ」者であり、有仁家の身内である。有仁家の鎖連歌は、家の主君、女房・近親と、有仁家に訪れる人々という、親しい身内の中で行われている。管絃についても「ほかより参らねど、うちの人〴〵にて」と記されるように、他の諸芸も外部から人を呼ぶことは無かった。『今鏡』はあくまでも気心の知れた身内による親密な場を描写するにあたり、鎖連歌はそれにふさわしい文芸として採録しているのであろう。

六　『今鏡』の情報源

以上のように、『今鏡』中の有仁家における鎖連歌は、身内の男女が共感の場に居合わせる「感じ合う文芸」であった。ではなぜ有仁家がこのような風雅な文事を行う場として描かれるのだろうか。

加畠が指摘するとおり、古記録から有仁の事蹟を追う限り、こうした催しや風雅な文事を行った形跡はほとんどない。[13]『今鏡』が有仁家の様子をつぶさに描くことができたのは、『今鏡』の執筆にあたって有仁に非常に近い人物からの情報提供があったものと考えられる。これまでも『今鏡』への情報提供者が誰であるかという点については強い関心が寄せられてきた。山内益次郎が西行を想定したように、有仁に関しては寂超の母なつともがその一人として考えられてきた。『今鏡全釈』では『今鏡』には白河院の葬儀で泣く有仁の姿を描写しており、それをなつともから聞いたのではないかとしている。しかし、なつともと有仁との関わりは不明瞭で、しかも有仁家のサロンに出入りしていた可能性は低い。なつともからの情報提供はあったとしても限定的なものに留まるだろう。

『今鏡』における有仁家サロンの描き方にはいくつかの特徴がある。女房についての描写が多いこと、閑院流の実能や公教に対する記述の多さ、有仁の政治的活動を一切描写しないという態度等である。特に、有仁の北の方と白河院との和歌のやりとりを、有仁が見付けてしまうというスキャンダラスな出来事は、よほど内情に詳しいものでなければ記せない。こうした点からも、情報提供者としては、有仁に極めて近い人物が想定される。そこで注意したいのが『今鏡』における女房についての描写である。

有仁家の女房について筆を尽すのも『今鏡』の特徴である。彼女たちの名声は有仁家の外にも知られていたと思しく、『古今著聞集』には、能を「歌よみ」と書いた青侍を有仁が試す話があるが、そこにも女房たちの姿がみえる。

「このはたをりをばきくや。一首つかうまつれ」とおほせられければ、「あをやぎの」と、はじめの句を申出したるを、さぶらひける女房達、おりにあはずと思たりげにて、わらひ出したりければ、「物をきゝはてずしてわらふやうやある」と仰られて、「とくつかふまつれ」とありければ、

青柳のみどりのいとをくりをきて夏へて秋ははたをりぞなく

とよみたりければ、おとゞ感じ給て、萩をりたる御ひたゝれを、をしいだしてたまはせけり。(14)

秋の時期に「青柳の…」(春の景物)と初句を読み始めた侍を、「折りにあわず」と女房が笑ったが、有仁は末句まで言わせて禄を授けた。この「さぶらひける女房」たちが現れる一場面は、有仁家に名の知られた女房歌人がいたという『今鏡』の記述と響きあう。有仁家の女房としては越後乳母、小大進、伊予の御の三名が「花のあるし」「ふししば」に確認できる。(15)「ふしゝば」では有仁家の女房たちが恋多く風雅な空間を取り仕切る存在として描かれている。

殿ゝ色好み給など、おほかた上はのたまはせず、へだてもなくて、文ども取り入れて、哥詠む女房に返しせ

させなどし、上の乳母の車にてぞ、女をくりむかへなどし給。殿もこゝかしこあるき給ける。家の女房ども、、男のもとより得たる文をも、その北の方に申あはせて、哥の返事などし給ける。

ここで「歌詠む女房」とされるのが、先にあげた越後と小大進である。伊予の御は雅定から歌を送られた恋多き女房という位置付けであり、和歌・連歌との関わりは触れられておらず、今は割愛する。(16)女房歌人たちは男たちから送られた和歌を北の方に見せ、相談をしてから歌の返事をしていたというのである。有仁家を代表して返歌をすることが女房歌人たちの仕事であったと考えてよい。まずは小大進を見てみたい。

小大進は内大臣家小大進あるいは花園左大臣家小大進とも呼称される女房で、生没年は未詳。母は三宮輔仁に仕えた大進で、母子二代にわたって三宮家に仕えたことになる。父は菅原在良。石清水別当光清との間に小侍従と成清を儲けた。『平家物語』に登場する「宵待の小侍従」の母ということもあって、足立有子(17)、志村有弘(18)による伝記的研究がある。久安六年に『久安百首』作者となった時、すでに有仁は物故していたが、有仁家で歌人として聞こえていたのであろう。有仁の没後、誰かに出仕した形跡はない。『袋草紙』や『十訓抄』に説話が残るが、いずれも光清との結婚にまつわる話題であり、有仁家での小大進の様子が分かるのは『今鏡』の記述からである。小侍従について「ふしゝば」では次のように描かれている。

小大進など、色好みの男のもとより得たる哥とて、申しあはせけるなど、あまた聞へしかど、忘れておぼえ侍らず。按察中納言とかいふ人の、おほやうなるも、哥などつかはしける返事に、小大進、

　夏山のしげみが下の思草露知らざりつ心かくとは

などぞ聞ゝ侍し、口とく歌などおかしく詠みて、和泉式部などいひし物ゝやうにぞ侍りし。

「和泉式部のようだった」という評価は語り手によるもので「口疾く」歌を詠むことができたという評価は他

書に見えない。目の前で返歌を書き記すことを見ていたから「返歌が早い」という評価を下せたのではないだろうか。「口疾し」というのは和歌を詠む速さを褒めたものであり、口ずさんだ言葉でもあるだろうが、ここでの「哥などつかはしける返事」とは恋文などに付された贈答歌への返歌のことで、口頭で述べたものではないはずである。この『今鏡』の記述は小侍従に近い人物からもたらされたものと考えられる。

これらの点から、越後乳母が重要な人物として浮かび上がってくる。『和歌文学大辞典』では「同時代に三名居る」とするが、[19]恐らくは、『和歌一字抄』に「越後花園左大臣家女房」として見える人物と、『金葉集』等に「内大臣家越後」、『千載集』に「三宮女房越後」として見える人物は同一人物であろう。次の『続詞花集』の歌がその論拠となる。

三宮かくれ給ひて、七条のいづみに左おほいまうち君まかり侍りて歌よみけるに

越後

ありしよにすみもかはらぬ水の面になきかげのみぞうつらざりける

（続詞花集・雑中・八二四）

三宮は輔仁、左大臣は有仁に比定できよう。二代の主君に仕えながらも、共にその死に立ちあわなければならなかった悲しみが詠まれている。越後乳母の伝記は判然としない。研究史的にも関本万利子が僅かに和歌と経歴を集成しているのだが、[20]惜しむらくは人物比定を『八代集抄』に依拠したため、越後乳母の父親を誤っている。恐らく『和歌色葉』名誉歌仙にあるとおり、越後守であった藤原季綱が父であろう。ただし、越後乳母については『尊卑分脈』の信定の子息保信の項に、母を「花園左大臣女房越後」とあるのが見える程度で疑問も残る。季綱の娘であれば顕隆室悦子の姉妹であることも見逃せないことだが、悦子側との交流を示す資料も管見に入らな

い。『今鏡全釈』では夫である信定の縁で三宮家に出仕するようになったと注しているが、縁故としてはやや遠いように思われる。白河院近臣であった季綱が父であったことから、白河院自身が近臣の関係者を三宮家に送り込んだと考えるのが自然ではないだろうか。

有仁家の女房の中でも越後乳母は特別な存在である。それは『今鏡』「ふしゝば」において有仁の最後を見届けた人物として描かれるからだ。

四十にあまりてやうせ給けむ。近くなりては、御髪おろし給ける、姿はなほ昔にかはらず、きよらにて、少し面やせせてぞ見え給ける。岩倉なるひじり呼びて、烏帽子直衣にて、ゐ出でて御髪をろし給ける、いとかなしく、見たてまつる人も涙をさへがたくなむありける。越後の乳母、風いたみける頃、花にさして、

我はたゞ君をぞおしむ風をいたみ散りなむ花は又も咲きなむ

と詠み給けるを、乳母は常に語りつゝ、こひ申しける。

この大将殿、御門の孫にて、たゞ人になり給へる、この世にはめづらしく聞ゝたてまつりしに、なさけ多くさをおはしける。

傍線部で示したように「姿は昔と変わらず」と描かれることに注意される。それは、昔の姿と今の姿を両方を知っている人物でなければ描けない姿である。烏帽子直衣の姿であったことまで書くことができたのは、出家の場に立ちあったからではないか。

これに続いて、越後乳母が「風いたみける頃」、何かの風病にかかったときの歌を記している。この歌の「君」は有仁を示すと思しいが、これを越後乳母は「常に語りつつ、恋ひ申し」たという。この話題を書き留めたものは、越後乳母のすぐ側で、一度ならず何度もこの話を聞いていた人物ということになる。

越後の最終事蹟は大治三年（一一二八）九月二一日に行われた神祇伯顕仲主催の『南宮歌合』であるから、それまでに有仁の生前の姿を様々な人に伝えていたとしても不自然ではない。直接『今鏡』作者に語ったわけではなくとも、風雅で光源氏にも擬えられるような有仁とそのサロンの姿を語り継いでいたのは、越後乳母その人だったのではないだろうかと疑われる。三宮時代から有仁の最後までを見届けた人物として、『今鏡』の網羅的で、温かみにあふれた有仁家の様子を伝えるにふさわしいように思われるのである。

七　家の女房からの視線

『今鏡』では、こうした風雅な貴族としての有仁像を描き出す一方で、有仁の政治的な行動や、宮廷での様子を描くことがない。有仁はよく知られた通り、儀式次第に優れた人物であり、また輔仁家の再興を志した人物でもあった。そのことが端的に伺えるのは『台記』久安三年（一一四七）二月三日条の有仁の出家薨去の記事であろう。少々長いが引用して考察を加える。

人伝、朝左大臣源公出家、年四十五、疾不レ急、（中略）今日釈奠、停二詩宴一云々、依二左大臣事一也。上卿伊通卿、左大臣源有仁公者、延久聖主之孫、輔仁親王之子、中宮大夫師忠卿之外孫、白川法皇以為レ子、今法皇未レ有二継嗣一、有レ意于欲二立以為レ嗣、然間、今法皇生二上皇一、然〔法皇始熊野精進云々〕〈○前本云自法皇至云々別是一事小本注此上云已下九字一本無今按右九字蓋衍文也以括弧標之〉後賜姓源、即日叙従三位、任二右近衛権中将一、諸臣不レ叙二四位五位一、直叙三位之例、未嘗有者也、法皇塲時無二英雄之臣一、為此異レ政耳、大臣為人、容貌壮麗、而進退有レ度、長絲竹之道琵琶及笙、習二入木之様一、亦功二于和歌一、詳二習我朝礼儀一、少二失礼一、訪

ㇾ之、上古之大臣、何ㇾ恥ㇾ之矣、当世之臣、共比肩者纔、弁二四不同人、

この傍線部で示されるように、頼長は有仁を、管絃、入木、和歌の才に恵まれた上に、儀式に詳しく、礼を失うことが少ない人物としている。これら「礼」は公事における儀式次第の熟知による優れた所作であり、その遂行には深い有職故実の知識が必要であった。有仁の有職は、村上源氏の流れを汲むものであったことはよく知られている。有仁自身もその有職知を著作に残そうとしており、その具体的な例として、二〇巻に及ぶ『花園左大臣日記』があったことが知られ、『春玉秘抄』『秋玉秘抄』といった除目次第書も知られている。近年、有仁の儀式次第書についての研究が進み、所功[21]、田島公[22]らによって、諸本の様態やその内容、貴族社会における受容について明らかになりつつある。これらの除目次第書から、庇護者であった村上源氏の諸流とくに師房や俊房らの教説を受け、さらに白河院らの「院仰」「法皇仰」が含まれていることが明らかとなった。細谷勘資が指摘するように、有仁の「花園説」が村上源氏の説を中心にした説として宮廷社会から重視されており、後には九条流を含む説として、摂関家以外の流でも尊重された[23]。有仁の「花園説」には三宮輔仁側の盟主であった俊房の説が積極的に取り入れられていることは注目に価する。永久元年（一一一三）、輔仁の護持僧であった仁寛が鳥羽天皇の呪詛を図ったとして配流されるという、いわゆる仁寛事件が起こり、村上源氏も大きく勢力を削がれることになった[24]。有仁が俊房説を取り入れたのは、村上源氏の復興への願いも重ねられていたのではないだろうか。それは同時に、輔仁による三宮家復興の願いとも重なるものであっただろう[25]。こうした公事に巧みな人物という評価は『今鏡』「みかさの松」に見える為隆の言からも伺える。

　左大弁為隆といひし宰相は、「日本はゆゝしく、てづゝなる国かな、前の関白［忠実］を一の人にて、このをとゞ［忠通］、花園のをとゞ［有仁］二人、若き大臣のよく仕へぬべきをうちかへつゝ、公事もつとめさ

せで、此殿一の人なれば、いたづらに足引き入れてゐ給へるこそをしけれ」とぞ、言はれけるとなむ聞え侍りし。

ここで為隆は、忠実による差配があまりにも強く、有仁や忠通のような若い大臣に公事を務めさせることがないことを歎いている。忠実が独裁的に仕切っていた当時の政治的な状況への不満は横に置くとしても、為隆の有仁と忠通に対する期待がうかがえよう。これは『愚管抄』巻四で天承二年（一一三二）正月三日の儀式について、知足院殿（藤原忠実）の言談として伝える「コノ日摂政太政大臣忠通、次右大臣ニテ花園左府有仁、三宮御子ナリ。次内大臣宗忠、家人ナリ。ソノツギ〳〵ノ公卿サナガラ禮フカク家禮ナリシニ、花園ノ大臣一人ウソヱミテ揖シテタヽレタリシ。イミジカリキトコソ申ケレ」という言談と対応するものである。同時代における多くの貴族達の有仁への視線はこうした公事祭礼に関する的確で清廉な振舞へと注がれていたものと覚しい。

しかし、「花のあるじ」以下ではこうした有仁の公事に関する言及はなく、また母方の庇護者であった村上源氏と有仁との関わりについても直接的には描かれない。有仁の活動は、他にも『古今集』、『後撰集』証本の収集[26]や歌集の製作[27]といった事蹟が知られているが、いずれも触れられていない。ただ、これらは一節でみたような晴の場で披瀝したものではなく、有仁の卓越性を示す話題ではないから記されなかったものと考えられる。

ただし、『今鏡』の性質と有仁家の描き方において有仁の蹴鞠についての事蹟が見られない点には注意される。有仁は「躍足」と呼ばれる激しい運動を基とする時代から、優雅な動作を庶幾する公家鞠への転換を促した重要な人物であることが、渡辺融・桑山浩然[28]、村戸弥生[29]らによって指摘されている。

たとえば、藤原頼輔『蹴鞠口伝集』には有仁の蹴鞠に関する言説が収載されており、そこから有仁の風雅な人物像を読みとることができる。藤原長実の家人であった源九について有仁は次のように評価している。

一成通卿鞠無上事
花園左府示給、先年中納言通季、相㆓具源九㆒来臨、忽蹴鞠之處、源九躰宛如㆓舞蝶㆒、成平、当時の長者なれとも、脚病更廃忘也、

このように、源九の所作を蝶が舞うようだと喩えたり、

一鞠舞におとらぬ事
花園左府示給、舞台に楽しらめて、舞のたちたるに、まりの上手ともたちまはりて、をの〳〵ふるまひあひたるやうたいは、舞におとりてもおほえぬ事と云々。

有仁は、鞠の上手たちの振るまいは舞に劣るものではないと述べている。蹴鞠の所作を、「舞」の振舞と比べる発想は、有仁以前の世代にはみられず、有仁の感性と貴人が蹴鞠をたしなむようになった時代の発想だったのだろう。

『今鏡』「かりかね」では成平を蹴鞠の名手であると述べており、有仁の蹴鞠説も、その風雅な所作を顕彰する上で、また評価の対象にするべき事柄ではなかったかと思われる。『今鏡』で蹴鞠について触れられないのは、ただ単に情報の取捨選択が働いたというよりも、蹴鞠が家の女房たちが関知しえない領域だったからではないか。蹴鞠にせよ公事にせよ、これらは男性による遊戯であり行事であるが、管絃、歌詠み、詩作の披露といった「花のあるじ」以下で描かれる有仁の技芸は女性と男性とが共に楽しむものだった。『今鏡』には、有仁の風流の隣には、常に女房や女性達の姿が垣間見えるのである。

このような点から考えても、『今鏡』作者へ有仁家サロンの有様を伝えた人物にとって、鎖連歌の文化的位相は少なくない重みをもっていたことが伺える。鎖連歌のあり方は、『今鏡』が連歌の理想と考えた、男性と女性

が親しみを増す遊戯だったからである。綿抜豊昭は、そもそも短連歌とその性質を強く引き継ぐ鎖連歌が男女による遊興であったことを指摘している。[30]だが、賦物連歌に移ると女性の連歌作者は非常に少なくなってしまい、女流連歌作者が目に見えて少なくなることを奥田勲は指摘している。[31]それは連歌が盛んになった室町時代以降の情勢を反映しているのであろうが、院政期の鎖連歌にはまた違う視座をもって臨むべきではないかと思われるのである。

八　おわりに

有仁家サロンで行われた鎖連歌の記事が、越後乳母の名誉譚として描かれていることを指摘し、共感を基盤とする座の文芸としての鎖連歌の性質を確認してきた。このような一座の空間を共有する人々の関係は、親密で濃厚なものであっただろう。家の名誉や歌人の意地がぶつかり合う晴の歌合では、この親密さは望めない。『袋草紙』雑談に描かれる中宮貝合の「このもかのも論争」のように、晴の歌合は競技性が強く、また家や個々人の名誉がかかった象徴権力の闘争の場なのである。

一方で、諸人が歌を持ち寄る形式の歌会では、名誉を受けられるのは歌人一人、あるいは一首の和歌となる。「花のあるじ」でも「歌詠みも、詩作りも」有仁家に集まったとあり、有仁家でも詩会や歌会が行われたと覚しい。しかしながら、互いに巧みな句を付けあったことを称揚しあう親密な空間は、和歌では演出できなかったのではないだろうか。鎖連歌の形態があって初めて主君・女房・来客・近臣を交えた親密で風雅な空間を描くことができたのである。

その中で特に重要な役割を果たすのが女房である。福井久蔵は鎖連歌の始発を、有仁その人の創始にかかるのではないかと想定する。(32) 他に鎖連歌の実作例がないため追認も反証も難しいが、もし有仁家サロンが鎖連歌創発の場であったとするなら、その始発には歌詠みであり機知に優れた女房の存在が重要な役割を担っていたはずである。女房がいたからこそ、鎖連歌は登場し、後の賦物連歌へと発展していった。同時代、他に見られない鎖連歌を『今鏡』が具体的に記すのは、連歌を本質的に男女の交流による「やさし」き振舞いと見る価値観の反映であろうが、同時に、主君・女房と心を通わせる場としての鎖連歌のありようもまた反映されているのである。

『今鏡』は、そうした理想的な男女の――そして主君と女房と客人との――共感の場として有仁家サロンを描きだそうとしており、有仁とその周辺の人物達による男女の風雅な交流は、続く「ふしゝば」における主要なテーマとなる。鎖連歌の記事は、男女の交流という意味で、有仁家に出入りする閑院流の貴紳たちや有仁家の女房たちの恋愛をとりあげる「ふしゝば」への導入としても機能しているのである。

そして、寂超自身も大原で気心のしれた兄弟や名高き歌人たちとの交歓を極めた連歌の座に身を置く人物であったことを思い合わせる時、鎖連歌によって「感じ合い」、「後まで誉め合」ったと記した点には、鎖連歌によせる『今鏡』作者の意図的な選好があったと言えるのではないか。

有仁家サロンとそこに見える人々の交流、そして連歌の位相に目を向けるとき、風雅な行事としての鎖連歌の性格を捉え直すことができるだろう。そして、その視線と語りの主体を女房であったと想定することで、従来接点が薄かった歴史物語研究と連歌研究を結び付け、有仁家サロンの実相をさらに考究する課題が立ち現れてくるように思うのである。

注

（1）福井久蔵『連歌の史的研究』（有精堂出版、一九六九）、能勢朝次著作集編集委員会編『能勢朝次著作集八　連歌・俳諧研究』（思文閣出版、一九八二）、伊地知鐵男『連歌の世界』（吉川弘文館、一九六七）、木藤才蔵『連歌史論考　上　増補改訂版』（明治書院、一九九三）、松本麻子『連歌文芸の展開』（風間書房、二〇一一）、岸田依子『連歌文芸論』（笠間書院、二〇一五）。

（2）加畠吉春「源有仁年譜〔付〕有仁とその文学サロン」（『平安朝文学研究』復刊五、平安朝文学研究会、一九九六・一二）。また有仁については、山内益次郎「源有仁考　今鏡列伝の構成と典拠」（『白梅学園短期大学紀要』八、白梅学園短期大学、一九七二・三）、三谷邦明、三田村雅子『源氏物語絵巻の謎を読み解く』（角川書店、一九九八）等がある。森下要治「院政期貴族社会の音楽と文学　源有仁の音楽活動をめぐって」（『尾道市立大学日本文学論叢』九、尾道市立大学日本文学会、二〇一三・一二）にも略年譜が付され、各方面からの研究がある。また有仁の北の方および公実流については、角田文衛『待賢門院璋子の生涯　椒庭秘抄』（朝日新聞社、一九八五）参照。

（3）有仁の家に多くの人物が集まっていたであろうことは五味文彦『武士と文士の中世史』（東京大学出版会、一九九二）に指摘がある。

（4）加納重文『歴史物語の思想』（京都女子大学、一九九二）。

（5）後藤祥子「今鏡の和歌」（歴史物語講座刊行委員会編『歴史物語講座第四巻　今鏡』風間書房、一九九七）。

（6）加藤静子「和歌資料から読む『今鏡』」（『國學院雑誌』一一四―一一、國學院大學綜合企画部、二〇一三・一一）。

（7）金子金治郎『菟玖波集の研究』（笠間書院、一九六五）。

（8）島津忠夫『島津忠夫著作集　第三巻　連歌史』（和泉書院、二〇〇三）。

（9）小林賢太「覚綱とその家集――「宮ばら」の意味するもの――」（『早稲田大学大学院文学研究科紀要　第三分冊』五八、早稲田大学大学院文学研究科、二〇一三・二）。

（10）上西門院兵衛については森本元子『私家集の研究』（明治書院、一九六六）に詳しい。まず、待賢門院に仕えた後、上西門院に仕えた。西行との関わりも深い。渡邉裕美子『新古今時代の表現方法』「西行と女房たち」（笠間書院、二〇一〇）参照。
(11) 田渕句美子「「御製」と「女房」――歌合で貴人が「女房」と称すること」（『日本文学』五一―六、日本文学協会、二〇〇二・六）。
(12) 山内益次郎『今鏡の周辺』（和泉書院、一九九三）。
(13) 加畠注2前掲論文。
(14) 『古今著聞集』「一九〇　花園左大臣家の侍が青柳の歌の事並びに紀友則が初雁の歌の事」による。
(15) 越後については関本万利子「花園左大臣家越後」（『学苑』一四七、光葉会、一九五三・五）の論考がある。小大進については、足立有子「花園左大臣家小大進」（『学苑』一四三、光葉会、一九五三・一）、志村有弘「小大進の和歌と説話」（池田富蔵博士古稀記念論文集刊行会編『和歌文学とその周辺』（桜楓社、一九八四）参照。
(16) なお、『十訓抄』「七ノ十五」には雅定が督殿へ手紙を送った話題が載る。同書は督殿も有仁家の女房であったと伝えるが伝未詳。督殿は、歌の返事を北の方と相談していたことがあったと伝えるが、その場には他の女房たちもいたことだろう。
(17) 足立注15前掲論文。
(18) 志村注15前掲論文。
(19) 『和歌文学大辞典』「越後」（執筆者、後藤祥子）（古典ライブラリー、二〇一四）。
(20) 関本注15前掲論文。
(21) 所功「『春玉秘抄』の残巻と逸文」（『京都産業大学世界問題研究所紀要』七、京都産業大学、一九八六・一二）。
(22) 田島公「『叙玉秘抄』について――写本とその編者を中心に――」（『書陵部紀要』四一、宮内庁書陵部、一九九〇・三）、同「源有仁編の儀式書の伝来とその意義――「花園説」の系譜――」（『史林』七三―三、史学研究会、一九九〇・五）。
(23) 細谷勘資『中世宮廷儀式書成立史の研究』（勉誠出版、二〇〇七）。
(24) 俊房及び村上源氏をめぐる当時の政治状況は、米谷豊之祐「源俊房と院政開始期の政局」（『大阪産業大学論集人文科学編』六一、大阪産業大学学会、一九八七・一）参照。
(25) 松薗斉は、三宮輔仁には家に伝わる日記があり、最終的には白河院の元にわたったものの有仁へと相伝しようとしていたのではないかと指摘する。『日記の家　中世国家の記録組織』（吉川弘文館、一九九七）。

(26)　『後撰集正義』奥書、尊経閣文庫蔵保元二年本清輔本『古今集』奥書等。また川上新一郎『六条藤家歌学の研究』（汲古書院、一九九九）に詳しい。

(27)　散逸。『夫木和歌抄』（三八〇八）に次の一首が残る。

御集、一字抄　花　　　花薗左大臣

たどりゆくしがの山ぢをうれしくもわれにかたらふほととぎすかな

(28)　渡辺融、桑山浩然『蹴鞠の研究　公家鞠の成立』（東京大学出版会、一九九四）。

(29)　村戸弥生『遊戯から芸道へ――日本中世における芸能の変容』（玉川大学出版部、二〇〇二）。

(30)　綿抜豊昭『連歌とは何か』（講談社、二〇〇六）。

(31)　奥田勲「中世文学における女――連歌作者に女性はなぜいないか」（『中世文学』四〇、中世文学会、一九九五・六）、同「連歌と女性――「中世文学における女」再録」（奥田勲編『日本文学女性へのまなざし』風間書房、二〇〇四）。

(32)　福井注1前掲書。

第四章　和歌の師弟関係の成立

――平安末期における芸能と和歌の地位――

一　はじめに

歌道家と言われる和歌を家職とする家系の研究は古くから高い興味を集めていた。冷泉家のように現代まで伝存する家もあり、和歌のみならず、政治史や家族史の立場からも注意されるからである。歌道家の成立と同時期に、もう一つの和歌にまつわる関係が成立してくる。それが師弟関係である。院政期、優れた歌人が貴顕に対して和歌を教え、歌学を伝授するようになっていった。これは「師と弟子」の関係が、父子や門弟の間だけでなく歌道家と貴顕との間に取り結ばれていくようになったともいえるかもしれない。

従来歌人同士の師弟関係については、基俊と俊成、俊恵と長明など個別の関係について論じられる傾向があった。では、和歌を師について学ぶことは、いつごろ何を契機として、どのような回路によって広まったのだろうか。

一般的には、和歌の師弟関係は能因が長能に師事したことから始まるとされる。この逸話は『袋草紙』雑談以前には収載されることがない。『袋草紙』の著者である藤原清輔の関心が、和歌の師弟関係の始発に寄せられており、この話題を載せることには、同時代における和歌の人間関係のありようが反映されていたと思われる。

同時代における和歌の師の成立と、歌学が貴顕に伝授されることは相同的な関係にある。能因と長能のそれを師弟関係の始発として捉えることは、十二世紀における和歌の師弟関係がそれ以前には無かったものであり、身分の低い「師」が、和歌を利用して自身を権威化するための機構であったことを見逃してしまうことになる。鎌倉時代には歌道師範家が成立し、和歌において必須の存在となる「和歌の師」は、十二世紀中葉に整備された、和歌に関わる新しい制度なのである。

こうした観点から注目されるのが「伝授」である。基俊から俊成へと行われた『古今集』に関する伝授がその早い時期のものとしてよく知られているが、これは『古今集』の「一書の全体を講釈する」という新しい形態の歌学知があって成り立つものである。これは身分の高低を問わない和歌の師弟関係を前提とするものであり、それこそが十二世紀における「和歌の師」のあり方を代表するものであると考えられる。本章では、摂関時代における貴族社会の師弟関係を概括し、和歌における師弟関係の誕生とその影響を考察する。

二　公家社会における師

摂関期の古記録類には、しばしば芸能や文事の「師」に関する記述が散見される。それらは「御師」「師匠」「師」など様々な呼称がある。量的に多く見られるのは僧侶の師資相承の記録であるが、今それらは措いて、ここで公家社会の文事や諸芸能に注目する。

摂関期においても管絃や芸能に関する師の存在が確認できる。古記録の類ではないが、『大鏡』昔物語には、長保三年（一〇〇一）九月一四日、頼通が頼宗と共に東三条院詮子の御賀で舞楽を舞った記事がある。

いで又、故女院の御賀に、この關白殿陵王、春宮大夫納蘇利まはせたまへりしめでたさは、いかにぞ。陵王は、いとけだかくあてにまはせたまひて、御祿たまはらせ給て、まひすてゝ、しらぬさまにていらせたまひぬる御うつくしさ・めでたさにならぶ事あらじとみまいらするに、納蘇利のいとかしこく、またかくこそはありけめとみえてまはせ給に、御祿をこれはいとしたゝかにおほんかたにひきかけさせ給ひて、いまひとかへりえもいはずまはせ給へりしは、また、かゝるべかりけるわざかなとこそおぼえはべりしか。御師の、陵王はかならず御祿はすてさせたまひてんぞ、おなじさまにせさせ給はんめなれたるべければ、さまかへさせたてまつりたるなりけり

ここで御師は、関白殿（頼通）の陵王とは様を変えて舞うべきであると、春宮大夫（頼宗）に助言している。この助言は成功したようで、同座の人々から「こころばせまされり」と評価され、頼通の御師は「（禄を）たまはらで、いとからかりけり」とされた。この御賀の記事は『栄花物語』とりの辺の他、『権記』、『小右記』にも見えるが、御師についての言及はない。舞楽における師は、晴れの場に臨んだときも、貴顕の弟子に助言を行うこともあった。こうした芸能の師は、弟子に対して自らの指導や助言が評価や禄賜にも直結し、弟子と師との深い関係があったことが容易に想定される。

文事でも『江談抄』「菅師匠の旧亭において、一葉庭に落つといふことを賦す」として、菅原文時を「菅師匠」と称し、その邸宅で賦した詩が残るが、(1)この師匠が弟子に対する師であるか、単なる尊称であるかは分からない。古記録の類には漢籍の師が多く登場し、一般の貴族も漢籍を師について学ぶ記述はよく見られる。例えば『中右記』康和四年（一一〇二）正月六日条には、記主宗忠が藤原有俊について次のように述べた記事がある。

在家之間、或人来云、安芸前司有俊去夜俄卒去年六十六、受病之後十余日、（中略）、是予一家之習、多年之間已

為二師匠一、就中受二前書設〔説カ〕一、悲嘆之思不レ可レ云尽

藤原有俊は文章博士実綱の息。優秀な実務官僚で『日本詩紀』『新撰朗詠集』等に漢詩が残る。宗忠は「前書の説を受く」とあるように有俊から漢籍を学んでいた。一家の師であり多年にわたって師匠であったと書かれているように、漢籍の指導が個人的な師弟関係に留まらず、一家（父祖や兄弟も含むかもしれない）に渡って教授を行うことがあった。『中右記』を見ていくと、他にも個人的な師弟関係ではなく一座の先生という意味であろうが、「後漢書之師匠」（嘉保元年六月五日条）である藤原敦基の名前が確認できる。また、公事についても師から様々な説を聞くことがあったらしい。宗忠は、通俊の「往年師匠」であった「（大江）佐国」（同年九月六日条）の説を聞いている。時代は下るが『禁秘抄』侍読事にはこうした天皇の御師が列挙されており、侍読事では漢籍だけではなく、笛や管絃等の芸能を授ける人物にも触れられており、侍読の名目のもと、天皇に様々な御師が就いていた。だが、摂関期から院政期にかけての古記録類で歌人が「師匠」「御師」とされる例は確認できず、和歌を教授する例はまったく見られない。しばしば「物の師」等として様々な芸能の師弟関係に言及する『源氏物語』においても、和歌の師がいるという言説は見られない。漢籍を学ぶ場面は、乙女巻で夕霧が寮試を受ける直前に「御師の大内記」から「史記の難き巻々」を読む所等がある。

もちろん、摂関期においても和歌の添削を受けることはあった。『雲州往来』上巻（一二）には和歌の添削を依頼する消息が残るが、それは弟子が師に送るというものではなく、親しい歌人に一首を見てもらうという対等の関係によっている。

ただ、藤原顕季が主催した元永元年（一一一八）六月一六日の「柿本人麿影供」の記録である『柿本人麿影供記』には、源俊頼が一座の長者として「宗匠」と呼ぶ例がある。宗匠は中世において連歌を始めとする各種の芸

能で特権的な地位を占める存在となるが、この言葉は『江談抄』巻六「『三史文選師説漸く絶ゆ』の事」に菅宣義の言として「文道の宗匠は足下一人か。宣義がなからむ時、書かるべき句なり」という例がみられる。これは三史と『文選』の師説が絶えたことを歎く句に応ずるもので「文道の宗匠はあなた一人でしょうか。」という若干の皮肉を交えた表現である。特定の弟子に対して技能や技術を伝える師弟関係を示すニュアンスはなく、師匠としてふさわしい人物という意味合いで使われている。源俊頼を「宗匠」というのも同じく、具体的な師弟関係を念頭においた表現ではなく、師にふさわしい第一人者という意味だろう。

このように、文事や有職、芸能などで見られる師弟関係も、和歌に関しては具体例を見いだすことができない。少なくとも、血縁関係がない人物を弟子にして和歌に関わる事柄を教授する例は確認できないのである。その意味で能因と長能との関係は、清輔にとっては特筆すべき関係であったのだろう。

三　和歌の師弟と始発期古今伝授

ところが、こうした状況は鳥羽院政期ごろから変化していく。この変容を促した契機と考えられるのが始発期古今伝授である。鴨長明『無名抄』には、俊恵が長明と師弟の契約をした時の話題と、基俊と俊成の師弟契約逸話が収載されるが、和歌の師弟契約の具体的な様相がうかがえるのは後者だろう。

五条三位入道談云、「そのかみ年廿五なりし時、基俊の弟子にならんとて、和泉前司道経を媒にて、基俊の家に行き向たる事ありき。かの人、その時八十五なり。その夜八月十五夜にてさへありしかば、亭主ことに興に入て、歌の上の句をいふ。

仲秋十月五日の月を見て

君が宿にて君と明かさむ

と、いとやう〳〵しくながめ出でられたりしかば、予、これを付く。

と付けたるを、何の珍しげもなきを、いみじう感ぜられて、さてのどかに物語して、『久しうこもりゐて、今の世の人のありさまなどもえ知り給はず。この頃誰をかもの知り人にはつかうまつりたる』と問はれしかば、『九条大納言伊通、中院大臣雅定などこそは、心にくき人とは思ひて侍るめれ』と聞こえしかば、『あないとほし』とて、膝をたゝきて扇をなむ高く使はれたりし。かやうに師弟の契りをば申たりしかど、よみ口にいたりては、俊頼には及ぶべくもあらず。俊頼いとやむごとなき者なり」とぞ。

久保田淳、[2] 松野陽一、[3] 田仲洋己[4]によって、道経による仲介の意味や具体的な時期など様々な観点から考証される著名な説話である。基俊と師弟の契約を結んだのは保延四年（一一三八）頃で、『古今集』証本とその解釈を学んだことが先学より指摘されている。俊成は基俊から譲り受けた古今集証本（基俊本）と貫公自筆本（花園左府本か）の要素を混成することで、いわゆる俊成本を製作したことはよく知られている。[5] 俊成自身が「よみ口にいたりては、俊頼には及ぶべくもあらず」と評した基俊から、和歌の詠み方を積極的に習いたがったとは考えにくい。

証本とその解釈（あるいは注釈書）を伝授する事例は、この時代以降集中して見られる。教長から元性や守覚への古今伝授（『諸雑記』）を始め、清輔から二条天皇、兼実（清輔本『古今集』、『袋草紙』）、あるいは顕昭から守覚（『古今集注』等）、俊成から某（『古今問答』）等があり、歌道家内部での伝授であるが、俊成から定家（『僻案抄』等）への教授も確認できる。

浅田徹は『古今集教長注』および『諸雑記』に引かれる教長本古今集の奥書を分析し、教長が長年の朝廷生活や歌歴によって貴顕の師としてふさわしい人物であることを自ら演出していたことを指摘している。教長は清輔や顕昭と違い重代の歌人ではないため、自身の権威の弱さをこうした言説で補完しようとしていたという指摘は重要である。(6) すなわち「伝授」にはたとえ形式的なものに過ぎないとしても師としての資格が必要とされ、それがない場合には自身の経歴や歌歴を基盤にその権威を確立しなければならなかった。

こうした始発期古今伝授とは、伝授する側の知識・技能・権威の優位を前提にした歌学知なのである。これは『古今集教長注』が「弟子の講義ノートに師匠が加筆する」形を取っていることからも裏付けがとれる。(7) こうした師匠としての振舞い方は、一書について、師匠から弟子へと一書全体を伝授するという形式を通じて成立したと言えるだろう。

このような師資相承の形をとる歌学の伝授は十二世紀まで確認できず、証本と注釈をセットで教授する例は俊成・清輔らの世代になって急激に広まった。こうした師資相承の形式は同時代の歌学書にも確認される。その具体的な例として『奥義抄』下巻余の跋を挙げることができる。『奥義抄』は一書全体を注するものではなく、その意味では古今伝授とその内容は異なる。

於此巻者、和歌肝心目足也。非㆓灌頂㆒之人者、輒不㆑可㆑開。件灌頂選㆓器量年臈㆒可㆑授㆑之。
玉津島姫明神御守護巻也。可㆑慎々㆑々。

この跋は、伝法灌頂の形式を踏襲することで伝授の対象者の「器量」と「年臈」を選ぶという、師の立場から書かれている。三輪正胤はこれを鎌倉時代以降広く流通する和歌灌頂の始発として位置づける。(8) 具体的に誰を伝授の対象としているのかは分からない。しかし、下巻余は顕昭が『袖中抄』で「奥義抄灌頂巻」として引用していることが支えとなるので、伝法灌頂に見立てた秘伝的な性質は清輔自身の作意である。

横井金男は古今伝授が成立する条件の一つとして師弟関係をあげている。(9) だが、今まで見てきた事例から考えると、師弟関係が事前に存したから始発期古今伝授が生まれたというよりも、「伝授」という形式で和歌を教えることと、歌学の世界に師弟関係が導入されたのは並列的な関係にあると考えられる。
権威を伴った証本と解釈の伝授が行われるためには、和歌に卓越し優れた経歴をもつ師匠として、弟子に向かい合うことが必要とされた。『奥義抄』下巻余のように、それまでの時代には見られなかった「師」の立場から書かれる歌学書が登場したのは、こうした背景が存在していたのではないだろうか。和歌における師弟制度の導入は極めて効率的に始発期古今伝授の制度化を促したのだろう。こうした歌学を基盤とする師弟関係が成立するに伴い、その師説の特権化と他説に対する排撃が行われるようになる。

四　師説の編成と一門の形成

証本や歌説の授受は同時に本文や解釈の相違を生み出し、「師説」の形成を通じてそれぞれの門流を生み出していった。歌説の相違は、歌道家の対立とも密接に関連する。『六百番歌合』はこうした解釈の対立が門流の対立として認識されていることが分かる好例である。
『六百番歌合』「寄煙恋」題では「かひや」が問題とされる。いま「かひや」の実態については措くとするが、『顕昭陳状』で顕昭が「判者は蚊火と鹿火と相兼ねると考えている」ことを批判して、次のように述べている。

大方は、一門の義は、一つ筋にとをりて侍らばこそは、心にくゝも侍らめ。

顕昭は一門の歌説は統一されていなければならないという立場なのである。『顕昭陳状』によると、俊成判には掲載されていなかったようだが、顕昭と番えられた寂蓮も両義で混乱していたと覚しい。

評定の座には、右作者も「蚊」、「鹿」、混乱しげには侍しを、此定に難をば儀侍き。

このように顕昭は俊成と寂蓮を一門としてとらえ、蚊とする説と、鹿とする説の混乱を批判している。

「寄海人恋」題では「あまのまくかた」と「あまのまてかた」の本文をめぐって議論があった。その中で、俊成は判のなかで『奥義抄』と思しい「あるものの歌の難義とおぼしき事ども書たりけるもの」を見た時のことを、次のように述べる。

後撰の難義とおぼしくて、此「まてかた」の歌を「まくかた」と書て、尺もなくて、只置て侍しを、「これはまてかたなり。まくかたと僻事書たりける本に向て不審したるにこそ侍れ」と申て侍を、のちに人伝聞て、かれが門徒の「まく」と執して勘持て侍けるにこそ。

ここで「かれが門徒」と名指しするのは、左歌の作者顕昭に他ならない。つまり『奥義抄』が誤った本文を元にしているにも関わらず、清輔の門徒だからその説に執着しているのだとあてこすりを述べているのである。そして、顕昭は陳状で次のように反論している。

先自二崇徳院一被レ下二賜書一、「或書」とは、又可レ被レ申事にあらず。故清輔朝臣、奥義抄と申和歌の抄物を作時、後撰の歌に英明中将がよめる、

伊勢の海あまのまくかたいとまなしながらへにける身をぞうらむる

と申歌を、さきには不審して、雖レ不二注付一、後に塩やく案内者等に相尋て、「あまのまくかた」と云事を能知て、其由委注付たり。其自筆押紙、愚本に侍り。未レ被レ見二其義一こそは侍れ。更非二門徒一也。

顕昭はあくまでも「あまのまくかた」が正しく、清輔は「塩やく案内者」にまで尋ねてその義を同定したと

主張する。問題となるのは「更に非門徒也」として自身が清輔の一門ではないことを主張しているように見えることである。この言明は前半の「寄煙恋」題と矛盾を来す。『日本歌学大系』はこの箇所を「更非二門徒之今案に一」と読んでおり、(10)確かに底本の書陵部本の(11)「也」の字は「之」にも見える字形である。やや語法からみて不審があるものの、こちらに従えば矛盾はない。「あまのまくかた」説は門徒の今案ではなく、清輔説という後盾があるのだ、という主張として解釈すれば、「寄煙恋」題で唱えられた「一門の説は統一されているべき」だという主張と矛盾はなくなる。

俊成は、「あまのまくかた」に関する解釈に関して、顕昭を師の説を盲信する「門徒」として認識している。こうした解釈の相違——師説の差——を基盤にする和歌の一門という認識が、この時点で、すでに形成されていた。「師説」という言葉は『六百番歌合』以前から、すでに歌学書の中に登場している。『奥義抄』には「師説」の語が見られないが、『袋草紙』「諸集の人名の不審」には、清輔の「師説」が掲載される。

坂上大嬢　右大弁大伴奈麿卿の女なり。里名と号す。本のまま。

唐棣　第七巻に云はく、草の歌の中、唐棣をもつて月草と号す。

已上、師の説を伝ふる事ばかり、これを註す。

ここでいう「師」が誰なのかは判然としない。可能性が高いのは父祖の顕季・顕輔だが、他の箇所で父祖を師と述べることはない。むろん後代の増補である可能性も捨てきれず、『袋草紙注釈』(12)では「師説」に父祖以外の説が入る可能性を指摘する。

もちろん、「師説」という言葉自体は珍しいものではなく、『袖中抄』には日本紀講釈（多くは『釈日本紀』と一致）の引用と思われる箇所に「師説」という言葉が見えるが、顕昭が直接聞いたものではなく書承によるもので

あろう。(13)

歌語や一首の解釈における家説や師説が歌合の場で議論になり、歌学書に導入され、それらの説を信奉する者達が互いの門流を意識して衝突するといった事態は十二世紀前半には確認できず、『綺語抄』、『俊頼髄脳』、『和歌童蒙抄』等の歌学書類にも、既存の説を否定する論は少なからず見られるが、こうした他家門流の説を論破する直接的な記述は見られない。

むろん、歌合判や歌会の場において互いの論を競わせることは基俊や俊頼の対立（元永二年『内大臣家歌合』）のように白河院政期にも珍しいことではなかったが、彼らが自説を「師」や「一門」の説であるといった形で権威化し相手の説を相対化することはなかった。『六百番歌合』で一門の説をめぐって論難が行われる背景には、師弟関係や歌道家の成立、様々な歌学書の流布といった前代にはなかった制度や環境が急激に整備され、「一門」を基盤に歌人が自説のアイデンティティを構築していたことがあった。

五　芸能と師説

こうした歌学書における師説の編成は、他の芸能においても確認される。十二世紀は「芸能」の範囲が拡大し、多くの芸能の書が書かれた時代である。弟子が師と契約し、その師説を継承・権威化する学書として『蹴鞠口伝集』と『梁塵秘抄口伝集』を取り上げて考察してみたい。

『蹴鞠口伝集』は難波頼輔による蹴鞠書で、藤原成通『三十箇条式』（散逸）を基盤に製作されており、上巻は蹴鞠の故実、下巻は白河院政期の蹴鞠の道者たちの言動を中心に掲載される。注意されるのはその師承関係への配慮で、成通を師とする頼輔は成通の師たる賀茂成平の言説について以下のような記述がなされる。

此式云、師説とかきたるハ成平なり。式は拾遺納言成通作也、さて成平ハ師なれハ師説と書也、此口伝集に成通卿を師説と書きたる定なり。(14)

成通は『三十箇条式』において師であった成平を師と述べているため『蹴鞠口伝集』においても成通の言説を師説と書くと述べている。頼輔は師説の継承を意識しており、成通の門流であろうとする意識がある。成平は頼輔の叔父にあたるが、成通とは直接の血縁関係はない。成通を「師」とする意識は直接的な血縁関係を前提とする「家の意識」とは異なる。蹴鞠のルールが整えられ、公家社会の中でその故実が問われるようになるのは白河院政期以降である。(15)成通も『成通卿蹴鞠口伝日記』等の蹴鞠書を書いたが、『蹴鞠口伝集』のように師の言動を故実として網羅的に記す書物は作らなかった。『蹴鞠口伝集』中の登場人物の大半は白河院政期の人物であり。頼輔は伝統の浅い断片的な蹴鞠の言説を類聚し、その中で「師説」を特権化するという取捨選択を行っていたのである。(16)難波家が蹴鞠を家職化するのは鎌倉時代以降であるが、諸説を整理し、師説を特権化することは『蹴鞠口伝集』を嚆矢とする。

師説の特権化という点では『梁塵秘抄口伝集』も類似した性質をもつ。『俊頼髄脳』になぞらえて今様の髄脳を製作したと記す本書では、乙前の流に連なる後白河院自身の厳しい習練を書き連ねた現存部分（巻一〇）は「日記」としても読まれている。(17)乙前と出会う前の後白河院は次のような状態であったらしい。

好みしかど、さしたる師なかりしかど、資賢やかねなどが歌を聞き取り、少々習ひて歌ふもあり。

だが、乙前が現れてから、後白河院はその歌の節を「一筋」に改めた。

人を退けて、高松殿の東向きの常にある所にて、歌の談義ありて、我も歌ひて聞かせ、あれがをも聞きて、暁あくるまでありて、その夜契りて、そののち呼び寄せて局して置きて、足柄よりはじめて大曲様、旧小柳、今様、物様、田歌等にいたるまで、いまだ知らぬをば習ひ、もと歌ひたる歌、節違ふを一筋に改め習ひしほどに、これかれや様々も知りにき。

「契り」を交わした師の「一筋」のみを良しとする態度は、ただ技術を学ぶだけではなく、正統的な後継者であり、門流を継承しようとすることに他ならない。それは乙前以外の流を徹底的に貶し否定することや、自身の弟子たる院近臣たちが、どれだけ後白河院の芸を「瀉瓶」したかで推し量ろうとする態度と通底するものである。

師説や姿を忠実に写し取ろうとする弟子側の立場から書かれた芸能の書が形成されることと、父祖や師匠の歌説が歌学書に書き留められていくことは同時代的な現象である。特に『袋草紙』や『袖中抄』といった清輔・顕昭らの歌学書には顕輔・顕季など父祖の説が記されるが、それらは古今伝授のように「一書の歌を全て注釈する」[18]といった体系的な教授であったとは考えにくい。山田洋嗣は父祖の和歌談を「故実伝授の場」として捉える見方を提示するが[19]、だとすれば六条藤家におけるその場は、古今伝授のような場とは異なり、その時々によって必要な言談が散発的に教授される場だったのだろう。

俊成は定家に対して明らかに庭訓を授ける意識をもって『古今集』を講じているが、六条藤家の歌学書、特に『袖中抄』など顕昭歌学書に顕著に見られる父祖説の集成と編制は、断片的な言談をつなぎ合わせ、師説を権威化する点において、先にみた蹴鞠や今様のような芸能書の方法に近い。それは父祖の言説を中心とする家の内部の言説であるか、血縁関係に依らない師説であるかの違いはあるものの、それら「師説」を編纂するあり方は通じあうものがある。院政期の諸芸能が「師説」を基盤にして権威性を帯び始めると同時期に、歌学書に父祖や師の説が導入され諸芸の世界で門流の色彩を強めていくのである。

六　芸能の師と和歌の師

　こうした一時代前の言説がさまざまな芸能で集積され故実化していくのは、それぞれの芸能の担い手が自らの卓越性を示し、自説の正統性を主張する必要に迫られたからである。それは後白河院政期から後鳥羽院政期にかけて芸能の師の地位が大幅に向上し、出世の道筋になっていたことと軌を一にする。

　豊永聡美は、摂関期から鎌倉時代までの管絃における御師を研究し、摂関期には卑位卑官の地下官人層が担っていた御師の役割を、白河院から後鳥羽院時代にかけて摂関家の人物が担うようになり、出世の道筋の一つとして確立していったことを指摘している。[20]院政期には院権力の増大によって公家社会における遊興や技芸の地位が高まった。豊永は芸能を通じて院の近習となった人物の存在に注意し、後鳥羽院の琵琶の御師であった二条定輔に注目する。定輔は妙音院師長の高弟で、後鳥羽院と順徳院の御師となった。特に後鳥羽院からの寵愛は深く、その琵琶始では藤原実宗と九条兼実を抜いて琵琶の御師に抜擢されたという（『文机談』[21]）。定輔は後鳥羽院の寵愛を受けてはいたが、琵琶の名手としても聞こえていた。院政期の芸能には実力主義的な要素も強く、諸芸能においても貴顕を指導できる人物が厚遇された。

　こうした動向は管絃だけのものではないようで『愚昧記』治承元年（一一七七）四月一六日条には次のような記事が見える。

　今日祭使右少将雅賢出㆔立自㆓実定家㆒、三条西洞院也、無㆓指故㆒、如何、大納言実国・中納言雅頼・参議実宗等起座勧㆑盃云々、祭使出立之所、大納言不㆓着座㆒、親昵人相訪之時、直着衣在㆓閑所㆒、是故実也、況非㆓一家㆒、着㆓束帯㆒着座之条、傾奇者也、若是為㆓催馬楽之師匠㆒故歟、実定・実国両卿彼家同宿也、

記主である藤原実房は、藤原実定と藤原実国が束帯をきて閑所にいたことを不審に思い、もしや源資賢の猶子である源雅賢が「催馬楽の師匠」であるから配慮したのだろうかと疑っている。これも芸能の師の地位向上を示す一挿話と言えるだろう。

鎌倉時代に入ると技芸による勧賞叙位が常態化し御給を受ける家が固定されていく。佐古愛己は技芸による勧賞叙位について述べる中で、鎌倉時代以降の技芸による勧賞叙位制度の確立は、芸能の家の固定化を促す既得権益となったことを指摘している。(22)

ただ、こうした卓越した技芸による勧賞叙位という点から言えば、崇徳院から清輔が受けた加級が早い例なのではないだろうか。『袋草紙』雑談には次のような自讃譚が載る。

また、新院御給を申すに度々漏れしかば、十二月廿日比、事の次に奏聞する歌、

　位山谷の鴬人しれぬ音のみなかれて春をまつかな

明年御給を給はる所なり。競望の人その数有り、而して仰せて云はく、「和歌に優なるにより、清輔に給ふ」と云々、何の面目かこれに如かんや。事に堪へずといへども、この道におりて度々面目有り。これ多年の稽古の致す所か。愚詠の百首の歌、

　梅の花同じねよりは生ひながらいかなるえだのさきおくるらん

と云ふ歌を、故北の政所哀れましめ給ひて、朝覲の行幸の御給にて五位従上に叙せらる。次に新院に歌を奏して正五下に叙せらる。次に中文の歌によりて四位に叙せらる。三度の加級は皆勧賞をもつてなり。二世忘れ難きの故、聊かこれを記し付く。この度の加級の慶びに、殿下の参河の君の云ひ送られたる返り事に云はく、

梅の花かれぬるえだと思ひしをあまねくめぐむ春もありけり

傍線を付した箇所に見られる三度の勧賞は、鎌倉時代以降に制度化された芸能による勧賞叙位の在り方を先取りしている。これは「家」を単位にしたものではなく、清輔個人に対するものであるが、和歌における卓越性を示すことによって、貴顕からの「勧賞」を引き出したである。このような状況は、清輔をしていっそう和歌に打ち込む十分な理由となっただろう。このケースは院の人事であるが摂関家や御室などにおいても状況は同じである。院政期に和歌の師が登場してくる背景には、技芸の卓越を誇示することで昇級が可能になるという芸能の地位向上があったのである。

七　和歌詠作と歌学知の伝授

こうした芸能の地位上昇は歌人に師という新しい振舞いを要求するものだろう。清輔が『袋草紙』や『清輔集』で時に自賛的な振舞いを見せることが先学によって指摘されてきた。(23) それは清輔の歌人としての矜持によるものと説明されることが多かったが、院政期の芸能に関わり貴顕に自らの卓越性を主張する必要があった者にとって、こうした過剰な自己表現は必要不可欠だったのではないか。貴顕に対してときに謙遜を見せながらも、優れた歌人・芸能者であることを主張し、さらに「師」として振舞うことは自身（および一族の）の立身出世に直結する事柄だったのである。

そのために、清輔は「和歌の師」の起源を説明しようと考えたのだろう。能因と長能が師弟関係を結んだ『袋草紙』雑談の逸話を検討してみたい。

和歌は昔より師なし。而して能因、始めて長能伊賀守なり。を師となす。当初肥後進士と云ひける時、物へ行く間、長能が宅の前にて車の輪を損じぬ。乃ち車取りに遣すの間に、かの家に入りて始めて面会す。参仕の志有りといへども、自然に過ぐるの間、幸ひにかくの如き事有り。その由を談じて相互に契約す。能因云はく、「和歌は何様に読むべきや」と。長能云はく、「山ふかみ落ちてつもれる紅葉葉のかわける上にしぐれ降るなり。かくの如く詠むべし」と云々。これより師となす。

この逸話は、すでに様々な角度から注目されてきた。中村康夫は『袋草紙』の配列からこの説話が秀歌譚の一つであるとする。[24] 池上洵一は中世に大きな影響を与えた長能説話としての流れを追い、[25] 吉野朋美は能因の数寄者としての奇矯な振舞いが公的な場にふさわしからぬものとして清輔から指弾されていることを指摘する。[26]
だが、二条天皇に奏上され、兼実の手にも渡った『袋草紙』にこの説話が記されたのは、清輔自身が自ら師として振舞った相手に対して、その起源を説明するという目的があったのではないだろうか。『袋草紙』は、能因は長能から和歌の詠み方を学び、師の長能を敬ったので『玄々集』に多くの歌をいれたと伝えるが、十二世紀の撰集において師の歌を撰集に多く入集させるという一般的な傾向は確認出来ない。二人の師弟関係が事実であったとしても、伝授と門流を基盤とする十二世紀における和歌の師弟関係とは大きく異なる関係なのである。

和歌の師は、十二世紀末には定着した存在となっていた。建久九年（一一九八）『後京極殿御自歌合』の奥書には、良経が俊成を師と仰ぐ記述が見られる。

三品禅門者、当世乃貴老、我道之師匠也、仍為レ蒙二其芳命一、以二愚詠一所二結番一也、素隔二柿本塵一、定類二梧台之石一、努努莫レ及二外見一、于時建久九年仲夏二日。

ここでは、「当世の貴老」たる俊成に学んだことを誇っている。しかし、伝授が可能な歌学的な知識ではなく、その詠作を師と同じ水準にもっていくことは難しかっただろう。だからこそ、『八雲御抄』用意部では「師匠風骨あれとも弟子又その躰をうつすことなし」と言い和歌を師から学ぶことに否定的な見解を示しており、定家も『詠歌大概』に「和歌無二師匠一」と記し、師について和歌を習うことに否定的な態度を示すようになった。

八　おわりに

以上見てきたように、「和歌の師」は十二世紀後半に俊成、教長、清輔らによって実践された院政期における芸能の地位上昇と、加級や恩賞を背景にした振舞いであった。それは清輔がそうしたように、貴顕に対して自らの卓越性を示すことで昇級を望むことができるという、院政期における勧賞叙位の在り方が基盤となったのである。

『玉葉』によると、承安三年（一一七三）三月一日以降清輔が訪れ、和歌談を交わし、歌合判を付すなどをしている。清輔が没する安元三年（一一七七）六月二〇日条では、次のように記している。

仏厳聖人来、基輔来云、今日辰刻清輔朝臣逝去云々。和歌之道、忽以滅亡、哀而有レ餘、歎而無益、就中余聊嗜二此道一、偏頼二彼朝臣之力一、今聞二此事一、落涙数行、忽緒二論道之長一、無下如二清輔朝臣一之得中和歌之道上、和歌者我国風俗也、滅亡時至、誰人不二痛思一哉。或人云、明後日可レ被レ行二除目一云々。

清輔がいなければ和歌の道を得ることができなかったと兼実は述べている。この『玉葉』の記述は、和歌の弟子の立場から書かれた最初の記録なのではないだろうか。こうした態度は安元元年（一一七五）『右大臣家歌合』の奥書からもうかがえる。

本云、大略伺二御気色一所付二勝負一也、当座付二勝負一、翌日書二判詞一、其後所レ付二作者一也。兼不存二哥合之儀一、只為二比興一、臨レ期隠二作者一合レ之、最密事也。就中未入二其境一之輩、且為二練習一詠之、努々不レ可二披露一者、胎後代者、必可レ招二恥辱一者也。早可二破却一。

奥書の前半は清輔が判を加えた時のものと思われるが、後半「兼不レ存二哥合之儀一」以降は兼実のものであろう。「未レ入二其境一之輩」が「練習」の為に詠んだのである。こうした修練は『玉葉』にも見られたように、師である清輔から教えを受ける立場の表明となっている。師について和歌を学ぶ兼実の、弟子としての態度は、清輔の没後に俊成から和歌を学ぶようになっても大きくは変わらない。

鎌倉時代にかけて、逆に歌人が弟子を取るケースも確認される。顕昭には印雅、幸清といった弟子がいたことが知られているが、[27]この意味で注意されるのが『西行上人談抄』である。本書は荒木田満良（蓮阿）が西行から聞いた話を整理した書物である。その奥書には次のようにある。

西行上人和歌弟子蓮阿以二自筆一記之。云々。

西行上人和歌弟子満良神主者、家田第長官良次男也。出家以後法名号二蓮阿一。西行上人和歌之談義、謂二西公談抄一。任レ書二自筆一令レ書レ之。

この奥書では「西行上人和歌弟子」という言葉が繰り返される。これは蓮阿が自らそう自称したのではないだろうか。西行の弟子であることを自身が主張することで自分の権威を高めようとしているのである。『西行上人談抄』は建久頃の成立かとされている。この頃には、弟子が自ら師の威を借りて著述を著すようになるほどに、「和歌の師」は認知されていたのであった。

注

（1）和歌にも「師匠」の早い例として『紀師匠曲水宴和歌』が存するが、当時曲水宴が行われた記録はなく、著名歌人が揃いすぎている等不審が多く、偽書の疑いが濃厚であるため今は勘案しない。吉川栄治「句題和歌の成立と展開に関する試論――紀師匠曲水宴・延喜六年貞文歌合の偽書説と併せて」（『国文学研究』六八、早稲田大学国文学会、一九七九・六）参照。

（2）久保田淳『新古今歌人の研究』（東京大学出版会、一九七三）。

（3）松野陽一『藤原俊成の研究』（笠間書院、一九七三）。

（4）田仲洋己『中世前期の歌書と歌人』（和泉書院、二〇〇八）。

（5）西下経一『古今集の伝本の研究』（明治書院、一九五四）。

（6）浅田徹「教長古今集注と始発期古今伝授の問題」（『和歌文学研究』七七、和歌文学会、一九九八・一二）。

（7）浅田注6前掲論文。

（8）三輪正胤『歌学秘伝の研究』（風間書房、一九九四）。

（9）横井金男『古今伝授の史的研究』（臨川書店、一九八〇）。

（10）『日本歌学大系　別巻五』、小西甚一編『新校六百番歌合　付・顕昭陳状』（有精堂出版、一九七六）でも「也」と読む。

（11）書陵部蔵鷹司本『顕昭陳状』函架番号266・382

（12）小沢正夫他『袋草紙注釈　下』（塙書房、一九七三）。

（13）『袖中抄』内で「師説」とされるのは全て日本紀講釈の引用の内である。

（14）桑山浩然『平成三年度科学研究費補助金研究成果報告書　蹴鞠技術変遷の研究』（一九九二）所収の本文による。

（15）渡辺融、桑山浩然『蹴鞠の研究　公家鞠の成立』（東京大学出版会、一九九四）。

（16）桑山注14前掲書。頼輔の時代は蹴鞠の所作や装束が整理され、以前の激しい蹴鞠から優美な動作を認める公家鞠へと変わる時代。先達たちの言説を集成しつつ優劣が判定されている。なお、村戸弥生『遊戯から芸道へ　日本中世における芸能の変容』（玉川大学出版部、二〇〇二）参照。

（17）三谷邦明「日記文学としての梁塵秘抄口伝集巻第十――院政期における男の仮名日記あるいは「こゑわざ日

記」と〈書くこと〉」（『日本文学』四二―九、日本文学協会、一九九三・九）。
(18) 浅田注6前掲論文。
(19) 山田洋嗣「歌学書と説話」（本田義憲他編『説話の場　唱導・注釈』勉誠社、一九九三）。
(20) 豊永聡美『中世の天皇と音楽』（吉川弘文館、二〇〇六）。
(21) 豊永注20前掲書。
(22) 佐古愛己『平安貴族社会の秩序と昇進』（思文閣出版、二〇一二）。
(23) 西村加代子『平安後期歌学の研究』（和泉書院、一九九七）。『清輔集』については芦田耕一『六条藤家清輔の研究』（和泉書院、二〇〇四）参照。
(24) 中村康夫「袋草紙雑談部についての試み的解説」（藤岡忠美他編『袋草紙考証　雑談篇』和泉書院、一九九一）。
(25) 池上洵一「長能説話の文脈――二十日あまり九日といふに春の暮れぬる――」（藤岡忠美先生喜寿記念論文集刊行会編『古代中世和歌文学の研究』和泉書院、二〇〇三）。
(26) 吉野朋美「『袋草紙』の能因像――文脈から清輔の意図をさぐる――」（小島孝之編『説話の界域』笠間書院、二〇〇六）。
(27) 西沢誠人「顕昭攷――仁和寺入寺をめぐって」（『和歌文学研究』二八、和歌文学会、一九七二・六）、川上新一郎『六条藤家歌学の研究』（汲古書院、一九九九）。とくに幸清は『道助法親王家五十首』に「善法寺曩祖、為二顕昭歌門弟一」と書かれており、当時から顕昭の弟子であると知られていた。これも自らそう名乗ったのであろう。

【付記】

校正中に、辻浩和『中世の〈遊女〉生業と身分』（京都大学学術出版会、二〇一七）および、Ariel Stilerman., "Cultural Knowledge and Professional Training in the Poetic Treatises of Late Heian Japan", *Monumenta Nipponica* vol.72, No.2(2017) pp.153-187. に接した。どちらも重要な示唆を与えるものであるのだが本稿には反映できなかった。

第四部　古典文化を検索する

第一章　清原宣賢『詞源略注』『詞源要略』から見る顕昭『後撰集注』の逸文

一　はじめに

清原宣賢は吉田兼倶の三男として生まれ、清原宗賢の養子となって宮中に出仕、大永六年（一五二六）一一月には正三位に昇った。享禄二年（一五二九）に出家。法名宗尤。環翠軒と号した。『古文孝経』や『中庸章句』『孟子』等、漢籍の講義を始め、三条西実隆の講義の聞書である『伊勢物語惟清抄』、『御成敗式目』の注釈である『貞永式目抄』等を著した室町時代を代表する学者として広く知られているが、多くの書物を写した業績も見逃せない。蔵書家としても知られ、「船橋蔵書」や「船橋秘蔵」等の印記が捺された宣賢自筆本が自著、書写本共に少なからず現存する。(1)

清原家の学を継ぐ人物として、主としてその漢籍の注釈、あるいは実隆、一条兼良といった同時代の碩学との関係に注目が集まりがちな宣賢であるが、漢籍に関する講義の他、他にも用途を別にする辞書を編纂したことが知られている。(2)『詞源略注』、『詞源要略』、『塵芥』、『宣賢卿字書』が現存し、中でも当時の歌学や源氏注釈と深い関係をもつ『詞源略注』『詞源要略』は和歌史上重要な著述であると考えられる。龍谷大学写字台文庫に所蔵される宣賢自筆本『詞源要略』は、近年その影印・翻刻も刊行された。(3)『詞源略註』はイロハ順の歌語辞典、『詞源要略』は部類型の一般語彙辞典と、両書の組織は異なるものの、『八雲御抄』や『仙源抄』など出典が一部共通し、散逸した顕昭『後撰集注』の引用が見える。顕昭『後撰集注』は近年現存が報告されたが、(4)その後の翻刻や研究は発表されていない。これらの逸文を集成するのは屋上屋を架すうらみもあるが一概に無意味と断定することはできない。宣賢の利用態度が知ることができるだけではなく、原本そのものは散逸したものの、顕昭勅撰集注の集成である『五代勅撰』にも逸文が遺されており、比較検討することができるのである。

こうした点から、本章では宣賢の著述に見られる顕昭『後撰集注』の逸文を集成した上で、『五代勅撰』からだけでは分からない『後撰集注』の性質を考察してみたいと思う。それと同時に宣賢の著述態度、『詞源要略』『詞源略註』における著述の引用態度にも言及する。

二　『詞源略注』と顕昭『後撰集注』

『詞源略注』は早くは川瀬一馬によって三本の伝本が紹介され（現存は国会図書館本の一本のみ）、(5)その後に大取一馬の手により古典文庫の一冊として翻刻がなされた。(6)そこで出典などについての一通りの考察が行われていて、これに付け加えるべきことはほぼない。いま、川瀬、大取の論に導かれながら同書について確認していきたい。

奥書には次のように利用した著述を記している。古典文庫に従って引用する。

古六	古今六巻書也	八	八雲也
仙	仙源抄也	哥	哥林良材
河	源氏河海	後撰註	顕昭註
後拾遺註	顕昭注	源	源氏
花	花鳥余情	和	和秘抄
詞註	詞花顕昭註	梁	梁塵抄
無	無名抄鴨長明作	僻	僻案抄
六	六花集	袖	袖中抄
色	色葉集	日	日本記

予在二旅館一不レ携二和哥抄一。僅所二随身一不レ過二二十部一。私抜レ之書レ之、暫慰二老年一而已。

環砕《（ママ）》軒宗尤。

川瀬が挙げる宣賢自筆本には、「僻」の次に「秘　古今秘註　後成恩寺御作」とあり、若干の異同も存するようである。また書名の列挙と同じ葉の表面に次のようにあるという[7]。

河海　作者　四辻宮善成　順徳院御後　紫明　作者　河内素寂　水源　作者　同上人　八雲御抄　順徳院作

私は旅館にいるので和歌抄をもたず、二〇部ほど持ち込んだ歌学書や注釈などを自分の老年の慰めに抜き書きした、というのが奥書の趣旨であろう。

まず成立については「環謂」「環老云」という表現があることから少なくとも出家した享禄二年（一五二九）以降、次に掲げる奥書の「旅館」で作ったあるところから、旅先での記述であるとされる。福井久蔵『大日本歌書綜覧』は旅先を越前としており、井上宗雄も宣賢は越前に頻繁に下向しており、その旅次である可能性が高いとするが、他に若狭・能登の旅次である可能性も指摘する。(8) 大取一馬も越前下向時、晩年を迎えた一乗谷に私邸を構える天文一五年（一五四六）以前の著述と考えており、いちおう越前下向の途中の作とする説が優勢であろう。

奥書に掲げられる書名以外にも出典が確認できるものがある。『惟清抄』や、また近年「或書」として引用される書物が『宗碩五百箇條』として知られる連歌論書であることが確認された。(9) この奥書で示されている書名は、あくまでも検討に値する中心的な注釈書ということであって、旅中に所持していた書物すべてを記したわけではない。

注目すべきは、源氏注である『水源抄』や顕昭『後撰集註』といった現在散逸した歌学書が抜書の対象となっている事である。すでに大取が指摘するように、冷泉家系統の『六花集注』と二条家系統の『古今六巻抄』の両方を含み、「イナオホセ鳥」の項目に見られるように諸書で結論が分かれる場合も両論を併記するといった客観的な引用の姿勢がみてとれる。当時の学的水準を伺うに十分な一書であり、そこに引用されている文献の検討は益のないことではない。

顕昭は文治年間以降、仁和寺御室守覚法親王の要求によって『古今集注』、『後撰集注』、『拾遺抄注』、『後拾遺集注』、『詞花集注』を献上している。(10) 他に俊頼の歌集を注した『散木集注』、堀河両度百首の注である『堀河百首注』の存在も確認されるが、宣賢はこのうち『後撰集注』と『詞花集注』、『後拾遺抄注』を引用している。『古今集』の注釈としては一条兼良の『古今秘注』を持ち込んでおり、『古今集注』は旅行に持ち込まなかったのではないだろうか。歌集単位の注釈書は対象が重複しないように選定していたものと思しい。例えば『塵芥』の「生子《ムスコ》」項には「古今秘注後成恩寺御作サムロノムスハ・年ヲムスト云・」と『古今秘注』を典拠にしており、宣賢の兼良著述に対する信頼は大きいのである。

また、『詞源略注』に引用される顕昭の著述として、二〇巻に及ぶ大部の歌語注釈書である『袖中抄』が見られる。比較的簡便な注が多い勅撰集注に比べて『袖中抄』の記述は長く、『綺語抄』、『和歌童蒙抄』、『奥義抄』といった院政期の代表的な歌学書の歌説も検討されているため『詞源略注』においても比較的長文で引用されている。以上やや冗長になったが『詞源略注』と顕昭著述について述べたので、次に『後撰集注』を見ていきたい。

三　『詞源略注』における後撰集注の引用

『詞源略注』における顕昭『後撰集注』の引用をあげると次のようになる。各項目冒頭に私に番号を付し、『後撰集注』引用箇所はゴチックにした。『後撰集注』内で掲げられている歌や、『後撰集』の被注歌が同定できる歌は二字下げで付した。また『五代勅撰』に他出が確認される場合はそれも引用した。

①イリアヤ　仙云、舞手花云、郭公二村山ヲタツネミン入アヤノ声ヤケフハサマサルト。後撰顕昭注云、舞ニ入アヤトテ更ニ取テ返シテ面白クマフ事ニ寄テ郭公ノ入アヤノ声トヨメリ。

郭公ふたむら山を尋ねみんいりあやのこゑやけふはまさると

（散木奇歌集・三〇四・大弐長実の白川にて、五月尽日郭公帰山といへる事をよめる）

②イナノサヽ原　後撰注、ヰナノハ山、俊頼ヨメリ。ヰナ山万。

しながどりゐなのは山に旅ねしてよはのひがたにめを覚しつつ

（堀河百首・旅・一四六四・俊頼）

③ニホ鳥ノ足ノイトナキ　後撰云、足ノ眼ナキ也。

春の池の玉もに遊ぶにほどりのあしのいとなきこひもするかな

（後撰集・春中・七二・題しらず・宮道高風）

④トコ夏ニ鳴テモヘナン郭公　後撰注、トコハ常ナリ。非二瞿麦一。

とこ夏に鳴きてもへなんほととぎすしげきみ山になに帰るらむ

（後撰集・夏・一八〇・題しらず・読み人しらず）

⑤トモネ　後撰注、鴨ノ事ニヨメリ。友ト共ニスルナリ。

⑥カコメ　後撰注云、香ナカラ也。根コメト云モ根ナカラ也。夜コメニト云モ夜ヲコメテト云。色云、ケフ桜シツクニ我身イサヌレン香コメニサソフ風ノコヌカニ。

けふ桜しづくにわが身いざぬれむかごめにさそふ風のこぬまに

（後撰集・春中・五六・貞観御時、ゆみのわざつかうまつりけるに・源融）

河原左大臣融

ケフサクラシヅクニワガミイザヌレンカ《香》ゴ《籠》メニサソフ風ノコヌマニ

カゴメニサソフトハ、香ナガラサソフト也。根ゴメニト云ゴトシ。

（『五代勅撰』）

⑦カタミ　後撰注、籠也。籠ニ汲入タル水ハタマラヌ也。

うれしげに君がたのめし事のははかたみにくめる水にぞ有りける

（後撰集・恋一・五五九・人をあひしりてのち、ひさしうせうそこもつかはさざりければ・読み人しらず）

⑧ヨトコネハセシ　後撰注、夜床ニハネシト云。

竹ちかくよどこねはせじ鶯のなく声きけばあさいせられず
（後撰集・春中・四八・ねやのまへに竹のある所にやどり侍りて・伊衡）

⑨タナレノ駒　注云、手馴ノ駒也。後撰注云、テナレノ駒ト云。

⑩タヽ渡リ　後撰注、船ニモノラス、橋ヨリモ不渡、歩ワタリノ心也。
けふよりはあまの河原はあせなんそこひともなくただわたりなん
（後撰集・秋上・二四一・七夕をよめる・友則）
あまの河せぜの白浪たかけれどただわたりきぬまつにくるしみ
（後撰集・秋上・二四三・七夕をよめる・よみ人しらず）

⑪ウラハ　後撰注、春日サク藤ノウラ葉ノウラトケテ春日ハルヘ同事也。五音相通スル故也。ウラハ上葉ト云歟、下葉ト云歟ト論侍リ。ウラコヒシウラカナシ。
はる日さす藤のうらばのうらとけて君しおもはば我もたのまん
（後撰集・一〇〇・春下・をとこのもとよりたのめおこせて侍りければ・よみ人しらず）

⑫ヤソクマ　八云、八十隈。後撰注云、ヤソノミナト、ヤソノチマタ、ヤソ嶋、ヤソ山。

⑬吹シク　後撰注、秋風ノヤヽ吹シケハ雨ヲモフリシク雪ヲモフリシク、僻云、シキリニ吹風ヲ吹シクトモ風ヲシクメルトモ云也
あき風のややふきしけばのをさむみわびしき声に松虫ぞ鳴く
（後撰集・秋上・二六一・題知らず・貫之）

⑭吹ノマニ〳〵　後撰注、山風ノ吹ノマニ〳〵吹マヽニ、僻云、随意トカキテマニ〳〵トヨム也。神ノマニ

〳〵君カマニ〳〵御心ニマカスト云ヨシ也

山かぜのふきのまにまにもみぢばはこのもかのもにちりぬべらなり

（後撰集・秋下・四〇六・題知らず・よみ人しらず）

山風ノフキノマニ〳〵モミヂバヽコノモカノモニチリヌベラナリ

フキノマニ〳〵ハ、フクマヽニト云也。コノモカノモハツクバネナラヌ處ニハヨムベカラズ。ツクバ山ハ八面アレバコノモカノモ、カノオモテト云也。サレバ古今ニモ、ツクバネノコノモカノモニカゲハアレド、読也ト、基俊判詞ニ書テハベレド、ソノイハレナキヨシ、清輔朝臣於二二條院一考申キ。躬恒仮名序ニ、天河ノコノモカノモニ鵲ノヨリバノ橋ワタシトカケリ。河ニダニカケリ。マシテ他山乎。此歌モツクバネトモサヽズ、只惣ジテ山ヲヨメルトミエタリ。

（『五代勅撰』）

⑮フタシエ　後撰注、二重ト云心也。心一ツヲフタシヘニ。八同。

いかでかく心ひとつをふたしへにうくもつらくもなしてみすらん

（後撰集・恋一・五五六・つらくなりにける人につかはしける・伊勢）

⑯コリスマノ浦　後撰注、須磨浦ヲコリスマトソヘタリ。

あだに見え侍りけるをとこに

こりずまの浦の白浪立ちいでてよるほどもなくかへるばかりか

（後撰集・恋四・八〇一・よみ人しらず）

⑰駒モスサメスアヤメ草　後撰注、菖蒲ヲハ馬クハヌ也。スサメヌハ不許容之。

⑱コトナシ草　後撰注、忘レ草忍草コトナシ草三種同物ナリ。

つまにおふることなしぐさを見るからにたのむ心ぞかずまさりける
（後撰集・恋二・六八八・人のもとにはじめてふみつかはしたりけるに、返事はなくてただかみをひきむすびてかへしたりければ・源もろあきらの朝臣）

かざすともたちとたちなんなきなをば事なし草のかひやなからん
（後撰集・雑三・一二二一・しぞくに侍りける女の、をとこになたちて、かかる事なむある、人にいひさわげといひ侍りければ・貫之）

⑲アフコナミ　後撰注、会期ナシ。
みるめかるなぎさやいづこあふごなみ立ちよる方もしらぬわが身は
（後撰集・六五一・恋二・題しらず・元方）

⑳アシタツ　後撰注、葦中ニスメハ云。或ハ白ヲ云。袖十五、順和名ニ鸖鶴《ツルタツ》別歟。
葦たづの沢辺に年はへぬれども心は雲のうへにのみこそ
（後撰集・恋三・七五四・女四のみこにおくりける・右大臣）

㉑サヽ浪　後撰注、サヽ浪少浪。袖十一云、サヽ浪ノ志賀ノカラサキサチアレトオホミヤ人ノ舟マチカネツ、顕昭云、ササ浪トハ近江ノ名也。日本記云、天智天皇粟津宮ニオハシマス時、仏寺ヲ造ラントオホシメシテ勝地ヲ求メ玉フニ、御夢ニ沙門奏云、戌亥ノ方ニ霊崛アリハヤク行テ見給ヘシ。御門驚テ其方ノ山ヲ見玉ニ、大ナル光昇レリ。朝ニ人ヲツカハシテ尋玉ニ、使皈テ申サク、先ニアタレル所ニ優婆塞アリテ経行ス。奇偉ノモノトイヒツヘシ。帝幸シテ此山ノ名ヲ問玉ニ、答申云、古仙霊崛伏蔵地、佐〻名実長《サゝナミナカラ》等山ト云テ告ヌ。其所ニ伽藍ヲタテタル。今崇福寺コレ也。コレニツキテサヽ浪ノナカラ山トハヨム也。此山ニテハナカラ山

ハカリヲサヽ浪トハ云ヘキニ、万葉ニハ近江ノ所〻ヲサヽナミトヨメリ。サレハサヽ浪ノナカラノ山トイヒケルト心得ラレタリ。又サヽ浪ノ国トモヨメリ。今案ニ、近江ノ国トハ遠江ニ対シテ云也。江ト云ハ湖水也。此海ヨリ浪ヲヨスルユヘニサヽ浪ノヨスル海トヨム也云〻。近江ノ外ハ海ニモ川ニモサヽ浪ト云事ハヨムヘカラスト先達思ハレタリ。八《（マヽ）》条大相国哥合、琳賢哥、

難波方サヽ浪ヨスル浦風ハテルミナ月モスヽシカリケリ

㉒シキシハ　後撰注、葉カエセヌモノ也。ハシ鷹ノトカヘル山ノシヒシハノハカヘハストモ君ハワスレシ。

はしたかのとがへる山のしひしばのはがへはすともきみはかへせじ

（拾遺集・雑恋・一二三〇・題しらず・よみ人しらず）

㉓エク　後撰注、君カタメ山田ノ沢ニエクツムト、エクハ芹《セリ》ヲ云。又セリエク別ノ物ト云。或云、都ナノワカノ名也。会供ト云也。白馬節会ニイルモノナレハ会供ト云。

君がため山田のさはにゑぐつむとぬれにし袖は今もかわかず

（後撰集・春上・三七・題しらず・読み人しらず）

㉔スサム　八云、許容也。只ノコトニハ不許容ヲ云。後撰注、谷サムミ未タ巣タヽヌ鶯ノ鳴声ワカニ人ノスサメスハ、不許容也。歌云、スサメス、不愛也。スサムハ愛也。世俗ニ用ニハカハル也。歌云、スサム物ノスカリタル心也。定家卿云、スサフト云詞、亡人不好詠也。窓チカキ竹ノ葉スサム風ノ音ニイトヽミシカキ夏ノ夜ノ夢、思ヒワヒ打ヌルヨヰモアリヌヘシ吹タニスサメ庭ノ松風、河云、不肯。スサメス、日本記。

谷さむみいまだすだたぬ鶯のなくこゑわかみ人のすさめぬ

（後撰集・春上・三四・題知らず・よみ人しらず）

㉕スコシ　後撰注、簾コシナリ。

あらかりし浪の心はつらけれどすごしによせしこゑぞこひしき

（後撰集・恋三・七四八・ひとのもとにまかれりけるに、すのとにするて物いひけるを、すをひきあげければいたくさわぎければ、まかりかへりて、又のあしたにつかはしける・守正）

孫引きや引用である可能性も考えて煩瑣を厭わず各項目を全文引いた。また、被注歌の候補が別れる場合や、被注歌が推測できる歌はあるが、断片的な情報であるため慎重を期して出典を付さなかった場合もある。ここから判明する範囲で考察を重ねていきたい。

まず、そもそも引用しているのが顕昭『後撰集注』であるかどうかであるが、これは『五代勅撰』の引用部分と重複する箇所があることから真であることが裏付けられる。『日本歌学大系』所収の本文によると⑥と⑭が該当するが、同時に無視できない異同も確認される。⑥では『詞源略注』では「香ナカラ也、根コトト云モ根ナカラ也」。『五代勅撰』では「カゴメニサソフトハ、香ナガラサソフト也。根ゴトニト云ゴトシ」である。『詞源略注』では傍線部を削除しているように、語句の注釈であるところから和歌本文と抵触する文をそぎ落として、記述を単純化しているのである。⑭では顕昭は長い注を付しているが、宣賢はごく短く冒頭の主要な部分だけを引用している。こうした点から、宣賢は『詞源略注』があくまでもイロハ分された歌語辞典という性質から正確な全文の引用を期したのではなく、各注釈の中心的な解釈や主張が分かればよいという態度で引用していると思しい。これは『袖中抄』でも同様である。

次に注意されるのは、必ずしも『後撰集』の歌について触れた箇所を引用しているわけではないという点である。①で引かれる歌は『散木奇歌集』の詠であり、②では「ヰナノハ山、俊頼ヨメリ」と注される。②では摂津国の歌枕である猪名野を読む時に「ヰナノハ山」と俊頼が詠んだので歌語として問題なく使用できるということであろうか。俊頼に限らず顕昭が勅撰集注で証歌を引くことは珍しいことではないが、②のような書き方をしていたとすれば俊頼の詠が証歌としてふさわしいと考えていたことが伺えるだろう。

　これらの断片的な記述からでは、『後撰集』のどの歌が被注歌であるか、逸文と項目名だけでははっきりしない場合がある。宣賢は相当注意深く各書を詠み込んだ上で『詞源略注』の項目の記述を練っていたものであろう。

四　『詞源要略』における『後撰集注』

『詞源要略』にも『後撰集』の注釈が参照されている。確実に『後撰集注』の引用と言えるのが二例。他に「後撰ニ」や歌末に、小さく「後撰」と注される例も多くみられるが、大取が指摘する通り恐らく『八雲御抄』からの孫引きであろう。

　両首ともに「鶯」部の証歌として引かれており、次のようにある。これも『後撰集』の出典とともに示す。

㉖／梅ノ花チルテフナヘニ春雨ノフリテツヽ鳴鶯ノ声後撰注　声フリ立テヽ鳴ト云也

　梅花ちるてふなへに春雨のふりでつつなくうぐひすのこゑ

（後撰集・春上・四〇・春の日、事のついでありてよめる・よみ人しらず）

㉗／タケチカク夜床ネハセシ鶯ノ鳴声キケハアサヰセラレス後撰注

　竹ちかくよどこねはせじ鶯のなく声きけばあさいせられず

（後撰集・春上・四八・ねやのまへに竹のある所にやどり侍りて・伊衡）

㉖では注文の一部まで引用されている。㉗は⑧と重出する歌で、注文があったことも確実であるが、ここでは歌のみの引用である。両首ともに鶯を詠み込んだ歌であるが、鶯の歌は、『後撰集』四一番歌にもある。

いもが家のはひいりにたてるあをやぎに今やなくらん鶯の声

（後撰集・春上・四一・かよひすみ侍りける人の家のまへなる柳を思ひやりて・躬恒）

もし『後撰集』から直接採ったのであれば、部立を跨ぐ四八番歌ではなく、こちらの四一番歌を採録したのではないだろうか。顕昭『後撰集注』から直接引用した部分で、この四一番歌は被注されなかった可能性が高いことを示しているように思われる。

なぜこの二首だけ、しかも「鶯」部だけに『後撰集注』の注記が見られるのか、判然としない。他の引用箇所や証歌にも『後撰集注』の利用があった可能性は高いが現時点では確認出来なかった。

五　おわりに

このように、宣賢の著述から計二七例の顕昭『後撰集注』の逸文が集成できる。すでに述べたように『詞源略注』では正確な引用ではなく、宣賢が適宜抄出して語句を変えている点は注意が必要であろう。

ここから『五代勅撰』所引の顕昭『後撰集注』と合わせて、確認できる被注歌は次のようになるだろう。

一八、二五、三四、三七、四〇、四八、五六、七二、一八〇、一九二、一九四、二〇九、二一三、二一八、二四一、二四三、二六一、二六九、二七〇、三一八、四〇六、四一八、五五六、五五九、六五一、七四八、七五四、八〇一。

今回同定することができなかった歌もあるが、宣賢が顕昭注を信頼していたことが伺え、また奥書に記した書は実際に閲覧して抜き書きしていたものとみて誤らない。だが、その引用は必ずしも正確謹直なものではない。こうした引用態度は他の著述でも同様のものと思しい。散逸した源氏古注である『水源抄』等の逸文も大きくは異ならずとも、正確な引用を期している可能性は低い。だが、こうした性質を心得た上で利用すれば宣賢著述は院政期、鎌倉時代の注釈の様相を伺う上でも有意義な著述であろう。

注

（1）清原宣賢については、井上宗雄『中世歌壇史の研究　室町後期〔改訂新版〕』（明治書院、一九八七）に詳しい。
（2）吉田金彦「辞書の歴史」（阪倉篤義等編『講座国語史3　語彙史』大修館書店、一九七一）。
（3）大取一馬責任編集『龍谷大学善本叢書　詞源要略・和歌会席』（思文閣出版、二〇〇四）、大取一馬「清原宣賢の歌学――『詞源要略』を中心に――」（『国語国文』四四―一一、京都大学文学部国語学国文学研究室、一九七五・一一）参照。
（4）藤田洋治「顕昭著『後撰集注』の和歌本文と注釈内容」（二〇〇八年和歌文学会東京例会報告）。
（5）川瀬一馬『古辞書の研究　増訂版』（雄松堂出版、一九八六・二）。
（6）大取一馬編『詞源略注』（古典文庫、一九八四）。
（7）川瀬注5前掲書。川瀬は自筆本に拠ったものと思しいが現在は所在不明。大取注3両前掲論文に言及がある。
（8）井上注1前掲書。
（9）小川幸三「『宗碩五百箇條』と『詞源略註』」（『熊本短大論集』三七―一、熊本学園大学、一九八六・七）。尚、『文教國文學』一七、一八に同「〈翻刻〉岩瀬文庫本『聞書（宗碩五百箇条）』」（一九八五〜六）として翻刻がなされる。
（10）顕昭が守覚に献上した勅撰集注については、川上新一郎『六条藤家歌学の研究』（汲古書院、一九九九）に詳しい。

第二章　宮内庁書陵部蔵『類標』をめぐって

——近世における索引の登場とその思想——

一　はじめに

『明月記』建久九年（一一九八）二月二五日条に次の記事が残る。

廿五日、　天晴、
自レ殿仰云、竹爾雪降古歌、小ゝ可二注進一、予蒙二此仰一之後、引二見三代集幷後拾違〔遺〕・金葉集一之処、竹雪歌無レ之、近代常詠歌也、定巨多歟由存之処、更不レ見、詞花集当時不レ持之間、又勘二見柿本・紀氏集一、遂以無レ之、仍崇徳院百首、堀川局（百首ノ誤か）、予幷千戴集二首、読人共以非二可レ然人一書レ之持参、

定家は良経から「竹に雪降」内容の古歌を探し出すように仰せを受け、まず「三代集」と『後拾遺集』と『金葉集』を検索したが、竹雪を詠んだ歌は見つからなかった。近頃はよく詠む歌題なので、さぞ多くの例が見つかるだろうと思っていたものの、用例が検出できない。『詞花集』は所持していなかったため、さらに『人麿集』、『貫之集』を検索したがそれでも見つからない。結局『崇徳院百首』（久安百首）、『堀河百首』、そして自分の歌と『千載集』二首を持参することにした。この後さらに『万葉集』以下も引見するべきかと定家は思案している。

この記事は引物絵に竹雪が描かれているので、それと共に書かれるべき（あるいは色紙などに書いて貼り付けようとしたのかもしれないが）、ふさわしい古歌を求められたという状況であるが、ある歌題の「古歌」を検索する必要に駆られた時、どのような資料の範囲で調査をしてきたのが伺える点で興味深い記事である。まずは勅撰集で検索をかけ、その次に『人麿集』、『貫之集』という歌仙の私家集、それから時代が下る百首歌、近い時代の勅撰集と自詠というわけである。

このように文学作品はただ通読して理解し、知識を領有していくだけではなく、十分に知悉していない作品であっても、先行する用例や書物の組織を調査する必要に駆られることがあった。だが、中古中世の記録類からこうした「調査」の様子が伺えることは少ない。管見の範囲では他に『看聞日記』永享一〇年（一四三八）二月七日、八日条において臣下への返歌に「君」という言葉を使ってよいのかを『八雲御抄』を通じて調査したという記事を知るのみである。これは用例の検索というよりも故実先例の調査であろう。ただ、現在も無数に残る歌枕書、古辞書、あるいは部類された歌集、漢籍であれば『芸文類聚』や『太平御覧』のような類書が必要とされたのは、これらが様々な形での調査の便にふさわしい体裁であり、要するに便利だったからである。

近世には、こうした調査研究の用に、新しい形態の書物が大量に登場する。広く「索引」と呼ばれるこのジャンルは、それまでの部類書とは異なり、和歌の句の頭脚音で検索する「類句」や「類礎」といったものだけではなく、調査したい項目の位置を「丁数」によって示すという特徴を備えていた。索引を利用することで、丁数によって知りたい情報の位置が確定されてさえいれば、本文に遡って情報を得ることができる。国文学研究資料館が提供する『日本古典籍総合目録データベース』（1）では「索引」の件名が設定されている。それらはほぼすべて近世の制作にかかり、中世にさかのぼるものは見られない。

索引がそれまでの類書と根本的に異なる点は、本文そのものを内包せず、本文に対応する情報だけを所持していることにある。これら索引群は「類語」「類字」「類標」等の書名が付され、多種に渡って現存している。にもかかわらず、こうした索引類が文学研究の対象として論じられることは、ごく稀な例外を除いてほとんどなかった。しかしながら、これら索引の登場は極めて重要な書物史・読書史的視座を提供するものと考えられる。(2)

特に、項目の丁数で情報の位置を示す巻丁索引の類は、江戸後期になるまで登場しなかった。古代から文献を検索する需要は常に存在していたにも関わらず、国史国文にまたがる種々の索引が登場し、その制作と利用が適切になされるようになるためには、長い年月と刊本を中心とする書物環境が必要とされたのである。

本章では索引が登場した背景と、その文化的意義を考えるために、宮内庁書陵部に所蔵される『類標』(3)に注目する。本叢書は全体に及ぶ成立や基礎的事項についてすら未整理のままである。まず『類標』全体についての紹介を行った上で『類標』がもつ文化史的な意義について論じることにしたい。

二　宮内庁書陵部蔵『類標』

宮内庁書陵部蔵『類標』について紹介する前に類標という言葉の用語を確認しておきたい。なぜなら「類標」は索引類のジャンルを示す一般名詞としても使われていたようで、用語に混乱が起こる恐れがあるからである。いま便宜的に、宮内庁書陵部に所蔵される一七九冊の叢書「類標」を『類標』と呼称し、それぞれの作品は「 」で示すことにしたい。

宮内庁書陵部では、『類標』一七九冊全てが一括で整理されている。しかし、『類標』には、外題と扉題と内題が異なる書も少なからず存し、一七九冊それぞれに統一書名を付す等の処置が必要となる。しかし、一冊ずつに統一書名を付そうとしても各冊の内容が大幅に異なる上、辞書や索引といった様々な書物が収められており、外題からは内容が判然としないケースもあり、合冊されたものもある。また、索引としての形態（イロハ順か、アイウエオ順か、あるいは丁数以外で検索するものか）が異なり、書誌的にもさまざまな形態の書物から構成されている。注意したいのは同一書名であっても内容が異なるものもあり、後に触れるように、「萬葉集類標」として整理されている類標のように、二種類の類標が混ざってしまったものもあるなど叢書としての統一性はない。

宮内庁書陵部蔵『類標』内の組織については『国書総目録』八巻「叢書目録」が先駆的な調査を行い、先にみた『日本古典籍総合目録データベース』にも独自の整理がある。『日本古典籍総合目録データベース』では、統一書名を付して『類標』を九五種一七九冊と認定している。しかし、外題及び内題に書名が見えないものや、冊数が複数に及ぶものや、様々な種類の書籍を同時に検索する形態をとる類標も多い。それらを親書誌と子書誌に分けて、内題以下の作品にもレコードを付しているのだが、外題の剝離によって親書誌が「書名なし」になってしまっているものがあり、索引内の凡例に依拠してレコードを取ったために存在しない書物にレコードが与えられていたり、同名異書を整理してしまっているため、このままでは利用できない。作者の認定や伝本状況の確認などをするためには、『類標』およびその諸伝本について、全点の調査が必要である。

『類標』内自体の整理にも少なくない問題が残されている。外題と扉題と内題が異なる場合には統一書名を付すのにためらいを感じることも少なくない。一応、今は外題に従って各書を示すことにする。

『類標』に収められる巻丁索引の利用方法については、まず図26を見ていただきたい。これは「袋草紙類標」および愛知県立大学長久手キャンパス図書館蔵『袋草紙』版本である。イロハの別に各項目が整理されており、

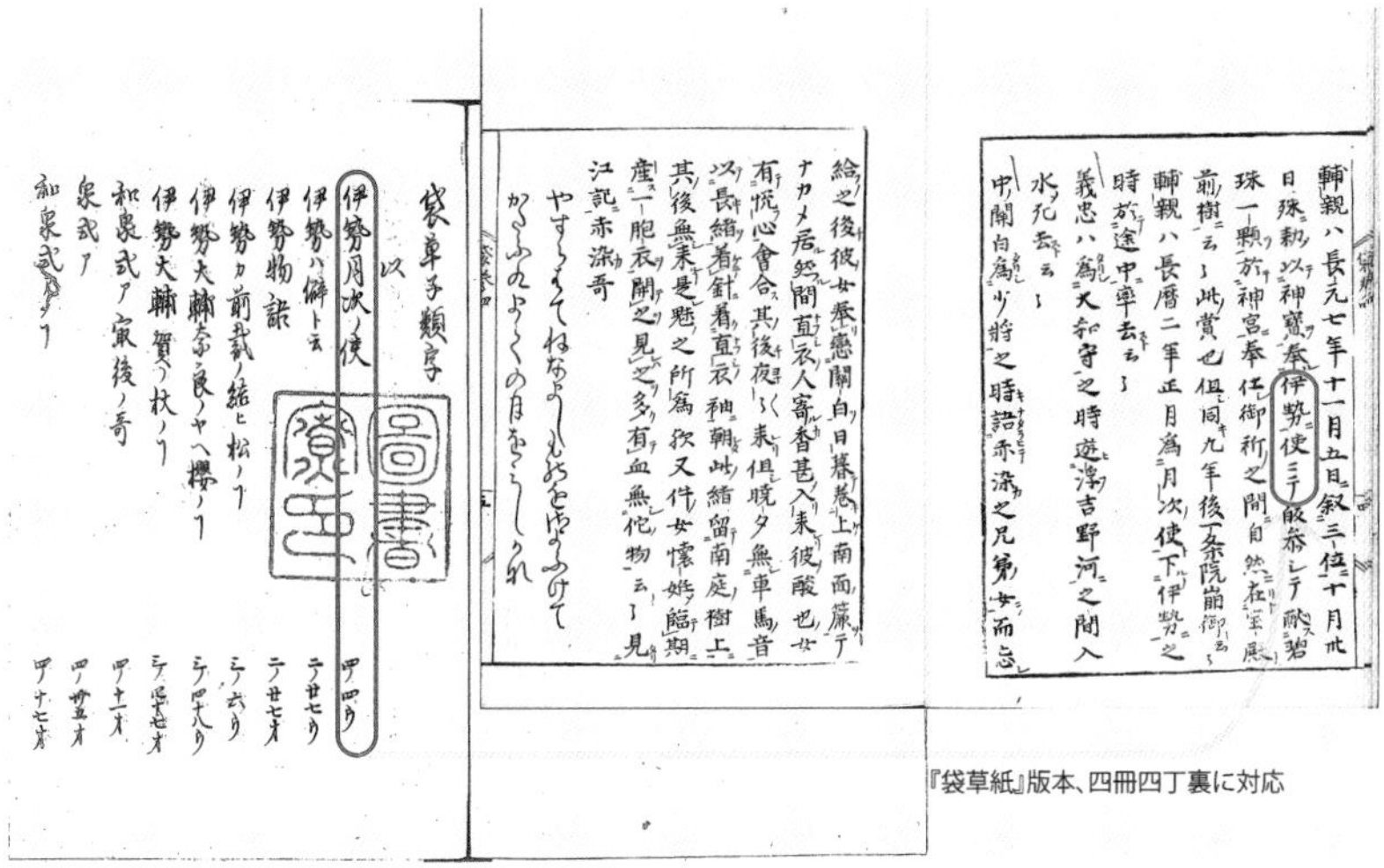

図26　「袋草子類字」及び愛知県立大学長久手キャンパス図書館蔵『袋草紙』版本

それが『袋草紙』版本の巻数及び丁数と直接対応しているのである。基本的には版本の丁数で内容の位置を示すものである。後に述べるように、他の形態、たとえば人名や漢字を画数で引くもの等、通常の巻丁索引とは異なる形態の書物もある。

この「袋草紙類標」については島津忠夫が『袋草紙』受容の観点から早くに注意し、橋本不美男からの教示によって、須坂藩第十一代当主であった堀直格の元で形成されたかとしている。(4) これは『類標』の蔵書印及び奥書を検討することで裏付けがとれる。

【附録2】に『類標』全体を整理した表を載せた。『類標』の大部分に堀直格の蔵書印である「花廼家文庫」と「墨阪十一代主写蔵記」の印が押されている。剥離痕が確認できる書冊もあり、僅かな例外もあるが九割を越える冊子に堀家の蔵書印が捺されていることは無視できない。また蔵書印に続いて重要なのが、しばしば黒河春村旧蔵書であったことを示す奥書が見られ、また春村自身が奥書を記しているものが見られる。

黒河春村は『古学小伝』に「元ヨリ諸侯ナドへ、立入ヲキラハレケリ、只堀内蔵頭ノ先候ト、奈須家ノミ、尊卑ノケヂメモナキモテナシブリニ、折々ハ参ラレケリ」と記されるように、堀直格と極めて親しかった。二人の関係と書物の関わりについては浦野都志子の一連の業績に負うところが多い。(5)なお、春村自筆の書状類には「黒川」とするものがないという浦野の指摘に従い、本稿では通行している黒川ではなく、黒河の表記を用いる。

両者の関係について深く踏み込むことは稿者の手に余るので、いまは『類標』内の問題に限って論じることにする。まず現在の『類標』の構成における問題点を確認しておきたい。現在の『類標』には表紙右下に朱で巻数と冊数が記されているが、書陵部が受け入れた際(6)の整理番号と思しく内容上の構成と合致しない場合が多い。

しかし、本書は黒川文庫所蔵の索引類の姿がうかがえる点で大変貴重である。内田魯庵が「典籍の廃墟――失われたる文献の追懐――」第十三章「松廼家文庫と黒川文庫」(7)で、関東大震災の折に黒川家の文庫が大きく損壊し「国学諸家の索引の自筆稿本全部」が焼失したと述べている。ここから『類標』全体は、おおむね春村から提供された索引を堀家で書写したものと考えられているが、(8)必ずしもそう言い切れない堀家内部で作製されたと思しい草稿の冊子や、他所で製作された類標もあり、『類標』は収集と製作の複数段階をへて現在の形になったと思しい。奥付や序跋などからそれぞれの成立が伺える場合がある。これら序跋と奥書の主要なものを【附録1】(本章末尾に掲載)として収録した。

『類標』に見える最も古い年号は【附録1】⑰「安永二年（一七七二）」、もっとも新しい年号は【附録1】㉕「安政五年（一八五八）」である。制作年次未詳の索引も少なからず存するが、一応、この年までに制作された索引類が『類標』の基幹を占めているものとみてよいだろう。

三　『類標』構成上の諸問題

まず、『類標』の構成上の問題を論じる。『類標』は、形態的には扉題の有無と料紙の別で次のように分類できるようである。

A型　扉題がある無罫の料紙を使う本
B型　罫線紙を使う本
C型　扉がなく内題からはじまる本

A型とC型はいずれも無罫の楮紙で、一段か二段の段組で記されるものが多い。A型の中には扉題と別に内題をもつ類標もあり、内題か扉題かの認定に悩ましいケースもある。ただ、扉題の多くは、本は遊紙であった丁か、あるいは整理のために後から付されたようにみえる。

A型の諸本は、扉題と内題が異なるケースがあり、扉題は単純に内題を拾い上げたものではない。さらにA型の諸本の中には、「梓園類纂」という外題とも内題とも異なる叢書名が扉に付されている書が二冊ある。「梓園」は春村と親好のあった国学者、岸本由豆流の号で『古学小伝』「岸本由豆流」項にはその著述として「梓園類纂三十巻」の書名が見える。これは竹柏園文庫に目録の自筆稿本がある他、同じく三十六人集の類標である無窮会神習文庫蔵『卅六人集雑纂』(9)、東京大学綜合図書館に数冊が残る他、伝存を聞かない。

B型の諸本の罫線紙は木版で版心を持つ一面一〇行のものと一一行のもの、そして版心下に「穂乃屋」とある八行のものの三種類が認められる。一冊だけ扉題をもつものがあるが、例外として今は措くことにしたい。罫線紙と無罫紙の両方に春村自筆の花押が認められるため、春村が『類標』全体を罫線紙で製作しようとしたとは考えられない。春村の著作で罫線紙と無罫紙を混用する例も認められる。内閣文庫蔵の『歴代大仏師譜　上（中下）』[10]は、『類標』と同じものではないが目録に罫線紙を利用し、本文は無罫の紙を利用している。『類標』で罫線紙を使用している冊には、「黒河春村蔵書を謄写した」という奥書が見えない。一方、「山城名勝志類標」のように、春村の署名の見える罫線紙の冊もある。

罫線紙に書かれた類標は、無罫紙の類標より成立および書写が先行する可能性が高いと考えられる。その根拠としてあげられるのは、「類標巻之（数字）」という内題をもつ冊子が六点みられることである。これらと先の料紙の関係は次のようになる。

1	B型	「栄花物語類標（上下）」	内題「類標巻之十五」
2	B型	「土佐日記・枕冊子類標」	内題「類標巻之十二」
3	B型	「山城名勝誌類標〈付諸陵式〉」	内題「類標巻之八」
4	B型	「翻訳名義抄（他）類標」	内題「類標巻之廿一」
5	B型	「本草和名類標」	内題「類標巻之七」
6	B型	「和歌色葉集類標」	内題「類標巻之廿二」

他に「夫木抄類標」と「萬葉集類標」にも「巻之」とだけあるケースもある。これは少々特殊なケースである。「夫木抄類標」は、小山田与清『夫木工師抄』を黒河春村が書写した際に、元々の巻数とは異なる巻数を付していた。それが冊数と巻数があわなくなったか、何かの事情で巻数を記さなくなったものと考えられる。「萬葉集類標」も同じ事情であろう。要は、制作上の都合によるものと考えられるので今は措く。右の諸書のうち「和歌色葉集類標」だけは無罫紙だが、奥書に黒河春村自筆花押の写しが見える。

これら巻数を内題にもつ類標は、現在の『類標』の整理では、ほぼ無関係に一括で纏められている。だが、これらの類標は春村か直格が初期に整理していたものだったのではないだろうか。「土佐日記・枕草紙類標」は一冊中の「土佐日記類標」にも「枕草紙類標」にもそれぞれ内題に「類標巻之十二」とある。これは作品毎ではなく冊毎に巻数をあてていたことを示すと考えられる。

こうした巻数を示す類標がすべて春村自筆本を基盤としているとは言い切れないが、春村の手によりまとめられた可能性は低くはないと思われる。便宜的に、こうした内題に巻数をもっていた類標群を「初期類標」と呼称しておきたい。罫線紙を利用しているのも初期類標の性質と関わるのではないかと推察される。

ただし、初期類標には『類標』に収載されずに他所の所蔵となったものもある。内閣文庫蔵『添塵壒囊抄類標』[11]は、罫線のない料紙ではあるが、巻頭に「類標第廿」とあって、イロハ順に配列されている。本書は堀直格の蔵書目録であった国立国会図書館蔵『花屋書院略目録』[12]に他の類標と共に著録されているが、『類標』が書陵部に入る以前に他所に流出、浅草文庫の蔵となったことが蔵書印から知られる。識語には春村自筆花押があり、これも「和歌色葉集類標」と同じく初期類標の一部であったと思われる。識語には次のように記されている。

こは了阿上人手記の本をもて謄写す。たゞし、かしら書はあらたに増補しつるなり。
（春村花押）
弘化二年八月廿日以一本比校了

了阿上人は村田了阿。春村とも交流のあった国学者である。『類標』にも了阿から借り受けて書写したという本が複数存するが、それらには「巻之（数字）」と書かれることはない。春村は様々な人物がすでに製作していた諸類標を集成し、自らもそれに増補して初期類標を製作しようと考えていた。

その中で注意されるのが「山城名勝誌類標〈付諸陵式〉」の識語（附録1⑰）である。本類標は「安永二年（一七七四）」に「桜川亭」が製作したものである。「山城名勝誌類標」は一一行の縦罫紙を四行に線で区切り、それぞれの地名と巻数を示したものであるが、他の類標にみられるような丁数で示す形式ではなく巻数を記すのみ。索引としては比較的原始的な体裁であったと考えられる。

もう一つ注意されるのは「山城名勝誌類標〈付諸陵式〉」を除いて、ほとんどが「アイウエオ順」を採用している点である。これは「和歌色葉集類標」の識語（附録1⑧）に記される通り「但原本は、いろは仮字もて次第せるを、かたのごとくあらため物しつ」とあることに対応する。原本の『和歌色葉』は歌語の「イロハ順」で配列されていたものを「型の如く改めた」という。この変更は「イロハ順」を「アイウエオ順」にしたものである。ただし、この方針は徹底されたものではなく、先にみた内閣文庫蔵『添塵壒嚢抄類標』のようにイロハ順のままにしたものもある。『類標』にアイウエオ順の配列をとるものと、イロハ順の配列をとるものが混在することは結果的にどちらの配列でも利便性に大差なかったものと思しいが、春村はアイウエオ順を志向していた。[13]

現存『類標』の混乱は「萬葉集類標」群の整理をめぐる混乱からも伺える。「萬葉集類標」は『国書総目録』八巻の整理においても、『日本古典籍総合目録データベース』においても、一具のものとして扱われている。だが、実際には「萬葉集類標」には内題を「萬葉集類標」とする群と「萬葉類字」とする群の二系統にわかれている。両者ともアイウエオ順の配列をとるが、実は「萬葉類字」群は「波（は）」以下しかなく、「萬葉集類標」群の途中から交互に挿入されているのである。「萬葉集類標」は万葉仮名毎に整理されているが、「萬葉類字」は万葉仮名の字母の違いにはほとんど注意を払わず「萬葉集類標」群に比べると整理が粗雑である。どちらにも蔵書印「花廼家文庫」と「墨阪十一代主写蔵記」があり、本来は別々に整理されていたものが、どこかの段階で混ざってしまったのであろう。ただし、学習院大学には、『類標』と同じく「萬葉集類標」と「萬葉類字」が混在する伝本が残る。『類標』が書陵部に入る前に写されたのだとすれば、この混態は早い段階で起きていたことになる。

四　「堀家文庫」の蔵書印

『類標』中、多くの類標は袋綴の大本ないし中本だが、稀に異なる体裁をもち珍しい蔵書印が捺されたものもある。こうした本を例外的なものと考えてよいのかは留保が必要だが、いまここでそれらを紹介し、『類標』の問題を考えておきたい。なお、蔵書印のうち宮内庁図書寮の印は全冊にみられる為割愛する。

まず、「大日本史類標」である。外題は題簽に「大日本史類標」。二四・二×一六・二糎、茶色艶出表紙。袋綴。墨付三〇丁。楮紙。「堀氏文庫」ほか、「誠斎」「悠々哉々」等の蔵書印がある。奥書は次の通り。

　聞書之法病。急率之時、不レ易二捜索一、因作二此冊之国字伊呂波而一、便二於検出一云

　安政五戊年冬十一月中浣　堀翁（印）

この「堀翁」は、堀直格のこと。「誠斎」（堀直格の号）他の蔵書印もそれを裏付ける。つまり「続花押藪類標」の堀誠斎と同一人物である。

「続花押藪類標」の書誌は次の通り。外題は題簽「続花押藪類標」。卍紋艶出紺地表紙。折本包背装。二四×一六糎。墨付一二丁。楮紙。「堀氏文庫」、「花廼家文庫」、よみえぬ陽印がある。奥書には、次のようにある。

　閲二続花押藪一、不レ易二捜索一。故作二此冊一。便二検出一云々。

于時安政巳未年春二月中浣
堀誠斎（印）

これには「堀氏文庫」の印が押されており、折本包背装の体裁及び瀟洒な表紙と相まって注意される。両書とも「捜索に易からぬ」書物をイロハ順にして「検出の便」をはかったというのである。「堀家文庫」印は、信州飯田藩主堀家の蔵書印で、十一代堀親義（一八一四〜一八八〇）の時代に使用したものかとされる。本書は堀直格の手によって制作されていたものの、親類の藩の手に渡った痕跡があるものとして注意される。(14)

五　「索引」の思想

『類標』には、しばしば底本に何を採用したのか、それをどのように改訂したのか、あるいは改めなかったのかの凡例や、校訂や増補について奥書に記す記述がみられる。これらは江戸期における文献の扱い方の一端をうかがうことができる記述といえよう。次は榊原長俊「吾妻鏡要目集成」(15)の凡例である。凡例は大きく三条に分かれている。割注は〈　〉で括った。

一条目は、

版本東鑑ヲ本書トシ、何巻ノ何枚目ノ表裏、何行目ト云符節ヲ以、見出ノ便トス。

とあり、版本を採用し、採録する記述には「何巻、何枚目、表裏、何行目」という細かい符節を設定するということが伺える。二条目は、本書仮名誤アリ。今此書ニ改ル時ハ、版本見出ノ便ヲ失フ。因テ今爰ニ不レ改。

として、『吾妻鏡』版本には仮名遣いの問題があるものの、それを改めてしまった場合には「見出しの便」を失ってしまうのでこれは訂正しないとする。三条目は、

本書誤字甚多シ。因テ別ニ本書ノ毎巻小冊ヲ付録シ。誤字ヲ訂証シ、姓名ノ闕ヲ補ヒ、月ノ大小錯ト、支干之訛ハ〈以二皇和通暦一〉改レメ之。日月蝕ノ脱〈以二暦算改甫一〉改レム之

として、誤字については訂正し、干支の誤りを改め、日月食の脱落も改め、日時の誤りも直す方法をとっている。他に特異な異体字についても訂正はしないということを指示しているが、この凡例からは版本を基準として、内容の検出に特化する為、誤りも正さないでおく、但し小冊子を付録として正誤を示すという方針が伺える。ただ、この小冊子はいずれの伝本にも附属しない。こうした発想は本文に大きな問題を抱える『吾妻鏡』（寛永版本）を扱うにあたってどのように本文を立てて考えるべきかを論じたものとして興味深い。

「土佐日記・枕冊子類標」からは、底本の採用に本文異同への配慮があったことが伺える。

此ふみ素本注本くさ〴〵あれど、今は加藤磯足が校異本によりつ。こは諸本の異同どもしるしたれば、ことにたよりもよみしくやとなり。

本書は底本に文政三年（一八二〇）刊、加藤磯足『校註土佐日記』（土佐のにき）に依拠したということである。これは頭書に諸本の異同を示した校異本である。「枕冊子類標」では、

右、枕のさうし類標は、池田市万侶か物せるなり。たゝし春曙抄を土代とせり。こは捜索のたよりよろしければなるべし。

として、北村季吟『春曙抄』を底本にした理由が書かれている。別にもう一冊ある「枕草子類標」でも『春曙

抄』が使われている。この本文選択は捜索の便りによいからだ、と述べられる。これらの言明から、類標の底本を決める基準に、本文が校訂（あるいは異同の処理）がなされていること、そしてや事項の捜索が容易であることを述べたものであるといえる。もう一つ重要なのが、標準的な本文を採用するという態度である。「遊仙窟類標」の序跋には次のようにある。

巻中記しつくる所の丁数は、慶安五年に版にゑりて世間に流布せる注本なり。

慶安五年刊本が「世間に流布せる注本」であったとわざわざ記すのは、索引においては流布本であることが重要な要素だったからである。

これらは本文研究それ自体に長い歴史をもつ物語や随筆といった文学作品にも適用される。「紫和讃弁中〔他〕類標」は扉の凡例で次のように索引の底本を定めている。

紫　紫式部日記傍注本　丁付
泉　和泉式部日記扶桑葉第五
讃　讃岐典侍日記類従本第三百廿二
弁　弁内侍日記上下　同三百廿三上下
中　中务内侍日記　同三百廿四
枕　枕草子　春曙抄本
枕イ　後光厳院宸翰枕草子　類従本第四百七十九上下
カ　蜻蛉日記　解環本
ツ　つれ〳〵草　鉄槌本

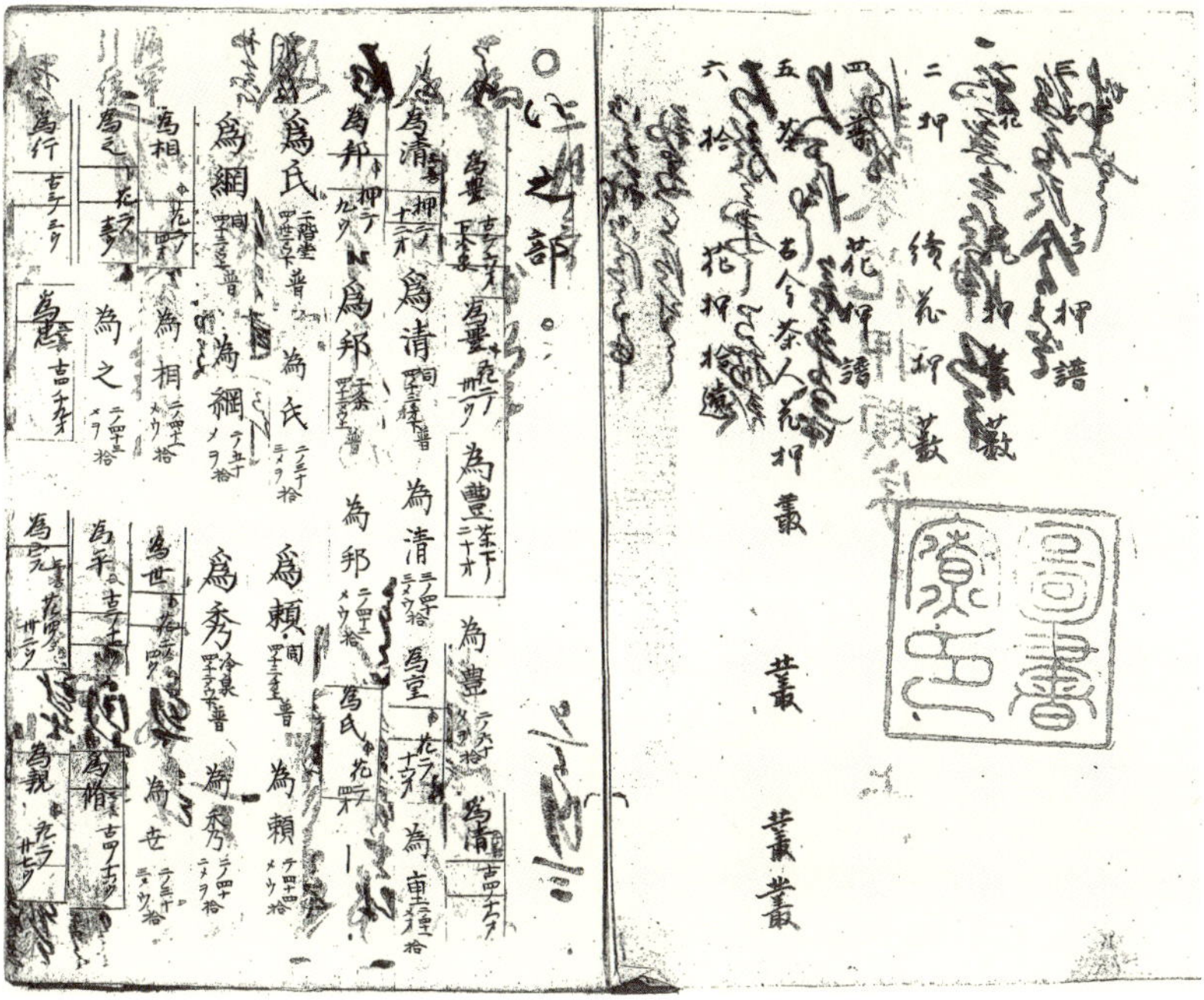

図27　「諸家花押類字　上」1丁表（宮内庁書陵部蔵）

これらのうち、「異本枕草紙」、「讃岐典侍日記」、「弁内侍日記」、「中務内侍日記」が『群書類従』、「和泉式部日記」が『扶桑拾葉集』所収本[16]に依拠していることからも、可能な限り流布本ないし校訂が施された刊本を検索対象とする底本に定めるという意思を読みとることができるだろう。ある特定の一冊の本の——写本——検索を目的としたものではなく、他の人に渡ったとしても利用を妨げられないことが、索引にとって重要な性質だからである。一方で、写本を対象とする索引類も少なくなく、このような定本をめぐる近世の和学者たちの意識は注意すべきものがある。[17]

春村が村田了阿から借りて写した本があることもこれを裏付ける。もし特定の一冊の写本だけが検索の対象であったならば索引の貸し借りは無意味である。

そもそも、もし写本を底本にしていた場合、諸本の字詰や改行で丁数が大きくずれこむため、原本が失われた場合には丁数での検索は不可能になる。類標は原本の通りに項目を抽出するわけではないので、底本が失われた場合にはその内容を伺う資料としてすら価値がなくなってしまう(18)。

もう一点、類標の制作過程を知る上で注意される本が「諸家花押類字」（上中下三冊。図27）である。これは、仮綴じの包背装、共紙表紙で、外題に直書で「諸家花押類字」と書かれた一冊で、丁数は、上二四丁、中二五丁、下九丁となっている。料紙は楮紙。文書の反古紙を利用する。本書が注意されるのは、人名と丁数を切り抜いた押し紙が大量に張り込まれており、巻丁索引が清書される前の形が伺えるからである。ここには入れ替えの校正記号や途中で追加された人名などが見える。押紙には複数人の筆跡が見えることから、数人がかりで制作されたことが伺える。

六　江戸後期国学者の考証と検索

『類標』識語類から伺える人物を拾い上げると次のようになる。

黒河春村（一七九九～一八六六）、堀直格（一八〇六～一八八〇）、榊原長俊（一七三四～一七九八）、本田忠憲（一七七四～一八二三）、西田忠礼、［林］忠満、〇［塙］忠瑶（一八〇八～一八六三）、［塙］保己一（一七四六～一八二一）、池田市万侶、〇松屋翁／小山田与清（一七八三～一八四七）、〇一枝堂・村田了阿（一七七二～一八四三）、〇山崎知雄（一七九八～一八六二）、秋田三訓、小野由久、桜川亭、大幻窟亀岳、石橋真国（一八〇七～一八六七）。

これらの内、〇を付したのは『古学小伝』に黒河春村と親しく交流したと書かれる人物である。塙忠瑶、塙保己一は黒河春村が務めていた和学講談所に関わる人々である。香山榊原一学長俊は榊原長俊。香山ともいう。当時名の知られた武具故実有職家であった。本多甲馬藤忠憲は本田忠憲。伊勢神戸藩主本多忠永の六男で、彼も有職故実家である。両者ともに春村、あるいは直格と直接の交流があったのかどうかは確認できない。彼らがすでに作成していた類標を春村か直格が入手したのだろう。西田忠礼は塙忠宝と共に『続群書類従巻五七　神祇部』所収『北野本地』の校訂者として名が残る。秋田三訓、小野由久、桜川亭は共に未詳。

こうした人々が事前に作り上げていた類標群（索引群）を春村、あるいは直格が入手し、再整理したり、増補したりして、類標を叢書にまとめたのである。

こうした『類標』の性質は当時の考証学的志向と合致するものである。春村とも交渉のあった小山田与清は『慶長以来国学家略伝』に「与清の学最編摩に長じ、古今の事物をいろは字に類聚し、以て捜索に便ならしめしもの若干巻を撰み、以て属稿の資に供す、故に筆を操て立どころに文をなし、而して考証精該なりければ、人其の該博に驚かざるはなしと云ふ」と記されるように、目録、索引学者として多数の索引を作り、江湖の碩学に大きな影響を与えた。春村の『碩鼠漫筆』[19]など、当時の考証随筆には丁数で典拠や引用の位置を示す記述が見られる。このような体裁と巻丁索引の形態は強い関わりをもつのであろう。堀直格の『扶桑名画伝』[20]における博引旁証もこれらの索引類によって可能になったものなのかもしれない。

これら索引は秘蔵されたものではなく、普通に人に貸し出されたものであったらしい。『類標』に収載される書が他所にも写本として所蔵されていることは、それを端的に裏付けるだろう。先にも述べたが「夫木抄類標」は奥書に「夫木工師抄」としてその名が見え、本来はこれが正しい作品名であった。『夫木工師抄』は他に筑波大学附属図書館（旧東京教育大学付属図書館）所蔵の三冊本[21]の零本がある。その巻廿一奥の押紙には次のようにある。

右、工師抄地名之部三巻。十九・廿一両巻、松屋翁所蔵本於東都客舎借覧。正月廿七日起筆。二月七日写功。二十之巻。或人写本於東都客舎借覧。四月十二日起筆。同月十五日。写功。

弘化二年乙巳年　　立野良道

この記述と「夫木抄類標」の奥書を照らし合わせると、書写は同年。筑波大学附属図書館本は松屋翁こと小山田与清が所蔵していた本と「或人」の所蔵本を合わせたものであった。与清は自ら作成した索引類の書写を許していた。(22)立野良道は与清の門弟でもあり、索引の閲覧書写は難しいことではなかっただろう。春村もこうした国学者・和学者のネットワークの中で類標群を収集・増補していた。それをさらに堀家でも書写し、自家で作製したり、追加したものが現在の『類標』なのである。

七　おわりに

『類標』の諸相を縷々論じてきたが、この『類標』は、春村が作成していた類標に、後の段階で集められた類標が加えられ、さらにその後に書陵部内で整理されたものであったことは明らかにできた。『類標』という形で整理されまとめられた意義を最後に考えてみたい。

この類標という「索引の形式」は、丁数で内容の位置を示すことが当然である状況にあって初めて意味をもつ。索引として立項される語は底本の言葉そのままではないことがしばしばある。細かい凡例を示す「遊仙窟類標」や「吾妻鏡要目集成」だけではなく、「枕冊子類標」においてもそれは変らない。中西健治は「枕冊子類標」が底本を『春曙抄』であることを明示しながらも、実際に検討してみると『春曙抄』と合致する文言が少ないことを指摘している。(23)これは重要な指摘だと思われる。実際、『類標』を眺めているとよく「〜の事」といった索引語を見かける。こうした「〜の事」といった事象や概念、古記録であれば首書にされるような言葉こそが検索する上では知りたい情報なのである。これらの語句が索引語として立てられるのは、すなわち本文そのものを直接通読して調べなくても、知りたい情報が書かれる場所に行くことができるという信念の存在を表している。

これは原則的に本文の抄出で形成される類書とは異なる検索の理念なのである。これは索引の取り方が違ったとしても、本文そのものは不変であるという信念がなければ成立しない。「類標」から本文を復元できなくても構わない。本文の〈バックアップ〉が他にあるのだから。こうした思想は版本の普及によって、本文が同一である他の本が複数ある状況が共有されて初めて可能になったのではないだろうか。

少し大きい見通しを述べれば、類標群の、悪くいえば粗雑な索引語のとりかたは、版本の登場と普及によって、部類から索引へと、情報検索に関する大きな思想的転換が起きたことを示している。索引の登場は、他の人、他の人物が同じ内容、同じ割り付け、同じ丁数に同じ情報が書かれている別の、しかし同じ内容の本を所持している、という「常識」(24)の登場と並列的な関係にある。それは、印刷物によって情報を共有していた近現代の出版流通パラダイムを先駆的に利用したものだといえる。

こうした認識は諸作品が写本で流通する中世期以前には生まれにくかったのだろう。写本では袋綴か巻子本かで「丁数」という概念の有無すら変ってしまう。たとえ精密な謄写本同士であっても、綴じ間違いや丁のめくり飛ばしなどが発生すればあっけなく丁数がずれてしまうだろう。内容を示す「鍵」となるためには、版本の流通と普及が絶対的に必要だったのである。写本から版本への流通形態の変化が人々の、そして学芸に何をもたらしたのか。また、仏典や漢籍のように熟読し記憶しておくべき典籍ではなく、国史国文の諸書を中心にこうした丁数を引く索引が登場した文化的な背景はどのようなものだったのか。そして、索引を大量に集成し叢書化し、蔵書として保持されている意味とはなんだろうか。そうした事柄を考える上で、この『類標』は大きな研究的価値を秘めているのである。

注

（1）二〇一八年六月一三日閲覧確認。
（2）第一部第一章。
（3）函架番号：458-2（全冊一括）。
（4）島津忠夫『島津忠夫著作集　第七巻』「第五章『袋草紙』――その影響と研究史――」注18（和泉書院、二〇〇六）。堀直格の蔵書については、恵光院白「堀直格の著編とその蔵書目録群の相貌」（文献探索研究会編『文献探索　二〇〇七』金沢文圃閣、二〇〇八）、同「掘直格公――文庫の概要」（『須高』六九、須高郷土史研究会、二〇〇九・三）、浦野都志子「掘直格編『花屋書院略目録』」（『汲古』四一、汲古書院、二〇〇二・六）、田子修一「幻の「花廼家文庫」を求めて（上）――『花屋書院略目録』と「花廼家文庫」の概略」（『須高』五八、須高郷土史研究会、二〇〇四・四）等を参照。
（5）浦野都志子『『遊仙窟』と黒河春村」（『汲古』五〇、汲古書院、二〇〇六・一二）に『類標』について触れられている。同「『歴代残闕日記』について」（『汲古』三九、汲古書院、二〇〇一・五）でも黒河春村と堀格直の関係が論じられている。同「黒河春村と索引」（『汲古』七一、汲古書院、二〇一七・六）を発表され、『類標』内で黒河春村と関わりを持つ書冊について言及されている。
（6）一部に捺された蔵書印から明治一八、一九年頃の講求かと推測される。
（7）野村喬編『内田魯庵全集第八巻　随筆・評論　Ⅳ』（ゆまに書房、一九八七）所収。
（8）浦野注5前掲論文参照。

（9）　書陵部蔵本の転写本であろう。
（10）　函架番号：157-82。堀直格旧蔵。
（11）　函架番号：210-37。整理名は「類標」。
（12）　函架番号：202-38。
（13）　この事は福井久蔵『大日本歌書綜覧　上』「索引」（不二書房、一九二八）に収録される他の黒川真道蔵書の索引類の記述からも裏付けられる。
（14）　『内閣文庫蔵書印譜』「掘直格」（内閣文庫、一九六九）。
（15）　早稲田大学図書館蔵本他、他の写本にも同じ凡例がみえる。本書については八代国治『吾妻鏡の研究三版』（明世堂書店、一九一三）に詳しい。
（16）　近世を通じて『和泉式部日記』が流布本『扶桑拾葉集』を通じて享受されたことは、岡田貴憲「『扶桑拾葉集』所収『和泉式部物語』の本文――主要伝本の関係と諸本混成の実態――」（『国語国文』八五―二、二〇一六・二）参照。
（17）　岡村敬二『江戸の蔵書家たち』（吉川弘文館、二〇一七）。
（18）　ただし、「外記日記類標」など開版が確認できない書物の類標も存する。それらは史書に偏る傾向があるが、今は国書類に限定して論じておきたい。
（19）　黒川真頼校訂『碩鼠漫筆　墨水遺稿』（吉川弘文館、一九〇五）。春村自筆本は実践女子大学黒川文庫に所蔵。
（20）　藤原直格、高頭忠造編、黒川真頼校閲『扶桑名画伝』全一〇巻（哲学書院、一八九九）。一部散逸。宮内庁書陵部に自筆稿本が八冊、原本六六冊。東博に黒河春村写六〇冊が現蔵。
（21）　函架番号：ネ304-32。
（22）　小山田与清の索引制作活動については、安斎勝『小山田与清の探究第一冊（第二冊）』（私家版、一九八九～一九九〇）、同『小山田與清年譜稿』（町田ジャーナル社、一九八七）。岡村注17前掲書、同「小山田与清の類字函」（『大阪府立図書館紀要』二四、大阪府立中之島図書館、一九八八・三）、増田由貴「和学者小山田与清と擁書楼」（『奈良美術研究』一七、早稲田大学奈良美術研究所、二〇一六・三）。友人たちへの書物の貸与があったことは、その日記である『擁書楼日記』にもよく記されている。

(23) 中西健治「『枕草紙春曙抄』索引の形態――「類標」「類語」をめぐって――」(『相愛大学研究論集』七、相愛大学研究論集編集委員会、一九九一・三)。
(24) この「常識」という言葉は若尾政希の「政治常識」という概念に依拠している。若尾政希『安藤昌益からみえる日本近世』(東京大学出版会、二〇〇四)参照。「常識」とは、ある集団が書物などの媒介によって共通して持つ信念のことで、この場合は版本の流布によって「他の人も自分と同じ読書環境を共有している」という信念が、少なくとも国学者・和学者たちの間で普及していたことを示す。

【附録1】序跋及び奥書識語

本附録は『類標』の奥書及び序跋を翻刻したものである。ごく一部、異体字の処理を記した箇所など中略に従った部分もある。序文が複数にまたがる場合には【　】で記した。頭注などは頭注等と文字囲で記した。本文中の○番号は本附録及び附録2に対応する。字配りは原則保存しているが、黒河春村の花押は(春村花押)と記した。字体は原則として通行字体に改めた。

①
以黒川春村蔵本謄写之

②
閲書之法病急率之時不易捜索因作
此冊之国字伊呂波而便於検出云

安政五戊午年冬十一月中浣一堀齋

③

吾妻鏡要目集成　凡例

此書ハ東鑑ノ中所レ引之和漢古書ノ文ヲ抄‐出シ其義ヲ弁‐釈ス又釈‐典ニ出ル官名之唐‐名ニ効モ又爾ス凡武事ノ古実戦功闘死弓馬遊覧及天変地妖神異奇‐怪等悉収メテ而不レス漏サ天‐之‐部　人‐之‐部異賊之部言語之‐部地‐之部異名之部右六等ニ事類ヲ分チテ倶ニ其文字之訓ノ仮名ノ頭字ヲいろは仮名ニ配当シテ集解ス板本東鑑ヲ本書トシ何巻ノ何枚目ノ表裏何行目ト云符節ヲ以見出ノ便トス

一本書仮名誤アリ今此書ニ改ル時ハ版本見出ノ便ヲ失フ因テ今爰ニ不レ改

一本書誤字甚多シ因テ別ニ本書ノ毎巻小冊ヲ付録シ誤字ヲ訂正シ姓名ノ闕ヲ補ヒ月ノ大小錯ト支干之訛ハ以二皇和通暦一改レメ之日月蝕ノ脱

似二暦算改甫一改レム共何巻ノ何行目ノ幾字目トシルシテ見出ノ便トス読二東鑑一者左二シ本書一　右二スル此書一則ハ自ラ当レ悟二其誤字一其中有下東鑑惟用レ之其他所レノ未二ル経見一之省字上（中略）構ヲ作レ搆等数多アリ間々又古書ニ所レ見ナリ当時通用ノ俗字ナルカ所(?)不レ可レ知也因テ不二訂証一　略抜二出数字一使四読者知三其字之所二異同一云爾

寛政四年壬子四月　香山榊原一学長俊撰

④

右要目集成上下二巻以西田忠禮之本令謄写了

天保四年九月廿三日　忠満

⑤

右知譜拙記画分目録一冊天保九年秋八月抄了忠瑶

⑥

右記録考文化三丙寅年上京之砌

以松木入道殿本於旅亭書写
保己一成

⑦
六月廿一日畢
（＊文中「巻六　六月十日朝読」、「巻七六月十一日読」ともあり、読書上の註記か）

⑧
右は一枝翁手沢の本を借得て写しつ但
原本はいろは仮字もて次第せるをかたのことく
あらため物しつ
天保十四年四月（春村花押）

⑨
昔藤原長清朝臣。採詞華摭言葉。命以夫木。蓋
中断扶桑。各用其庁。粤有松屋翁。拾其屑集其
俤。聚積日久。鬱然成堆。而以筆為片斧。運之以
縄墨。部類以分。一閲瞭然。命曰夫木工師抄也。

工師工師実其労矣。予適得写之。為題庁言。以記其労云、此書地理部先得故題于此
弘化二年仲夏下旬　　藤原春村

⑩

催馬楽

我駒　沢田川　貫河　東屋
大路　鶏鳴　逢路　陰名
道口　河口　奥山　奥山尓
鷹山　此殿廻　此殿奥　我家
白馬　鈴香川　大官　妹川

以上十六曲古本にのせすされは梁塵愚案抄によりてこれをも抄録す古本を片仮字もてかき愚按抄をは平仮字をもてかけりこれをもてけぢめとすへし

⑪

以黒河春村蔵本写之

⑫
土佐日記は仮字ふみのおやにして今はた道の記なとかゝん
にはさらなりさらぬふみつゝらんにもかならす此すかたをなん
まなふ人をれはいかてそれかたよりにもとておなしこと葉とも
つとへあはせて草屋(?)文庫の類標にくはへり
此ふみ素本注本くさ〲あれと今は加茂磯足か校異本に
よりつこは諸本の異同ともしるしたれはことにたよりも
よろしくやとてなり

秋田三訓

⑬
こはいと四度計なきふしともゝみゆれとさはれかりそめことをさのみやはとかむ
へきとてそれのとしのかんな月なぬかの夜さなからにうつし
物しつ

(春村花押)

⑭
右枕のさうし類標は池田市万侶か物せるなり

たゝし春曙抄を土代とせりこは捜索のたより
よろしけれはなるへし
　天保十一年六月　　　　（春村花押）

⑮
　十八年九月廿四日
　　校合
　　　小野由久
五拾五丁

⑯
抑栄花物語は赤染衛門か筆作にして帝の
御代年のなもたゝしく記せしは真名ならねと
世々の国史につぎたる心なるへしされとかな物語
のさたなれは一つゝに書つゝけて移り行年月
とみに見出すにまきらはしきまゝ一條の禅閤
の源氏物語に年立を書置たひしにならひて
此二帖に書付はへりぬかの文は作り物語なれは

年の名もなきまゝ先君薫大将の御としを
もとにたてゝしるし様なれはかくは名付給しならん
是は夫にはことかわりぬれと其例にしたかひし
まゝ外に名をもとめす栄花物語の年立と
事付置しは桃花のふかき香をしたふこ
ころなりとそ
延享のはしめのとしの冬　平経平誌

十八年九月廿五日
校合
小野由久
三拾合丁半丁

⑰
山城名勝志者故事ヲ尋ルニ便アル書也然共
尋ルニ其有所ノ郡出ル所ノ巻知レサレハ見出ス
ニ労ス依テ本略目録残ラス伊呂波分ニシ
テ見出スニ安カラシム神社寺院旧蹟等其

名目ニ属シ本書目録ニ不出者モ一二ヲ挙
テ悉クハ不記又実名地名者文字ニ不拘
訓ヲ以テ略記ス見ル人是ヲ可弁分矣
　安永二年丙申　六月十五日　桜川亭

⑱
此一巻は狩谷翁の年ころもたまへかしを本書にそへてわれに
たまはせしける　　　　　　　石橋真国
　こは真国か本もて写しものしつたゝし原本はいろは仮字もて
ついてたれと今写すとて五十字音のならひにあらためかつ
錯乱せるところ〴〵はいさゝか訂正をもくはへものしつ
　天保十二年六月　　　（春村花押）

⑲
右諸陵式類標者以山崎和雄手記之本令謄写
之了　　　　　　　　（春村花押）

⑳
維時嘉永二位巳酉之穀晩夏黒月一日亀岳採尽之餘
抄写于大栄蘭若七草庵縄床

㉑
釈家人名録共三終

㉒
古今著聞集類標六巻終
維時弘化三丙午歳晩秋抄功了
大幻窟亀岳

㉓
遊仙窟はいとみたりかはしきことゝものみ書つゝりたれはさの
み珍重すへきことかはなと世にはかたふくひともあめれと
そはいふよしもたらぬ業にて此ふみ文草のめてたきのみ
かはその訓点はた古言とおほしきかおほくてかならす
古学の證とすへきこと少からすされは其おほよそを類語し

て捜索のたよりとす

この書万葉集にとりてよめるすくなからすまつそのひと

つふたつをいはゝ彼集の巻五十二ウなる大伴宿祢家持贈坂上

大娘歌十五巻のうちに

夢之《イメノ》相者《アヒハ》苦有家里《クルシカリケリ》 覚《オトロキテ》 而掻探友《カキサクレトモ》 手二《テニ》毛《モ》不所触《フレネ》

者《ハ》

頭注一と見えたるは此書十二オに 少 時《シハラクアツテ》 坐《ヰナカラ》 睡《マトロンテ》 則夢ニ見二ツ十娘一ヲ驚キ覚《サメテ》

攪《カイサクルニ》レ之忽《タチマチニ》 然ト空レセリ手ヲといふによりてよめる也と高津阿闍梨

もいはれにき又その十五首の中に

一重耳妹《ヒトヘノミイモ》之将結帯乎《カムスバムオビテ》尚《スラ》三重《ミヘ》可 結《ムスフヘク》吾身者《ワカミハ》 成《ナリヌ》

巻十三十二ウ或本反歌曰とて

掿垣《ミツカキノ》 久 時《ヒサシキトキ》従《ユ》恋為《コヒスレ》者《ハ》吾帯《ワカオヒ》 緩《ユルフ》 朝夕毎《アサヨヒコトニ》

といふふたつの歌は此ふみ六十三ウに日日ニ衣寛《ユルヒ》朝朝《アサナ〱ニ》帯《オヒ》 緩《ユルフ》

とあるをとれり又その十五首のうち

暮去者《ユフサラハ》屋戸《ヤド》関設而《アケマケデ》吾将待《ワレマタン》夢尓《イメニ》相見二《アヒミニ》将来云《コントフ》

比登乎《ヒトヲ》又巻十二卅一

門立而《カトタテヽ》戸毛閇而有乎《トモトチタルヲ》何処従鹿《イツクユカ》妹之《イモカ》入来而《イリキテ》 夢《イメニ》

所見鶴《ミエツル》

この二首は此ふみ五十五オに今宵《コヨヒ》莫レ閉《サス》レ戸夢《ヲ》ノ向《マウテコン》二渠邊《キミカカタハラニ》一とある
になんよりたる又彼巻十六十九オに献二新田部親王一歌一首
とて
勝間田《カツマタ》之《ノ》池《イケ》者《ハ》我知《ワレシル》蓮《ハチス》無《ナ》然言《シイフ》君《キミ》之《カ》鬚無如之《ヒケナキカコトシ》
とありて左注に曰或有レ人聞レ之曰新田部親王三出遊
于堵裡一御二見勝間田大池一感二緒御心之中一還レ自二彼池一
不レ忍二憐愛一於レ時語二婦人一曰今日遊行見二勝間田池一水
影濤濤蓮花灼灼可憐断腸不レ可二得言一爾乃婦人作二
此戯歌一専輒吟詠也と見えたるは此書四十三ウに十娘
応レ声《ソ》答《ニテ》曰少府頭《カヘノ》中《ナカニ》有《ハタマレリ》水何《ナンゾ》不《ン》レ生二蓮華《ヲ》一大蒙云俗語云凡人痴無二
恵一者謂二其頭中有レ水也云々とあるをおもひよせ給へるなるへし此ふみ
は水もなく蓬もなき所にそれともこれもありとたはふれかの
とは水あらははちすのさけるをともそなしと奥せられたる
かたえにおもふきいとよくかよへりさてまたかのふみ巻五卅五オ
なる山上憶良自哀文には遊仙窟曰九泉下人一
銭不直此書卅四オ少府謂言児是九泉下人明日在外所談道児一銭不直なともみえ
たりかくて又朗詠集妓女の詠に容皃似レ舅潘安仁之レとあるも此書四オより
ひける也けりしかのみならす倭名抄にもこれにもとつける

こといと多かりそは今しるすにいとまあらす猶ものにひけ
るあまたなめれとさのみはうるさくて深くももとめす
頭注二唐物語云むかし張文成といふ人ありけり姿ありさまなまめ
かしくきよけにていろをこのみなさけ身にあまれりけれは
世にありとある女さなから心つよくはおほえたりけり其頃時に
あひはなめかせ給ふ后おはしましけりあまたの御中によろ
つすくれてなんきこえさせ給ひけれは此男人やりならす物
思ひしつみていけるかひなくておほえけるかゝるまゝにはね
てもさめても此事のしのひかたきを又いひあはする人たになかり
けれとせりをつみしちにふして年頃になりぬれはさるへきことにや
浅からぬ心のうちをそらにしらせ給ひにけるあはれにいみしく
はおほされなから心にまかせぬ御身のふるまひなれはなくさむかた
さらになくてあるしくらすにいかなるひまか有けん夢に夢みる
こゝちして下紐とけさせ給ひにけりちの涙袖につゝむへき
こゝちもせさりけれとから国のならひにてかやうの事世にきこ
えぬれはいみしき大臣公卿なれともたち所にいのちをめさるゝ
ことなれは又もあひみ給はすあはれにたくひなくおほされなから
雲の階とたえかちにてふみつたふはかりの道たになけれは

此男織女の年に一夜のちきりをさへうらやみて人しれぬ涙のみそたゆる時なかりけるかゝれともあわたゝしくいうに出するやなかりん物やおもふとゝふ人たになくてとし月をおくるにわりなくいみしくおほゆるよしのふみをつくりて后に奉る　恋わたる塵のみくつとなりぬれはあふせくやしき物にて有ける此ふみは遊仙窟と申て我国にもつたはり后これをみ給ふたひに御身ほろひぬへくおほされけり

唐の高宗の后に則天皇后の御事なり

宝物集巻四云則天皇后と申すは高宗の后なり張文成といふいろこのみにあひて遊仙窟といふ書を持たまふ事なり

萬姓統譜巻之卌八云唐張鷟字文成深州人少聰慧絶倫為文下筆輙成挙進士擢考功員外郎累官至学士時稱其文猶有銅銭萬選萬中号青銅学士孫鈨有文辞累官左拾遺論盧犯姦悪進大夫改秘書少監卒謚曰憲

　本書おなし訓点のみたひまはし出さるはこと〴〵くその丁数を記して其余論《アケツラ》太《ハンホト》なとやうにあまたゝ

ひみえたるは多見とのみ記せりこは紙中所せくて
わつらはしければなり
縄堂舎《アミスキイオリ》《イトスチヤカス》なと両点の文字もすくなからねとそれつと
くに記しつけんは中々にまきらはしけなれは
今はかたみに省略して安之部にはあみきぬとの
み出し伊之部にはいとすちとのみ挙たり
字音もをり〳〵ましへ挙たりされとこれはたゝもゝ
かひとつのみ
巻中記しつくる所の丁数は慶安五年に版に
ゑりて世間に流布せる注本なり
　天保九年七月　薄齋識

頭注一

拾遺哀傷　よみ人しらす
うつくしと思ひし妹を夢にみて
おきてさくらになきてかなしき

頭注二
無言友藤原正恭随筆下巻曰
劉阮カ飛燕外伝張文成か
遊仙窟　本朝にては大江
朝綱朝臣の男女婚礼
賦これらや和漢艶色
の書の鼻祖とすへき
云々

㉔
遊仙窟類標終

㉕
以黒河春村蔵本謄写之

㉖
此書はもと了阿聖のすさひなるを誰やらむ
増補なとしつる本にて静廬のをみのつたへ

もたるを老翁よりこの得て写しつるなりたゝし
事物類字はもとの名にて今ひしりの清書の本
には杁林枝葉とあらため題せりかみのくたり藍を
もて書いれしつるはその清書本はたひしりに
乞もてこたひ我校合せるなり
天保十四年三月　黒河春村

㉗
閲続花押藪不易捜索故作
此冊便検出云々
于時安政巳未年春二月中浣
堀誠齋

㉘
【序一】
○続紀巻廿四ウ廿鑑真之伝云于時有勅校二正一切
経論往々誤字一諸本皆同莫二之能正一和上諸誦
多下二雖黄一又以二諸薬物一令レ名二真偽一和上一一以
レ鼻別レ之一無二錯失一聖武皇帝師之受戒焉及皇

本庿不念所進医薬有験授位大僧正俄以綱
務煩雑改授大和上之号云々
○同卅九十八オ延暦六年五月戊戌典薬寮言蘇敬注
新修本草与陶隠居集注本草相検増二一百余
條一亦今採二用草薬合二敬説一諸行二用之一許焉
○式部式上卅八ウ凡医生皆読二シメヨ蘇敬新修本草一ヲ
○日本紀略延喜十八年九月十七日右衛門医醫イ
師深根輔仁撰二掌中要方一
○法曹類林廿五オ侍医滋根輔仁問承平六年十二
月廿二日仮令侍医輿二諸職進諸寮免誰可二上坐一
乎又侍医六位官也典薬七位官也然則依二位
階可上坐一乎依二職事可上坐一乎望諸明判解二定
坐次一決二彼此論一謹問云々
○和名類聚抄序二オ大医博士深江輔仁奉　勅
撰集新鈔倭名本草天文本是同曲瀬本作深根類聚符宣
抄九卅五オ典薬頭菅原朝臣行貞門徒権医博士深
根輔仁左函抄
掖斎本和名鈔巻一校譌云深根輔仁　旧根

作㆑江、山田本昌平本同、尾張本下総本缺、今従㆓曲直瀬本㆒改、日本紀略云、延喜十八年九月十七日、右衛門医師深根輔仁撰㆓掌中要方㆒、類聚符宣抄云、延長三年時原奥宗等請㆑課㆓試医生㆒状中有㆓権医博士深根輔仁㆒、法曹類林有㆓承平六年侍医深根輔仁㆒問㆓医師之坐次㆒即其人也、按続日本後紀、承和元年六月辛丑、和泉国人、正六位上蜂田薬師文主、従八位下同姓安遊、等、賜㆓姓深根宿祢㆒輔仁応㆑是、文主安遊等裔孫家也業㆑医、故任㆓右衛門医師㆓後任㆓医博士㆒為㆓侍医㆒又撰㆓掌中要方本草和名㆒也、今本法曹類林作㆓滋根輔仁㆒、本朝書籍目作㆓源輔仁㆒皆誤、

　春村案刻版本下総本並作深江輔仁又羣書類従本書籍目作
　　深輔仁

【序二】

多紀氏の提要に此撰者深江輔仁と法曹類林なる滋根輔仁とは同人にやいなや未考云々といへり今按に恐らくは同人なる

へしそはいかにといふに深江も滋根も須加の仮字にて実は菅原氏の人なるへし此人系図（羣書類従巻六十三）にはみへすといへとも系図は聖廟の御裔をむねとかけるものとみゆれはそれよりさきにわかれけむ家なとの人はもれたる事しるして此人もそのうち成へし三代実録貞観八年正月七日のところに針博士深根宿祢宗継といふ人みゆるはもし此人の先代なとにや深根もまた菅《スガ》の仮字と思はる又管家のみすゑに輔正輔昭なと聞えたる人々みゑたりこは輔仁の家をつかれてしる輔の字をおかせるにはあらぬ欤憶説なから恐らくはさやうにそ有へきその輔正は参議正三位式部大輔にて寛弘六年十二月廿四日八十五歳にて薨せられたり公卿補任日本紀略拾芥抄巻二等にみえたり輔昭は作者部類に従三位菅原久時男五位上内記輔照拾遺恋一「雑春」新古旅」とみえたり（照当作昭）さて此類標は山崎知雄か物しつるをかり得て写しつ首書他書等の増補はいまおのれかくはへつるなり　　春村

頭注：羣書類従本朝書籍目録には倭名本草大医博士深輔仁奉勅撰とみゆこは江ノ字脱也又深を源と訛ける本も有へし

㉙
邁世之諸侯衆賢編著之雑史家
兼其所記之説般々粉々而覧者
或焉令把庫蔵之策子渉猟之則
晴不能別矣彼抄録于事々物々
私作目次分之以国字四十八焉
是欲令便于凡丁之索捜而巳

文化四年丁卯九月
本多甲馬藤忠憲

㉚～㊱（同文）
以黒河春村蔵本模写之

【附録2】『類標』組織図

『類標』に所収された作品をすべて掲げる。本来は表紙右下に朱で書かれた漢数字が通番を示すが、順番までは示さないなどの問題がある。暫定的に簿冊単位及び内部作品を一つの単位として、「冊」の項目に簿冊番号を、「作品」の項目に構造的な作品番号を付した。「外題」には、外題を記し、外題の剥離などで書名が不明なものは［　］内に暫定的な書名を付した。「内題」は「扉題」と分けた。但し「巻之」などで終わる「夫木抄類標」や「萬葉集類標」などは作品の弁別のために付したもので、「内題」は網羅的なものではない。各項目のうち、空白は該当する項目が書冊に存在しないことを示す。「型」のＡＢＣは、Ａ＝扉題付無罫。Ｂ＝有罫紙。Ｃ＝無扉題無罫紙を示す。段数は段数をアラビア数字で記した。三段以上の文字配りになる場合には、罫線の有無にかかわらず横墨線を引いたものもあるが、その区別は無視している。「配列」はイロハ順、アイウエオ順を原則とするが、他の部類構成を取る場合には内部の部類を取った。多数の部類がある場合にはすべてはとっていない。「序」と「奥書・識語」には、【附録1】に記した番号と対応する番号を付した。蔵書印は図＝図書寮蔵、花＝花廼家文庫、墨＝墨阪十一代主写蔵記の略である。「／」は改行ないし行替を示し「、」は並列を示す。いずれも細字、肩書などの区別なく記した。初出時とは記法が異なる点がある。

冊	外題	作品番号	内題	扉題	型	段数	配列	序	奥書・識語	蔵書印
1	皇大神宮儀式解類字　全	1	皇大神宮儀式解類字		C	1	イロハ順		①	図
2	祝詞考類標　全	2	祝詞考	祝詞考類標	A	1	イロハ順			花、図、墨
3	[日本書紀類標三巻]神祇、帝王部	3	神祇部	神祇部／帝王部	A	2	神祇、神社、諸神等寺社、行事、アイウエオ順			図、墨
		4	帝王部				帝位、行事、不予等			
4	[日本書紀類標四巻]后妃、儲官、帝戚、宴賀、官職部	5	后妃部	后妃部／儲宮部／帝戚部／宴賀部／官職部	A	2	后名、夫人名等			図、墨
		6	儲官部				皇太子、皇太弟等			
		7	帝戚部				皇子、諸王			
		8	親王諸王名類字				アイウエオ順			
		9	宴賀部				宴饗、大餔			
		10	官職部				官職、位階、雑等			
5	[日本書紀類標二巻](ナシ)	11	地名部	地名部／石部／水部／火部	A	2	国号、国名、地名、アイウエオ順等			図、墨
		12	石部				石、磐等			
		13	水部				水、波等			
		14	火部				火、烟、薪等			
6	[日本書紀類標一巻](ナシ)	15	天部	天部／歳時部／地部	A	2	天、日、月等			図、墨
		16	歳時部				暦、歳等			
		17	地部				地、国等			
7	[日本書紀類標十巻](ナシ)	18	布帛部	布帛部　服飾部／飲食部　器財部／薬石部　五穀部／草部　木部／鳥部／獣部／虫部　魚部	A	2	錦綾、緒布等			図、墨
		19	服飾部				冠、朝服等			
		20	飲食部				飲食、飯等			

		21	器財部				鏡、鐘等			
		22	薬石部				薬、薬物			
		23	五穀部				稲、備穀等			
		24	草部				草、萩等			
		25	木部				木、坂樹等			
		26	鳥部				鳥、鳳、孔雀等			
		27	獣部				獣、麒麟等			
		28	虫部				虫、龍等			
		29	魚部				魚、鯨等			
8	[日本書紀類標九巻](ナシ)	30	釈道部	釈道部 道教部／ 霊異部 災異部／ 方術部 工芸部／ 諸工部 居処部／ 産業部 珍宝部／ 舟車部 漁猟部	A	2	仏法、仏像、僧名(アイウエオ順)等			図、墨
		31	道教部				仙			
		32	霊異部				霊異、天狗等			
		33	災異部				地震、災等			
		34	方術部				方術、医等			
		35	巧芸部				相撲、博戯等			
		36	諸工部				工、矢作等			
		37	居処部				京邑、遷都等			
		38	産業部				農、桑			
		39	珍宝部				財宝、金銀等			
		40	舟車部				舟、舟具等			
		41	漁猟部				漁猟、漁猟具等			

9	[日本書紀類標八巻]（ナシ）	42	言語部	言語部	A	2	言語、諺、言詞（アイウエオ順）			図、墨
10	[日本書紀類標七巻]人名、姓氏部	43	人名部　類字	人名部／姓名部	A	2	アイウエオ順			図、墨
		44	姓名部				姓氏、氏上、諸氏（アイウエオ順）			
11	[日本書紀類標六巻]（ナシ）	45	異域部	異域部／職貢部／人部	A	2	異域、唐等			図
		46	職貢部				異俗、蝦夷等			
		47	人部				君臣、聖賢等			
12	[日本書紀類標五巻]（ナシ）	48	封爵部	封爵部　政術部／賦役部　礼儀部／楽部　文学部／武備部	A	2	食封、給地等			図、墨
		49	政術部				政、律令等			
		50	賦役部				税租、徴庸等			
		51	礼儀部				朝礼、礼儀等			
		52	楽部				楽、歌等			
		53	文学部				文学、書籍			
		54	武備部				軍事、兵庫等			
13	日本後紀類字　全	55	日本後紀類字		C	2	イロハ順、雑			図、墨
14	続日本紀類字　全	56			C	2	イロハ順、雑			図、墨
15	国史類名　続日本紀ノ部　ア行　一	57	国史類名／続日本紀	国史類名巻之四／続日本紀之部一／阿伊宇衣於	A	1	アイウエオ順（項目別）			図
16	国史類名　続日本紀ノ部　カ行　二	58	国史類名／続日本紀	国史類名巻之五／続日本紀之部二／加伎久計古	A	1	アイウエオ順（項目別）			図
17	国史類名　続日本紀ノ部　サタ行　三	59	国史類名／続日本紀	国史類名巻之六／続日本紀之部三／左志須世曽／太知豆低登	A	1	アイウエオ順（項目別）			図

18	国史類名　続日本紀ノ部　ナハ行　四	60	国史類名／続日本紀	国史類名巻之七／続日本紀之部四／奈仁奴祢乃／波比夫幣保	A	1	アイウエオ順(項目別)			図
19	続日本後紀類標　全	61			C	2	イロハ順、雑			図、墨
20	釈日本紀類標　付大八洲記	62	釈日本紀		C	1	イロハ順			図、花、墨
		63	大八洲記		C	2	イロハ順(地名、詞)			
21	三代実録分類　一	64	三代実録分類巻一		C	1	天文門、地理門、居処門			図、墨
22	三代実録分類　二	65	三代実録分類巻二		C	1	神祇門(神名、イロハ順)			図、墨
23	三代実録分類　三	66	三代実録分類巻三		C	1	帝王門(即位等)、人物門(項目別、イロハ順)			図、墨
24	三代実録分類　四	67	三代実録分類巻四		C	1	官職門、政理門等			図、花、墨
25	三代実録分類　五	68	三代実録分類巻五		C	1	釈道門(梵利、イロハ順)、外蕃門等			図、花、墨
26	文徳実録類標　全	69			C	2	イロハ順、雑			図、墨
27	大日本史類標　完	70	大日本史類標		D	追込	イロハ順		②	図、堀氏文庫、誠齋、悠々哉々
28	吾妻鏡類標　上	71	東鑑		C	1	イロハ順			図、墨
29	吾妻鏡類標　下	72			C	1	イロハ順、雑			図、墨
30	吾妻鏡要目集成　上	73		吾妻鏡要目集成　上	D	1	イロハ順	③		図、花、墨
31	吾妻鏡要目集成　下	74		吾妻鏡要目集成　下	D	1	イロハ順		④	図、花、墨
32	平家物語類字　長門本	75	長門本平家物語類字	長門本平家物語	A	1	イロハ順			図、花、墨
33	平家物語類標	76	平家物語類字	平家物語類字	A	1	イロハ順、雑			図、花、墨

34	諸家知譜拙記画引／同伊呂波引　全	77	諸家知譜拙記目録		B	1	画数順		⑤	図、花、墨
		78			B	2	イロハ順			
35	尊卑分脉脱漏画引便覧　全	79	尊卑分脉脱漏画引便覧		B	1	画数順、女子之部（画数順）			図、花、墨
36	公卿家伝目録　全	80		公卿家伝目録	A	1	アイウエオ順			図、花、墨
37	家記類字目録　完	81			C	1	イロハ順		⑥	図、花、墨
38	外記日記類標	82			C	1	イロハ順			図
39	明月記／親元日記類標	83		明月記／親元日記	A	1	丁数順		⑦	図、花、墨
		84	親元日記		A	1	丁数順			
40	家長日記 四季物語／義経記 室町日記　類標	85	家長日記	家長日記／四季物語／義経記／室町日記　類標	A	1	イロハ順			図、花、墨
		86	四季物語類字		A	1	イロハ順、雑			
		87	義経記類字		A	1	イロハ順			
		88	室町殿日記		A	1	イロハ順			
41	覚明注三教指帰／二中歴類字　一	89	覚明注三教指帰類字	覚明注三教指帰類字／二注歴類字	A	1	イロハ順			図、花、墨
		90	二中歴類字		A	1	イロハ順			
42	三十六人集類標	91		家集一／三十六人集／柞園類纂	A	2	アイウエオ順			図、花、墨
43	夫木集目録　全	92		夫木集目六　全	A	2	イロハ順			図、花、墨
44	色葉集／一葉抄　目録　全	93		色葉集／一葉抄／和歌抄物目六	A	2	イロハ順			図、花、墨
45	紫　和　讃　弁　中／枕　異枕　蜻　徒　類標	94			C	2	アイウエオ順			図、花、墨
46	和泉　紫　讃岐　弁／中務　堯孝　玄与　宗長　類標	95	日記書類字		C	1	イロハ順			図、花、墨
		96	日記類々字		C	1	イロハ順			
47	和歌色葉抄類標　全	97	類標巻之廿二　和歌色葉集	和歌色葉抄類標	A	2	アイウエオ順		⑧	図、花、墨

48	八代集類標　全	98		撰集一／八代集／桂園類纂	A	2	アイウエオ順			図、花、墨
49	八代集類標　一	99		八代集一　あいうえお	A	1	アイウエオ順			図、花、墨
50	八代集類標　二	100		八代集二　かきくけこ	A	1	アイウエオ順			図、墨
51	八代集類標　三	101		八代集三　さしすせそ　たちつてと	A	1	アイウエオ順			図、花、墨
52	八代集類標　四	102		八代集四　なにぬねの　はひふへほ	A	1	アイウエオ順			図、花、墨
53	八代集類標　五	103		八代集五　まみむめも　やゆよ　らりれ／わゐゑを　地名　人名	A	1	アイウエオ順			図、花、墨
54	袖中抄類標	104	袖中抄類字	袖中抄	A	1	イロハ順			図、花、墨
55	夫木鈔類標　地名　上	105	夫木抄類標巻之	夫木抄類標　地名　上	A	1	地名（イロハ順）			図、墨
56	夫木鈔類標　地名　中	106	夫木抄類標巻之	夫木鈔類標　地名　中	A	1	地名（イロハ順）			図、花、墨
57	夫木鈔類標　地名　下	107		夫木鈔類標　地名　下	A	1	地名（イロハ順）		⑨	図、花、墨
58	神楽催馬楽風俗歌　堀河両度百首／山家集　守武千句　挙白集　類標	108	古本神楽催馬楽風俗歌類字	神楽催馬楽風俗歌／堀川両度百首／山家集／守武千句／挙白集	A	1	イロハ順	⑩		図、花、墨
		109	堀河両度百首類字		A	1	イロハ順			
		110	山家集類字		A	1	イロハ順			
		111	守武千句		A	1	イロハ順			
		112	挙白集類字		A	1	イロハ順、雑			
59	萬葉集類標　阿	113	萬葉集類標巻之一　阿上		C	1	アイウエオ順（万葉仮名別）			図、花、墨
		114	萬葉類標巻之二／阿中		C	1	アイウエオ順（万葉仮名別）			

		115	萬葉類標巻之三／阿下	C	1	アイウエオ順（万葉仮名別）	
60	萬葉集類標　伊	116	萬葉集類標巻之四／○伊 上	C	1	アイウエオ順（万葉仮名別）	図、花、墨
		117	萬葉集類標巻之五／○伊 下	C	1	アイウエオ順（万葉仮名別）	
61	萬葉集類標　宇衣	118	萬葉集類標巻之六／宇	C	1	アイウエオ順（万葉仮名別）	図、花、墨
		119	萬葉集類標巻之七／衣	C	1	アイウエオ順（万葉仮名別）	
62	萬葉集類標　於	120	萬葉集類標巻之／○於	C	1	アイウエオ順（万葉仮名別）	図、花、墨
63	萬葉集類標　加	121	萬葉集類標巻之／加　上	C	1	アイウエオ順（万葉仮名別）	図、花、墨
		122	萬葉集類標巻之／加　下	C	1	アイウエオ順（万葉仮名別）	
64	萬葉集類標　伎久計	123	萬葉集類標巻之／○伎	C	1	アイウエオ順（万葉仮名別）	図、花、墨
		124	萬葉集類標巻之／○久	C	1	アイウエオ順（万葉仮名別）	
		125	萬葉集類標巻之／○計	C	1	アイウエオ順（万葉仮名別）	
65	萬葉集類標　古	126	萬葉集類標巻之／○古	C	1	アイウエオ順（万葉仮名別）	図、花、墨
66	萬葉集類標　佐之	127	萬葉集類標巻之／佐	C	1	アイウエオ順（万葉仮名別）	図、花、墨
		128	萬葉集類標巻之／○志	C	1	アイウエオ順（万葉仮名別）	
67	萬葉集類標　須世曽	129	萬葉集類標巻之／○須	C	1	アイウエオ順（万葉仮名別）	図、花、墨
		130	萬葉集類標巻之／世	C	1	アイウエオ順（万葉仮名別）	

		131	萬葉集類標巻之／○曽		C	1		アイウエオ順（万葉仮名別）			
68	萬葉集類標　多	132	萬葉集類標巻之／○多		C	1		アイウエオ順（万葉仮名別）			図、花、墨
69	萬葉集類標　知都	133	萬葉集類標巻之／知		C	1		アイウエオ順（万葉仮名別）			図、花、墨
		134	萬葉集類標巻之／都		C	1		アイウエオ順（万葉仮名別）			
70	萬葉集類標　天登	135	萬葉集類標巻之／○天		C	1		アイウエオ順（万葉仮名別）			図、花、墨
		136	萬葉集類標巻之／○登		C	1		アイウエオ順（万葉仮名別）			
71	萬葉集類標　奈	137	萬葉集類標巻之／○奈		C	1		アイウエオ順（万葉仮名別）			図、花、墨
72	萬葉集類標　尓奴祢能	138	萬葉集類標巻之／尓		C	1		アイウエオ順（万葉仮名別）			図、花、墨
		139	萬葉集類標巻之／奴		C	1		アイウエオ順（万葉仮名別）			
		140	萬葉集類標巻之／祢		C	1		アイウエオ順（万葉仮名別）			
		141	萬葉集類標巻之／○能		C	1		アイウエオ順（万葉仮名別）			
73	萬葉集類標　波	142	萬葉類字／波		C	1		アイウエオ順			図、花、墨
74	萬葉集類標　比	143	萬葉類字／比		C	1		アイウエオ順			図、花、墨
75	萬葉集類標　不反保	144	萬葉類字／夫		C	1		アイウエオ順			図、花、墨
		145	萬葉類字／反		C	1		アイウエオ順			
		146	萬葉類字／保		C	1		アイウエオ順			
76	萬葉集類標　波比	147	萬葉集類標巻之／波		C	1		アイウエオ順（万葉仮名別）			図、花、墨
		148	萬葉集類標巻之／○比部		C	1		アイウエオ順（万葉仮名別）			

77	萬葉集類標　不反保	149	萬葉集類標巻之／夫部		C	1	アイウエオ順（万葉仮名別）			図、花、墨
		150	萬葉集類標巻之／反部		C	1	アイウエオ順（万葉仮名別）			
		151	萬葉集類標巻之／保部		C	1	アイウエオ順（万葉仮名別）			
78	萬葉集類標　萬	152	萬葉類字／萬		C	1	アイウエオ順			図、花、墨
79	萬葉集類標　萬	153	萬葉集類標巻之／万部		C	1	アイウエオ順（万葉仮名別）			図、花、墨
80	萬葉集類標　美武米毛	154	萬葉類字／美		C	1	アイウエオ順			図、花、墨
		155	萬葉類字／武		C	1	アイウエオ順			
		156	萬葉類字／米		C	1	アイウエオ順			
		157	萬葉類字／毛		C	1	アイウエオ順			
81	萬葉集類標　也由与	158	萬葉類字／也		C	1	アイウエオ順			図、花、墨
		159	萬葉類字／由		C	1	アイウエオ順			
		160	萬葉類字／与		C	1	アイウエオ順			
		161	萬葉類字／良		C	1	アイウエオ順			
82	萬葉集類標　和為恵袁	162	萬葉類字／和		C	1	アイウエオ順			図、花、墨
		163	萬葉類字／為		C	1	アイウエオ順			
		164	萬葉類字／恵		C	1	アイウエオ順			
		165	萬葉類字／袁		C	1	アイウエオ順			
83	萬葉集類標　勝地	166	萬葉勝地類標		C	1	アイウエオ順			図、花、墨
84	保元平治物語類標　全	167	保元平治物語合本類字		C	1	イロハ順		⑪	図
85	栄花物語　水鏡／大鏡　増鏡　今鏡　類標	168		栄花物語／三鏡／続世継	A	2	アイウエオ順			図、墨
86	徒然草文段鈔類標　全	169	徒然草類標／文段抄	徒然草文段鈔類標	A	1	アイウエオ順			図、花、墨

87	袋草紙　無名抄　海人藻芥　類標	170	袋草子類字		C	1	イロハ順			図
		171	長明無名抄		C	1	イロハ順			
		172	海人藻芥		C	1	イロハ順			
88	物語類標／竹取　濱松／住吉　伊勢／大和　落窪	173		物語七種	A	2	アイウエオ順			図、花、墨
89	栄花物語類標　上	174	類標巻之十五上／栄花物語上		B	2	神祇、地名等			図、墨
90	栄花物語類標　下	175	類標巻之十五下／栄花物語下		B	2	言語（アイウエオ順）			図、墨
91	空穂物語類標	176	空穂物語類標	宇津保物語類標	A	2	アイウオエ順			図、花、墨
92	狭衣物語／取替波也／宇治大納言物語／宇治拾遺類標	177		狭衣物語／取替波也／宇治大納言／宇治拾遺	A	2	アイウエオ順			図、墨
93	土佐日記／枕冊子　類標全	178	類標巻之十二　土佐日記	類標／土佐日記／枕冊子	B	4	アイウエオ順	⑫	⑬	図、花、墨
		179	類標巻之十二　枕冊子		B	4	アイウエオ順		⑭	
94	源氏物語色葉分　上	180		自伊至津／源氏以呂波分　乾	A	1	イロハ順			図、花、墨
95	源氏物語色葉分　下	181		源氏目六　坤	A	1	イロハ順			図、花、墨
96	源註餘滴目録　上	182	源註餘滴目録	源註餘滴目録	A	1	イロハ順			図、墨
97	源註餘滴目録　下	183		源註餘滴目録	A	1	イロハ順			図、墨
98	栄花物語　目録年立　上	184	栄花物語　上之巻目録	栄花物語目録年立上之巻	A	年立型	巻名、帝名、目録年立（巻名順）		⑮	図
99	栄花物語　目録年立　下	185	栄花物語　下之巻	栄花物語目録年立下之巻	A	年立型	巻名、帝名、目録年立（巻名順）		⑯	図
100	栄花物語事蹟考勘　上	186	栄花物語事蹟考勘		C	系図・年立型	作者、物語時代之事、帝王等			図、花、墨
101	栄花物語事蹟考勘　下	187			C	年立、系図	年立、関係者系図			図、花、墨
102	河海鈔類字　完	188	河海抄類字	河海鈔	A	1	イロハ順			図、花、墨

103	八雲御鈔類標	189	八雲鈔類字	八雲御鈔	A	1	イロハ順			図、花、墨
104	歴朝　詔詞解類標　全	190		詔詞解類標	A	1	イロハ順			図、墨
105	百練抄類標　全	191	百練抄字類	百練抄	A	1	イロハ順			図、花、墨
106	延喜式類字　一	192	延喜式類字	延喜式　一　アイウエオ順	A	1	アイウエオ順			図、墨
107	延喜式類字　二	193		延喜式　二　カキクケコ	A	1	アイウエオ順			図、墨
108	延喜式類字　三	194		延喜式　三　サシスセソ	A	1	アイウエオ順			図、墨
109	延喜式類字　四	195		延喜式　四　タチツテト	A	1	アイウエオ順			図、墨
110	延喜式類字　五	196		延喜式　五　ナニヌネノ／ハヒフヘホ	A	1	アイウエオ順			図、墨
111	延喜式類字　六	197		延喜式　六　マミムメモ／ヤ○ユ○ヨ／ラリルレロ／ワヰ○ヱヲ	A	1	アイウエオ順			図、墨
112	山城名勝志類標　附諸陵式　全	198	類標巻之八　山城名勝志		B	4	アイウエオ順	⑰	⑱	図、墨
		199	類標巻之八　諸陵式		B	2	アイウエオ順		⑲	
113	地名類標　完	200		地名類標	A	1	アイウオエ順			図、花、墨
114	釈家人名録　上	201	釈家人名録巻上		C	1	アイウエオ順			図、花、墨
115	釈家人名録　中	202	釈家人名録巻中		C	1	アイウエオ順	⑳		図、花、墨
116	釈家人名録　下	203	釈家人名録巻下		C	1	アイウエオ順		㉑	図、花、墨
117	元亨釈書類字　全	204	元亨釈書類字　蔵書上段丁数		B	1	イロハ順			図、花、墨
118	本朝高僧伝色葉分　全	205	本朝高僧伝色葉分		B	3	イロハ順			図、花、墨
119	日本霊異記類字	206	日本霊異記本訓類字	日本霊異記	A	1	イロハ順			図、花、墨

120	古今著聞集類標	207	古今著聞集	古今著聞集	A	1	イロハ順			図、墨
121	古今著聞集類標　上	208	古今箸聞集類標巻上	古今著聞集類標巻上	C	1	アイウエオ順、頭書に部類			図、花、墨
122	古今著聞集類標　下	209		古今著聞集類標巻下	C	1	アイウエオ順、頭書に部類		㉒	図、花、墨
123	篆隷萬象名義画引　全	210	篆隷萬象名義画引		B	1	画数順			図、墨
124	翻訳名義抄　法華文句／釈氏要覧　祖庭事苑／拾言記　拾言記追加　類標	211	類標巻廿一		B	2	アイウエオ順			図、花、墨
125	姓名索引　後記	212	日本後紀残欠印本		C	1	アイウオエ順			読みえぬ篆書体の陰方無画の印、「明治十八年改」、図
126	姓名索引　続記／阿行	213		国史姓名抄	C	1	アイウエオ順			読みえぬ篆書体の陰方無画の印、「明治十八年改」、図
127	姓名索引　続記／末行	214			C	1	アイウエオ順			読みえぬ篆書体の陰方無画の印、「明治十八年改」、図
128	姓名索引　続記／奈行	215			C	1	アイウエオ順			読みえぬ篆書体の陰方無画の印、「明治十八年改」、図
129	姓名索引　続記／奈行	216			C	1	アイウエオ順			読みえぬ篆書体の陰方無画の印、「明治十八年改」、図
130	姓名索引　続記／加行	217	続日本紀		C	1	アイウエオ順			読みえぬ篆書体の陰方無画の印、「明治十八年改」、図
131	遊仙窟類標　全	218	遊仙窟類標		B	4	アイウエオ順	㉓	㉔	図、花、墨
		219	追加		B	2	故事			
132	書言故事類標　全	220			C	2	イロハ順		㉕	図、花、墨
133	秇林枝葉　上	221	事物類字巻一		C	1	イロハ順			図、花、墨

134	秇林枝葉　下	222	事物類字巻之四		C	1	イロハ順		㉖	図、花、墨
135	写生叢林類標　完	223			C	2	イロハ順			図
136	続花押藪類標　完	224			C	5	イロハ順		㉗	図、花、堀氏文庫、誠斎蔵書
137	諸家花押類字　上	225			C	4	イロハ順			図
138	諸家花押類字　中	226			C	4	イロハ順			図
139	諸家花押類字　下	227			C	4	イロハ順			図
140	朝野羣載類標	228	朝野群載類字	朝野羣載類標	A	1	イロハ順			図、墨
141	江談抄／古事談／続古事談　類字	229	江談抄類字	江談／古事談／続古事談	A	2	イロハ順			図、花、墨
		230	古事談類字		A	3	イロハ順			図、花、墨
		231	続古事談類字		A	4	イロハ順			図、花、墨
142	本草和名類標　全	232	類標巻之七　本草和名		B	1	アイウエオ順	㉘		図、花、墨
143	随筆目録　伊行	233			C	1	イロハ順	㉙	㉚	図
144	随筆目録　知行	234			C	1	イロハ順		㉛	図
145	随筆目録　与行	235			C	1	イロハ順		㉜	図
146	随筆目録　良行	236			C	1	イロハ順		㉝	図
147	随筆目録　也行―天	237			C	1	イロハ順		㉞	図
148	随筆目録　恵行―寸	238			C	1	イロハ順		㉟	図
149	随筆目録　阿行―志	239			C	1	イロハ順		㊱	図
150	類聚三代格　新修往生伝／拾遺往生伝　三外往生伝／続拾遺往生伝　類標　完	240	類聚三代格	類聚三代格／拾遺往生伝／後拾遺往生伝／新修理往生伝／三外往生伝	C	1	丁数順			図、墨
		241	拾遺往生伝印本		C	1	丁数順			
		242	後拾遺往生伝		C	1	丁数順			
		243	本朝新修往生伝		C	1	丁数順			
		244	三外往生記		C	1	人名伝別			

151	壒囊抄目録　全	245		壒囊抄目録	C	1		イロハ順			図、墨
152	類従神祇部色葉分　上	246	羣神祇部	神祇書類標　上	A	1		イロハ順			図、花、墨
153	類従神祇部色葉分　下	247		神祇書類標　下	A	1		イロハ順			図、花、墨
154	類従武家部色葉分	248		武家部／羣書類従以呂波分	A	2		イロハ順			図、花、墨
155	類従武家部色葉分	249		武家部／羣書類従以呂波分	A	2		イロハ順			図、花、墨
156	類従武家部色葉分	250		武家部／羣書類従以呂波分	A	2		イロハ順			図、花、墨
157	類従武家部色葉分	251		武家部／羣書類従以呂波分	A	2		イロハ順			図、花、墨
158	群書類従連歌部色葉分　全	252		連歌部／群書類従色葉分	A	2		イロハ順			図、花、墨
159	群書類従日記部色葉分　上	253		自伊／至久／群書類従／日記部以路分　上	A	2		イロハ順			図、花、墨
160	群書類従日記部色葉分　下	254		自屋　内屋々部脱／至須／群書類従／日記部以路波分　下	A	2		イロハ順			図、花、墨
161	群書類従物語部色葉分	255	和歌部類字	物語十一種　下	A	2		イロハ順			図、花、墨
162	類従消息部色葉分	256	消息部類字	消息類標	A	1		イロハ順			図、花、墨
163	群書類従律令部色葉分　全	257	群書類従律令部色葉分		C	2		イロハ順			図、花、墨
164	群書類従公事部色葉分　全	258		公事部／羣書類従第七十九	A	2		イロハ順			図、花、墨
165	類従官職部類標　全	259		官職書　八種	A	1		イロハ順			図、花、墨
166	類従飲食部色葉分　上	260		自伊至久／飲食部色葉分　天	A	2		イロハ順			図、花、墨
167	類従飲食部色葉分　下	261		自也至須／飲食部色葉分　地	A	2		イロハ順			図、花、墨

168	類従装束部色葉分	262	麻左須計装束抄類字	装束書類標	A	1	イロハ順			図、花、墨
169	類従合戦部色葉分　全	263		合戦部／長禄寛正記／文正記／羣書類従以呂波分	A	2	イロハ順			図、花、墨
170	類従蹴鞠部色葉分　全	264		蹴鞠部／以呂分	A	2	イロハ順			図、花、墨
171	類従　古語拾遺　大鏡裏書／康平記　玉造小町／新猿楽記　類標　上	265		古語拾遺／大鏡裏書／康平記／玉造小町／新猿楽記	A	1	イロハ順			図、墨
		266	文筆部類字		A	2	イロハ順			図、墨
172	類従　古語拾遺　大鏡裏書／康平記　玉造小町／新猿楽記　類標　下	267		類従　古語拾遺　大鏡裏書／康平記／玉造小町／新猿楽記　類標	A	1	イロハ順			図、墨
		268	文筆部類字		A	2	イロハ順			図、墨
173	類従文筆部類標　上	269	懐風藻	文筆書抄出　上	A	1	丁数順			図、花、墨
		270	凌雲集		A	1	丁数順			図、花、墨
		271	文華秀麗集		A	1	丁数順			図、花、墨
		272	経国集		A	1	丁数順			図、花、墨
		273	扶桑集		A	1	丁数順			図、花、墨
		274	本朝麗藻		A	1	丁数順			図、花、墨
		275	本朝無題詩		A	1	丁数順			図、花、墨
		276	都氏文集		A	1	丁数順			図、花、墨
		277	菅家後集		A	1	丁数順			図、花、墨
		278	江吏部集		A	1	丁数順			図、花、墨
		279	法性寺関白御集		A	1	丁数順			図、花、墨
		280	雑言奉和		A	1	丁数順			図、花、墨
		281	泥之草再新		A	1	丁数順			図、花、墨
174	類従文筆部類標　下	282	懐風藻	文筆書抄出　下	A	1	丁数順			図、花、墨
		283	凌雲集		A	1	丁数順			図、花、墨

		284	文華秀麗集		A	1	丁数順			図、花、墨
		285	扶桑集		A	1	丁数順			図、花、墨
		286	経国集		A	1	丁数順			図、花、墨
		287	本朝麗藻		A	1	丁数順			図、花、墨
		288	田氏家集		A	1	丁数順			図、花、墨
		289	江吏部集		A	1	丁数順			図、花、墨
		290	本朝無題詩		A	1	丁数順			図、花、墨
		291	秋夜長物語		A	1	丁数順			図、花、墨
		292	御随身三上記		A	1	丁数順			図、花、墨
		293	豆相記		A	1	丁数順			図、花、墨
		294	景虎参謁丁鶴岡八幡宮		A	1	丁数順			図、花、墨
		295	河越記		A	1	丁数順			図、花、墨
		296	深谷記		A	1	丁数順			図、花、墨
		297	宴曲集		A	1	部立別			図、花、墨
		298	代始和抄		A	1	丁数順			図、花、墨
		299	代始和抄奥書		A	1	丁数順			図、花、墨
175	群書類従和歌部色葉分 千首／百首	300	和歌部類字	千首百首　七種	A	1	イロハ順			図、墨
176	群書類従和歌家集部色葉分 上	301		群書類従和歌集色葉分	A	2	イロハ順			図、花、墨
177	群書類従和歌家集部色葉分 下	302		家集　廿二種	A	2	アイウエオ順			図、花、墨
178	類従紀行部色葉分　上	303		類従紀行部目六 乾	A	2	イロハ順			図、花、墨
179	類従紀行部色葉分　下	304		類従紀行部目六 坤	A	1	イロハ順			図、花、墨

おわりに

本書で展開した議論をまとめて終章とする。

一　生成と享受

第一部での議論は、書写面の変容に注目することで、本文異同を基準とする系統分類とは異なる観点から諸本を捉えることにあった。

池田亀鑑『古典の批判的処置に関する研究』[1]が定立した文献学的手法は、本文異同・仮名字母の比較によって諸伝本の系統分岐を確定し、その最も原始的な形態を探ることによって、青谿書屋本『土左日記』を最古写本と認めた。それまでの奥書による伝来、書写年次から善本を探求する前近代の方法に比べ、画期的であった。科学的で実証的な近代文献学の嚆矢となったこの文献学的手法は、数多くの古典文学作品における基礎的な規範となっていった。しかし、加藤昌嘉が指摘するように、池田自身は、このような文献研究があらゆる古典作品に適用できるとは考えていなかった。現存する『源氏物語』の最古写本をただ一本のみと認めるような発言はしていない[2]。

池田が確立した原態遡及への文献学的関心は国文学の世界に極めて強く存し、系統分類に興味を寄せつつも、善本古態・原本主義をとることが、近代の日本古典文学研究の基盤となった。従って伝本の発見や系統分岐も、善本や新出資料の発見を目的とするように重点が置かれた。今でも「原本」あるいは「原型」の探求を文献学の最重要課題とみなす研究は多い。橋本不美男の代表的な著作を挙げるまでもなく、後の文献学もまた対象作品を広げつつも、奥書や書誌情報、そして本文の様態を通じての原典への遡及を——つまり何が読むに値するのかを見極めること——究極の目的としてきた。それはただ一本しかない文書や記録類を形態面や書式から分析する、いわゆる古文書学とも異なる方法論を編み出し、現在でも、日本古典文学研究はこうした科学的な文献学的手法を基盤として本文提供を行うものとされている。(3)

ただし、極端な善本主義への反省から、近年はいわゆる伝本の系統分類の論の中でも善本の認定だけではなく、系統分類を基軸に、それぞれの系統に独立した性質を読み取る研究も根強い。とはいえ、諸本分類の基盤は本文異同と伝来であり、池田が確立した方法論を使いつつ、それぞれの持つ価値を種々の書物に見出すようになったのである。しかし、とくに最善本の遡及を目的とする考え方が消えたわけではない。諸伝本間ではっきり系統が分かれそうな場合であっても、それらの系統内部における代表的伝本／末流的伝本との扱いには、本文批判への参加という点で差をつけるのが一般的である。「原型」から隔たる末流伝本は無視される傾向が強い。また、こうした考えからは親本の残る転写本、刊写本などはまず本文批判に参加する余地はなかった。

善本主義を取る場合であれ、分類主義を取る場合であれ、最善本という考え方も、流布本・異本といった考え方も、本質的には諸本全体の中での関係性による位置付けである。伝本の価値とは、諸本間の関係性に淵源を持つのである。孤本であってもそれは変わらない。孤本とは他種の本文が登場することが期待される《諸本》の一つなのである。分類か原態遡及かという対立的に見える諸本への見方は関係性のとらえ方のバリエーションなのである。そして、あらゆる関係性のとらえ方には複数の基準があってよく、また異なる観点がありうるはずである。

第一部の議論はこうした観点から、書写面の変遷という概念から諸伝本を相対的かつ動的な変容を示してきた群態として位置付けなおす試みであった。選別と分類ではなく、変容の動態として捉えることである。それら作品の点を結び合わせる要素は、書写面以外の形質も想定されよう。

ただ、こうした伝本群の諸相は作品によって大きく異なる。伝本が多くの系統に分岐し、複数系統に成立時に近い古写本が残る場合には、最善本の同定だけでなく、複数の写本が同時に享受された可能性を考えるべきであり、同時にそれは著者が複数の対象に向けて複数の改訂版を用意していた可能性も考えられる。現存伝本が後代の混態本しかない、といった状況も容易に想定されうる。だが、いずれの場合もそれぞれの伝本はそれぞれの文化環境の中で写され、実際に読まれたものである。文献学はテキストの解釈や文学史的な位置付けの上で基礎的な情報を確定することが求められているが、本文の良し悪しからだけでは把握できない諸伝本の関係性が織りなす多様な情報を発掘することも、文献学的な関心の延長として可能であると考えられる。

本文とは異なる文献の形質として「書式」がある。書式に注目することで、例えば和歌の行数や、合点、訓点などの情報から古態性をあぶり出すことができる。こうした書式に注目した文献研究の中で、岡田貴憲による『和泉式部物語』の諸本研究は書式から古態性を探る手法として注目される。[4] また、和歌の書式に注目した美術史からのアプローチとして田村悦子の研究がある。[5]『源氏物語』の和歌書式からの研究としては先に示した加藤昌嘉の研究も付け加えるべきだろう。[6]

しかし、書式は伝流の最中によく変更される。明確に古態を残していることがわかる時以外は、本文異同よりは系統分類に資する要素が少ない。

だが、書式は諸伝本間の多様な関係性の中で捉えられる。古文書類と異なり、歌集や物語では原態における書式が厳密に保持され続けることはほとんどない。造本や筆跡や紙といった物質的な情報と同じように書式もまた時代性やジャンル意識、読者の利用態度を含みつつ、より適正な形を求めて動的に変化し続ける。それぞれの状況下で書かれた諸本の諸相を解きほぐし、それらがどのように形成されてきたのかを考える上で、注目に値する形質なのである。こうした書式の変容は版本の登場によって流布本が支配的になり、固定化された版面で読まれるようになった近世以降よりも、文学作品が写本で流通する中世においてより顕著である。

諸本間で発生している書写面の変容は、決して放恣なものではない。書式の変化には、標目や本文の字高といった内容を規定する諸要素に集中する。こうした標目などによる諸要素の構造を「情報構造」と呼称したが、このような情報構造の変化を捉えることは、本文や奥書による善本主義的な価値判断に新しい視座を提供するものである。それぞれの伝本は本文上の価値以外にも多様な情報を所持している。一冊ごとの書誌的な情報や、書写者や伝来に関することは言うに及ばず、他本とは異なる書写面をもち本文をどのように構造化したのかという側面も重要である。そうした情報に注目することで、一冊一冊が具体的に書かれて読まれてきたこと、原典の再建による成立当時の本文の復元だけではなく、読者による書物の利用や理解の仕方を示す読書の歴史を再建することができるのではないだろうか。

我々の読書行為もまた、諸伝本の享受の一齣である。文献学的な研究手法とその成果は、これからも古典文学研究の基礎に据えられる。我々もまた諸本の関係性それ自体に取り込まれ、その価値判断に与する存在である。価値判断を下す基準を本文異同と善本のそれだけではなく、書式と関係性によって複数化すること。それは著作を記すことから、著作を読むことまでのレジームを一貫して捉えるという試みとなる。受容されながら変容する書物とは、ありきたりな発想ではあるが、変容の仕方にも著述ごとの特質が顕現する点は、数百年の享受史をもつ古典文学ならではの現象である。

著者の置かれた文化的な環境への配慮と著作製作の意識、そして書写者たちのみた諸伝本への関与といった流れを、一連の文学行為として捉え、我々の受容までを一具にとらえることができる。文学研究がもつ意味を古態への遡及にのみ限定するのではなく、現在の私たちまで、あるいは未来の誰かにまで延長する作品の受容の歴史を考えるモデルを構想することもできるのではないだろうか。

二　歌学書の本文と構造

より具体的な我々の問題として歌学書の「本文提供」にまつわる事例を挙げてみたい。最古写本、最広本を良しとする善本主義は歌学書の本文の提供に問題を生じさせていた。和学講談所『群書類従』、『続群書類従』や、戦前の『歌学文庫』(7)に収載された本文は、奥書や規模、あるいは入手のしやすさといった様々な要素に左右されながらも古写本の収載を目的としていた。あるいは版本の摩耗などにより入手が困難になっていった流布本を収載するという形を取っていた、そのため、本文上に大きな問題を抱えてしまうことも多く、善本による校訂が施された本文提供が求められていた。

歌学書の本文提供に大きな業績を残したのは、網羅的な文献調査によって多くの歌学書を収載した『日本歌学大系』別巻を含めた全二〇巻である。日比野浩信の適切な院政期歌学の研究状況をまとめた報告にもあるように、(8)本叢書は未だ第一線の価値を保つことは疑いえない。歌学書を専門としない研究者も『日本歌学大系』所載の本文に依拠することは少なくない。新たに刊行されはじめた『歌論歌学集成』(三弥井書店、一九九九〜未完)が収録作品を厳選していることや、孤立的な本文が『古典文庫』などに収載される程度の歌学書の中で、本文提供範囲の広さ、系統分類を中心に据えた多数の情報が浮かび上がる優れた解題、そして索引の完備といった点から『日本歌学大系』の功績は計りしれない。

しかし、その本文の立て方には様々な問題がある。その根幹的な思想には原態遡及への期待による理想の本文を打ち立てる指向性と、複雑な書写情報を捨象せざるを得ない印刷技術による制約があった。

前者については先に見てきたので、ここでは後者について考えてみたい。『日本歌学大系』の解題を見てみると、しばしば本来の目次や本来の構造といった形で理想的に整理された目次や標目が掲載されていることがある。『袋草紙』にもあるが、ここでは『色葉和難集』を取り上げたい。

『色葉和難集』には独自の凡例が付されており、草稿本（志香須賀文庫蔵室町期鈔本）を底本として、精撰本（穂久邇文庫蔵西荘文庫旧蔵本）によって増補校訂した由が記されている。この中で注意されるのが、次の凡例である。

一、目次は、それぞれ各巻首に存するが、必ずしもそれぞれの本文と一致しないので、本書の本文により、一括して、巻首に掲出することにした。

つまり、この本文目次は、草稿本、清撰本の両書に存在しない理想的な目次なのである。ページ数こそ記されていないものの、『日本歌学大系』における目次は、各項目と厳密に対応した項目目次であることが求められており、本文を立てるにあたって、目次が本文項目と対応していなくてはならない、という信念が反映されている。これは底本の記述に優先するほど重要な事柄だったのだろう。もう一つ見ておきたい。

一、追補項目には、掲出すべき位置を註してゐるが、それぞれ註記の位置に移し、註記を省くこととした。ここでいう追補項目とは、草稿本に見えず、精撰本にのみ見える五四項目のことである。本文中では〇印が付されている。たしかに、基本的にはイロハ順の末尾に移動させられており、この形では、校合本（精撰本）の面影は不明である。

この二つの事例から分かることは、『色葉和難集』というイロハ順に各項目が配置された歌学書を扱うにあたって、久曾神はその情報構造に理想の形を見いだし、それを極めて厳密に、本文を建てるにあたって反映させているということである。『日本歌学大系』には、このように底本の形をそのまま残すことや、本文を立てることよりも優先させるべき論理が複数ある。その一つがこうした歌学書に理想形を見いだして整理するという思想である。

こうした判断は、歌学書が複数の無視出来ない系統分岐をもち、変容を蒙りやすく、安定して本文を伝えていることが少なかったから下されたのだろう。その上で『日本歌学大系』に収録される本文は（具体的な校訂箇所が示されていなくても）原態に限りなく近いことと同時に、歌学研究の上で理想的な利便性を備えていることを目的としている。その両立のために、歌学書は本文だけではなく、目次や項目書式や版面といった情報構造を変容させているのである。決定的な善本主義を志向しながらも、そこには歌学書という変化を被りやすく、読者がより使いやすい構造を求めるジャンル特有の特質があった。

三　院政期において歌学とは何であったか

第二部では院政期歌学の内容的な分析を行った。平安朝の貴族にとって歌学とはどのようなものだったのだろうか。『源氏物語』玉鬘に次のような言葉がみえる。源氏が玉鬘に和歌の手ほどきをする場面である。

よろづの草子・うた枕、よう案内知り、見つくして、その中の言葉を取り出づるに、詠みつきたる筋こそ、つよく變らざるべけれ。常陸の親王の書きおき給へりける、紙屋紙の草子をこそ、「見よ」とて、おこせ給へりしか。和歌の髄惱、いと所せく、病、さるべき心多かりしかば、もとより、おくれたる方の、いとゞ、中〳〵、動きすべくも見えざりしに、むつかしうて、かへしてき。しか、よく、案内知り給へる人の口つきにては、目なれてこそあれ(9)

この「所せく」と表現されたであろう様々な要素を、『濱成式』や『喜撰式』などの記述に認めることはたやすい。例えば歌病。四病から始まる歌病はすでによく指摘されるように中国における詩病を和歌に転用したものでしかなく、平仄を持たない日本語では実効性が薄かった。平安期から院政期にかけての歌病とは、歌合判などで思い出したかのように触れられたり、「同心病」のような内容面と関連する病以外はそれほど重要視されなかった。しかし、こうした歌病のような制約がまったく無駄な概念だったかといえばそうとも言い切れない。

原理的な物言いをすれば、和歌を詠むことは制限された歌語を使って三一文字／音を組み立てることである。音声性や内容面の制約は詠作上の指針としても機能しており、一度成立した歌病はその後も長く和歌の一側面を規定し続けた。

歌病は院政期においても歌人たちの基礎的な知識として学ばれていた。『俊頼髄脳』、『奥義抄』、『袋草紙』、や否定的ではあるが『古来風体抄』といった著名な歌学書に頻出し、『玉葉』安元三年（一一七七）一〇月一〇日条にも、兼実が清輔と歌病について語り合ったという記事が見える。歌合の場においても歌病を勝敗の論理に採用する例は見られる。

院政期にはそれまでの摂関期にみられない歌学的なトピックが急激に増えていく。歌病のような普遍的に学ぶべきことに並行して、高度な歌人が学ぶべきである特別な知識が形成されていった。その始発と見なせるのが『奥義抄』下巻余、あるいは灌頂巻と言われる部分にあるような口伝で伝えられる和歌の秘密である。こうした師資相承的な言説が成立するためには、その背景には摂関期には見られない和歌をめぐる文化状況の変化があった。その一つが和歌における重代の家の出現と師弟関係の成立であった。「器量」や「年﨟」といったステイタスが必要とされる。和歌における奥義（として語られる学知）が成立した点は、それ以前と院政期における歌学を区別する画期の一つともいえるだろう。(10)

また院政期には「和歌勘文」を相互に戦わせ、議論を難ずる状況が生まれた。歌合判における衆議の論戦や、俊頼と基俊が相互に判を重ねあう元永二年（一一二〇）『内大臣家歌合』などのような場はあったものの、顕昭や勝命らが『和歌勘文』という陰陽道等で発給されていた文書の様式を和歌の世界に取り込んで議論をぶつけ合うことは、それまでの和歌史にはない事態であった。浅田徹はこうした院政期の書物の、多数の生成と激しい流通を「書物の洪水」というイメージで捉えられると指摘した。(11)その意味で、大量の歌学書を生み出していた清輔の多様な読者層へと向けた執筆活動は「洪水」の淵源だった。本書の「はじめに」でも記したが、川上新一郎が述べているように、清輔は自らの書きおいていたものを他に転用したり、著作の一部分を別の著作に転用したりしていた。そうした書物内での関連性は用意に見いだすことができる。しかし、清輔は同じ目的の歌学書を大量に作るようなことはしなかった。『奥義抄』における複数段階の成立や諸本関係が示すように、同一の作品に幾度も手を入れることはあったようであるが、『奥義抄』とコンセプトを同じくする一書を新たに作るといったことはしなかったのである。

一見多様に見える清輔の著述には二つの相反する思想がある。それは、和歌を詠まない人が詠むためにはどうしたらよいのか、という教育的な思想と、そのためにも先行する詠作を参照するためにはどのような形の書物が必要とされるのかについての試行である。

堀河院政期以降、急速に和歌の初学者に向けた書物が登場してくる。『俊頼髄脳』を始めとして、和歌の入門書として読めるかどうかは疑問が残るが、藤原範兼『和歌童蒙抄』、藤原清輔『和歌初学抄』、顕昭の談話をもとにした『和歌色葉』もこの並びに加えてよい。また、藤原俊成『古来風体抄』や定家の『近代秀歌』に至るまで、和歌の初学者に向けた著作はこれ以降も大量に製作され続ける。

例えば『奥義抄』の序文には次のような記述がある。

中にも、式のおもむきかすかにして、今の世にかなひがたし。しかるを、をのづからさとり、わづかに見たる所、はたむもれ木いたづらにくちむよりはとて、野辺の草かきあつむるは、かしこき人のためにあらず。おろかなるたぐひにそなへんとなり。

この「おろかなる類い」が歌道に造詣の深くない初学者に向けた謙遜であることは繰り返すまでもない。この記述は下巻余の「年臈」、「器量」を要求する記述と齟齬をきたすので慎重に扱うべきではあるだろう。むしろ、こうした初学者への視座は『和歌初学抄』において詠作技法と和歌分析の提示を通じて具体化したものだと思われる。このような初学者に対して、どのような著作を与えるべきなのか、院政期の歌学書が対象とした初学者への視座の根本には、「和歌の師」の制度化があったのではないかと思われる。

『和歌初学抄』は、『俊頼髄脳』などの記述を参考にしながら、初学者に「和歌の分析技法」を教えるという手法を試みた書物であった。それは清輔の長年の経験から導きだされたものであると同時に、『和歌初学抄』で取り上げられた以外の歌にも適用可能な理論として形成された。『和歌初学抄』には、よく「可尋」という記述が見られる。辞書的な一書としても用例、例歌には相当なボリュームがあるが、幾度も先行用例を尋ねよと記され、歌語、地名、表現の例歌なども網羅的な集成ではないと言明している。この記述は、こうした項目の各知識を深めていくことによって和歌を知ること、ひいてはよりよき歌を読むための鍛錬となることを示している。同時に、ここで提示された「読み方」が和歌一般に敷衍可能な観点であると強調しているのである。これは『袋草紙』雑談における「稽古」の重視とも深く結びつくものであろうが、「和歌とは何か」といった形而上学的なことをほとんど語らない清輔の和歌観として読み取ることができるものである。(12)

四　相互参照される歌学書

このような清輔の著述活動は、院政期以降の文化状況と切り離せないものである。第三部ではそうした院政期文化の一端を探り、また清輔以外の六条藤家歌人、顕方と重家についても論じた。和歌に関わる変化は、今様の興隆や、蹴鞠の変容、鎖連歌の登場といった諸芸能との競合や変化とも関連するからである。清輔の祖父、顕季は蹴鞠にも長じ、種々の行事をこなす才人であったし、教長もまた蹴鞠や今様においても卓越した才能を示していた。清輔は、和歌以外での目立つ芸能上の業績は見られないが、連歌について『私所持和歌草子目録』(13)に「連歌骨法」という書が見え、連歌にも一家言があった。「連歌骨法」は『袋草紙』にも項目として立つが、清輔以前に連歌について書いた歌学書は『俊頼髄脳』のみであり、連歌の専論書としては非常に先駆的な一書だった可能性がある。『今鏡』が記す源有仁家サロンで行われた鎖連歌の場ではまだ作法も詠法も生まれる余地はなかった。賦物連歌を好んだ定家、後鳥羽院ら新古今歌人たちに先んじて、清輔が連歌の故実を扱っていることは注意される。

こうした、様々な領域の「知」が編集され群体として編制されていく。巨大な叢書である「類林」が豊富に作られ、『太平御覧』が将来したのもこの時代の出来事であった。詩においては『中右記部類紙背文書漢詩文集』、和歌においても、『廿巻本類聚歌合』、『山戸兎田集』、『扶桑葉林』、『題林』等の原資料を部類した大著が編まれた。[14]このような原資料の集成にともなって、和歌そのものの検索を用意にする抄出本も生まれた。『袋草紙』の歌合故実の類聚、あるいは『和歌一字抄』のような新しいコンセプトの索引類が登場してくる。藤原清輔の著述群にうかがえる小規模な歌集類の転用は、こうした新しい時代の和歌空間に対応することができる検索が可能な工具書群の作成を目的としていた。

五　索引と検索

そして、最後には検索という観点から第四部を設けた。とくに記すべきは宮内庁書陵部蔵『類標』であろう。同書は影印も刊行されつつあり、その全容も少しずつ解明されてきている。こうした巻丁索引は、他にも小山田与清『群書捜索目録』がある。現存部分は国立国会図書館に存在する一九部一〇二冊のみである。[15]巻丁索引のような形式は中世には生み出されなかった。[16]それは「丁数」が情報位置の基準となることが写本の時代には難しかったからだが、近世末期における国史国文の資料的価値と検索ツールの制作が行われるようになっていったからである。『類標』内の索引は整った形式がなく、変則的な配列をもつものなどもある。これらは検索に適切な形を模索していたこの時期の情報検索のあり方を示す。こうした情報検索のツールはおそらく様々な時代に、様々な形で必要とされ続けていた。和歌には「類句」という形式の句頭の語句があり、鎌倉期に成立したと考えられている『勅選佳句部類』のような早い例もある。院政期に成立する歌学書類の次の時代には、こうした情報検索の方法をめぐって様々な手法が試されていた。ただし、古代中世における検索は、多くの場合部類された類聚編纂物によってなされた。しかし、近世に登場する索引類の多くは、巻丁のみを記して本文情報を持たない。『類標』所収の「保元平治物語類標」に利用されている『平治物語』は、異なる二系統の『平治物語』を混成している可能性がある。[17] また、『類標』に収められる索引類には、しばしば印本との本文競合が示されるケースがある。索引は対応する本文の丁数と合致する情報へと遡及すると同時に、それ自体が一つの知的情報をもつ書物としても機能しうるのである。そのような意味でも、巻丁索引は前近代と近代を繋辞する学知の様相をうかがい知ることができる書物なのである。

索引に注目した研究は国学者や和学者についての研究を中心に行われてきた。[18] 状況は異なるが西洋の近代初期における索引利用の実態を論じたアン・ブレアの研究が一つの参考になるかもしれない。[19] ブレアは、フィンツェンツ・プラッツィウス『抜き書きの技法』（ハーバード大学ホートン図書館蔵、一六八九）に記されているライプニッツとプラッツィウスが所有していたノート・クロゼットを図版入りで紹介している。

ブレアによると、ノート・クロゼットとは、抜き書きされたノートを、主題別見出しに金属板に取り付けられたフックにぶら下げて整理する箱である。それらのフックは、「それぞれの板の前面に刻まれた主題別見出しに関連づけられており、三〇〇〇個から三三〇〇個の見出し語に対応できた。」という。小山田与清が作り、彰考館に納入された「類字函」にも通じる発想ではないだろうか。[20] このような思想形成を支えてきた様々な知のあり方の研究は「インテレクチャル・ヒストリー」（Intellectual History）と言われる。[21] 巻丁索引の成立と流布は、日本のインテレクチャル・ヒストリーを探る上で、政治的・社会的な近代化に先駆ける一つの画期を形成していたといってもよいと思われる。

本書はこうした多元的な学知の空間を、院政期近世末期までの書物から明らかにしてきたものである。わずかな資料から垣間見た世界ではあるが、創作、書写、学知の形成、検索といった、書物と人との様々な関わりがもたらした豊かな読書の時空間があったことを知ることができた。

注

(1) 池田亀鑑『土佐日記原典の批判的研究』(岩波書店、一九四一)、同『国文学に於ける文献批判の方法論』(岩波書店、一九四一)、同『資料・年表・索引』(岩波書店、一九四一)の三部三冊からなる。

(2) 加藤昌嘉『『源氏物語』前後左右』(勉誠出版、二〇一四)、同『揺れ動く『源氏物語』』(勉誠出版、二〇一一)参照。

(3) 橋本不美男『原典をめざして——古典文学のための書誌』(笠間書院、一九七八)。

(4) 岡田貴憲『『和泉式部日記』を越えて』(勉誠出版、二〇一五)。

(5) 田村悦子「散文(物語、草子類)中における和歌の書式について」(『美術研究』三一七、東京国立文化財研究所、一九八一・七)。

(6) 加藤注2前掲書。

(7) 室松岩尾、本居豊穎監修により一九一〇・九〜一九一三・六の間刊行された歌学書翻刻のシリーズ。発行所は一致堂書店の後、法文館書店が引き継ぎ八巻まで刊行された。

(8) 田中登、山本登朗編『平安文学研究ハンドブック』(和泉書院、二〇〇四)所収。

(9) この本文は旧大系に依った。

(10) 三輪正胤『歌学秘伝の研究』(風間書房、一九九四)。

(11) 浅田徹「歌学と歌学書の生成」(院政期文化研究会編『院政期文化論集第二巻　言説とテキスト学』(森話社、二〇〇二)。
(12) 西村加代子「古き詞の時代を慕って――藤原清輔」(山本一編『中世歌人の心――転換期の和歌観』世界思想社、一九九二)。
(13) 冷泉家時雨亭文庫編『冷泉家時雨亭叢書　中世歌学集・書目集　一』(朝日新聞社、一九九五)。
(14) 小川剛生『中世の書物と学問』(山川出版社、二〇〇九)。
(15) 天野敬太郎『書誌索引論考　天野敬太郎著作集』(日外アソシエーツ、一九七九)、内河久平「書誌索引家列伝――『群書捜索目録』の編纂者小山田与清(1783～1847)」(『書誌索引展望』五―四、一九八一・一一)。
(16) 福井久蔵『大日本歌書総覧　上』(不二出版、一九二六)。
(17) 拙稿『宮内庁書陵部蔵　類標　第二六巻』「解題」(ゆまに書房、二〇一八)。
(18) 天野敬太朗『書誌索引論考　天野敬太郎著作集』(日外アソシエーツ、一九七四)、内河注15前掲論文、岡村敬二『江戸の蔵書家たち』(吉川弘文館、二〇一七)。
(19) アン・ブレア、住本規子、廣田篤彦、正岡和恵訳『情報爆発　初期近代ヨーロッパの情報管理術』(中央公論新社、二〇一八↓原書二〇一一)。
(20) 岡村敬二「小山田与清の類字函」(『大阪府立図書館紀要』二四、大阪府立中之島図書館、一九八八・三)。
(21) インテレクチャル・ヒストリーについては、ヒロ・ヒライ「解題　インテレクチュアル・ヒストリーの新しい時代」(アンソニー・グラフトン著、ヒロ・ヒライ監訳・解題、福西亮輔訳『テクストの擁護者たち　近代ヨーロッパにおける人文学の誕生』勁草書房、二〇一五↓原書一九九四)参照。早くは中屋健一「インテレクチュアル・ヒストリーについて」(東京大学教養学部歴史学研究室編『歴史と文化』共立出版、一九五二)がアメリカ史学の動向の中でインテレクチュアル・ヒストリーを紹介している。ほか、ヒロ・ヒライ「跳躍するインテレクチュアル・ヒストリー(全四回)」(『UP』四二―九～一二、東京大学出版会、二〇一三・九～一二)参照。日本史の領域で「インテレクチュアル・ヒストリー」を冠した本としては小澤実編『近代日本の偽史言説　歴史語りのインテレクチュアル・ヒステリー』(勉誠出版、二〇一七)がある。邦訳としては「精神史」とも言われる。

初出一覧

はじめに　書き下ろし

第一部　動態としての諸本論

第一章　「通読する歌学書、検索する歌学書」
（「WASEDA RILAS JOURNAL」NO.2、早稲田大学総合人文科学研究センター、二〇一四・一〇）

第二章　「大東急記念文庫本『奥義抄』の情報構造――歌学書の割付を中心に――」
（「早稲田大学大学院文学研究科紀要　第三分冊」五六輯、早稲田大学大学院文学研究科、二〇一〇・三）

第三章　「『奥義抄』の書写形態――上巻における散文的項目を中心に――」
（「人文学の正午」五号、人文学の正午研究会、二〇一四・一〇）

第四章　「『和歌初学抄』の書面遷移――項目配置と享受――」
（「人文学の正午」四号、人文学の正午研究会、二〇一三・一）

第二部　院政期における歌学の展開

第一章　『和歌初学抄』の構想――修辞項目を中心に――」（「国語と国文学」九三巻七号、明治書院、二〇一六・七）

第二章　『和歌初学抄』所名注記の検討――歌枕と修辞技法――（「中世文学」六二号、中世文学会、二〇一七・六）
第三章　「歌学としての誹諧歌」（「文藝と批評」一一巻八号、文藝と批評の会、二〇一三・一一）
第四章　「藤原清輔の著述における作者未詳歌の表記――「読人しらず」と「無名」と――」
（口頭発表：「平成二五年度中世文学会秋期大会」中世文学会、二〇一三・一〇・二〇）
第五章　「『和歌一字抄』の注記をめぐって―注記を付す意図――」
（「WASEDA RILAS JOURNAL」NO.3、二〇一五・一〇）

第三部　院政期の諸文化と歌学

第一章　「藤原顕方　六条家歌人の一側面」（「文藝と批評」一一巻六号、二〇一二・一一）
第二章　「『重家集』考」（「早稲田大学文学研究科紀要　第三分冊」六〇輯、早稲田大学大学院文学研究科、二〇一五・三）
第三章　「『今鏡』における源有仁家の描き方――鎖連歌記事とその情報源――」
（『古代中世文学論集　三四集』新典社、二〇一七・六）
第四章　「十二世紀における和歌の師弟関係をめぐって――歌人・歌学者と権門と――」
（口頭発表：「和歌文学会六月東京例会」和歌文学会、二〇一五・五・一六）

第四部　古典文化を検索する

第一章　「清原宣賢『詞源略注』『詞源要略』に見る顕昭『後撰集注』の逸文」
（「文藝と批評」一二巻三号、文藝と批評の会、二〇一六・五）

第二章【附録1】【附録2】「宮内庁書陵部蔵『類標』をめぐって——近世後期における索引の登場とその思想——」（『WASEDA RILAS JOURNAL』NO.4、早稲田大学総合人文科学研究センター、二〇一六・一〇）

おわりに　書き下ろし

各論文は若干の改稿を含んでいる。口頭発表を初出とするものは本書ではじめて成稿した書き下ろしである。

あとがき

本書は早稲田大学に提出した博士論文「院政期歌学知の動態的遷移の研究――六条藤家歌学書の生成と伝流――」を元に成稿した。本論文により平成二九年七月に博士（文学）の学位を授与された。出版にあたって副題を書名とした他、内容的にも五部構成だったものを四部に再編するなど、多くの改訂を施している。

学位取得までには多くの先生方からの指導があり、また優れた学友たちからの助言にも大きな刺激を受けたが、それらを十全に生かすことができたかといえば心許ない。生来の盆暗さ故に恵まれた環境で研究活動ができたにも関わらず、成果寥々たるあり様に忸怩たる思いである。その原因の一つになったのは、日本文学の論文らしからぬ第一部の諸論文のテーマであった書写面の遷移にこだわりを持っていたからだろう。博士論文にも、本書にも、最後まで収載するかどうか悩んだが、自分が知りたかったことを知ろうともがいた記録として残すことにした。

書写面へのこだわりをもつきっかけはＤＴＰに触れたことだ。テキストデータを型に流し込み、そこから字形や書式に微細な調整を加えていくＤＴＰでは、ページデザインの他、ヘッダー・フッター、色使い、網掛け、罫線、文字数計算など、実際の紙での出力を見据えた版面構築に無数の判断を要求される。不慣れな作業とパソコンの不具合に徹夜もしばしばといった有様であった。こうした複雑な版面の処理を経て本という形にインクのシミが固定されていく組版作業は、実際にテキストを書き上げることと同じぐらい重要なことであると身をもって思い知ることになり、そこで「では古典文学における書写面はどう設計されるのか、書写という行為はどのようにテキストを規定していくのか」という疑問を持ったのである。ところが、書道史とも美術史とも書誌学的な関心とも異なるこの疑問を解決する手法も、適切な資料にもいきあたらず、長く苦しい時期を過ごした。

そうして生来の飽きっぽさと盆暗さ故の現実逃避で、しばらくは演劇を観たり、音楽を聴いたり、その研究会に出たり、文筆にいそしんだりと、いろいろな場所をふらふらすることになる。この「ふらふら期」の経験は本書のあちらこちらに散見される。愉快なような、あるいは、ほろ苦いような気持ちにならなくもない。それでも、清輔や顕昭の著作や伝本を読み続けているうちに、一貫性のない出たとこ勝負の研究活動にもだんだんと三つの道筋が見えてきた。

一つ目は動態文化論的な視座、二つ目は情報整理学的な視座、そして書写面を知識史（インテレクチュアル・ヒストリー）として捉える視座である。その道中で『類標』にたどり着いたのは幸福な経験でもあり、いつのまにやら解題付きで全冊の影印復刻まで担当することになってしまった。

最後になったが、博士論文の審査にあたってくださった兼築信行先生、竹本幹夫先生、高松寿夫先生に深く御礼申し上げる。また本書の出版を引き受けてくださり、遅々とした進行と赤く染まった校正原稿で種々のご迷惑をおかけした勉誠出版の吉田祐輔氏にも感謝を捧げたい。貴重書の閲覧等でお世話になった多くの文庫・図書館にも深く御礼申し上げる。不義理と怠惰の権化である私のことであるから、他多くの諸先生方や学友たち、お世話になった方々にも鞠躬如として御礼とお詫び申し上げなければならない所であるが、それらは個別にお伝えするか、あるいは次の著作でご芳名を挙げることでお許しを願いたい。刊行にあたってＪＳＰＳ科研費課題番号18HP5033の助成を受けた。

二〇一九年一月

梅田　径

索　引

人名索引

【あ行】

【か行】

【さ行】

【た行】

【わ行】

【A～Z】

書名索引

【あ行】

【か行】

【さ行】

【た行】

【な行】

【は行】

【ま行】

【や行】

【ら行】

【わ行】

図版一覧

図版番号	図版書名	函架番号・引用出典	掲載頁
図1	肥前島原松平文庫蔵『俊頼口伝集』	117・16	12
図2-1	河野美術館蔵『無名抄』	223・634	17
図2-2	河野美術館蔵『無名抄』	223・634	17
図3	富岡家旧蔵能因本『枕草子』	柿谷雄三、山本和明編『能因本枕草子 富岡家旧蔵 重要古典籍叢刊 三』(和泉書院、1999)	20
図4	三條西家旧蔵能因本『枕草子』	松尾聡『枕草子 能因本 下』(笠間書院、1971)	20
図5-1	内閣文庫蔵『奥義抄』	201-0753	70
図5-2	内閣文庫蔵『奥義抄』	201-0753	70
図6-1	慶應義塾図書館蔵『奥義抄』	110X@635@1	71
図6-2	慶應義塾図書館蔵『奥義抄』	110X@635@1	71
図7-1	宮内庁書陵部蔵御巫本『奥義抄』	155・98	72
図7-2	宮内庁書陵部蔵御巫本『奥義抄』	155・98	72
図8-1	豊橋市立図書館蔵『奥義抄』	和911.1	73
図8-2	豊橋市立図書館蔵『奥義抄』	和911.1	73
図9-1	大東急記念文庫蔵『奥義抄』	井上宗雄責任編集『大東急記念文庫善本叢刊 中古・中世篇 第四巻　和歌1』(大東急記念文庫、2003)	74
図9-2	大東急記念文庫蔵『奥義抄』	井上宗雄責任編集『大東急記念文庫善本叢刊 中古・中世篇 第四巻　和歌1』(大東急記念文庫、2003)	74
図10	宮内庁書陵部蔵『和歌初学抄』	501.78	92
図11	冷泉家時雨亭文庫蔵『和歌初学抄』	冷泉家時雨亭文庫編『冷泉家時雨亭叢書 和歌初学抄 口伝和歌釈抄』(朝日新聞社、2005)	92
図12	天理図書館蔵伝為氏筆本『和歌初学抄』	天理図書館善本叢書和書之部編集委員会編『天理大学善本叢書 平安鎌倉歌書集』(天理大学出版部、1978)	93
図13	中央大学国文学専攻共同研究室蔵『和歌初学抄』	K911.104/F68	93
図14	鶴見大学図書館蔵『和歌初学抄』	F911.101	94
図15	肥前島原松平文庫蔵『和歌初学抄』	村晟編『和歌初学抄 翻字本文・用語索引 附載影印本文』(大空社、1997)	94

図16　冷泉家時雨亭文庫蔵『和歌初学抄』　冷泉家時雨亭文庫編『冷泉家時雨亭叢書 和歌初学抄 口伝和歌釈抄』(朝日新聞社、2005)　96
図17　宮内庁書陵部蔵『和歌初学抄』　501.78　96
図18　天理図書館蔵伝為氏筆本『和歌初学抄』　天理図書館善本叢書和書之部編集委員会編『天理大学善本叢書 平安鎌倉歌書集』(天理大学出版部、1978)　100
図19　中央大学国文学専攻共同研究室蔵『和歌初学抄』　K911.104/F68　100
図20　冷泉家時雨亭文庫蔵『和歌初学抄』　冷泉家時雨亭文庫編『冷泉家時雨亭叢書 和歌初学抄 口伝和歌釈抄』(朝日新聞社、2005)　100
図21　鶴見大学図書館蔵『和歌初学抄』　F911.101　100
図22　国立国会図書館蔵『和歌初学抄』　195-87　100
図23　内閣文庫蔵『和歌一字抄』　202-0061　203
図24　内閣文庫蔵『和歌一字抄』　202-0061　220
図25-1　井上宗雄旧蔵著者架蔵『和歌一字抄』　著者架蔵　221
図25-2　井上宗雄旧蔵著者架蔵『和歌一字抄』　著者架蔵　221
図26　愛知県立大学長久手キャンパス蔵『袋草紙』　宮内庁書陵部蔵『類標』「袋草紙類標」　341
図27　宮内庁書陵部蔵『類標』「緒家花押類字　上」　458・2　351

著者略歴

梅田　径（うめだ・けい）

1984年生。早稲田大学非常勤講師。早稲田大学日本古典籍研究所招聘研究員。専門は中世和歌・歌学・近世索引。主要論文に「中世における『源氏物語』の虚構観」（岡田貴憲・桜井宏徳・須藤圭編『ひらかれる源氏物語』勉誠出版、2017年）、「『今鏡』における源有仁家の描き方―鎖連歌記事とその情報源―」（『古代中世文学論考』第34集、新典社、2017年）、「『和歌初学抄』所名注記の検討―歌枕と修辞技法―」（『中世文学』第62号、2017年）、「『長短抄』と『竹園抄』」（『廣木一人教授退職記念論集　日本詩歌への新視点』風間書房、2017年）等。『古典籍索引叢書　宮内庁書陵部蔵『類標』』（ゆまに書房、2017年）監修。

六《ろく》条《じょう》藤《とう》家《け》歌《か》学《がく》書《しょ》の生《せい》成《せい》と伝《でん》流《りゅう》

（平成三十年度日本学術振興会科学研究費補助金「研究成果公開促進費」助成出版）

著　者　梅　田　径
発行者　池　嶋　洋　次
発行所　勉　誠　出　版　㈱
〒101-0051 東京都千代田区神田神保町三―一〇―二
電話　〇三―五二一五―九〇二一㈹

二〇一九年二月二十日　初版発行

印刷 製本　中央精版印刷

ISBN978-4-585-29178-7　C3095

中世古今和歌集注釈の世界
毘沙門堂本古今集注をひもとく

重要伝本である『毘沙門堂本古今集注』、中世古今集註釈をめぐる諸問題について、多角的に読み解き、中世の思想的・文化的体系の根幹を立体的に描き出す。

人間文化研究機構国文学研究資料館 編

本体一三〇〇〇円（+税）

古今集注釈書伝本書目

近世末に至る古今集注釈書・伝授書を種に分類し、それぞれに通称書名を付し、伝本書目形式で一覧。巻頭一覧・別称索引・所蔵者別伝本一覧を収録した。

慶應義塾大学附属研究所斯道文庫 編・本体二〇〇〇〇円（+税）

古今集注釈書影印叢刊1
僻案抄

定家の僻案抄のうち、これまで本文の提供が少ない第二類本（宮内庁書陵部蔵定家自筆本臨模古写本）と第三類本（斯道文庫蔵為兼奥書本）を影印。

慶應義塾大学附属研究所斯道文庫 監修／佐々木孝浩 解題

本体各一〇〇〇〇円（+税）

古今集注釈書影印叢刊2
古今和歌集註

藤原清輔を伝称筆者とする内裏切第一種の勘物と密接な関係を有する注釈書の本文初紹介。基俊本古今集に関する注記があり、内裏切研究にも資する。

慶應義塾大学附属研究所斯道文庫 監修／川上新一郎 解題

本体各一〇〇〇〇円（+税）

古今集注釈書影印叢刊3
古今集素伝懐中抄

鎌倉時代中期の文永年間頃成立した古今集の注釈書。その注釈を伝えるものとしてだけでなく、表記やアクセント注記等、特に国語史・国語学史の資料として貴重な一書。

慶應義塾大学附属研究所斯道文庫 監修／浅田徹 解題
本体一〇〇〇〇円（+税）

古今集注釈書影印叢刊4
古訓密勘註 古今灌頂巻・和謌灌頂次第秘密抄・幽旨

斯道文庫の研究調査により見出された各地の文庫・図書館が所蔵する古今集注釈書類の中から特に学術的価値あるものを中心に選び影印刊行。

慶應義塾大学附属研究所斯道文庫 監修／山本令子・石神秀美 解題・本体一〇〇〇〇円（+税）

古今集注釈書影印叢刊5〜8
古今拾穂抄 第一〜八冊

古今拾穂抄と外題するが、内容は北村季吟の教端抄の異本。筆跡が季吟に類似する精写本で、特に従来影印本がある初雁文庫本とは異同が多い伝本である。

慶應義塾大学附属研究所斯道文庫 監修／川上新一郎 解題
本体各一〇〇〇〇円（+税）

テニハ秘伝の研究

中世から近世にかけ、和歌、連歌、俳諧における助詞「てにをは」用法の秘伝書が多数著された。今後の研究に資す為、現存資料の目録化と、研究課題の提起を行う。

テニハ秘伝研究会 編・本体一二〇〇〇円（+税）

和歌を読み解く　和歌を伝える
堂上の古典学と古今伝受

室町期〜江戸初期の学問形成の過程とその内実を、諸資料の博捜により考察。「古典」の解釈を記し伝えるということ、知の伝達や蓄積という行為の史的意義を解明する。

海野圭介 著・本体一一〇〇〇円（＋税）

慈円法楽和歌論考

法楽百首全体に通底する「法楽」の意味を明確にし、「法華要文百首」における詠歌方法やその法楽百首に内包する法楽意図を論ずる。

石川一 著・本体一二〇〇〇円（＋税）

後京極殿御自歌合・慈鎮和尚自歌合　全注釈

和歌史に新風を吹き込んだ九条家歌壇。その和歌史、歌論史における貴重資料を韻文・散文研究双方の視角より注解し、日本文化史上のメルクマールとして位置づける。

石川一・広島和歌文学研究会 編・本体一〇〇〇〇円（＋税）

御裳濯和歌集
全注釈並びに資料と研究

翻刻・語注・全歌評釈に加えて、複雑な関係を有する『神宮正権祢宜和歌』・『二十一代集抜萃』などの資料を翻刻、さらに、全資料に対する研究篇を補足する。

石川一 著・本体一二〇〇〇円（＋税）

形成される教養
十七世紀日本の〈知〉

〈知〉が社会の紐帯となり、教養が形成されていく歴史的展開を、室町期からの連続性、学問の復権、メディアの展開、文芸性の胎動という多角的視点から捉える画期的論集。

鈴木健一 編・本体七〇〇〇円（＋税）

浸透する教養
江戸の出版文化という回路

従来、権威とされてきた「教養」は、近世に如何にして庶民層へと「浸透」していったのか。「図像化」「リストアップ」「解説」の三つの軸より、近世文学と文化の価値を捉え直す。

鈴木健一 編・本体七〇〇〇円（＋税）

文化史のなかの光格天皇
朝儀復興を支えた文芸ネットワーク

天皇をめぐる文化体系は、いかに復古・継承されたのか。歴代最後の「生前退位」を行った光格天皇、その兄妙法院宮真仁法親王の文化的営みの意義を明らかにする。

飯倉洋一・盛田帝子 編・本体八〇〇〇円（＋税）

世界へひらく和歌
言語・共同体・ジェンダー

和歌文化の重層的・多義的なあり方を、和歌文学研究の到達点よりわかりやすく解説、さらには和歌が世界文学の重要な要素たりうることを明らかにする。

ハルオ・シラネ／兼築信行／田渕句美子／陣野英則 編
本体三二〇〇円（＋税）